戲非戲261

長寧驚雲

（下）

風吟　作

高寶書版集團

◆目錄◆

第七章　絕命金釵

壹

浩浩晚風，吹起一河碧波；彤彤夕陽，沉於冥冥溪邊。城郭漸暗，行人已歸，金黃色的餘暉恣肆地灑落在寂靜的山崗上，峰巒山巒都變作了金山銀山。

而這裡，便是那令人聞風喪膽的斷魂嶺，霧靄雲煙終年縹緲不散。由於山嶺周圍都是深不見底的懸崖峭壁，所以哪怕是太陽照過的地方，也會讓人覺得寒氣逼人。於是，這裡便很少有人來，常年的寂靜和淒清，讓它成了人們傳說中的斷魂地。

嶺子兩旁的高地上，遠遠望去，一片片的雪白，不知道的人，還以為是常年不化的霜雪，可近看就會發現，那實則都是堆積成山的白骨，因此這段路也被叫作屍骨路。

但凡說起斷魂嶺，無論是江湖還是廟堂，都會引起一場不小的轟動，因為這裡曾斷送過三百多位好漢的性命。他們個個身懷絕技、武藝超群，卻依然沒能逃過這座山嶺的可怕詛咒。

十幾隻巨大的禿鷲正在高空盤旋，七、八隻野狗亮著尖利的獠牙正拖拽著幾根風乾了的人骨頭，骨頭皺巴巴、黑漆漆的，沒有半點肉色。野狗們個個目露寒光，把骨頭咬得嘎嘣嘎嘣響，在空蕩蕩的山澗嗚嗚地哀號著。若是有一、兩個不怕死的人經過這裡，只怕不出片刻，就變成了這群野狗和禿鷲的口中美食。

所謂說什麼來什麼，還真就有兩個人正大搖大擺地往這條路上走。從斷魂嶺貧瘠的山頭上望去，搭眼便能看到一輛馬車，派頭還不小，由三匹馬拖著，馬車上坐著兩個人，一男一女。他們頭上插著羽毛，臉上塗著黑白的迷彩，活脫脫是兩隻大型的燕子。

馬車裡擺放著三個大箱子，箱子都上了鎖，黃銅包角，銀絲鑲邊，金漆裹身，在陽光的照耀下顯得熠熠生輝。箱子裡的東西似乎很沉重，所以馬車走得並不算很快。

那對打扮奇怪的男女半眯著眼睛，不僅沒有膽怯，反而滿臉坦然，全然沒有注意到，此刻正有二、三十隻墨綠色的眼睛正眼巴巴地盯著他們看，只待下一秒就將他們生吞活剝個乾乾淨淨。

突然，禿鷲狂吼一聲，像是發號施令一般，野狗們也跟著嚎叫起來，整齊地朝這頓「美餐」撲了過去。

那邊吵鬧不休，這邊卻安靜如常。

馬車沒有因為那邊的動靜而停下來，車上的男女也沒有任何動作。直待禿鷲和野狗撲近時，他們手裡才各多了一樣東西，又亮又鋒利，直閃得好幾隻野狗閉上了眼。原來，二人手中所拿的竟是一對金銀頭釵。

男人手裡拿的是金釵，女人手裡執的是銀釵。只見他們將釵子握在手中，緊接著在空中隨意畫了幾下，黃白光芒交錯之間，那些墨綠色的眼睛就立刻失去了光彩。

禿鷲的利爪伸直了，野狗的嘴裡吐著沫，嗚嗚哀鳴幾聲一齊跌倒在地，像是沒了氣。

男人得意地勾了勾嘴角，吹了吹釵子上的血沫子，女人便也跟著吹了吹；男人將釵子插到頭上，女人也照做了；男人咧著嘴笑，女人也跟著笑。他們像是在照鏡子般，連帶著呼吸都是同樣的頻率。

斷魂嶺再次變得冷寂無比。男女相繼慢慢閉上眼睛，車子搖搖晃晃地繼續前進，馬的步子一點也不慌亂，不知不覺已過了斷魂嶺的地界。

前面是一條寬闊筆直的大道，幾十輛馬車並駕齊驅也不礙事。這裡花草繁密，鬱鬱蔥蔥，和斷魂嶺的景致比起來簡直是天壤之別，這裡還有個名字，喚作重生道。

如果說斷魂嶺猶如地獄，那重生道應該就是天堂吧。所謂「山重水複疑無路，柳暗花明又一村」，通過了險要關口，再看到這番景致，總會讓人心情愜意不少。

然而奇怪的是，那對男女卻都齊刷刷地睜開了半閉的眼，有些擔憂地四處張望起來。

僅僅是一隻鳥的叫聲，竟能讓他們警惕地大睜著眼睛，一副隨時要迎戰的架勢。

又是一聲鳥鳴，他們身前的馬匹突然長嘶一聲，齊齊跪倒在地，不論男女怎麼施計，牠們竟是倒在地上再也不肯起來。女人覺察到了不對勁，探頭檢查了一下馬兒的狀況，才發現三匹馬的腿部無一例外地被銀針擊中了，那銀針上似乎還淬了毒。

隨後，便見幾十個人影從林子裡跳出來，將馬車團團圍住。

那些人就像是黑夜裡的蝙蝠，渾身黑漆漆的，只有兩隻眼睛泛著幽暗的光，眼睛裡是和那些野狗一樣的貪婪和陰狠。

馬車上的男人和女人反應並不慢，黑衣人們剛出來時，二人就已拔出頭釵，與他們目光相接。

「該來的還是來了。」男人半瞇著眼睛，低聲輕嘆，好似眼前這一切都是他早已預料好的，所以絲毫不覺得詫異，也沒有半分恐懼。

黑衣人的頭目生得魁梧，聲音十分粗啞。他只粗略瞥了一眼男女二人身後的箱子，便厲聲喝道：「把車上的東西都交出來！」

女人眉頭一皺，握著銀釵作勢要動手，卻被身旁的男人按住了。

男人給了她個眼色讓她冷靜些，轉頭對著黑衣人冷冷地道：「你們可知道我們是誰，就想攔路搶劫？」

頭目冷哼一聲，道：「我管你們是誰？今天我搶的就是你們！」

「哦？你知道我們身後的東西是什麼嗎，就猴急著要搶？」男人眸子一轉，透著肅殺寒光。

「搶了不就知道了？」頭目眼裡也透著殺氣，剛說罷，便急不可待地號令其他的黑衣人拔刀。誰知，他的手還沒碰到刀鞘，就被男人近了身，只見耀眼的金釵在他喉頭輕輕一掠，瞬間便有細碎的血珠不斷地從他的喉頭噴灑出來。

男人一手扼上他的脖子，輕輕掃視了一下周圍，笑道：「就憑你們？一群沒見過世面的毛賊？可問過我手裡的釵子同不同意了？」

許是他的目光太過犀利，周圍的一眾黑衣人，竟沒一人再輕舉妄動了。

他們眼睜睜地看著頭目被男人扼制著，看著他的脖子一點一點被血色染紅。

頭目喉頭被壓著，嘶啞地問：「聽你的口氣，你認得我們？」

男人不屑地瞟他一眼，道：「你未免也太高估自己了。」

他說罷，女人見局勢反轉，也冷冷一笑，握緊了銀釵，快速地朝身旁的一個黑衣人下了手。卻不料，她剛一飛身出去，就有一個黑衣人預謀已久了似的上馬車去抬車上的箱子。

「保箱子！」男人情急之下喊了一聲，卻一個不注意讓頭目給掙脫了。

「唰」的一聲，頭目的刀便出了鞘。男人猛地一回頭，頭目的刀已經急急地朝他劈了過來。女人一急，身子失了重心。她不放心地看了男人一眼，握著釵子往馬車上的黑衣人飛去。

突然，女子的尖叫聲伴著衣服被金屬割裂的刺啦聲劃破了長空，樹上的鳥兒被驚得抖動著翅膀跑了，隨即是男人的一聲悶哼。

打鬥聲停止了，重生道再次回歸了先前的安靜祥和。

頭目猛地咳嗽了兩聲，嗓子嘶啞地冷笑道：「我這刀還真就從沒失過手。」

隨即又是「唰」的一聲，刀歸了鞘。

◆

兩天後，沈府。

院子裡幾個婢女正在修剪花枝，碧瑤偶爾指點她們幾句，偶爾拿起炒米給百靈鳥餵食。

此時，門外突然揚起一陣塵土，原來是有匹快馬正朝這邊駛來。那馬跑得飛快，卻不偏不倚正好停在了沈府門口。

馬背上跳下來一個人，乍一看，卻分辨不出性別。只因他雖然一副男子裝束，嘴上卻塗滿殷紅色口脂，兩邊的眉毛也用美工刀削得修長精緻，瘦瘦的臉龐上更是撲著細膩的白粉。若是細看，還會發現他的額頭上有一道豎起來的疤痕，卻被他塗成了一隻眼睛的形狀，怎麼看怎麼像長了第三隻眼睛。而他的這身裝扮，也讓他看起來人不像人、鬼不像鬼的。

果然，他的奇怪樣子也確實引來了不少人的圍觀。可他卻像沒看到般，拈著蘭花指，拿著把桃花扇，扭著屁股就大搖大擺地走進了沈府的大院子。

「有人嗎？」他的嗓子很尖，一進門就開始吵吵嚷嚷。

碧瑤聽到聲響，將手上的炒米盒子放在石凳上，轉身朝院門走去，搭眼便看到一個奇怪的人，辨不清男女，而那人也正在望著她。

碧瑤情不自禁地喊了一聲，活像真的見了鬼。好在三隻眼似乎見慣了這樣的反應，並沒有開口說話，只是站在一旁靜靜地看著，一副冷眼旁觀的樣子。

過了一會兒，三隻眼才一臉冷漠地看著碧瑤，問：「啊完了嗎？」之後，又轉了話題，開門見山地道，「冒昧打攪，請問沈小娘子可在府上？」

碧瑤還沒有回過神，看著他問道：「你……究竟是人是鬼？是男是女？」

三隻眼咧嘴一笑，殷紅的嘴唇在他死白的臉上畫出一道弧線來，活像是被人用刀割了一道口子。他道：「小爺我有時候是人，有時候又是鬼。」

碧瑤直到這時候，才確認眼前之人是個男人。她瞪圓了眼睛，如臨大敵似的看著男人，壯著膽子問：「你、你找我家娘子做什麼？」

「妳不必知道。」三隻眼回答得倒硬氣。

「那你也不必知道我家娘子在哪！」碧瑤以牙還牙。

「是嗎？」

三隻眼冷眼看著碧瑤，右手一動，掌風竟吹落了好幾片葉子，嚇得碧瑤一激靈，馬上慫了，結結巴巴地道：「我家娘子不在府上，您請回吧！」

「不在府上？」三隻眼眉頭一皺，急急地問，「那她在哪？」

碧瑤眼皮子一跳，嘟囔道：「這我哪知道，你要是有本事，就把整個長安城都翻個底朝天，或許就能找得到了。」

三隻眼聽後，居然連一句廢話也懶得再多問，扭頭就走。

不出兩個時辰，長安城所有的茶樓酒肆都認識了一個人——一個有著三隻眼睛的打扮怪異的男人，且都知道他要找的人叫沈玉書。

◆

珠光樓。

這是個很偏僻的茶樓，處在「橫七」胡同和「豎八」巷子的交叉口。平時客人不多，但環境幽雅，景色優美，很適合休閒聊天。能找到這個地方的人，大多是長安城實實在在的老茶客。

沈玉書、秦簡、周易，還有豐陽公主李環，正在二樓的雅間裡圍坐一圈喝茶、賞景、聊天，不知是不是說到了什麼趣事，李環笑得東倒西歪的。這裡本是個很安靜的地方，今天卻異常吵鬧，只因為那三隻眼在下頭叫嚷個不停。他居然真的把長安城翻了個底朝天，就差去皇宮裡拆龍椅了。

「沈玉書在不在店裡？」他一上來就是這句話，搞得樓下所有人都莫名其妙地盯著他看，像看怪物一樣。

店老闆見他這模樣，覺察到這是個不好惹的主，便不敢招惹他，連忙道：「在二樓呢，拐角處就是。」

三隻眼一聽，直接就要上樓去，抬眼卻見樓梯口站著個男子，著一身月白雲紋袍，腰間配著劍，面容冷峻地看著他——來人，正是秦簡。

「何事？」秦簡問他。

「我找沈玉書。」三隻眼沒把秦簡當回事，淡淡地說了句，便要越過他上樓。

誰知他才剛走兩步，秦簡握著劍的手一攔，便擋住了他的去路。三隻眼一個沒注意，差點和秦簡撞個正著。

「你幹什麼？」三隻眼一時急了眼。

「你找她做什麼？」秦簡依舊面無表情，語氣淡淡地問。

「我找她關你什麼事？」三隻眼瞪了秦簡一眼，作勢要甩開攔在他面前的秦簡的手直接上二樓，可秦簡的胳膊使了力，他竟沒能輕易甩開。

沈玉書從茶室一出來，就見秦簡正和一個怪人一副劍拔弩張的樣子，不由得好奇地問：「這……誰啊？」

秦簡聽到聲音，放了手，回頭看了一眼沈玉書，正要說話，卻被三隻眼搶了先。

三隻眼眼睛一亮，一副見了救星的樣子：「妳是沈玉書？」

沈玉書一愣，下意識地看了眼秦簡，道：「沒錯，不知你是……」

三隻眼沒來得及開口，秦簡已趕在了他前面道：「看樣子，可不像是什麼好人。」

「你這人怎麼這樣？」三隻眼不滿地瞪了眼秦簡，朝沈玉書行了個禮，「在下辰儒風，有要事找小娘子。」

「辰儒風？」沈玉書眉頭皺了起來，她思來想去，也想不起這辰儒風究竟是何許人也。

秦簡應是看出了她的疑惑，淡淡地道：「他是燕子門的人。」

他語罷，倒是讓辰儒風一愣，辰儒風難以置信地道：「你是何人？竟也知道燕子門？」

秦簡眼睫毛動了動，輕聲道：「燕子門的大名如雷貫耳，我知道並不稀奇。」

辰儒風覺得似乎也是，便沒再追問，只是皺著眉看著秦簡，越看越覺得不對勁，一副要在他的身上看出兩個洞的樣子。

沈玉書似懂非懂地點點頭，上下打量了一下他，低聲問秦簡：「燕子門？是類似五毒門一樣的江湖門派嗎？」

秦簡淺淺一笑，也輕聲道：「不是，燕子門不過是一個叫法，並不是什麼門派，而是一座鏢局。」

「起這麼個名字，竟然是個鏢局。」沈玉書覺得不可思議。

「是的，我們燕子門只押難度高的鏢，所以一直隱於市，和那些單純走鏢的鏢局可不一樣，妳沒聽過也正常。不過，毫不誇張地說，我們燕子門可稱得上是全大唐最神祕也最厲害的鏢局。」辰儒風頗為自豪地介紹道。

「哦？我大唐竟然還有這麼厲害的地方啊？」李環跟在沈玉書後面走出了雅間，之後就一直站在玉書後面聽他們講話。一聽到燕子門，她便來了興趣，忍不住插了句嘴。她不常出宮，「鏢局」這兩字於她而言，還只是個陌生的名詞罷了。

沈玉書直到這會兒才發現李環跟了出來，回頭朝她笑笑道：「妳不知道的東西還多著呢。」

「其實真正讓燕子門聞名的，不單是它的神祕，更多的是因為它的兩大鏢頭，分別喚作燕十二和燕十三的。他們二人身手都很了得，且默契非常，江湖人都叫他們雌雄雙燕。」秦簡繼續講道，一邊說著，一邊將目光瞥向辰儒風道，「我們面前的這位，則是他們的四老之一——三眼怪俠。」

「你知道的，還真是不少。」辰儒風半瞇著眼睛看著秦簡，突然輕飄飄地道，「我是不是……在哪裡見過你？」

他話音剛落，秦簡的眼睫微微一顫，卻看都不看他，眼神淡淡地看著前方某處，似乎在思考什麼，又似乎只是在發呆，沒有要回他話的意思。

「所以閣下找我，所為何事？」沈玉書並不喜歡他打量秦簡那副挑釁的樣子，索性打斷了他的話。

她的話，終於讓辰儒風收回了目光。他看著沈玉書，正色道：「是，我找小娘子商量一件大事。」

「大事？你既然要找我，為何不去沈府打聽，卻偏偏要翻遍長安城鬧得盡人皆知？」沈玉書對他的舉動有些不滿，話說得也一點不客氣。

「我去妳府上找過妳的，只是妳那婢女實在刁橫得很，直接把我給轟出來了，我實在無法，才想出了如此下下之策。如果在下叨擾了，還望小娘子見諒。」辰儒風如實道。

沈玉書面上朝他笑笑，直道：「無妨。」心下卻是對他一萬個不滿，心說，他若不是這副陰陽怪氣、咋咋呼呼的模樣，碧瑤怎會把他趕出來？

「那……不如我們裡邊談？」辰儒風道。

沈玉書這才看見樓下茶客個個探頭看著他們，就像是在看戲，便點點頭道：「好。」說罷，她轉身挽過李環的手，先進了雅間。

秦簡也欲跟著進去，卻被辰儒風拽住了衣袖，見沈玉書走了進去，他低聲試探地問秦簡：「不知兄臺知不知道南潯幕府？」

秦簡背部微微一僵，扯掉了他死白的手，眸光沉著地看著前方，腳下步子又動了起來。

半晌，他才道：「不知。」

「不知嗎？連燕子門都知道，會不知道幕府？」辰儒風一手摩娑著下巴，深深地看了他一眼，復而又笑了，「那許是我眼花了吧，不過你和那人長得可真像。」他說罷，便加快了步子，先一步進了二樓雅間，把秦簡甩在了後頭。

待他的身影一消失，秦簡的步子卻放緩了，眼底湧上了一絲複雜的情緒，不知是悲痛還是絕望。他高大的身子靠著一邊的牆，像是被人抽去了全部力氣。過了好一會兒才收拾了情緒，重新站挺拔了進了雅間。

至於南潯幕府嘛，那可是聲震大唐幾十年的大鏢局啊，他怎會不知？

◆

辰儒風雖然人長得怪了些，卻是個會辦事的，一來就叫來店裡的夥計，又點了不少好茶點和小零食來招呼沈玉書等人，該有的禮數都有了，儼然是要求人的架勢。

周易才不管他什麼來頭，見東西上了桌，就招呼李環吃這吃那。李環金尊玉貴的，平日吃食都太過講究，對於民間百姓的吃食自是都沒見過，因此吃什麼都覺得新鮮。

沈玉書眼看著這倆冤家吃得忘我，不知該笑還是該哭。

她深知辰儒風這頓飯絕不是白請的，如此費盡心思地找到她，為的定然不是什麼好事。思忖了半天，沈玉書開門見山地道：「你來找我，為了案子？」

顯然，她的話說到了辰儒風的心坎，只見他放下茶盞，苦笑道：「沈娘子果然蕙質蘭心，一眼就看出來了。」

「這些虛的吹捧話你大可少說一些。長安城的百姓都知道，我沈玉書身無長物，也無家底傍身，唯一一點拿得出手的本事就是破案了。你找我除了破案，還能為什麼？」沈玉書說得直白。

「小娘子過謙了，假如我說只是慕小娘子美貌而來，小娘子也是擔得起的。」辰儒風又把他那抹得鮮紅的嘴巴一咧。

他這一番奉承話，並沒能讓沈玉書對他有什麼改觀。倒是秦簡，原本只坐在一旁獨飲，對他們的對話也不是很關心，可辰儒風的話音剛落，他就一個冷颼颼的眼刀子飛了過來，看得辰儒風一激靈。

「如果我不想接你的案子呢？」沈玉書看著他，緩緩地道。

辰儒風似有意外，笑道：「我只聽人說沈娘子是個熱心腸，最受不得有人含冤，可原來，卻連是什麼案子都不能聽我說一下嗎？」

沈玉書被他說得臉有些發燙，也覺得自己剛剛似有不妥，猶豫了一下，正要開口，卻被秦簡截了話茬。他看著她，輕聲道：「他來找妳，必是為了燕子門的事，燕子門所牽涉的東西自然不會簡單，妳需要考慮清楚。」

他這麼一說，沈玉書便又猶豫了。她再不瞭解江湖之事，也知江湖之中，各方勢力盤踞，皆不是省油的燈。

見沈玉書猶豫，辰儒風一下子就有些急了，站起來對著沈玉書作揖道：「此事如若小娘子不願意查，恐怕我們總鏢頭真的會死不瞑目了。還請小娘子再想想，哪怕先聽我說一下事情的來龍去脈也好，不然我們燕子門真的就完了！」

「出事的是你們總鏢頭？」沈玉書一愣，始料未及。

「是。」辰儒風直起身，面色悲痛地低下頭。

秦簡一時也愣了，不禁詫異地道：「金銀二釵燕雙飛？」

辰儒風垂下去的手似有些顫抖，他道：「不錯。」

秦簡有些難以置信：「據我所知，燕雙飛的武功在江湖中已算大乘，怎會出事？」

辰儒風的臉色突然變得絳紫，他艱難地道：「有隻燕子掉了腦袋。」

屋子裡的氣氛突然變得緊張起來，周易和李環也不說笑了，一雙雙眼睛都看向辰儒風，皆等待著他的下文。

「還瘋了一個。」辰儒風低著頭，補充道。

「那……死的是？」沈玉書小心翼翼地問。

「雄燕燕十二。」辰儒風聲音沉鬱，許是怕他們不懂，又道，「燕十二是我們燕子門的總鏢頭，也是武功最了得的，燕十三是他的妻子。他死後，燕十三就……精神不正常了。」

「我大唐一直國泰民安，竟還有這種事發生？」李環聽著，下巴都快被驚掉了。

秦簡面色也不由得凝重了：「燕十二和燕十三向來心狠手辣，他們手裡的金銀二釵幾乎很少失手，兩人合璧雖不說天下無敵，卻也少有敵手。據說天底下還沒有什麼東西是他們不能押運的，也沒有什麼東西是他們不敢押運的，即便是死人，只要你能出得起價錢，他們總有法子幫你運到任何你想運的地方去。這麼厲害的兩人怎麼就出事了？」

辰儒風苦笑著搖頭道：「所以我才一定要找沈娘子幫忙查案。總鏢頭就這麼不明不白地死了，我心有不甘。」

沈玉書聽著，只覺得驚奇：「既然燕子門這麼神祕，那想要托鏢的人怎麼才能找到燕雙飛？」

辰儒風道：「簡單得很，誰想要托鏢，就事先準備兩隻燕子，燕子腳綁上紅信子，寫上需要押運的物件和地點，再準備一箱兩千兩的銀子放在門口，這趟生意就算下了訂單了。」

周易忍不住插嘴問：「我只聽說鴿子報信，燕子又是如何找到你們的？要是中途飛錯了方向豈不是竹籃打水一場空？」

辰儒風很是敞亮，沒有絲毫隱瞞地道：「飛不錯的，只要是放出去的燕子，就統統會飛到燕子門，整座長安城的燕子都是燕子門的，隨便哪一隻都是。」

「這大概就是你們燕子門名字的由來？」沈玉書好奇地道。

「不光是燕子，我們還養了八百隻大烏鱧、兩千隻黑山鼠，皆為了能押別人押不了的鏢。」辰儒風道。

貳

一座神祕的鏢局裡，居然養著數不清的燕子、七八百隻烏鱧、兩千隻黑山鼠，確實稱得上天下奇聞了。

秦簡揚了揚眉頭道：「我只聽聞燕子門押鏢時往往都不走尋常的路線，既可以用四匹大馬拉著箱子在天上飛，也可以在水上漂著卻不用船，甚至還能不用鏟子就可以鑽到地裡，原是這個原因。」

沈玉書不解，問：「什麼原因？」

周易嘖嘖兩聲道：「玉書妳也傻了吧？飛的自然是燕子，游的是魚兒，打洞的則是老鼠，他們和藤原矢野讓魚拉龍舟使的是一樣的把戲。」

沈玉書恍然道：「原來燕雙飛也懂得這門古老的馴化之術，實在有趣。」

「說了這麼多，不知小娘子還接不接這個案子？」辰儒風突然正色道。

沈玉書一愣，轉而笑道：「我想知道，這一次燕雙飛押鏢時，走的是什麼路，是飛上天還是潛入水，抑或是直接鑽地裡了？」

辰儒風也笑了，知道沈玉書這是答應了，道：「三條路都不對，他們這次走的是陸路，斷魂嶺。」

「斷魂嶺？那又是什麼？」李環好奇地問。

「一條用屍骨堆積起來的路。」辰儒風笑著回答李環，可他的那副尊容又著實把李環嚇了一大跳。

「所以燕十二死在斷魂嶺？」沈玉書問。

「不是。」辰儒風回答得很堅決。

「不是？」

「他的屍體……是在重生道發現的。」

李環這次終於聽明了，再不問重生道是什麼了，只支著兩只耳朵安靜地聽著，眼睛滴溜溜地亂轉，看著在場的人。

周易笑得發抖：「斷魂嶺上沒斷魂，重生道上卻索命，我看這兩個地方的名字該換一換了。」

「我們去看看吧。」沈玉書終於發話。

「好。」辰儒風一直在等她這句話。

「你們去哪？我也要去！」李環見他們都起身，便拽著周易的衣袖以命令的口吻喊道。

周易嫌棄地看她一眼：「那個地方放眼都是死人，陰氣重得很，妳去什麼去？安安分分地在長安待著，還想玩的話，就讓妳那幾個隨從陪妳逛逛。若是不想玩了，就立馬回宮。」

「你們這就扔下我不管啦？」李環小嘴一噘，一臉的委屈。

沈玉書嘆了一口氣，道：「那個地方一來晦氣得很，二來也不安全，燕雙飛尚折命於彼，妳若是跟去了，萬一傷了一分半毫，我可如何和聖上交代？妳若想玩，改日我們陪妳去個好玩的地方，可好？」

「我帶著跟來的幾個護衛就是了，他們個個都是大內頂尖的高手，不會有事的。」李環還是不依不饒。

「妳……」沈玉書無法，最後還是答應了，千叮嚀萬囑咐周易要看好她。

怕他們心中顧慮，辰儒風道：「諸位放心，我保證你們的頭會安安穩穩地架在脖子上的。」

◆

半個時辰後，他們已來到了出事的地方。這裡出奇安靜，眾人連蚊子也沒見到，只有幾百具白森森的骨頭插在泥裡，像是斜斜的墓碑，屍骨旁邊還倒放著兵器，已是鏽跡斑斑。

李環一來，就一直寸步不離地黏著周易，生怕離他遠了，自己就被那些白骨吃了似的。

周易不自在地跟她保持著距離，一邊嘆道：「斷魂嶺好像也沒有傳說中的那麼可怕。」

辰儒風道：「以前很可怕，不過現在不用怕了。」

「為何？」

「因為燕雙飛已變成了燕單飛，孤掌難鳴，斷魂嶺就再也斷不了別人的魂了。」

沈玉書沒反應過來，秦簡也不明白，周易更是愣了神。

「燕雙飛之所以能輕鬆地越過斷魂嶺，是因為他們兩個就是斷魂嶺上的斷魂人，你們眼前的這幾百具枯骨，就是死在金銀二釵之手的。」

辰儒風的回答宛如一道晴空霹靂，霹得他們頭暈目眩。

「竟然是這樣？」周易嘆道，「他們既然知道燕雙飛的厲害，為何還要來白白送死？」

「人為財死，鳥為食亡。」沈玉書澈底想通了，「燕子門押送的東西個個價值連城。價值連城的東西不管放在哪裡總是會惹人注目的，就像幾十個老掉牙的婆子當中藏著一個風姿綽約的少女，旁人一眼就能看出來，怎麼可能藏得住？」

辰儒風笑得臉上起了褶子，臉上的白粉撲簌簌地往下掉，道：「一點也不假。這個世界上總有不少人願意鋌而走險，想碰碰運氣，可他們大概不知道，燕子門的鏢可不是那麼容易劫的。」

沈玉書納悶道：「那殺死燕十二的人，來頭一定不小！」

辰儒風嘆了一口氣，這也正是他所疑惑的，燕子門這些年一直獨占鰲頭，燕雙飛的名號更是讓人聞風喪膽，一般人哪裡敢輕易冒犯？

「可是，這凶手既然這麼厲害，殺死燕十二後為什麼偏偏要留燕十三活口？這豈不是件很冒險的事情？」李環的腦袋從周易身後探出來道。

周易聳聳肩：「或許是凶手不殺女人吧。」

沈玉書跟著點點頭，這也算是個合理的解釋了。

他們沿著斷魂嶺往前走了七、八百步，便看到一輛馬車，馬車旁有八個身穿鎧甲的人，看到辰儒風過去，他們很客氣地朝他點點頭，這些鎧甲人毫無疑問也是燕子門的人。

「大檔頭！」他們異口同聲地說道。

辰儒風問：「沒出什麼事吧？」

「沒有。」

辰儒風「嗯」了一聲，領著沈玉書等人上了馬車。

三只金燦燦的箱子碼放在車裡，箱子的鎖頭被利器削斷，裡面原本裝的東西已被盜走。

箱子都有編號，甲號箱子在最左邊，裡面乾乾淨淨，什麼都沒有；乙號箱子在中間，裡面赫然裝著一個頭顱，已被血染成了紅色；丙號箱子在最右邊，裡面只有三片細嫩的竹葉。

沈玉書目不轉睛地望著乙號箱子裡的頭顱，不由得陷入了沉思。這頭顱很奇怪，臉龐上還畫著黑白的塗料，頭上插滿燕子的羽毛，有支亮晃晃的金釵子就插在羽毛中間，看起來真像是一個放大了的燕子頭。

「這就是雄燕子燕十二？」沈玉書問一旁的辰儒風。

辰儒風立刻道：「不錯。雄燕子頭上的羽毛比雌燕子更多，而且那把金釵子是他常用的武器。」

沈玉書點點頭：「你是燕子門的大檔頭，自然知道這些箱子裡原來裝了什麼東西吧？」

辰儒風揉揉眼睛，似乎有些為難，因為燕子門押送的鏢是向來不會讓外人知道的，這是他們走鏢的規矩。

他沉默了一會兒，權衡了一番，最後還是道：「甲號箱子裡裝著一壺水，乙號箱子裡裝著一個木盒子，現在木盒子已經不見了，裝著……人頭。至於丙號箱子和妳現在看到的一樣，裡面只裝了三片竹葉子。」

沈玉書疑惑不解，道：「乙號木箱的盒子裡裝了什麼？」

辰儒風搖頭道：「不知，我們只負責將東西安全送到，至於裡面裝了什麼，我們也無權知道。」

「連你也不知？」沈玉書皺眉。

辰儒風無奈地道：「絕不過問要押的鏢物，這是我們燕子門多年的規矩。」

「一壺水為什麼也要動用一個箱子押運？」

辰儒風笑道：「這也是燕子門的規矩，無論押運什麼，統統要裝嚴實，以起到絕佳的保密作用。」

沈玉書點點頭，撿起丙號箱子裡的三片竹葉子，細細查看了許久，並沒有發現什麼特別的地方。這既不是金葉子，也不是銀葉子，居然也要用一個箱子押著，實在匪夷所思。

她忍不住問道：「那托鏢之人，你總能透露一二吧？」

辰儒風正想說什麼，周易已把他的話堵了回去，道：「看他的樣子，問了也是白問。」又看向辰儒風，揶揄道，「你是不是又不知道？」

「這次你可錯了，再怎麼說，我好歹也是燕子門的管事，托鏢之人我還是知道的。」辰儒風踏出一步，「其實這鏢是誰托的，只看這三片竹葉子便可知，以竹葉示身分的，這普天下唯一人爾。」

「什麼人？」沈玉書不解。

「長安城第一大豪紳錢三竹，沈娘子竟沒聽說過？」辰儒風搖著扇子道。

沈玉書這次是實實在在沒聽過這個人，轉頭問身後的秦簡，秦簡也搖頭，表示不知道。

「既然是長安城第一豪紳，為什麼他的名字我連聽都沒聽過？」沈玉書道。

「他這人素來低調。嗯，這麼一想，少有人知道他的名頭也可以理解了。」辰儒風看著他們道，「錢三竹的名下共有三百六十多間紅木房子，據說，他會每天住一間。而且他每間房子的院落都種了柳樹，這柳樹一年四季，葉子從來不枯，枝條也不萎。」

「哦？還有這樣的怪事？那葉子落了又長難道不是固定的生長規律嗎？」李環又忍不住地問。

周易見她探頭要看馬車裡的東西，怕裡面的人頭嚇著她，伸手敲了一下她的腦袋。

李環疼得嗷嗷直叫，拳頭朝著他的胸膛捶打了好幾下才澈底解氣：「你又欺負我！」

周易拿她沒轍，粗魯地在她腦袋上揉了揉，叫她別多嘴，少瞎看，她才安生下來。

她嘴裡嘀咕道：「我頭髮都讓你弄亂了！」之後終究是沒再好奇地往馬車裡看了。

「實不相瞞，這錢三竹門前的柳樹，其實都是用金子鑄的，葉子更是用上好的玉料削刻，自然沒有枯萎的道理。」辰儒風道。

周易驚訝地捂住了嘴巴：「這才真正的是『金枝玉葉』的由來吧！如此貴重的東西，就敢這樣放在外面？他難道就不怕別人趁著夜色，把樹都偷走嗎？」

辰儒風笑笑，道：「小郎多慮了，錢三竹可不是什麼一般人。他可不只是家財萬貫的普通富商，其實他的手底下還有一干厲害的門徒，他們每天夜裡就蹲在院子裡的各個角落，防那些鬼迷了心竅的人。那些門徒可比老黑貓還要敏銳得多。」

沈玉書嘆了一口氣，道：「那他這鏢，寄往何處？」

辰儒風抿了抿嘴巴，眉頭緊鎖，沉默了一會兒才道：「此鏢是寄給當今聖上的！」

他說完，李環就忍不住驚呼了一聲：「什麼？此事竟然和我父親有關？」

她轉頭看向沈玉書，而此刻的沈玉書也愣住了。沈玉書完全想不到，這件事情居然會把聖上也牽涉進來。錢三竹讓燕雙飛押送的東西究竟是什麼？他和聖上又有什麼關係？她腦海裡頓時塞滿了疑問。

看來這件事已經發酵到不是她不想查就可以不查，而是必須要一查到底的程度了。

她心裡惴惴不安，繞著馬車走了幾圈，問秦簡：「若拿燕十二的功夫和你比，如何？」

秦簡一愣，顯然沒想到她會如此問，想了想，道：「未曾比試過，不好揣測，但是比我要厲害，也不是沒可能。」

「那……燕十二的功夫較燕十三如何？」沈玉書又問。

辰儒風回答得很客觀：「燕十三的銀釵雖也難逢敵手，但和燕十二手裡的金釵相比，還是要略遜一籌的。」

沈玉書似乎懂了。對於為什麼死的是雄燕子，而雌燕子卻活著，她心裡已有了大致的答案，雖然不知道對錯，但目前來看，至少算是一個解釋。

「或許他們那天遇到的凶手的確厲害，兩人心裡都很清楚，若是強行對戰，恐怕一個也活不了。燕十二的武功在燕十三之上，而且作為燕十三的夫君，他當時心裡或許是想保住燕十三的，所以便選擇自己留下來，一人對戰，好給燕十三爭取逃離的時間。」

辰儒風點頭道：「也許就是這樣吧，死一個總比死兩個要好。」

如果她推斷的是正確的，那燕十二倒真是個好夫君。

沈玉書道：「燕十三現在在哪裡？我想見見她。」

「飛回家了。」

「燕子門？」

「正是。」

「那就請帶路吧。」

辰儒風轉身往回走，道：「跟我來。」

◆

幾人跟了過去，八個鎧甲人趕著馬車跟在最後。隨李環來的都是些暗衛，所以他們一早便各自藏匿了，躲在暗處緊緊跟隨著玉書等人。眾人去的地方仍是斷魂嶺，在他們面前的是一座懸崖口子，霧色沉沉，根本看不清懸崖有多高，只有絲絲的冷風往外吹，看一眼就讓人卻步。

辰儒風朝身後那幾個鎧甲人打了個眼色，他們趕緊將拴著馬車的三匹馬牽過來，拍拍馬肚子，三匹寶駿便齊齊向前奔跑而去，宛如的盧，縱身一躍便跳出去十多丈遠，後面牽著的馬車呼呼生風，捲著珠簾，呼嘯而過，眨眼間便駛到了懸崖口。

那幾個鎧甲人隨即跳上馬車，揚起手上的長鞭，三匹駿馬竟直奔懸崖而去。

沈玉書吃驚地盯著前方，不由得屏住了呼吸。她正要說出「不妙」兩個字時，那三匹馬居然安然無恙，並沒有像她所想的那般跌入懸崖，而是奔跑在雲霧中，如履平地，彷彿是天上的仙駒。

周易以為自己看花了眼，探頭看了好一會兒，才確定那幾匹馬真的跳入了懸崖。

秦簡卻輕輕地笑了，道：「怪不得世人很難找得到燕子門，原來他們竟想出了這麼一個掩人耳目的法子。」

「掩人耳目？什麼意思？」沈玉書不解，側頭問他。

「一會兒妳就知道了。」秦簡依舊只是淺淺地笑了笑，突然又轉過頭看著她，低聲問，「這麼高的崖，妳敢自己過去嗎？」

「啊？」沈玉書一愣，低頭看了看腳下的萬丈深淵，猶豫道，「應該……敢吧……」

辰儒風並沒意識到他們這條路於外人而言有多可怕，只囑咐他們跟緊自己，便騎著馬一躍跳下了懸崖，身影隨即消失在茫茫白霧中。

沈玉書又看了看腳下，心有餘悸，卻還是攥緊了拳頭，像是下定了決心。待她準備上馬時，卻被秦簡一把抱上了他的馬。

她猝不及防，喊了一聲：「你幹嘛？」

「害怕就別逞強。」秦簡嘆了一口氣，將她的馬拴到了一旁，隨即也上了馬。

沈玉書還沒來得及徹底反應過來，秦簡的手已經拽住韁繩。這個姿勢下，她完全像是被他摟在了懷裡，她只要微微一側頭，就能聽到他強而有力的心跳聲。

一時間，沈玉書的臉上爬上了一片緋紅，她略僵硬地坐直了身子，生怕一個不注意就碰到了身後的秦簡。

她將頭別到了一邊，不自在地道：「我、我自己可以的，我不害怕……」

「不害怕妳緊張什麼？」秦簡輕輕一笑，說話時，溫熱的氣息綿密地灑在沈玉書細嫩的頸窩上，害得她耳根都跟著紅了。

也不知道秦簡有沒有注意到沈玉書的反應，他的目光始終看向前方，口中說了句「抓好了」便牽動轠繩，朝著前方雲霧縹緲看不清前路的懸崖一躍。

剛一失重，沈玉書就嚇得又尖叫出聲，忙抓住了他的手。

「還說不害怕。」秦簡又是悶聲一笑，語氣裡卻聽不出嘲諷，只是拽著轠繩讓馬跑得慢了些。

沈玉書臉紅得發燙，把頭澈底別到了一旁。

沒過一會兒，她就發現了問題所在，他們剛剛雖是往崖下跳的，可此時卻並沒有往下墜落，馬兒依然走在什麼東西上面，只是有些搖晃。

待她大著膽子往下看了眼後才發現，原來這懸崖下竟還有一座鐵索橋，只是斷魂嶺附近一直霧濛濛的，橋被白霧掩蓋著，便給人一種白馬騰空在天上飛的假象。

知道了真相，她終於長舒了一口氣，也沒有剛才那麼緊張了。一低頭，她發現自己的手正被秦簡一雙大掌輕輕地握著，他溫熱的體溫就這樣透過掌心一點一點地傳到她的手背上，竟讓她莫名地覺得心頭一暖。索性，她也裝作沒察覺的樣子，任他一直握著她的手，在雲霧縹緲的索道上慢慢前行。

橋很長，霧遮著也看不清前路，沈玉書便不自覺地微微側頭看向身後的秦簡，看著他仿若雕刻般的下頜，看著他深邃沉著的一雙鳳眼，竟一時失了神。有那麼一瞬，她竟然想看透他眼睛裡到底裝了什麼風景，想從這雙好看的眼睛裡，看到他自己的故事。

沈玉書不知道，從她看秦簡的第一眼開始，秦簡就注意到了她的目光。他目光雖直視著前方，眼角餘光裡卻全是她——她小小的一張鵝蛋臉，在他的眼裡化作了一點亮亮的光，似星星，又似月亮。

他盛著一眼的星光，嘴角彎著月牙的弧度。

當他的唇覆上她的唇瓣時，她整個人都愣了，竟傻了似的直愣愣地看著他深邃的眼眸，顧不上掙扎，也忘了回應，任他柔軟的唇在她的唇齒之間肆無忌憚地輾轉。

一時間，沈玉書只覺得自己像是被縹緲的雲霧包裹了起來，身子一軟，澈底靠在了秦簡身上。秦簡漆黑的眼珠裡閃過一絲笑意，左手把她摟得更緊，吻也逐漸加重了。

沈玉書看著他眼裡的自己，不好意思地閉上了眼睛，舌頭輕輕地一動，與秦簡的交纏在了一起。秦簡悶聲笑了笑，心道她這是在回應嗎？於是他又加深了吻，直吻得沈玉書哼出了聲。

「為什麼把眼睛閉上了？」秦簡低聲道。

沈玉書兩只耳朵微微動了動，裝沒聽見。

秦簡含著她紅嫩的唇瓣，不依不饒地道：「剛剛不是看得很出神？」

沈玉書一下子臉紅到了脖子根，伸手要推他，卻推了好幾下也沒能將他推開，便在他腰間狠狠地擰了一下。秦簡並未料到她還有這一手，悶哼了一聲，狠狠地纏住了她的小舌，直吻得她哼哼唧唧抗議了才放開她。

沈玉書紅著臉惱怒地瞪了他一眼，別過了頭。殊不知，她這一瞪眼，落在秦簡眼裡卻更像是在撒嬌，再加上她那一雙含著水氣的杏眼，直讓秦簡看得心間一動。

他伸手摸了摸她的頭，在她耳邊輕輕地道：「小騙子。」

沈玉書羞澀地咬了咬泛紅的唇瓣，沒看他，身子卻又往他懷裡靠了靠，讓自己澈底陷進他的氣息裡。

◆

斷魂嶺那邊，周易看著沈玉書消失的方向，心下竟有些不是滋味，也不知是因為玉書沒等他，還是什麼。只是直覺告訴他，玉書和秦簡走得過於近了，他們之間，甚至有了他也不知道的祕密。

只是，沈玉書是他陪著一路長大的女孩啊。他一直覺得，他像瞭解自己一樣瞭解她，可此刻他卻茫然了。在秦簡身邊，他竟然見到了一個他從未見到過的沈玉書，一個不再隱藏自己喜怒的沈玉書。

有那麼一瞬間，他覺得悵然若失，卻又如何也找不到問題的根源。

他陪她走過這十數年，不就是想看她能真正地活成自己嗎？此刻，他又為什麼會覺得難過？是他太自私嗎？大概是吧。

李環見沈玉書被秦簡帶走了，就纏著周易，也要和他一起過橋，周易的衣袖硬是被她給拽得皺巴巴的。

周易本就心亂如麻，被她纏得實在煩了，只黑著一張俊臉，無奈地道：「妳別看這裡深不見底的，其實下面是有橋的，只是霧遮著看不到，跳下去沒事的。」

「可是我害怕啊！」李環噘著小嘴，眼淚汪汪地看著周易，甚至還帶著一絲懇求。

「都沒有危險妳怕什麼？」周易無視了撒嬌的她。

「玉書也怕啊，你看人家秦侍衛多貼心，我也要你帶著我過去！」李環兩隻小手又禍害上了周易的衣袖。

周易實在無法，嫌棄地看了她一眼：「好好好！我帶妳過去，妳能放開我袖子了嗎？」

李環見計謀得逞，嘿嘿一笑，放開了他的衣袖，又幫他捋平了褶皺，一臉無辜地道：「我要……你也把我抱上去！」

這下周易連假笑都不會了，一雙好看的眼睛幽怨地看著李環：「妳那麼愛騎馬，自己上不去嗎？」

「可是……玉書也是被秦侍衛抱上去了啊！她騎馬比我厲害多了！」李環又瞪大了一雙圓溜溜的眼睛，語氣裡竟然有幾分嬌嗔。

她太瞭解周易，一句話又戳到了他的痛處，所以不出所料的，周易還是妥協了。他卻並不像秦簡那般紳士，而是自己先上了馬，然後扯著她的兩隻胳膊把她硬拖了上去，疼得李環兩眼冒淚花，嗷嗷直叫喚。

「妳這嗓門還真是不小。」周易無奈地感慨了一句，鞭子「啪」的一下打在馬屁股上，馬叫了一聲便朝崖下躍去，李環又嗷嗷叫喚了起來。

「妳又叫什麼？」周易被她折騰得沒了脾氣。

李環兩手緊緊地抓著他的胳膊，委屈地道：「你怎麼也不跟我說一聲，嚇死我了！」

「妳也沒說要我跟妳說啊？」周易撇了撇嘴，又一鞭子揮下去，馬加快了奔跑速度。

李環又是一聲大叫：「你慢點！我要掉下去了！」

「掉下去就掉下去唄。」周易回答得極其敷衍。

「那我要是掉下去了，你會不會也跳下去救我？」李環仰頭看著周易，一肚子的心眼。

「會。」周易並不看她，只目視前方，彷彿能從滿眼的雲霧裡看出什麼名堂。

李環心下樂得歡，高興地道：「我就說嘛，你還是在乎我的！」

「我要是不救妳，我們家就該滅滿門了。」周易無語，一臉的高冷樣。

李環輕嗤一聲，臉上的笑意卻不減。雖然有時候，她挺討厭自己的公主身分，可有時候她又喜歡極了。因為只要她還是公主，那麼不管周易樂不樂意，也只能聽她的話。不管他怎麼想，她於他，就一定是萬分重要的存在。

◆

鐵橋前頭，辰儒風騎著馬飛快地往懸崖另一頭趕去。秦簡和玉書卻慢悠悠地跟在他後頭，不急不躁。辰儒風在前面暗自想著，或許真是他想錯了，單說秦簡這人的性子那麼冷傲，就完全不像他所認識的那人分毫。

讓辰儒風沒想到的是，當他到達對岸時，秦簡和沈玉書竟然已等候他多時了。秦簡的身子斜斜地倚在一旁的青石上，正低頭和沈玉書說什麼。沈玉書似是在跟他置氣，似乎又不是，但不知道怎麼回事，她的兩頰均泛著淡淡的紅暈。

辰儒風的臉變得滾燙，支支吾吾地道：「你們什麼時候趕到我前面來的？」他一直以為秦簡和沈玉書二人還在他身後，卻沒想到，他們竟不知何時已跑到他的前面來了。

秦簡抬頭，似是剛看到他，淡淡地道：「你不如問自己何時竟落在了我們後面。」

辰儒風豁然一笑，沒再說什麼，目光卻又忍不住想往秦簡身上瞥。

參

待周易和李環到了，他們一行人才跟著辰儒風進入燕子門。

這裡四通八達，稍有不慎就會迷路。據辰儒風透露，這面懸崖上一共鑿通了三百多個「燕子窩」，彼此之間還交錯縱橫，稱得上是個迷陣了。

好在辰儒風熟悉路況，加上有路標指引，他們很輕鬆地就進去了。

沈玉書剛進去便問：「燕十三現在在哪？我們還是應該先去她那裡瞭解一下案件的具體情況才好。」

辰儒風苦笑了一聲，搖搖頭無奈地道：「想從她那裡問到些什麼，只怕是難上加難。」

沈玉書蹙眉，試探地道：「她瘋得很厲害？」

辰儒風嘆道：「是，自她逃回燕子門後，就完全變了一個人似的，說話顛三倒四，整日裡瘋瘋癲癲，嘴裡還吵嚷著千萬不要查下去。我們使盡辦法，也沒能讓她正常起來。想來她應該是受了不少驚嚇吧。」

「燕十二的死，竟然對她打擊這麼大？」沈玉書愕然，也不由得嘆道，「他們夫妻的感情應該很好吧？」

「是，伉儷情深說的就是他們了。」辰儒風點點頭，眼裡滿是悲痛。

隨後，辰儒風領著沈玉書幾人往東邊方向走去，繞過了三座假山，才到燕十三平時居住的房屋。

房屋旁花木繁茂，正前方有個收拾齊整的別院。山風舒爽，淡淡的山茶花香彌漫開來。

沈玉書正打算進屋裡見燕十三，卻聽到小院裡傳來細細碎碎的聲響，轉身看過去，只見院子裡除了擺著一張石桌、六個石凳外，還有三個人。

一個妙齡少女正拿著小銀壺在澆花，少女模樣清純可愛，很討人喜歡；一個半醉和尚正一手拿著酒壺一手握著雞腿吃得歡快，許是吃得盡興了，竟有幾分狼吞虎嚥的猛勁兒；還有一個年邁的老頭，頭髮鬍子都已花白，正蒙著眼睛倒立，顯然是個練家子。

沈玉書看著，既覺得好笑又覺得奇怪，美少女、醉和尚、老頭子，八竿子打不到一起的三種人，竟也能湊到一處？

那三人已然注意到玉書等人，雖然還在做著各自的事情，眼睛卻齊齊地看著他們這邊。

「你怎麼帶外人進來了？」妙齡少女的頭微微左偏，她伸手拂了拂額前碎髮，定定地看著辰儒風，說話的聲音發沉，帶著股壓迫感。

辰儒風不滿地看了她一眼，道：「總鏢頭死得稀裡糊塗，你們難道也都稀裡糊塗？」

妙齡少女瞪了他一眼，繼續澆她的花，彷彿沒有聽見他的話。

辰儒風心中窩火，又道：「一群白眼狼！你們稀裡糊塗，我可不能。」

老頭子依舊保持著倒立的姿勢，鬼森森地道：「你倒是會做好人。」

辰儒風從他雲淡風輕的口氣裡聽出了一絲譏諷，不滿頓時湧上心頭。他看著老頭子道：「白頭翁，你這話什麼意思？」

白頭翁淡淡地道：「沒什麼意思，我只是勸你別傻了，就是做好事也要有人看才行，不是嗎？」

妙齡少女又拂了拂額前的碎髮，附和道：「你也不想想看，總鏢頭的功夫是如何了得，還不是照樣葬送在他人之手？你就算查出了凶手又能怎樣？說不定到時候連我們也一命嗚呼了。你想做好事，我們不攔著，可若是因為你的好心腸害得我們也遭了殃，我就宰了你！」

半醉的和尚斜躺在青石上，無比快哉道：「我說三隻眼，你的腦子怎麼就轉不過這個彎兒呢？就算總鏢頭死了，但燕子門還是燕子門，只要外頭不知道這件事，咱們的生意不是照做無誤嗎？又有什麼干係？」

沈玉書沒有作聲，只是瞟了他們幾眼，心裡有種說不出來的怪異感。

辰儒風縱有千言萬語，也懶得再去理會他們，無奈地嘆了一口氣，轉身招呼著玉書等人朝燕十三的屋子走去。

妙齡少女拿起銀壺繼續澆花，半醉和尚繼續躺在石頭上喝酒，白頭翁也蒙上眼睛繼續倒立。

待離他們有些遠了，沈玉書才敢問一旁的辰儒風道：「方才那三人是？」

辰儒風火氣未消，怒衝衝地道：「一群白眼狼！」

沈玉書知他心下窩火，便只能繞著彎子問：「他們……都是燕子門的人？」

辰儒風心不甘情不願地點點頭，道：「我和他們三個並稱燕子門四大高手，是總鏢頭燕十二雇來負責掌鏢的。那個澆花的喚作夜寒星，和尚喚作酒肉，老頭子喚作白頭翁。」

周易聽著覺得稀奇，道：「一個和尚，竟喚作酒肉？」

辰儒風輕輕地笑了笑，道：「他和一般和尚可不同，他不僅食酒肉，還殺人無數，是個厲害的主兒。」

周易不解，道：「這樣的人，竟也能稱作和尚？」

沈玉書笑笑道：「你忘記了慧遠？」

是的，這一刻，她想到了之前以佛事竊金銀的慧遠，不由得感嘆。以一個名號去看一個人是好是壞，表面上看合情合理，可經歷了這諸般世事之後，只讓她覺得荒謬得很。人性的複雜，哪是一、兩個詞句就可涵蓋的？

秦簡似乎看穿了她的心思，悄悄握了下她的手，卻沒說什麼，只是看向辰儒風說道：「我若沒看錯，你應該打不過那個白頭翁。」

「你竟能看出他們的身手？」辰儒風詫異地道。

秦簡淡淡看他一眼，目光落到沈玉書身上，輕描淡寫般說道：「你也打不過我。」

「你！都沒比試你怎知我打不過你？我好歹也是燕子門四大高手之一，想打贏我，你也得有真本事才行！」面對秦簡的挑釁，辰儒風橫眉冷對，額頭上的第三隻「眼睛」也被他撐得老大。

「那你打得過白頭翁？」秦簡瞥了他一眼，說的話卻能噎死人。

許是被戳到了痛處，辰儒風沉默了許久，才道：「白頭翁確實厲害，可整個燕子門還數燕十二最厲害，我們幾個兩兩聯手，都不一定能打贏他。」

「那燕十三呢？」沈玉書挑眉。

「燕十三雖功夫也了得，但較之燕十二，還是有一段差距的。」辰儒風道。

「也就是說，你們但凡兩兩聯手，燕十三便不是你們的對手？」沈玉書又道。

辰儒風點點頭，沒再說話。

◆

不知不覺間，他們已走進了燕十三的「窩」。除了辰儒風，所有人都忍不住驚嘆出聲。

沈玉書從來沒見過裝飾如此奢華的「燕子窩」——四周金碧輝煌，五光十色交映成趣，各式古玩珍藏一應俱全，甚至比起皇宮大殿也絲毫不見遜色。

屋子裡乾淨整潔，巨大的雕花大床十分顯眼，鋪的是太湖絲品的褥子，蓋的是金色絲線織就的棉被，最醒目的是放在梳妝臺上的那支閃閃發亮的銀釵子。

李環看得也嘖嘖稱奇，直道：「待我以後嫁人時，我也要父親賞我一套這樣的房子。」

「我是不是得提前替妳的駙馬謝謝妳？」沈玉書見她小孩兒心性，不由得打趣道。

說罷，玉書雙目又在屋裡四處張望，看了半天，才道：「燕十三不在嗎？」

辰儒風抬頭，朝屋子的樑上看了兩眼，無奈地指了指沈玉書的頭頂，道：「她哪也沒去，就在妳頭頂上吊著呢。」

「在我頭上吊著？」沈玉書額頭滲出一絲細汗，順著辰儒風手指的方向望去，雖然她做足了準備，可還是被嚇了一大跳。

她頭頂的樑上果然有個人。那人的雙腳向上緊緊鉤住房樑，雙眼緊閉，整個人像是垂楊柳枝般擺來擺去，舌頭伸得老直，臉上塗著黑白相間的顏料，身上還披著押鏢時的黑白連體服，就連手上的銀絲袖套也沒卸下。顯然她從燕十二出事到如今，都不曾換洗過衣服。

沈玉書定了定神，讓自己儘量冷靜地去面對面前這個已經失了心智的人。誰知那人卻突然睜開兩隻眼睛，瞪得比吊死鬼還要恐怖。

玉書驚駭不已，連連後退了好幾步，直直撞上了秦簡厚實的胸膛，還踩到了他的腳，驚道：「她、她為什麼要把自己吊在這裡？」

秦簡悶「哼」了一聲，輕輕嘆了一口氣。

隨即，李環也大叫一聲，後退時踩到了周易的腳，周易已經懶得跟她發脾氣了。

辰儒風頗為無奈地看了看燕十三，道：「她難過的時候，總是喜歡把自己吊起來，一吊就是十幾個時辰，也許是覺得這種窒息感能減輕內心的痛苦和絕望吧。」

周易的眼睛輕輕瞟了一眼玉書身後的秦簡，感嘆道：「想來燕十二的死，對她的刺激很大吧。」

沈玉書抿了抿嘴唇，道：「聽多了大難臨頭各自飛的言論，突然見到這樣不離不棄的愛情還真是有些感動呢。」

燕十三似乎終於意識到自己的屋子進了不少陌生人，眼睛裡滿是無神的迷茫。只見她雙手向上一擒，用力抱住樑子，然後腳尖順勢一點，整個人順利地落到地上，轉頭就朝沈玉書撲來。

「你們是誰？是不是你們害死了我夫君？你們這些壞人，我要殺了你們！我要讓你們不得好死！」她大喊著，張牙舞爪地朝著沈玉書撲來。

秦簡反應迅速地拔出劍，把沈玉書往身後一拉，劍尖一點不含糊地直指燕十三，嚇得燕十三動作一頓，可也不過剎那的安靜，她又瘋癲了起來。

辰儒風見情況不妙，趕忙上前攔住她，好言哄勸：「十三娘乖，總鏢頭只是押鏢去了，馬上就回來了。這些人都是我請來的客人，不是什麼壞人。妳乖乖的，總鏢頭回來才不會生氣，明白嗎？」

燕十三瞪著一雙眼睛看著辰儒風，反應了半天，才點了點頭，卻又手舞足蹈起來，瘋言瘋語地道：「你看、你看！一隻燕子的頭、兩隻燕子的頭……好多好多燕子的頭，哈哈哈，統統要掉頭！」

沈玉書本想上前問話的，可看她如此情況，卻步了。燕十三的情緒這樣不穩定，她怕是很難從對方口中問出什麼。

「我們還是想想其他法子吧，她這樣，問不成的。」周易道。

「可她是唯一一個在案發現場的人，若是直接跳過了她，我們恐怕很難找到直接證據，排查起來就更難了。」沈玉書一臉的無奈。

「可一個瘋子的話，妳敢信嗎？」周易也嘆氣。

沈玉書不語了，愁眉不展地看著手舞足蹈的燕十三，一時沒了辦法。是啊，瘋子的話，怎麼能當作證據呢？

突然，她眉頭一展，問周易道：「一個瘋子應對突如其來的攻擊時，和我們常人的反應一樣嗎？」

「這個……」周易一時被難住了，想了想，道，「按理說，如果一個人真的瘋了，大腦中的神經就會隨之紊亂，對於別人的攻擊應該也很難做出預判，甚至可能並不知道那是對他不利的動作。除非他挨過打，不然應該不會有什麼反應吧。」

「這樣嘛……」沈玉書暗自嘀咕了句什麼，眼睛裡閃過一絲亮光，回頭看著秦簡，提高了音調道，「秦簡，你能打過燕十三嗎？」

秦簡愣了愣，一臉的疑問。

「你覺得，她如今這樣，你一拳打過去，她躲得過嗎？」沈玉書又問。

「這個……不好說。」秦簡道。

「要不你試一拳？」沈玉書又道。

秦簡更不懂她的意思了，問：「妳要我打燕十三？」

沈玉書點頭，道：「以全力去打，千萬別猶豫。」

周易的嘴巴裡就像是塞了一、兩個饅頭般張得老大，傻傻地看著沈玉書，道：「妳跟她有仇啊？」

「沒有啊。」沈玉書道。

周易咧著嘴，不解地道：「既然無冤無仇，妳招惹人家做什麼？萬一她躲不過，我們怎麼和燕子門的其他人交代？」

「你就確定她一定躲不過？」沈玉書挑眉。

「她都瘋成這樣了，老秦速度那麼快，能躲得過才怪！」周易一臉憐憫地看了看燕十三，彷彿沈玉書有多凶神惡煞一樣。

秦簡道：「真打？」

沈玉書點頭，絲毫不帶猶豫地道：「記得使全力。」

秦簡雖然心裡覺得詫異，但明白沈玉書這樣做肯定有她的用意，便沒再多說，果真掄起拳頭，猛地朝燕十三的眼睛砸去。所有人都在看著秦簡的拳頭，只有沈玉書一個人死死地盯著燕十三的眼睛。

在秦簡的拳頭距離燕十三不到半寸的距離時，沈玉書突然喊道：「停！」

秦簡趕忙收手，燕十三的眼睛像是死魚般動也沒動。

「你沒說錯，她真的躲不開。」沈玉書笑著看了眼周易，接著嘀咕道，「不過她這眼睛裡可是藏著不少的故事呢。」

「什麼意思？」周易不解。

沈玉書笑笑，解釋道：「一個人的喜怒哀樂，包括情思和祕密，都深藏在眼睛裡，瘋子也一樣。」

周易湊近仔細看了看燕十三的眼睛，並沒看出什麼名堂，無奈地道：「妳又說一半藏一半！」

辰儒風在一旁看著，不由得又唉聲嘆氣起來，道：「她瘋成這樣，也不知道這病還好不好得了。」

「辰大俠大可放心，燕十三只要是真瘋，那便還有辦法。」沈玉書道。

辰儒風眼前一亮，道：「小娘子有什麼好法子？」

「藥死人的法子。」沈玉書眼中閃著狡黠，踱了幾步，道，「瘋子嘛，若是死過一次自然就瘋不起來了。」

她說完，除了燕十三之外，在場的其餘人都變得更加迷茫，秦簡更是一臉稀奇地看著她。他知道沈玉書聰慧過人，也知道她懂得不少東西，可他從不知道，她竟還會醫瘋病。

辰儒風拈著蘭花指，道：「還請沈娘子說得清楚些，我聽得不是太明白。」

沈玉書又裝模作樣地踱了幾步，道：「我祖上傳下來過一張方子，是專治瘋病的，興許燕十三喝完病情會有好轉。」

辰儒風已迫不及待，道：「什麼樣的方子？說來聽聽。」

「這方子倒是不難，你只需準備二錢雲花蟾、三兩白砒霜、四把雷公藤、五株斷腸草、六粒瞪眼丸，再用七碗水熬成一大碗公，趁熱給她服下，第二天瘋病可能就好了。」沈玉書說罷，像煞有介事地補了句，「哦、對了，別忘了再加一味藥引子，黑狗屎一坨。」

辰儒風聽得整個人怔在當場，過了好久才回過神，聲音顫顫地道：「小娘子莫不是在拿我開玩笑吧，這樣的方子豈能治病？妳說的這些可都是劇毒之物啊！」

「不錯，可是不知你有沒有聽過這一句話，以毒攻毒，我們不試試，怎麼知道這藥無效呢？」

辰儒風略微想了想，又連連搖頭，堅決道：「這法子斷然不可取，萬一非但沒治好十三娘的病，還讓她再生了什麼差池，就更麻煩了。」

沈玉書認真地看了眼辰儒風，嘆了一口氣，道：「可是你有沒有想過，你雖思慮周全，卻可能誤了她的治病良時？她若一直這樣瘋瘋癲癲，年深日久，只怕會病入骨髓，到時就是大羅神仙下凡也是無濟於事了。」

辰儒風猶豫了片刻，道：「可妳這藥……」

沈玉書認真地道：「我向你保證，我這服藥，絕不會讓她有任何性命危險。」

辰儒風眼睛一亮，道：「此話當真？」

「千真萬確。不過你要記得，須在天黑後給她服下，此藥才能起到效果。」沈玉書信誓旦旦地說。

辰儒風一個腦袋兩個大，道：「喝藥還要挑時辰？」

「當然，只有夜裡藥效最佳，否則，可就治不好病囉。」

辰儒風點點頭，將沈玉書的吩咐一一記在心裡。

此時燕十三已安靜下來，坐在梳妝臺前呆呆地望著鏡子裡的自己，像塊木頭一樣，一動不動。

沈玉書看了她幾眼，便獨自在屋子裡轉悠起來。她走到一扇窗戶旁，往下看，下面是個小水池，裡面種了荷花，有幾條金絲龍鯉在水池裡游來游去。

「這鯉魚都餓瘦了，也該餵餵食了。」她莫名其妙地說了句。

辰儒風道：「唉，以前這些鯉魚都是十三娘親自餵食的，可她瘋了之後，就沒人記得這茬事了，不餓瘦才怪。」

沈玉書「哦」了一聲，也沒再多說什麼，轉身走出了「燕子窩」。

◆

臨近正午，辰儒風吩咐庖子[1]準備了上好的酒菜款待沈玉書等人。如果沒有後來一段不甚愉快的小插曲的話，在這樣一個鳥語花香的地方喝酒聊天，確實是件很享受的事情。

辰儒風雖外表看著怪，倒是個細心的人，吩咐膳堂準備的菜品相俱佳，看得沈玉書頓時有了食欲，他還親自給在座的幾人布了菜。

「準備得不夠周全，只能勉強飽腹，還請諸位不要怪罪。」辰儒風把所有菜都布好了才坐下。

大家正準備動筷子，卻見酒肉和尚突然從桌子底下鑽出來，似乎在桌子下面藏了很久。

「你怎麼在這裡？」辰儒風神色一凜，冷冷地道。

酒肉和尚也冷哼一聲，道：「你就胳膊肘往外拐吧，有好吃好喝的都不叫我，還算什麼兄弟？」他說罷，也不管辰儒風臉色多難看，毫無顧忌地拉了個椅子坐了下來，一身酒臭味兒熏得李環直皺眉頭，乾脆直接起身走遠了。

沈玉書知道這個祖宗最受不了邋裡邋遢的人，又不放心她一個人瞎跑，拍了拍秦簡的肩，讓他和周易先把這裡穩住，便跑去找李環了。

待她把李環拉回來的時候，卻見酒肉和尚像被人施了定身法般，一動不動地僵在原地。

辰儒風沒好氣地推了他一把，道：「好好一桌飯都被你弄壞了，你又在耍什麼把戲？」

酒肉和尚也不知是不是吃得噎著了，並沒有回答他。只是片刻後，在場的所有人都看到他的嘴巴和鼻子開始往外冒血，他連一個字也來不及細說就徑直倒了下去。

辰儒風大驚失色道：「這、這是怎麼回事？」

周易嚇得將手裡的紅燜雞翅扔出了老遠，又去探酒肉和尚的鼻息，驚訝地道：「他死了！」

沈玉書剛過來，對剛剛發生了什麼還不甚瞭解，大概梳理了一下才反應過來，他們吃的酒菜顯然是被下了毒，所幸他們都還沒有動筷子。

沈玉書、秦簡、周易此刻都望向辰儒風。

沈玉書看了看身後的李環，一下子惱了，道：「我們死了無妨，這裡還有一個公主殿下，若是她也被毒死了，就是抄了你們整個燕子門也不夠賠！」

「不，絕不是我幹的，你們要相信我！」辰儒風本就死白的臉色此刻更是白得嚇人。他為難地看著沈玉書，推脫道：「沈娘子妳想想，我要是想殺你們，就沒必要費盡心思地把你們請來燕子門了啊！如果真是那樣，我這不是此地無銀三百兩嗎？你們死了，我也脫不了干係啊！」

沈玉書看著他一臉抱歉的表情，心下的火還是沒消下去。

秦簡起身，安慰地看了她一眼，又一臉警惕地看向辰儒風，道：「不管是不是你做的，你們燕子門總該是一夥兒的，我們需要一個交代。」

「沒錯，我們是信任你才選擇幫你，你就拿毒酒毒菜來回報我們？」周易也生氣了，恨不能把這一桌的酒菜給掀了。

「我……」辰儒風有口難言，嘆氣道，「你們也都看到了，自從總鏢頭出事以後，我和那幾個就一直意見不合，燕子門現在有多少人心懷不軌，我也不敢確定。但是你們放心，此事我一定徹查，下毒的人絕不姑息。我請你們來，是真的想求一個真相。」

他的態度異常懇切，念在死了的是酒肉和尚，沈玉書眼皮子動了動，淡淡地道：「這些食物都有誰接觸過？」

「除我以外，只有庖子了。」辰儒風答。

沈玉書冷著一張臉，再沒先前的好脾氣，冷聲道：「我要見他！」

辰儒風點點頭，帶他們去了膳堂。

路上，沈玉書千叮嚀萬囑咐李環要小心些，還叫秦簡別跟著自己了，看好李環就夠了。

秦簡無奈地笑笑，低聲道：「公主殿下帶了那麼多暗衛，別人就是想動她，也沒那個膽子啊。」

結果，他成功地換來了沈玉書一個大大的白眼，他實在拗不過，只得退一步移到李環身邊。他一過去，周易卻喜上眉梢，蹦躂到了沈玉書身邊，又開始嘮叨起來。

◆

膳堂裡水氣繚繞，他們一進去，就看到一個披著黑褂子的人正在燒火，這人正是燕子門的庖子。

沈玉書指了指他，道：「燕子門每天的膳食都是他做的？」

辰儒風道：「是。」

她走過去的時候，那人拿著火棍子突然扭過頭。

沈玉書著實被他的這個舉動驚了一下，道：「他……怎麼是個瞎子？」

辰儒風道：「他不僅是個瞎子，還是個啞巴。」

「這天下那麼多廚藝好的，你們為何偏偏要找一個不健全的人？」沈玉書不解。

辰儒風苦笑道：「瞎子看不到，啞巴說不出，這樣的人最適合不過了。」

他一句話，沈玉書就了然了。這燕子門，表面看著奇怪，其實內裡，還說不定還不知道藏了多少汙，納了多少垢。

周易上前，確定了他的眼睛是真的看不到後才道：「我們既沒見過他，也和他無冤無仇，他應該沒有殺我們的動機吧？」

這一點沒人反對。

「可倘若有個人偷偷摸摸地進入膳堂，瞎庖子是不是也不會發現？」沈玉書問。

「當然！」辰儒風答得飛快，但轉瞬，臉色就變得灰白，「妳是說，有人暗中在酒菜裡下了毒？」

沈玉書看著辰儒風道：「不錯，這人這麼瞭解燕子門，看來，要對我們下殺手的，應是你的熟人啊！」

辰儒風不好意思地低下了頭，顯然也認同了沈玉書的推測。

「可是那人會是誰？白頭翁，還是夜寒星，抑或是……燕十三，還是你們燕子門中的其他人？」周易想了想道。

沈玉書搖了搖頭，心裡也沒有答案。

辰儒風有些心急，上前搖了搖瞎庖子，和他交談了半天，瞎庖子卻沒有半點反應，只不住地搖頭。無奈，他們只好往外走，這時，那個瞎庖子卻突然咿咿呀呀地說著什麼。

沈玉書好奇地回過頭，見瞎庖子手裡正提著一把水壺慢慢摸索到牆角。牆角擺放著一盆山茶花，已經枯萎了。瞎庖子許是不知道花已死了，竟開始給山茶花澆水，一邊澆水還一邊啊啊地叫著，可事實上，那水壺裡根本連半滴水也沒有。

「他難道感覺不出壺裡沒有水嗎？」沈玉書覺得奇怪，嘀咕著。

「視覺有障礙的人，觸覺一般都較一般人更敏感，依我看，他應該是故意為之吧。」秦簡不知何時又到了沈玉書旁邊，說話時，綿密的氣息噴在沈玉書脖子上，害得她一激靈。

沈玉書回頭看了他一眼，又轉身看向瞎庖子，突然靈光一閃，道：「我明白了，他是有話要與我們說，難道、難道、難道是她？」

秦簡也看懂了，笑笑不語。

「妳是說夜寒星？」周易也道。

「不錯。我剛剛見到夜寒星時，她手裡也有個這樣的小銀壺，還正在給花澆水。而膳堂裡的這盆山茶花已經枯死了，說明瞎庖子平時並沒有澆水的習慣，而且他澆水的壺裡沒有水，說明他並不是真的在澆水，而是在模仿澆水的動作。瞎庖子雖然看不見，說不出，但耳朵很靈敏。」

「原來是這樣！」周易恍然大悟道，「可夜寒星為什麼要殺我們？」

沈玉書沒有回答，一雙靈動的眼睛直直地看向辰儒風，辰儒風此刻有些暴怒，竟有幾分陽剛之氣了。「這個賤人，定是上午與我有了爭執後，心中不滿，於是便想把我們都殺了，好圖燕子門的好處。」

此刻辰儒風的內心憤憤不平，僅是聽他說話的語氣，沈玉書都能感覺到他想把夜寒星大卸八塊的心。

周易皺眉道：「若不是酒肉和尚貪吃，我們現在恐怕早就死翹翹了。」

周易這一提醒，讓沈玉書又擔心地看了眼李環。她見李環正一個人摘著花花草草玩著，又一個眼刀子飛向了秦簡。

秦簡不愧是秦簡，瞬間會意，嘆了一口氣，又去做起了護花使者。

眾人正嘆息著，夜寒星和白頭翁不知什麼時候已站在了他們的面前。

肆

讓人意外的是，夜寒星的臉上也是怒火中燒，臉色比起辰儒風來，同樣好不到哪裡去。

「好你個三眼怪，剛剛我們不過是意見不合鬥了幾句嘴，你就害了酒肉和尚的性命？」她厲聲喝道，上來就興師問罪。

白頭翁摸了摸鬍子，也咂了咂嘴道：「酒肉和尚平時只是貪吃，也沒什麼壞心眼，你又何故在酒菜裡下毒，白白損了陰德？」

辰儒風胸中心火鬱結，被他們一來二去說得滿臉茫然。他原本就打算要去找夜寒星理論的，現在居然被反咬了一口，讓他更加惱火。

「酒肉和尚的確是吃了酒菜中毒的，不過，酒菜裡的毒是誰下的，我想某些人應該比我更心知肚明吧？」辰儒風不甘示弱，嗓門也大了許多。

夜寒星許是沒料到他會發這麼大的脾氣，被嚇得一抖，眼睛像是一汪春水，泛起了陣陣漣漪。

她突然一臉無辜地看著辰儒風，難過地道：「之前白頭翁和我說你心有不軌，我還不信，覺得你不過是因為燕子門出了事，一時衝動罷了，現在想想，果真是我天真了。自從總鏢頭走後，你就性情大變。現在好了，自己做了錯事，竟然還把髒水潑我們頭上，你就不怕晚上睡覺做噩夢嗎？」

辰儒風「哼」了一聲，道：「又裝？妳以為我不知道妳什麼樣嗎？我有沒有下毒，這幾位完全可以做證。」

「他們？」夜寒星淚汪汪地瞟了瞟沈玉書，更委屈了，「他們是你請的人，他們說的話又怎能當作證詞？怎麼，你是明知道自己理虧，以為聯合外人，就可以給自己開脫了嗎？」

「妳……」辰儒風氣得發抖，道，「別以為我不曉得妳偷偷進了膳堂。」

「膳堂？真是好笑極了，今天上午我一直都在澆花，從沒離開過院子半步，這些，白頭翁是知道的。臨近正午時，酒肉和尚言有酒無菜，便走出院子尋找吃食，那時，我依然在院子裡。到頭來，還是我的錯了？」夜寒星說得好不委屈。

白頭翁點點頭，算是給夜寒星做證。辰儒風心中雖氣，卻也不好再多說什麼。反正狗咬狗一嘴毛，撕到最後誰也撈不到好處。

沈玉書一時也困惑了，暗暗道：『若是夜寒星和白頭翁事先沒有串通好，那麼去膳堂下毒的人又會是誰呢？畢竟瞎庖子的舉動是不會說謊的，難道是有人刻意模仿夜寒星？』

她想了想，想得越多頭也就越疼，索性不再想了。

夜寒星擦了擦眼淚，一臉認真地望著辰儒風，道：「你要明白，燕十三現在已變得瘋瘋癲癲，這件案子本不該再查下去的，否則殃及的就不僅僅是我們了，還有整個燕子門。這個責任，你我都負不起。」

「哦，這會兒妳倒關心起燕子門來了，妳怎麼不關心關心死去的總鏢頭呢，還是妳心裡早就巴不得總鏢頭去死？」辰儒風毫不避讓，語氣凌厲得似開刃的刀劍。

夜寒星的眼睛斜斜地往上看了看，臉上的表情也變得很不自然。辰儒風的話裡有弦外之音，所有人都聽得很明白，卻沒有一個人作聲。

夜寒星也不知道是不是心虛，沉默了很久才道：「那好吧，大檔頭既然非要管這件事，我也無力勸你，只希望我們不要變成下一個酒肉和尚。」她這句話剛說完，人已走遠。

辰儒風又讓瞎庖子做了幾個熱菜端來，可沈玉書他們都沒了胃口，只簡單地吃了幾口，就去客房裡休息了。

辰儒風先是將酒肉和尚的屍體安置好，隨後又急匆匆地趕去藥堂，按照沈玉書給他的藥方將藥抓回來。他害怕中途又出什麼亂子，便親自去熬煮了湯藥。

夜半時分，藥也熬煮得差不多了。辰儒風拿著小蒲扇靠在壁爐旁，溫暖的風刮在他的臉上，他的眼睛半睜半閉，這會兒他實在是疲乏難耐，便忍不住打了個盹兒。

醒來時，爐子裡的火已經熄滅了，湯汁也熬煮得濃稠了。他打了個哈欠，望著碧綠色的湯藥，擤了擤鼻子，嘆氣道：「這東西既不好看，味道也不好聞，十三娘怕是不願吃的。」

他搖搖頭，將湯藥盛好後，怕延誤了時辰，便匆忙送到了燕十三的房裡。

燕十三此時正坐在梳妝臺前梳頭髮，一根一根地梳，動作就像是提線的木偶般僵硬。她沉浸在自己的世界裡，絲毫沒有注意到屋子裡多了一個人。

辰儒風把藥碗放下，換了張笑臉對著燕十三道：「副鏢頭，我今日給妳煮了甜湯，味道可好了，妳趁熱喝了吧。」

燕十三突然扭過頭，臉上笑開了花，彷彿一個三、四歲的孩童，道：「甜湯？我要喝、我要喝。」

辰儒風覺得她的反應不錯，起碼不抵觸，於是笑著道：「好，我餵妳吧。」

燕十三卻瞬間不樂意了，彆彆扭扭地道：「我才不要，我要藏起來等會兒慢慢喝。叔父你快出去把門關上，千萬不要讓別人看見了，不然他們又要和我搶吃的了。」

辰儒風本想親眼看她喝下去的，但一想到燕十三的情緒不穩定，雖說神志不清，武功卻不弱，萬一她哪根筋搭錯了，他還真不是她的對手。於是他只好順著燕十三的話往下說：「那我就出去了，妳千萬記得把湯喝了，知道嗎？」

夜深人靜，烏雲蔽月，燕十三的屋子裡更是死一般的沉寂，只有屋子旁的小池塘裡時不時傳來鯉魚拍水的聲音。

◆

第二天清晨，沈玉書剛剛洗漱完畢，老遠就聽到辰儒風公鴨般的笑聲。她打了個寒戰推開門，看到秦簡和周易過來找她，卻沒見到李環，心中估計李環這會兒還沒起。

辰儒風喜出望外，邊走邊道：「小娘子真是神了，十三娘喝了妳的方子，瘋病果然好了大半，現在都能認清燕子門的人了。」

沈玉書微微挑了挑眉，道：「那就好。」

周易一臉的難以置信，上下打量了一番沈玉書，道：「妳竟真會看瘋病啊？」

沈玉書神祕一笑，道：「那是，我很厲害的！」

周易困惑道：「妳這方子到底加了什麼，竟然這麼見效？」

沈玉書招呼他們進了屋，道：「這方子沒什麼神奇的地方。而且只對燕十三管用，旁人若是用了，非但治不好病，還會肝腸寸斷，渾身糜爛而死。」

周易更加困惑了，嚷嚷道：「妳這話是何意？這燕十三和常人的生理構造還不同了？」

沈玉書只是對他笑，沒說話，轉身跑去叫李環起床了。

等李環梳洗完，他們一行人又去了燕十三的房裡。

燕十三此時正端坐在椅子上，夜寒星和白頭翁也早就到了，他們看到沈玉書和辰儒風，表情很怪異。

燕十三的面前擺放著各式各樣的糕點。此刻，她正在狼吞虎嚥，一盞茶的工夫就將面前的糕點消滅了個精光。

辰儒風道：「沈娘子妳看見了沒有，喝了妳這碗神藥，副鏢頭不僅恢復了神志，甚至連胃口也好了許多，前幾天這些糕點她是碰也不會碰的。」

沈玉書點點頭道：「這樣最好，知道餓說明她恢復得差不多了。」

辰儒風又拿起桌子上的瓷碗，道：「這是昨晚盛裝藥湯的碗，她喝得一滴不剩。」

沈玉書「嗯」了聲，隨後看著吃得津津有味的燕十三，道：「那藥好喝嗎？」

燕十三抬頭，皺著眉看了看沈玉書，又轉頭看向辰儒風，疑惑地問：「他們是誰？」

辰儒風沒注意到她眼神裡的抵觸，道：「副鏢頭，他們是幫你治病的人！妳就是喝了他們給的藥，才好了的。」

燕十三的臉上竟然閃過一絲疑惑：「病？什麼病？我幾時生過病的？」

辰儒風一愣，沈玉書卻一點也不意外，笑道：「沒想到我這藥方子居然還有副作用，治好了瘋病不假，卻多了個失憶症。燕副鏢頭的病還真是不少呢。」

燕十三好像又恢復了之前冷血的性子，淡淡地道：「這位娘子說的話實在讓人費解。」她轉頭看著辰儒風責問道，「儒風，你在燕子門待了這許多年，竟連規矩都不懂了？燕子門從來不歡迎外來人的規矩，你竟也忘了？趁我還沒有改變主意，你趕緊把他們送走吧，不然我連你一起責罰！」

辰儒風左右為難，湊到燕十三的耳旁輕聲道：「副鏢頭，妳面前的這位娘子可是大唐第一神探，她是我特意請來幫忙查案的。」

「查案？我燕子門這麼些年都太太平平的，查什麼案？」燕十三的表情冷冽，並不信他的話。

辰儒風一下懵了，試探地問道：「副鏢頭，妳當真忘記了？總鏢頭他、他死了！」

「你說什麼？十二郎死了？什麼時候的事情？」燕十三一臉錯愕，像是第一次聽到這個消息。

「就在三天前。」

燕十三陷入了沉默，好像真是記不起來了。

沈玉書在一旁看著，終於忍不住笑出了聲。

周易覺得她奇怪，問道：「妳笑什麼？」

她眯了眯眼睛，道：「看來燕副鏢頭的失憶症可不輕咧。」

眾人皆不解地看她。

她嘆了一口氣，有些不好意思地道：「其實，我昨日給辰儒風的方子是自己瞎謅的，且樣樣都是劇毒之物，怎能治病呢？只是沒想到，你們竟然還真信了，我連風寒該吃什麼藥都不知道，哪裡會醫什麼病啊！」

辰儒風難以置信地看著沈玉書，又轉頭看看那已恢復如常的燕十三，一臉不解地道：「可……副鏢頭的病確實好了啊！」

「嗯，其實她的病會好，我也很意外。因為按照我給的劑量，足以毒死一百頭野牛了，可燕副鏢頭居然一滴不剩全都喝了下去，並且還能安然無恙地出現在我們面前，如此神奇之事，我反正是想不通。」

辰儒風驚訝道：「小娘子不是說，這方子服下後，是先殺人後救人的嗎？妳怎麼又不知道了？」

「殺了人還怎麼救得回來？我早說過這方子是藥死人的方子。」沈玉書一本正經地道。

辰儒風還是不理解。秦簡卻終於明白了沈玉書的用意，看著她一副得意揚揚的樣子，心下也不由得快樂了不少，道：「燕十三根本就沒有喝藥，對吧？」

他語出驚人，所有人都愣住了，燕十三的神情也有些不對勁。

沈玉書沒有急著回答，只笑著對他眨眨眼，隨後慢慢走到窗戶旁，往下看了看，道：

「人是好了，可池塘裡的鯉魚都死了。」

他們都過去看，池塘的荷葉間果然漂著鯉魚的屍體，站在窗邊，已經能夠聞到腥臭的味道了。

辰儒風道：「難道許久沒有餵食，鯉魚都餓死了？」

沈玉書回頭看著燕十三，道：「燕副鏢頭昨晚怕是給鯉魚餵過食的，只不過一大大碗公毒藥湯潑下去，這些鯉魚可沒有燕副鏢頭那麼好的運氣了。」

辰儒風驚得舌頭打結，支支吾吾地道：「妳說副鏢頭把湯藥都潑到了池塘？」

「不錯，否則這些鯉魚怎麼好端端的，突然就死了？依我看，你們的副鏢頭根本就沒有害瘋病，從我們來到燕子門開始，她一直都在裝瘋。」

燕十三瞪著沈玉書，不悅地道：「簡直胡說八道！」

「胡說八道？」沈玉書輕輕地瞄了她一眼，道，「不知妳如何解釋自己怪異的行為？昨天我讓秦簡用拳頭打妳的眼睛，正常人眼前突然有物體快速襲來時，因為刺激的緣故必然會眨眼睛的，可妳恰恰相反。想來，應該是我與周易的那番對話誤導了妳，妳便以為只有面不改色地應對秦簡的攻擊，才能證明自己是真的瘋了。可是，瘋子這麼聽人話嗎？顯然，妳的瘋病都是妳刻意偽裝出來的！我說得沒錯吧？」

周易恍然道：「所以妳才藉故說能治好她的瘋病，實際上也是為了拆穿她的把戲？」

「沒錯。昨天我當著她的面說出了藥方的內容，她當然知道那都是毒藥，所以定然不會喝，於是湯藥就一定會被她潑掉。」沈玉書說著，又特意看了兩眼燕十三，她已不如方才那般鎮定了。

沈玉書看到燕十三的變化後滿意了，繼續道：「我特意吩咐辰大俠晚上再送藥，其實並不是這藥要挑時辰，不過是因為白天燕十三為了裝瘋不好四處走動，若是潑了湯藥很容易惹人懷疑。只有半夜三更時，眾人都已入睡，她才可偷偷摸摸地將藥湯潑掉，並且不會有人注意。而且她的窗戶下便是個很好的潑藥地點，毒藥倒進池塘裡，很快就被稀釋，便不會那麼容易被人察覺。」

沈玉書笑了笑，看著燕十三，又接著道，「另外，我說的這幾種毒藥煮出來的湯汁是墨綠色的，若是潑到別處一定會留下痕跡，只有在水裡才會被淡化。可她似乎忘了池塘裡除了死水還有活魚，在毒藥剛潑下去的一刻藥力還很強，那些本就饑餓難耐的魚，以為那是投來的餌料便瘋狂游過去搶食，這才被毒死了。」

辰儒風聽完，頓時啞口無言，過了好久才看向燕十三，道：「副鏢頭，妳……為什麼這麼做，莫非妳有什麼難言之隱？總鏢頭的死，並不尋常，對不對？」

燕十三的把戲被當場拆穿，面子多少有些掛不住。

沈玉書本以為她會透露一些關於案子的線索，可她仍舊閉口不言。

沈玉書無奈地嘆了一口氣，道：「我有法子治好她的『瘋病』，卻沒法子讓她對我們知無不言，接下來的事，還得靠在場的諸位了。」她說罷，看了眼屋內燕子門的眾人。

秦簡看著她自信滿滿地將一眾人說得啞口無言，眼睛裡還閃著狡黠的光芒，他的心裡竟生了一個奇怪的念頭，他想把她抱進懷裡，親自問問她的小腦袋裡都裝了什麼小九九[2]。只可惜在場的人實在太多，他只能遠遠地望著她，把她和她身上散發的光芒盡收眼底，化作眼底深深的欣慰和笑意。

一旁的夜寒星看了看白頭翁，又轉眼望向沈玉書，道：「既然副鏢頭沒有瘋，那燕子門的事情也就不勞各位費心了，我們自會處理好。」

白頭翁緊接著道：「副鏢頭這麼做，自有她的道理，小娘子一個外人，分明可以置身事外，何必一定要刨根問底呢？」

沈玉書淡淡地看著他們，他們個個都一副用心良苦的樣子，沈玉書卻只覺得世態炎涼。其實，她才不願插手他們這些江湖中事，若不是此案牽涉到了皇室，她在酒肉和尚死了以後，就打道回府不再摻和了。

她一句話也沒有多說，轉身挽起李環的手，離開了燕十三的屋子，秦簡和周易也緊隨其後。在眾多不懷好意的眼神面前，她清楚地知道，她必須要趕快離開這裡。

辰儒風一臉無奈，從後面叫住了她，道：「小娘子要往哪裡走？」

「自然是聽從燕鏢頭的意思，打道回府。」她頭也不回地說。

辰儒風雖不甘心，卻也做不了主，既然副鏢頭燕十三已下了逐客令，他也只好照辦了。

◆

在送沈玉書等人離開的路上，辰儒風想要說點什麼，可終究覺得自己理虧，猶豫了半晌才總算開口道：「沈娘子，這次是辰某人失禮了，日後小娘子若是有用得著在下的地方，儘管開口。」

沈玉書的心裡本不太開心，但也知道辰儒風的為難，想明白了之後，停下腳步，看向辰儒風道：「日後就不必了，當下倒是有件事辰大俠可以幫得上忙。」

辰儒風面上一直緊繃的神色一鬆，他看著沈玉書道：「請講。」

「我想要兩隻燕子。」說這話的時候，她偷偷瞥了瞥站在身旁的秦簡，心裡想的是，既然燕子門的燕子這麼厲害，那她何不弄兩隻，說不定日後還能派上用場。用鴿子傳信的方法大家都知道，若是日後遇到麻煩事時，鴿子的目標太大了，反而是燕子，更常見一些，目標小，不易被發現，也許還能在緊急關頭救她一命。

「好說、好說。」辰儒風一聽是這件小事，馬上答應了，吹了一個口哨，瞬間招呼來兩隻燕子，並將其遞給沈玉書，然後又將如何控制燕子的方法都告訴了她。

在路上耽誤了這麼一會兒，等他們走到鐵索橋的時候，看到夜寒星和白頭翁早已站在橋頭。那二人靜靜地站在雲山霧繞之間，面上神色淡淡的，甚至可以說透著股冷漠。

夜寒星卻在看到他們後變得很客氣，道：「各位慢走，來一趟燕子門，大家也算是朋友了，我送送你們。」

白頭翁點點頭，皮笑肉不笑地附和道：「還請各位能夠守口如瓶，無論是在這裡看到的抑或是聽到的，都希望你們能爛於腹中。」

「你們那點兒破事，說出去還壞了我們玉書的名聲呢！」李環一臉不屑地道。

沈玉書笑笑道：「勞煩各位了，不過，我們認得路。」

辰儒風盯著夜寒星，冷哼道：「燕子門的活兒好像還有很多，你們倒是閒得很，當初怎麼不見你們這麼客套？」

夜寒星和白頭翁冷哼一聲，轉身消失在白霧裡。

辰儒風轉身和他們道了句「抱歉」，這才慢慢往回趕，手裡卻捏著一支飛鏢。

◆

周易魂不守舍地道：「這燕子門的人，還真是各懷鬼胎。」

「你也看出來了？」沈玉書看他一眼，道，「內有不定，怎能不生外患？只怕燕子門的禍還在後頭呢。」

「原來這就是江湖啊，一點也不好玩，甚至比朝堂爭鬥還讓人覺得可怕。」李環也難得正色起來，一臉的感慨。

沈玉書朝她笑笑，道：「所以我一開始才不答應妳跟來啊！妳別看我們平時查案子多麼新奇，可每每遇到的，皆是怪人，壞人又到處都是，一不留神可能連命都要保不住了。」

「那妳……又為什麼一定要堅持做這個啊？如果妳不做這個，還可以天天到宮裡來找我玩了，多好！」李環不解地問。

沈玉書一愣，竟一時不知該如何回答她。

周易拿扇子在李環的腦袋上敲了一下，道：「妳個小孩兒，不懂別瞎問，這是人生追求，知道嗎？和妳天天鬧著要出宮一個道理！」

秦簡怕沈玉書又想起過往的傷心事，擔憂地看了她一眼。

誰知沈玉書卻沒心沒肺地朝他笑笑，用口型和他說了句「我沒事」，轉頭和李環說：

「我沒有什麼大理想，我就想我們大唐以後能國泰民安、歲有餘糧、喜樂安康。」

李環「噗哧」一聲笑了，道：「我真該把妳這些話都記下來說與父親聽，他聽了估計要感動哭了。」

沈玉書只是笑笑，不再說話。

李環不知道，玉書說的這些話，皆是她的心裡話，因為這些話也是他父親生前的願望。

周易和李環拌了一會兒嘴，突然正色道：「咱們真就這樣回去啊？」

沈玉書促狹一笑，道：「來都來了，哪還有回去的道理？」

「那我們去哪？」周易看了看四周，問。

「當然是去找另外一條線索咯。」沈玉書聳聳肩。

秦簡挑眉道：「妳要去找錢三竹？」

沈玉書笑著看他，道：「聰明！」

秦簡見她又是一副勢在必得的樣子，知她肯定又有了自己的小九九，便依著她的話問：

「妳知道他在什麼地方？」

誰知，沈玉書嘻嘻一笑，道：「你們都不知道，我怎麼會知道？」

她這副得意的樣子，看得秦簡心裡直癢癢。趁周易正和李環說話，他把握韁繩的兩臂微微一收，沈玉書便被迫貼在了他懷裡。

他不動聲色地把下巴擱到了她的肩窩，湊到她的耳邊低聲道：「真不知道？」一股熱氣在沈玉書耳邊繞圈圈，搞得沈玉書的臉又紅了，她像被人點了穴般一動不動，只輕聲道：「不知道。」

「妳這張小嘴，什麼時候才能學會不騙人？」秦簡壓著聲音，下巴在她肩窩動了兩下，見她耳朵都紅了，才慢慢放開她，嘴上卻不饒她，道，「下次要還是什麼事都瞞我，我就對妳不客氣了。」

沈玉書頓時一驚，臉都紅透了。

直到看到一支鏢飛過，正落在前方的一棵柏樹上，她才又開口道：「我沒騙你，這不，給咱們指路的人來了。」

說罷，她先下了馬，取下鏢，慢慢打開字條，上面赫然寫著一段小字。

出斷魂嶺，往東走二里路，尋一個歇腳的茶棚，用鏢頭換三匹好馬，沿著官道一直走，會看到一棵巨大的柳樹，將柳樹幹敲三下，就有人出來了。

沈玉書看後，獻寶似的把字條往秦簡面前晃了晃，道：「怎樣，我說得沒錯吧，我才不稀罕騙你呢。」

秦簡看著她還紅撲撲的小臉，心情甚好，「嗯」了一聲。

周易也道：「還是妳厲害。」

此時，他們已過了鐵索橋，來到了之前的斷魂嶺，沈玉書的馬還被拴在橋頭。

秦簡餘光瞄了眼那馬，裝作沒看見，拍了拍自己馬的馬背，看著沈玉書，道：「上馬吧，我們得快點了。」

沈玉書看了眼自己的馬，對他微微一笑，道：「還是不了。」說罷，她飛快地解開了馬韁繩，踏上腳鐙，一夾馬肚，一溜煙地跑走了，生怕秦簡反應過來不同意似的。

秦簡一愣，忍不住笑了。

「我們也走吧！趕時間。」周易意味深長地看了一眼秦簡，把李環提到了她的馬上。

秦簡點點頭，對著沈玉書消失的方向又是一笑，便沒再耽擱，按著字條指示的方向策馬過去。

◆

燕子門的庭院裡，花香撲鼻，酒氣繚繞。

「你們找我來做什麼？」說話的是辰儒風。

白頭翁捋了捋他的白鬍子，道：「你這麼生氣幹嘛？我們請你來不過是吃頓飯而已。」

「吃飯？」辰儒風冷哼一聲，一臉不信地看著面前的兩人，心中閃過一絲怪異的感覺。

夜寒星也突然變得很客氣，給辰儒風添了一杯酒，又給自己倒了一杯，道：「我們幾個初來燕子門，承蒙辰大哥擔待才能有今日，這一杯我敬你。」

辰儒風把酒杯一推，譏諷道：「這酒我可不敢喝，誰知會不會和酒肉和尚一個下場？」

夜寒星眼底掠過一絲寒意，轉而笑著看向辰儒風，道：「辰大哥誤會了，那酒肉和尚不過是個徒有一身功夫的莽夫，怎能和你一樣？我是真心感激你。」

辰儒風又是一聲冷哼，道：「有什麼事只管說好了，何必裝腔作勢？陰一套、陽一套的我可看不慣。」

話既已攤開，他們也無須再遮掩了。夜寒星開門見山地道：「我們的確是找你有事商議，而且這件事對咱們仨都有好處。」

「哦？有好事居然也能輪到我頭上，實在少見得很，那我可要豎起耳朵好好聽聽了。」白頭翁放下酒杯，神色微頓，左顧右盼了一會兒，才道：「燕十三的『瘋病』被沈玉書給治好了，你難道沒有什麼想法？」

辰儒風看著他，道：「想法？我能有什麼想法？無非就是希望能早點查清總鏢頭的死因。怎麼，燕十三沒有瘋，你們好像並不怎麼開心？」

夜寒星和白頭翁的臉色果然都不怎麼好看，但很快他們又變得和顏悅色。

「唉，你平時精明得很，怎麼關鍵時刻竟犯糊塗了？」夜寒星搖搖頭，笑道，「其實我不說你也應該曉得，總鏢頭死了，即便燕十三安然無恙，可燕子門也成不了多大氣候了。既然如此，我們何不聯起手來，趁著燕子門勢微之際奪了山頭，也好過永遠當一條任人使喚的看門狗。」

辰儒風驚異萬分。他沒想到夜寒星和白頭翁居然早就商量好了，此刻他若是不答應，恐怕他們就容不下他了，這頓飯竟是實實在在的鴻門宴。

沒等辰儒風回話，白頭翁又搶言道：「我們幾個雖然不是燕十三的對手，不過對付燕十三卻並不是那麼費力，只要她一死，燕子門的一草一木也就盡歸我們所有了，於你也不是什麼壞事不是嗎？」

辰儒風的臉色憋得紫紅，他義憤填膺地道：「燕十二可是有恩於我們，要不是他，咱們幾個，說不定早就成了別人的刀下亡魂了，現在他屍骨未寒，我們怎麼能做這等過河拆橋的醜事？」

白頭翁道：「燕十二對我們的確有恩，不過這些年我們東奔西走，也為他做了不少事情，早還清他的恩情了。」他說完突然袒露出半邊胸膛，七、八條傷疤清晰可見，「燕子門能有今天的成就，多半是用我們身上的傷疤換來的。燕十二是死了，可我們還活著，總不能就這樣任燕子門衰弱下去吧？」白頭翁的語氣變得激烈。

夜寒星點頭道：「白頭翁說得不錯，三隻眼，你也該好好想想，你的一番好意，人家可並不領情啊。」

伍

辰儒風沉默了一會兒。這本身是個不小的誘惑，但理智告訴他，他不能這麼做。

夜寒星和白頭翁是鐵了心地想要置辰儒風於不義，如若他違逆他們的想法，說不定他會被他們暗害，畢竟酒肉和尚的死到現在仍是個謎團。他現在還不想死，更不想稀裡糊塗地死，於是他決定暫時順了他們的心意。

「想得如何了？」白頭翁邊喝酒邊問。

辰儒風回答得飛快，眼睛連眨也沒眨，道：「好吧，就按你們說的辦。」
白頭翁笑了笑，道：「我就說嘛，你是個聰明人。」
夜寒星也頗為滿意地看了看他，笑得春光明媚。辰儒風看著她一張明豔的臉，卻如何也笑不出來。

◆

暖陽，微風，清脆的鳥鳴，淡淡的花香。
沈玉書按照字條的指示果然找到了一個茶棚，茶棚裡卻沒有茶，只有一個小孩。
周易不禁有些懷疑道：「這字條可靠嗎？若前頭是條活路倒還好，若是條死路，咱們難不成也自己送上去？」
沈玉書想了想，道：「不管活路還是死路，總歸是條路。」
說話間他們已坐在了茶棚裡。那小孩緩緩地站起來，只有桌子那麼高，可他的臉上居然堆起了層層褶子。
沈玉書一愣，道：「看起來你的年紀已不小。」
那「小孩」笑得滿臉的皺紋都擠到了一起，道：「的確不小了，我今年已九十五了。」
沈玉書驚訝不已，道：「這麼大年紀為何不在家裡待著，卻在這裡看茶棚？」
「小孩」眯著眼睛看著他們，道：「茶棚本無茶。」
沈玉書笑答：「無茶卻有馬。」

「小孩」愣了愣神，道：「你們究竟是誰？」

沈玉書道：「前來找你討馬的人。」

「小孩」道：「我的馬不賣，多少錢也不賣。」

沈玉書笑道：「你的馬不賣，我也不打算買，一分錢我也不打算出，因為我白拿。」說著，她已把手裡的那支飛鏢拿了出來。

「小孩」看到飛鏢後，居然二話沒說，就去後面牽了三匹駿馬來。

沈玉書沒見過這麼乖的人，也從沒見過這麼便宜的買賣。

他們把自己的馬拴好，騎上「小孩」給的馬，速度飛快地朝目的地跑，轉眼間就看到了一棵巨大的垂楊柳。只不過楊柳的枝葉被盤成一個巨大的樹冠，看起來蔚為壯觀。

這一次，李環再一次幸運地和周易同乘一騎。

沈玉書跳下馬，走到柳樹前敲打了三下，道：「有人嗎？」

這時突然有個圓圓的腦袋從樹洞裡探出來，道：「誰在吵嚷？」那人沒有眉毛，卻在左右兩邊本應長眉毛的地方各貼了一片柳葉，就連他的鬍子也是用柳葉黏的。

沈玉書恭敬地道：「請問您是叫錢三竹嗎？」

那人很爽快地道：「找我做什麼？」

沈玉書上前一步，道：「我想問您一件事情。」

錢三竹聽後，立馬伸出修長白皙的五根手指頭，道：「一個問題五十兩。」

「什麼？一個問題就要價五十兩？你怕不是掉進錢眼兒裡了！」周易眼睛瞪得老大，彷佛面前那人要搶他的錢。

沈玉書也是一愣，想了想，什麼也沒說，從懷裡抽出一張銀票[3]遞給他。

「問吧，問完了我還要回去補個覺。」錢三竹收下銀票，慵懶地打了個哈欠。

沈玉書細細地看了他一眼，道：「你是不是找燕子門托過鏢？」

錢三竹一點不猶豫，飛快地道：「是。」

沈玉書顯然沒料到他會如此配合：「你讓他們押送的是什麼東西？」

錢三竹卻閉了口，肥肉下的眼睛斜斜地瞥了她一眼，淡淡地道：「妳這已經是第二個問題了。」

沈玉書無奈地嘆了一口氣，不得不再給他五十兩。

他接過銀票，又變得很爽快，道：「一壺水、一個木盒子、三片柳葉子。」

沈玉書眉頭一皺，並不怎麼滿意這個回答，他所說的這些，他們都知道。所以她只有繼續給他銀子，一次給了三百兩，現在她可以問六個問題了。

「三片柳葉子指的當然就是你，可那個木盒子和一壺水又代表什麼？」

錢三竹慢慢地把銀票收好，道：「水和盒子都是祕密，既然是祕密，怎能輕易告訴你們？」他說完，把那三百兩銀票如數奉還給沈玉書，道，「我只回答三個問題，最後一個問題算是我送給你們的，所以我只收一百兩。」

沈玉書一愣，有些急了，道：「你剛剛明明和我說好了，我給你錢你就回答問題，怎麼現在又只回答三個問題了？你這不是騙人嗎？」

錢三竹卻只擺擺手，道：「我又沒說我要一直回答妳的問題。好了，你們走吧，我要睡覺了。」

周易聽著也急了，道：「都這時候了，你怎麼還有心情睡覺？」

錢三竹笑笑，道：「你看我這，風清、雲淡、景美，哪一樣不適合睡覺？」

沈玉書終於知道這錢三竹還不知道自己的鏢被劫了，搖了搖頭，正要說話，卻被李環搶了先。

李環心直口快地道：「你的鏢都被劫了，你還有心思睡覺啊？」

錢三竹慵懶的眼睛突然睜大了，卻也不過是有一瞬的驚訝，隨即他又半閉上了眼睛，甚至還大笑著拍手道：「劫得好！簡直好極了！」

東西被人劫走了竟然說好，居然還興高采烈地拍手慶祝，全天下也沒有過這樣的人，錢三竹絕對算得上是第一個。

沈玉書詫異萬分，道：「怎麼，押送的東西不是你的？」

「是我的，而且還是我親自找的燕子門，親自托的鏢。」

沈玉書道：「但你好像並不在意。」

「哈哈，那些東西對我來說本來就是個燙手的山芋，所以我只有交給燕子門才放心。」

錢三竹說著，一副揚揚自得的模樣。

「看來這件鏢並不簡單啊，竟還能引來殺身之禍。」沈玉書說著，繞著柳樹走了兩步，道，「據我所知，收鏢的人是當今聖上，你和聖上又是什麼關係？」

錢三竹重重地打了個哈欠，腦袋往回一縮，刺溜一下滑到了樹洞裡。

沈玉書怔住，過了許久，從樹洞裡飄出一句話：「今天我已回答了很多的問題，妳知道的也已不少，現在我想睡覺了。」然後裡面就沒了聲音。

周易踢了幾下樹幹，笑道：「這個老滑頭，怪不得他是京城第一豪紳，原來睜著眼睛說瞎話居然也能掙錢，真是氣人。」

秦簡也看著直搖頭。

◆

太陽西沉，山崗上除了風聲外就只有烏鴉還在呱呱叫。

山路並不好走，所以他們必須趁早離開這裡。

他們騎上馬，剛走不遠，就忽然聽到身後傳來一聲沉悶的砸擊聲。幾人立刻將馬勒停，回頭望去，卻頓時呆住了——那棵巨大的柳樹居然倒在了地上。

沈玉書趕緊撥轉馬頭，趕到柳樹旁，卻看到她最不想看到的一幕——錢三竹渾身血汙地躺在柳樹旁。

周易大駭，道：「這、這是怎麼回事？」

秦簡飛快跳下馬，將錢三竹扶起來。他嘴裡吐著鮮血，還沒有完全斷氣。

沈玉書也下了馬，還想問他些什麼。

他的眼珠子斜斜地看向自己的胸口，沈玉書會意，用手摸了摸，摸到一個小木盒子。

錢三竹用盡力氣，斷斷續續地道：「聖上……盒子……水壺！」

沈玉書瞥了眼地上，看到那裡果然擺著一個水壺，水壺裡還有水。

周易嚇得夠嗆，道：「他肯定是要喝水。」

沈玉書覺得有道理，打開水壺準備給他餵些清水，他卻喉嚨一哽，已斷了氣。

沈玉書重重地嘆了一口氣，鬱悶地拿起木盒子和水壺，卻突然恍然大悟，道：「原來東西一直都在錢三竹自己手裡，燕子門押的鏢是假的。」

秦簡點點頭，也道：「盒子裡的東西一定很重要，他一定是想親自交給聖上。」

沈玉書也點點頭，不解地道：「可他不過是個有錢一點的普通人，怎會知道這麼多祕密？他和聖上到底是什麼關係？」

周易拿過水壺看了半天，道：「還是親自稟明聖上為好。」

沈玉書回過神，道：「我明白了，錢三竹知道的這個祕密一定牽涉甚廣，他知道這件東西放在自己身上會引來殺身之禍，所以才讓燕子門馱鏢，而他們馱的鏢是假鏢，只為引人耳目，真鏢還藏在他自己的身上。」

周易道：「怪不得他剛說那件東西是燙手山芋，而且公主說鏢被劫時，他也一點不擔心。」

「只可惜他還是讓人發現了端倪。」秦簡道，「殺死錢三竹的凶手，應該和殺死燕十二的凶手是同一個人。」

「不錯。他們的行動都很迅捷，甚至可以在我們眼皮子底下行凶而不被察覺，凶手的功夫確實了得。」沈玉書嘆道，「所幸東西還沒有遺失，我們還有挽救的餘地。」

他們不約而同地注視著那個木盒子，似乎只要木盒子打開，所有的祕密就會公之於眾。

沈玉書打開木盒子，裡面是一張折疊起來的宮廷硬黃紙。她滿懷激動地將紙攤開，所有人卻都愣在當場。因為那居然是一張空白的紙，上面乾乾淨淨，連一個字也沒有。

周易奪過紙，照著天看了看，依然什麼也看不到，嘆氣道：「空歡喜一場，一張紙能有什麼祕密？」

沈玉書眉頭深皺，似乎陷入了沉思。

突然，她迅速將紙收好重新放入盒子裡，抬頭看著秦簡，急切地道：「你現在快些帶公主回宮，凶手現在只怕還藏匿於附近，這裡有危險！」

「那妳呢？」秦簡問。

「我去燕子門。」沈玉書的眼睫動了動，面色平靜如水。

「不行，燕子門的那些人個個心懷鬼胎，又身手不凡，指不定打著什麼算盤，妳一個人去，有危險怎麼辦？」秦簡眉頭一皺，回答得決絕。

沈玉書蹙眉想了想，道：「我儘量周旋，你送公主回去後，立馬來找我，不會有問題的。」說罷，她甚至不等秦簡同意，就快速上了馬，作勢要走。

秦簡面色卻難看極了，看著李環道：「把妳的暗衛召出來吧，這裡不安全，人多些也能讓凶手忌憚幾分。我們需要快些回去，她那邊太危險了。」

李環一時反應不過來，卻也知道情況不妙，「哦」了一聲，叫出了暗衛，自己上了馬。

秦簡快速拉過馬，準備上馬，卻被周易拉住了韁繩。

周易看著他，語氣不容置疑：「你去找玉書，我送公主。」

秦簡看著他，一愣。

「別磨嘰了，若只是那夜寒星和白頭翁也就罷了，那個燕十三並非好人，我怕他們對她做什麼。」周易蹙眉道。

「可公主……」秦簡一時啞然。

「不是還有我嗎？我順便去找千牛衛借人，你快去！我不想看她出差池。」周易說罷，轉身上了李環的馬，夾了下馬肚，也一溜煙地走了。

秦簡心情複雜地看了看他們消失的方向，眼底泛起了波瀾，薄唇微抿，朝著沈玉書離開的方向追去了。

◆

斜陽隱沒入雲層，淡淡的霞光染紅了半邊天，燕子門異乎尋常的安靜。

沈玉書和秦簡重新回到燕子門時，辰儒風正站在鐵索橋頭。

沈玉書走過去，看到他彷徨失措，臉上寫滿了憂愁，似乎哪裡有些不對。她道：「怎麼才半日不見，你就變得清瘦了許多？」

辰儒風面無表情地道：「燕子門的燕子無家可歸了。」

「什麼意思？」沈玉書眉頭一皺，心跳也跟著快了。

辰儒風平靜地看著她，手抬到半空，又略微不自然地撫了撫額頭，嘆了一口氣道：「你們走後，夜寒星和白頭翁就死了。」

「什麼？他們怎麼死的？」沈玉書大驚。

辰儒風眼眶微紅，道：「燕十三殺的。」

「燕十三為什麼要殺他們？」沈玉書又道。

「他們想要殺燕十三，搶占燕子門，卻……」辰儒風話說到一半，又抬手撫了撫額頭，哽咽了。

沈玉書目光瞟了瞟他，又看向他抬在半空中的那隻手，心中生起一股說不出的怪異感。她突然問了個牛頭不對馬嘴的話，道：「對了辰大俠，聽說燕子門的燕子很多，昨天我托你給我備些金絲燕窩，不知可備妥了？」

辰儒風的眼睛轉了轉，結結巴巴地道：「哦哦哦，最近煩心事實在、實在太多，我把這件事給忘了。妳等會兒，我馬上差下人去摘來給妳。」

沈玉書點了點頭道：「哦，不妨事、不妨事。」隨後，她便跟著辰儒風到了庭院裡。她自來到燕子門起，便一直表現得鎮定自若，哪怕察覺到了辰儒風的怪異，面上也依舊波瀾不驚。可其實，只有站在她身後的秦簡知道，她其實緊張得整個背部都是僵直的，連著裙擺都在微微地抖。

他知道她定是看出了什麼貓膩，可此處不便說話，也不好出聲詢問她究竟發現了什麼事情，於是只默默地伸手輕輕地握住了她緊緊攥著的左手，算是告訴她，他在。

沈玉書終是稍稍放鬆了些，握著的左拳也舒展開了，可手心裡全是汗。她感受著他掌心傳來的熱度，眼睛動也不動地盯著辰儒風。

此刻，燕十三正在庭院裡小憩，辰儒風朝她走過去，道：「十三娘，沈小娘子來了。」

「她不是走了嗎？怎麼又來了？」燕十三睜開眼，看了看身旁站著的沈玉書和秦簡，冷聲道，「不用查了，夜寒星和白頭翁都是我殺的，我燕子門清理門戶，總不需要外人來過問吧？」

沈玉書眼睛一動，反手握住了秦簡的手，笑道：「這是你們的家務事，我自是不摻和，不過殺死燕十三這件事，我總是要過問過問的。」

辰儒風眉頭輕輕蹙了起來，道：「小娘子妳說錯了吧？死的是燕十二！」

沈玉書挑了挑眉，看著他，意有所指地道：「是嗎？可我怎麼看到燕十二正坐在我面前呢？」

她語畢，辰儒風和燕十三皆神色一凜，就連秦簡都身形一頓。

怪不得她剛剛那麼緊張，原來他們現在真的身處虎狼穴中。

◆

大明宮，丹鳳門前。

周易終是快馬加鞭地把李環護送到了宮門前。

馬一停，他就快速下了馬，一改之前的玩世不恭，認真地道：「這裡守衛森嚴，應該也沒人敢造次了，妳自己回宮，可以嗎？」

李環朝他點點頭，下了馬，道：「馬還是你騎上吧，這裡離我宮裡不遠。」說著，又嘆了一口氣，「我知道，我又給你們添麻煩了。」

「沒有的事。」周易搖搖頭，又上了馬，看著她道，「回去吧，下次我帶妳去更好玩的地方。」

「好。」李環鄭重地朝他點點頭。

眼看太陽西斜，不能再耽誤了，周易便掉轉馬頭，打算去千牛衛找謝將軍要些人，正要策馬離開時，李環卻突然叫住了他。

他驀地回頭，見李環竟一臉認真地看著他，他一愣，便問：「怎麼了？」

李環張了張口，猶豫了一下，道：「之恆，你喜歡玉書，對不對？」她叫他之恆，叫的是他的大名，而不是諢名。

周易又是一愣，隨即對她笑了笑：「回去吧。」之後，他便揮動起馬鞭，策馬走了。

紅彤彤的夕陽下，他的背影載著落日的光輝一點一點消失在李環的視線裡。李環看著，眼底湧起幾分失落和惆悵。

過了許久，她看著那個早已沒了人影的方向輕啟朱唇，用只有她自己才聽得到的聲音道：「路上小心。」

◆

那廂，燕十三終於坐不住了，從籐椅上站了起來，道：「沈小娘子的意思是，我夫君還活著？」

沈玉書覺得「她」可笑，道：「夫君？妳夫君不就是妳自己嗎？」

「你、你在說什麼？」辰儒風也皺眉看著她，眼神不善。

「我在說，你面前的這個燕十三，其實就是燕十二！」沈玉書無比堅定地道，復又回頭看著秦簡，道，「你不是不想我瞞著你嗎？我現在就與你說說，我是怎麼發現他們的祕密的。」

秦簡看了看燕十三和辰儒風，朝她點點頭，眼底是深深的笑意。

「其實，從昨天他裝瘋賣傻時，我就已覺察到貓膩了，後來我又用毒藥為引，讓他不得不露出馬腳。可他自始至終就是不願意透露一個字。夫君死了，妻子卻裝瘋，這難道不怪異？直到辰儒風說白頭翁以及夜寒星都被燕十三殺死了，我才突然想通了所有的事情。因為我記得辰儒風曾與我說過，燕子門四大高手兩兩聯手，除卻燕十二之外，無人是他們的對手，燕十三更是不可能殺死他們的。」

秦簡看著她的眼睛，道：「所以妳猜到，燕十三其實是燕十二？」

沈玉書點點頭，道：「對！」

「燕十三」聽了他們的對話後，不由得大笑道：「真是有趣極了，只聽說這京城沈府的小娘子破案厲害，竟沒想到小娘子編故事也是一把好手。」

辰儒風似乎也不懂，問道：「如果活下來的真的是燕十二，那他為什麼要隱瞞燕十三的死？」

沈玉書眨了眨眼睛，道：「因為燕十二這隻公燕子已找到了另外一隻母燕子。喜新厭舊是很多男人的通病，所以燕十三的死對他來說其實是件好事也說不定。」

辰儒風有些不自在地看著她，道：「妳、妳說什麼？」

沈玉書目光一轉，緊緊地盯著辰儒風，道：「如果我沒猜錯，你並不是辰儒風，而是夜寒星，對吧？」

辰儒風面色未變，語氣中卻已帶著不善，道：「真是笑話！沈娘子一會兒說我們副鏢頭是總鏢頭，一會兒又說我是夜寒星，要我看，妳才是真的瘋了吧？」

「是嗎？」沈玉書眉毛一挑，道，「我與辰儒風相處這兩天，可從沒見他有撫額頭這樣的小動作。倒是夜寒星妳，因為額前碎髮老是擋眼睛，便時不時習慣性地拂頭髮，時間久了，都成了習慣性的動作了，我說得對嗎？」

辰儒風神色一滯，冷笑道：「胡說八道。」

沈玉書不與她計較，看著身旁的秦簡道：「你覺得呢？」

秦簡認真地上下打量了一下辰儒風，道：「單就相貌和言談舉止來看，他確實就是辰儒風。」

沈玉書點點頭道：「不錯，但是我聽說南疆流傳著一種古老的易容術，不僅人的相貌可以模仿得天衣無縫，就連聲音也同樣可以改變。」

「嗯。」秦簡點點頭。

「聲音改變？沈娘子怕是又在編故事吧！」辰儒風一臉不屑。

「我可沒那麼厲害。據說更改聲音只需要在喉腔裡養一隻寸長的乳白蟲，再每日用上好的牛白油餵食，久而久之乳白蟲就會附著在喉腔裡。根據吞咽的深淺隨意變換音色。我想我說得不錯吧？」

辰儒風的臉色更難看了。

沈玉書又道：「雖然妳扮得那麼像辰儒風，可妳恰恰忽略了，一個人的習慣和姿態在短時間內是很難改變的。方才妳在鐵索橋頭，我一眼就發現了妳的不對勁，相較辰儒風的精瘦，妳的身體明顯單薄了很多。就算妳的聲音再像他，可說話的方式和語速卻做不到和他一模一樣。這諸多漏洞擺在眼前，我若是再不懷疑，怕是真要回家閉門不出了。」

「妳！空口無憑！」辰儒風道。

秦簡無視辰儒風的話，道：「所以妳還編了個謊，同他說昨天托他給妳帶燕窩，只是為了試探他？」

「沒錯，事實上我並沒有和辰儒風說起過這件事，可剛剛的『辰儒風』卻說忙忘了，讓下人去取，豈不是自相矛盾？所以我猜遭遇毒手的其實是辰儒風和白頭翁，夜寒星其實並沒有死。」

秦簡點點頭，看著「燕十三」道：「想來她也是用了同樣的法子瞞天過海的。」

「燕十三」默不作聲。

沈玉書點點頭，看著面前裝模作樣的二人，厲聲道：「你們和劫鏢的人到底是什麼關係？」

眼看最後一層窗戶紙也捅破了，他們獰笑一聲，終於恢復了各自的聲音。燕十二道：「其實讓你們知道又何妨？我們既是押鏢人，也是劫鏢人。」

這一點沈玉書沒想到，恐怕死去的錢三竹也不會想到，燕子門居然和凶手狼狽為奸。

「可辰儒風對燕子門忠心耿耿，在得知燕十二遇害後，不顧其他人反對，毅然決然地想要查出真相，你為什麼要殺死他？」

燕十二坦然道：「他的確是忠心耿耿，但他犯了個致命的錯誤，他千不該萬不該給你們指路，若不是他，你們怎麼可能找得到錢三竹？」

「我果然沒猜錯。」沈玉書慨嘆道，「你可真是機關算盡。讓夜寒星在白頭翁、酒肉和尚以及辰儒風三人間周旋，試探他們的衷心。在得知酒肉和尚和白頭翁有意奪占山頭時，便讓夜寒星在飯菜中下毒，想趁機殺死所有人，包括我們，是也不是？」

燕十二笑道：「一點沒錯，在酒菜中下毒的的確是夜寒星，也是我指使的。她趁著白頭翁在院中閉眼倒立、酒肉和尚睡覺之際，偷偷潛入膳堂下了藥，沒想到竟然沒能把你們毒死。」

「錢三竹也是你們殺的？」

「對。」

沈玉書抬頭望著天，明明還有亮光，可她感覺天早已黑了，甚至連帶著她的心，都被黑暗侵蝕得散發著濕濕的陰冷。

她冷笑了一聲，痛心道：「燕十三和你做了幾十年的夫妻，卻就這樣無辜地被你害死了，你都不覺得心痛嗎？」

燕十二卻仍舊淡淡地道：「那有什麼，死掉一隻母燕子，又送給我一隻小燕子，那個人都老成那樣了，哪有我的小寒星可愛？」這句話簡直比冰還要冷上三分。

秦簡一直是個冷靜的人，自然沒有沈玉書多愁善感，見燕十二和夜寒星此時都有些鬆懈，便乘他們不備，拔了劍朝他們直直刺過去。

燕十二到底也是個高手，秦簡剛一動，他就已把頭上所戴的燕十三的銀釵捏在手裡，而夜寒星也不知何時將那閃閃發亮的銀壺拿在了手中。霎時間劍光湧動，樹葉沙沙作響，彷彿已變了一個天。

秦簡道：「我本對你們燕子門還存了幾分敬意，沒想到竟是一堆狼心狗肺的東西，我現在就替我大唐鏢門清理門戶！」

燕十二看著秦簡，狡黠地笑了笑，道：「就憑你？就想要我們的命？你別忘了，你只有一個人，而我們卻是兩個人。」

「他還帶著個拖油瓶呢！」夜寒星在旁邊咯咯地笑，眼睛盯著秦簡身後的沈玉書，冒著寒光。

秦簡左手下意識地把沈玉書往後護了護，道：「那你們就試試！」

燕十二冷哼一聲，道：「我今天非教教你這個毛頭小兒怎麼做人不可！」說著，燕十二手裡的銀釵已飛出，他的人也同樣飛了出去，彷彿真是一隻燕子般滑動飛翔。原來他最厲害的並不是手裡的釵，而是絕頂的輕功。

夜寒星的銀壺左右搖晃，發出銀鈴般的響聲，與此同時，銀壺上斑駁的光色映在秦簡的眼睛裡，讓他感到一陣眩暈。秦簡這才明白過來，那銀壺的表面被打磨成很多菱形的平面，平時看起來只是澆水用的花壺，實際上卻是一件很奇怪的兵器，只要反射的光映入眼睛，立刻讓人目眩神迷。

藉此機會，燕十二的銀釵順勢朝秦簡的胸口襲來。秦簡微微站定，橫空劈出一劍，銀釵從劍尖劃過，瞬間火花閃耀。電光石火之間，秦簡使出拈花彈，遊走之間，輕盈如落葉，飄搖似落雪，燕十二拚命攻迎卻很難得手。

夜寒星見狀，再次舞動手裡的銀壺，光華所到之處秦簡都一一避過。不料，夜寒星竟還有別的招式，見秦簡來回招架得吃力，便趁機拿出別在胸前的銀針，朝他胸口扔了過去。

而秦簡的注意力全在燕十二身上，並未看到夜寒星還使了一招，待他反應過來的時候，已經被身後的沈玉書推到了旁邊，幾根銀針盡數沒入了玉書的背部。

秦簡瞳孔一睜，看著沈玉書染了血花的背，一下慌了神。

「妳做什麼！」他一急，衝著她吼。

沈玉書卻似沒聽到他的話一樣，一下子撲到了夜寒星身上，夜寒星一個不備，竟被她給撲倒了。待夜寒星反應過來的時候，沈玉書的右手已牢牢地抵在了她的右側腰腹，她竟一下子動彈不得了。

可秦簡並不知道玉書是要乘機點夜寒星的穴，還以為她是被銀針擊中中了毒，瞬間沒了意識，也不顧燕十二的糾纏，直接飛身過去要扶她。

誰知他衝過去剛碰到沈玉書的胳膊，沈玉書就悶哼一聲：「你弄痛我啦！」他嚇得把手一鬆，才發現她胳膊上竟也有一根銀針，心下一疼，剛要說什麼，卻見她扭頭過來，笑咪咪地道：「夜寒星好像被我點到穴了。」

一句話，讓秦簡不知該哭還是該笑。她總是這樣，堅強得讓他想罵她，卻也讓他心疼得連說她一句不是都捨不得。

他看著她暈染著幾處血花的背，心中一疼，皺著眉頭蹲下身打算扶她，口中輕聲問道：「能起來嗎？」

「你別管我了！身後啊！」沈玉書不知哪來的力氣，竟然推了他一把。

他一回頭，就見燕十二已經追了過來，一時心下大怒。他不想再和燕十二周旋，一腳踢飛了夜寒星手裡的銀壺，又轉過身去，就看到一抹銀色光芒從他眉尖掠過，他側身後旋，劍劍攔空刺出，來了個回馬槍。燕十二一時竟有些招架不住，不由得計上心頭，決定拿一旁艱難站起來的沈玉書下手。

誰知，他剛靠近沈玉書，眼看銀釵要刺中沈玉書的胸口了，卻被秦簡整個身子堵住了視線。秦簡劍尖一挑，差點把他的釵子都挑到地上。

秦簡發了狠地看著燕十二，道：「你敢動她一下試試！」

燕十二不知到底是哪個舉動觸了秦簡的逆鱗，只見秦簡一雙眼睛冷得似寒冰，閃著明顯的殺氣。他看著燕十二，像猛獸看到了獵物般，揮動著劍，招招欲要其命。

◆

周易帶著一隊兵馬過來的時候，就見秦簡對著燕十二殺紅了眼，燕十二身上已有好幾處掛了彩，鮮血把他一身黑衣染得透著詭異的紅光。

「沒想到老秦身手竟如此了得啊！那我請這麼多人豈不是白白欠了人情？」周易看著秦簡招招是花樣，不由得竟看呆了。

突然聽到沈玉書一陣劇烈的咳嗽，他才注意到她竟渾身帶血地靠坐在地上，心下一慌，忙跑過去問：「妳受傷了？」

沈玉書好不容易才止了咳，面色蒼白地看著他，咧了咧嘴，道：「我沒事，幾根針罷了，就是有點疼。」

周易忙低頭檢查她受了傷的地方，見居然有好幾處被針紮出了血洞。他眉頭緊皺道：「妳怎麼搞的？這些針沒毒吧？」

「不知道。」沈玉書輕輕地搖了搖頭，目光落在正和燕十二打鬥的秦簡身上。

只見秦簡揮劍的速度越來越快，燕十二顯然難以招架，最後連銀釵也被挑落到了地上，秦簡拿著劍就在他的身上戳了好幾個窟窿。劍尖上染著鮮血，燕十二的身子已倒在了地上。

秦簡冷冷地看了一眼奄奄一息的燕十二，朝沈玉書這邊走過來。沈玉書看到他的手也在滴血，胸前的衣服也有一處血印，應該都是被釵子劃的。

沈玉書想問問他有沒有事，可是她只覺得眼皮沉重，竟還沒等秦簡走過來，就已經累得連睜開眼的力氣都沒有了。隨後，她的意識便越來越混沌，只恍惚聽見周易和秦簡都在著急地喊她的名字，聽見周易在數落秦簡，可具體說了什麼，她卻聽不清了。她感覺自己的臉頰上有溫熱的東西在滑動，再之後發生了什麼，她就完全不知道了。

她不知道，當秦簡看見她沒意識的時候有多慌張，一雙因為激烈打鬥而發紅的眼睛，在那一刻有多讓人害怕。

可其實，他比她傷得要重得多，他卻渾然不知。他抱起她就要往回趕，甚至為此，還和周易大吵了一架。只因周易不讓他抱她，他就氣得暴跳如雷。

後來沈玉書醒來，聽周易說，秦簡那天還哭得稀里嘩啦的。她只恨自己當時為什麼不爭氣地睡著了，竟然沒能親眼看到秦簡落淚，那該是多大一個奇聞啊。

其實夜寒星那日扔向沈玉書的針並不是毒針，只是普通的縫衣服用的繡花針，沈玉書之所以會昏過去，完全是因為她太睏、太累，所以睡著了。

對於沈玉書的這個解釋，秦簡自然是無論如何都不信的。他堅信沈玉書是傷得太重才昏倒了，也堅信是自己沒能保護好她。

他和沈玉書說，他這輩子最怕的事，就是護不住自己身邊的人。所以，他自責了好久，以至於再後來，沈玉書想獨自一人出門，比登天還難。

◆

紫宸殿。

李忱難得的好雅興，正在畫一幅丹青圖。

左神策都尉王宗實站在一旁研墨，不禁道：「聖上用筆輕重得當，色彩濃淡相宜，果真算得上是精品了，就是比起畫聖吳道玄[4]來，亦不遑多讓。」

李忱笑道：「興致所起，隨意塗鴉而已，怎敢比肩道玄？王愛卿實有過謬之嫌！」

王宗實知道自己的馬屁拍過了頭，立刻跪拜道：「聖上，臣只是肺腑之言，望聖上免臣諂舌之罪。」

李忱道：「罷了、罷了，你先退下吧，朕想一個人靜靜。」

王宗實謝了聖恩，轉身擦了擦額頭的汗珠。

過了半個時辰，這幅名為〈一品江山〉的畫作已近尾聲，李忱正得意地欣賞著，殿外有個小太監突然闖了進來。

「聖上，沈小娘子求見。」小太監道。

李忱放下畫筆，道：「快宣。」

小太監匆忙跑出殿外，沈玉書已和秦簡、周易進來了。

李忱遠遠就看見了三人，慢慢走下殿來，道：「玉書，妳來得正好，朕剛剛作了一幅畫，妳來看看怎麼樣。」

沈玉書只得走過去，匆匆看了幾眼，道：「好畫，聖上妙筆丹青。」

李忱見她心不在焉，於是問道：「就只一個『好』字？」

沈玉書點頭。

李忱好歹也是看著她長大的，知道她來肯定還為了什麼事，便追問道：「妳有什麼心事？」

沈玉書的目光從那幅畫上移開，看著李忱的眼睛道：「的確是有心事，還是和聖上有關的。」

「哦？說來聽聽。」

沈玉書也不拐彎抹角，直接道：「我想和聖上打聽個人。」

「什麼人？」

「錢三竹，不知聖上可有耳聞？」

李忱的眼睛裡光華一頓，嘴唇微微地抖動了幾下，道：「妳找他做什麼？」

「看來聖上的確知道這人。」沈玉書道，「只是聖上可能不知，錢三竹已經死了。」

「什麼？」李忱只詫異了一下，隨即眼睛有些發紅。

他頓了頓，才緩緩地道：「他……是怎麼死的？」

「是被燕子門的歹徒殺死的，這件案子玉書已查清，凶手也已歸案，只是仍有個中細節尚未透明。」

李忱哀戚地點了點頭，道：「妳繼續說，朕在聽。」

沈玉書嘆了一口氣，道：「錢三竹遇害後，臨危之際交給我兩樣東西，並且反復提到了聖上，我想這兩樣東西應該很重要，所以急忙趕來宮裡請聖上過目。」

秦簡將一個木盒子和一只水壺拿了出來。

「聖上請看。」他雙手遞過去。

李忱打開木盒，看到裡面有張乾淨的硬黃紙，水壺裡也只有清水，不禁詫異萬分。

沈玉書道：「聖上可知這張紙和這壺水裡有什麼祕密？」

李忱想了想，道：「紙是最普通的紙，水也是平平無奇的水，朕哪裡知道其中有什麼祕密？」

沈玉書微微一愣，又道：「聖上還是說說錢三竹吧。」

李忱想了想，道：「朕只知道他是長安城首屈一指的大豪紳，家財萬貫，手下房屋田產眾多。他這個人心地極好，每年都會給朝廷捐獻大量軍民物資，朕也曾多次召他入宮商討治國之道。」

「原來是這樣。」沈玉書沒再問下去，看起來李忱似乎真的不知情。她把紙張和水壺交給李忱，正打算出宮，李忱卻叫住她。

「這兩樣東西看似普通，但既然是錢三竹拚了命換來的，那就一定意義非凡，還是暫時交由妳來保管，日後待妳發現了祕密再來說與朕聽不遲。」

沈玉書想了想只好遵從聖命。

可一張紙、一壺水究竟隱藏著什麼不為人知的祕密，這已成了她最想知道的事情。

◆

後來的許多時日，長安城都格外太平，再沒發生過什麼大的案子。

沈玉書終於得了空，還瞞著秦簡偷偷地跑出去玩了好幾趟，雖然每次都會被秦簡抓個正著，可她還是樂在其中，每每都聯合著碧瑤、竹月一起騙他。

當然，她還和李環放了一次紙鳶，用的是她前段時間特意訂製的形狀怪異的那只，李環因此一直吐槽她的審美。

那日，她玩得很開心，笑得嘴都咧到了後腦勺。

那日，李環還問了她一個奇怪的問題，問她喜不喜歡周易，她愣了很久，都沒能給李環一個答案。

她不知道，就在前不久，李環也問過周易同樣的問題，周易也沒有回答她。

1 庖子：廚子。在下文中為顯示對廚師的尊重，也會用到「庖人」。
2 小九九：將那些善於謀劃的人的內心想法比喻為用算盤計算數字，意指精打細算。
3 銀票：中國古代票號所發行的鈔票，票面為銀兩的稱為「銀票」，為錢幣的稱為「錢票」。
4 吳道玄：即吳道子。

第八章 黑蛇銅鏡

壹

不知不覺已至盛夏。

豔陽高照，熱浪習習，無論走在哪裡都像是進了火爐子般悶熱難耐。

每到這個季節，長安城就會突然變得死氣沉沉，大街上很少能見到人，誰也不願意頂著毒辣辣的太陽出門活受罪。白日裡就連野狗也伸著舌頭，趴在蔭涼的牆角一動不動。

東市街上空空蕩蕩的，周邊的食店商鋪更是提前打烊，只有茶樓和酒肆裡還不算冷清。

不過外面熱歸熱，卻不是沒有法子可以解暑的。能夠在大熱天，整個人泡在涼水裡，一邊搧風，一邊喝著刨冰烏梅湯，也是件很享受的事情，而街上還真就有個賣刨冰烏梅湯的人。

他是個老頭子，花白的頭髮、鬍子和眉毛，眼睛深深凹陷進褶皺的死皮裡，佝僂的背軀上彷彿壓了一座大山，似乎再過一會兒，背就要被壓斷了。

他只有一隻腳能走路，另外一隻腳似有隱疾，是瘸著的，所以此刻他走起路來上下顛簸，而且步子很緩，儼然像一個泡在海面上起伏的竹筏子。

他的皮膚更是黑如焦炭，遠遠望去宛若一根被人扔在地上已經腐爛掉的柳木樁子。事實上這根「柳木樁子」非但沒爛，反而還很結實，只因為他渾身上下都如鋼鐵一般硬，任憑刀砍戟戳都不會有事。

現在，他胸口的位置上就紮了一根黑色的鐵杵，直貫心房，可他卻似乎感覺不到疼痛一樣，嘴角正咧著笑。他一直在笑，笑得很開心。

又走出幾步，他搖搖頭，忽然嘆了一口氣，伸手將鐵杵拔了出來，衣服上留下個破洞，胸口卻連半滴血也沒有流出來，而那根鐵杵竟然已經彎成了弧形。不僅如此，他的背上、腰上，甚至連腿上全都紮滿了各種飛鏢和暗器，可他的眼睛卻連眨都沒眨一下，似乎毫不在意他自己已經成了一個活體篩子，仍舊神采飛揚，似乎快活得很。

此刻他肩上正挑著兩只小木桶，晃晃悠悠地朝長安內城走去。木桶上蓋了一層棉布，裡面正是加了冰沙的烏梅湯。

許是走得有些渴了，他隨便找了棵大樹，又將木桶打開，拿個木勺給自己舀了一勺烏梅湯喝了，神情怡然自得。

他靠在那棵柳樹下，慢慢地將身上的飛鏢一支一支剔去，表情突然變得很鬱悶。他自言自語道：「這麼多人都想要我的命，可我的命是那麼好拿的？一個個也不掂量掂量自己的能耐。」

突然有個年輕人走過來。他先是看到樹旁兩個隱隱冒著涼氣的木桶，走近了才發現還有個古怪的老頭。

年輕人定神看了看老頭，問道：「你在做什麼？」

老頭沒有抬頭，手上動作也不停，冷冷地道：「捉捉身上的『蝨子』。天氣太熱，這東西搞得我實在是很癢，癢得我想把皮都一起剝掉。」

年輕人目光移到他身上的飛鏢上，疑惑地道：「你叫這東西蝨子？」

老頭面部肌肉扯動了一下，笑著答道：「可不是，跟『蝨子』一樣，黏在身上就不下去了，還弄得人怪不舒服。」

他口中所說的「蝨子」，是那些又硬又鋒利的飛鏢。

年輕人揚了揚眉頭，看著他一身破爛不堪的衣服，又問：「要不要我來幫你捉捉？」

老頭子瞥了他一眼，趕快答道：「你捉不了！」

年輕人深深地看了他一眼，疑惑地問道：「不就是幾隻『蝨子』嗎，我怎麼就捉不了呢？」

「不僅捉不了，而且你還連碰都不能碰。」老頭子睨了他一眼，笑道，「誰要是碰了這些『蝨子』，說不定還沒等到明天，身上就會像我一樣也長滿密密麻麻的『蝨子』。可是能將這些蝨子輕輕鬆鬆地剔乾淨，又能怡然自得地喝著冰沙烏梅湯的人卻只有我一人。」

年輕人又看了眼老頭子身旁的木桶，意味深長地道：「烏梅湯？這裡面裝的原是烏梅湯嗎？那你的烏梅湯能不能請我喝一碗？」

老頭子根本沒看他，道：「這東西你也想喝？」

年輕人笑笑，答道：「想，日思夜想。」

老頭子道：「可我為什麼要給你喝？」

「畢竟天這麼熱，我們能相遇，也是緣分一場，不是嗎？」年輕人又看了兩眼老頭身旁的木桶，似要將那桶看穿。

這也算是個理由，可是老頭子根本就不打算買他的帳。他斜斜地望了年輕人幾眼，道：「你也走了很遠的路？」

年輕人沉默了一會兒，沒有說話，卻盯著地面有些出神。

此時，老頭子面前擺滿了飛鏢，足有兩、三百支，正是從他身上剔下來的。除掉了一身的飛鏢，老頭子站起來伸伸懶腰，衣服上卻留下了好幾百個窟窿——他儼然變成了一個「老叫花子」。

「你是真想喝這烏梅湯？」老頭子突然看著年輕人道。

年輕人也看著他：「是，真的想喝。」

老頭子冷冷地道：「可我的烏梅湯既不賣，也不白送。」

「不會讓你白送的。」年輕人唇角勾起一抹笑，「我這人可不愛吃白食。」

老頭子警惕地看了他一眼，又看了看周圍，確認他不過一副文弱書生的樣子，才彎腰從木桶裡舀了碗烏梅湯端給年輕人，道：「喝吧。」

年輕人看了一眼，卻又不喝了，因為他們都聽到了一陣詭異的風聲。

風聲是從頭頂上傳來的，可上面什麼也沒有，耳邊只有柳葉在熱風中被吹得發出簌簌的細微聲音，但他們又都可以確認那聲音是真的，聲音至少有三種——劍吟、刀嘯、人呼。

二人再轉身時，只見柳葉飄飄揚揚地撒落了一地，而他們面前立著三把劍、兩把刀，還有五個來者不善的人。

年輕人卻並不覺得意外，盯著老頭子枯瘦的臉，道：「果然，你的烏梅湯我不是白喝的，纏你的『蝨子』這麼多，怕是連我也得受牽連了。」

老頭子看了他一眼，喉頭上下滾動了一下，心裡卻清楚得很，自己身上雖然穿了天香軟甲，可以做到刀槍不入，但眼前這幾個人真正厲害的卻不是手裡刀，也不是腰中劍，而是那些出其不意的暗器——武器皆出自暗器閣，即便他有銅肢鐵臂，也沒把握能完全逃過他們的招數。

至於這個暗器閣，則是一個存在了近二十年的古老組織，他們收發暗器，做越貨殺人的勾當，曾一度成為江湖和朝廷的噩夢。

而他眼前的這五個人的來歷，得追溯到六年前的大中元年。那時，讓江湖人聞風喪膽的暗器閣終於被朝廷瓦解，後又被朝廷收編。暗器閣的閣主韓石千因為技藝嫻熟，得當今聖上李忱不計前嫌，被破格提拔為大唐軍器監的軍監，負責研造兵器和鎧甲。

韓石千手下有五個門徒，個個都是使用暗器的高手，在他們以逆黨之名伏誅後，天下便再也沒有暗器閣這個組織了。

可眼前這五個人卻偏偏就是暗器閣那幾個本應已經死掉的人。老頭子見過，年輕人也見過，但他們都不知道是怎麼回事。因為當年在刑場上，這幾個人的腦袋確實是像五個熟透了的西瓜一樣滾出幾丈遠，現在腦袋卻又好端端地長在他們的脖子上，竟連一道疤痕也沒有，豈不是見了鬼？不過轉瞬之間，他們就又想明白了，因為要找到五個替死鬼並不是很難。

年輕人冷冷地道：「跟了一路，不嫌累嗎？」

五個人幾乎異口同聲道：「累，但追你岳陽卻值得。」

岳陽，是當今江湖上最年輕的劍客之一，可是他的手上卻從來都沒有劍，因為他的手就是他的劍，以致很多人都想把他的手砍下來研究研究——他的手太快速、太鋒利，又太硬，比刀劍都硬。最後岳陽的手沒有斷，想斷掉他手的人，手臂卻都斷了。

這樣一雙快如疾風的手除了殺人，當然還有更大的用處，比如偷東西。

他是個很會偷的人，心情好時，也會時不時地偷偷別人的娘子玩玩，時間久了，他便真成了採花大盜。

岳陽正冷冷地看著這五個人，道：「我身上又沒有屎，你們跟著我，一點好處也撈不著！」

五個人頓時愣住了，互相望望，意識到岳陽竟然在拐著彎兒地罵他們是狗，頓時氣得怒火中燒。

岳陽唇角一勾，道：「一群不會啃骨頭卻喜歡吃屎的野狗，所以我到現在還不懂，我身上乾乾淨淨的，不知道你們為什麼追我追得這麼勤快。」

五人的臉色頓時鐵青，一人憤怒道：「你居然罵我們是狗？」

老頭子跟著道：「我覺得他說的一點也不錯，要是我走得不快，恐怕也早就被你們攆上了，我這烏梅湯何時竟變得如此搶手了？」

「烏梅湯？一碗烏梅湯誰會稀罕？跛子大盜蕭愁，別人不認得你，我卻認得。今天既然讓我們撞上了，你和你身上的東西也就別想再走了。」

老頭子的確叫蕭愁，的確是個大盜，但他和一般盜取金銀財寶的盜匪截然不同，他並不愛錢。他這輩子只會盜三樣東西：一是盜別人的娘子，二是盜死人的墳，三是盜別人的命。盜了別人的娘子後，勢必有人要來找他索命，所以他乾脆把別人的命也一起盜走了。

沒有人知道他為什麼要叫蕭愁，只知道每次在盜別人命的時候，他都難免要發愁，所以愁得頭髮、鬍子、眉毛都白了。當然，他也確確實實讓很多人愁過。

五人中有一人望著蕭愁和岳陽，冷笑幾聲後，接著道：「在我們還沒有動手之前，你們難道不應該主動表示表示？」

岳陽眼睛一抬，忍不住大笑：「主動表示什麼？一人給你們拉一泡屎嗎？」

那人心頭大怒，橫眉冷對道：「你別給臉不要臉，你能不能活過今天，可還要看造化呢！」

「是嗎？」岳陽眉毛一挑，一臉的輕佻。

「少裝糊塗！現在什麼處境你們自己清楚，只要你們把東西交出來，我便還能大發慈悲留你們個全屍！」

「就憑你們這堆狗雜種？」岳陽眉毛揚得更高了。

那五人被岳陽弄得怒火中燒，哪裡還忍得住，齊齊聯手朝對面兩人攻去，與此同時，岳陽和蕭愁的面前還下起了一場飛鏢雨。

那五人不愧是韓石千的門徒，飛鏢在他們手中聽話得很，竟只朝著岳陽和蕭愁的咽喉射去。

咽喉不僅是人身體中重要的命門，還非常脆弱，隨便被哪一支飛鏢射中，兩人都會瞬間沒命。可是岳陽和蕭愁是出了名的惜命之人，這個世界上還有太多美好的東西沒有享受，他們怎麼能就這麼死去呢？

只見岳陽的雙手探出，猶如兩把快刀，上下翻飛間，數十支飛鏢已經被拍落在地。至於蕭愁，他不知道什麼時候已經繞到那五個人身後去了，神奇般伸出那隻跛腳，如一陣猛烈的旋風刮過，等到幾人反應過來時，他們的身體已經倒在了地上，十條腿，皮肉雖然還連著，可裡面的骨頭已經全斷了，鮮血也噴灑了一地，而蕭愁的跛腳卻安然無恙。

原來跛子大盜並不是跛子，那隻跛腳竟是好的，而且比另一隻正常的還要好用些，可他偏偏要裝作個跛子，偽裝已經成了他的一門學問。也正因為他逼真的偽裝，導致無數前來滋事的人都卸下了對他的提防。

岳陽之前也不信，現在卻深信不疑了。看來江湖傳言還是少信為好，千百句話也抵不過自己的眼見為實。

蕭愁嘆了一口氣，盯著那五個快死的人，道：「你們何必非要來送死呢？一碗烏梅湯而已，值得你們這麼捨命？」

那幾人想說什麼，卻個個哀呼連天，疼得臉色發白，已經沒有力氣回答蕭愁的問題。

岳陽看著他們這樣只覺得費勁，乾脆給了他們一個很痛快的死法。

火辣辣的太陽仍在頭上，周遭也沒有一絲風，不知是不是解決了心頭大患的原因，兩人竟都覺得涼快了些許。

岳陽身子往旁邊的大樹上一靠，突然問：「你真的盜了他們的娘子嗎？」

蕭愁把木桶挪得離自己近了些，道：「沒有！」

岳陽懷疑地看了他一眼，道：「是嗎？那他們為什麼要追你？」

蕭愁聳聳肩：「不知道，每天追我的人很多，時間久了，也就習慣了。」

岳陽沒聽到自己想聽的答案，沉默了一會兒又笑了笑：「我好像知道。」

蕭愁一愣，探究地看著他，問：「你知道？」

岳陽指了指木桶，似有深意地道：「因為桶裡的烏梅湯吧。」

「烏梅湯就是烏梅湯，莫不是你也覺得我這烏梅湯好喝？」

「可不是嘛，你這樣的烏梅湯我可是第一次喝。」岳陽說罷，嘴角又勾起一個似有似無的笑容，笑裡還帶著股譏諷意味，愣是把他的一身書生氣搞得痞裡痞氣。

蕭愁見他這樣，卻大笑了幾聲，反問岳陽：「可他們為什麼要追你呢？」

岳陽聳聳肩，輕聲道：「因為我是真的睡了他們娘子啊。」

蕭愁又上下打量了他一眼，道：「死人的娘子你也睡？」

岳陽道：「當然睡！死人的娘子才好睡，因為死人又不會來找我。」

「你睡之前知道她們是誰的娘子嗎？」

「自然不知，我若是知道這幾個人還活著，再蠢也斷不會給自己惹這等風流債的。」岳陽還是一副嬉皮笑臉的模樣。

蕭愁看著他，沉默了一會兒，道：「你今日找我，就只是為了一碗烏梅湯？」

「是啊，天氣燥熱，只有烏梅湯最解暑不是嗎？」岳陽懶洋洋地把整個身子靠在樹上，又道，「不過話說回來，你是不是應該好好謝謝我？如果不是我，單憑你一個人會是他們五人的對手嗎？」

蕭愁卻輕嗤了一聲：「若不是你，他們會找到我嗎？」

岳陽冷笑一聲，點點頭，拿起木勺在蕭愁的木桶裡舀了幾下，說道：「也是，他們是透過我才找到你的，所以我請你喝烏梅湯，怎樣？」

蕭愁見他動木桶，眉頭一皺，飛快上前拍開他的手：「這烏梅湯本來就是我的，你拿我的東西來感謝我？」

岳陽眉毛又是一挑：「你不喝？」

蕭愁把另一只木桶推得離岳陽遠了點，冷著臉說：「不喝。」

「那我喝。」岳陽喝了一碗，接著又喝了一碗。彷彿那是什麼瓊漿玉露一般，好喝得讓他竟連木桶也拿起來倒了個底朝天，隨後還作勢要去掀另外一只木桶。

他的手還沒碰到另一個木桶的蓋子，蕭愁的「跛腳」卻已經實實在在地壓住了桶蓋子，蕭愁面色凜然地道：「你做什麼？」

岳陽擦了擦嘴：「你的烏梅湯太好喝，只一桶可不夠我喝。」

蕭愁臉色一變，厲聲道：「不讓。」

岳陽卻一點也不惱，嬉皮笑臉：「我付錢也不行？」

蕭愁立刻如臨大敵似的看著他：「說了不行，聽不懂人話？」

岳陽卻哈哈大笑起來，道：「怕不是我聽不懂人話，而是你那木桶裡還裝了什麼見不得人的東西吧？」

蕭愁的目光有一瞬間變得陰鷙，轉瞬他又大笑起來。

岳陽突然改口：「有件事我很奇怪。」

蕭愁問：「奇怪什麼？」

岳陽指著另外一只木桶，說道：「我奇怪的是，你一個大男人為什麼要偷一面鏡子？竟不遠萬里跑到西域去？」

蕭愁突然不笑了，道：「鏡子當然是送給女人的。」

「什麼樣的女人？」岳陽挑眉。

蕭愁也把身子靠到樹上：「一個能讓所有男人都銷魂的女人。她答應我，只要我偷來這面鏡子，就伺候我三天，從白天伺候到黑夜。」

岳陽勾了勾唇角，道：「想來這女子定是人間極品吧，居然能讓你為之鞍前馬後。」

「那是自然。」蕭愁說罷，站起了身，說道，「烏梅湯你喝了，債你也還了，我就先走了。」

岳陽沉悶地低著頭，蕭愁卻已經將木桶擔在了肩膀上，但這次他走得飛快，轉瞬之間便消失不見了。

岳陽驀地抬頭，眼睛裡閃過一絲殺氣，卻立刻又換了一副溫暾模樣，彷彿剛剛那個眼神並不屬於他。

◆

此時此刻，沈府也被熱氣籠罩著，人即便是坐著不動，也會不自覺地冒出汗來。下人們都拿著水盆在院中輪番潑水，熱力這才稍微減退了些。

沈玉書正坐在後院的涼亭裡發呆，不知道在想些什麼，身旁放著好幾桶冰塊，額頭也還是會有汗珠滴落。

竹月從膳堂那邊出來，手裡端著涼茶朝她走來時，就看到她坐在那裡發呆。

「小娘子，喝碗涼茶解解暑吧。」竹月將茶碗放在桌上。

沈玉書「哦」了一聲，道：「我不渴，妳端到我阿娘房裡吧。」

竹月道：「大娘子那兒我都已經送過了。這涼茶是秦郎君前兩日送來的，他吩咐了，要我每日煮給妳喝，說是對身體好。」

沈玉書看了眼石桌上的茶杯，眼底閃過一絲笑意，便端起喝了。奇怪的是，明明這茶淡而無味，她卻生生喝出了一股子透骨的甜。

「果然還是秦郎君的話小娘子才能聽一耳。」竹月見她真就乖乖喝茶了，不禁打趣道。

沈玉書被她說得面上有些臊了，便瞪了她一眼，站起身要往外走。

竹月卻又攔住她：「小娘子這是要去哪裡？」

沈玉書道：「院子裡悶熱得很，出去轉轉。」

竹月搖搖頭：「小娘子，秦郎君……」說著，抬頭瞄了眼沈玉書的反應，見玉書又瞪自己，急忙改口道，「妳不知道，外面比院子裡更熱呢，烤上一會兒就要蛻一層皮下來，還是不要出去的好。等到晚上沒了日頭，天氣自然涼快些，到時我陪小娘子出去逛一逛。」

「這又是秦簡給妳下的命令？」沈玉書一臉無奈地看著她。

竹月臉一紅，低下了頭，嘴角卻偷偷地勾起了笑意。

「他說的妳倒是聽。」沈玉書嗔了一句，抬頭望望天，覺得竹月說的似乎是對的，便打消了要出門的念頭。

自從她在燕子門受傷以後，秦簡就給她定了各種規矩，比如任何事都不許瞞著他、出門必須有他陪同、有危險時要學會躲在他身後……諸如此類神奇的規矩還有一大堆。奇怪的是，他這人向來對人冷冰冰的，對陌生人更是情面也不留，怎就能這麼快打通她府裡的婢女和小廝，讓他們個個對他唯命是從的？

這麼想著，沈玉書眼底的笑又深了幾分。只是，往日秦簡日日都來沈府的，也就昨日和今日兩天沒來，她竟有些不舒服了。

也不知是從何時起，她對他，竟莫名地生出了依賴。可明明她是那麼獨立的一個人，慣不會依靠人的。

她正想著，就看到有個人影小跑著進來。

「玉書，快跟我走。」那是周易的聲音，聲音顯得很急迫。

沈玉書走出去的時候，見周易氣喘吁吁的，臉上、額頭全是細細的汗珠子，一副上氣不接下氣的模樣，便吩咐竹月去膳堂端了茶湯，嘴上打趣：「你這都許久不登我府上了，今兒是太陽打西邊出來了？」

是了，周易已經不聲不響地消失好幾天了，別說來沈府，就是玉書偶爾去祭酒府找他，他也時常不在。一開始，她還以為是他又去什麼煙花柳巷尋歡了，後來問過他身邊的小廝才知道，原來近來豐陽公主總來祭酒府，不為別的事，只是找林小郎。

周易沒理她的調侃，接過茶咕嚕咕嚕喝了幾口，才道：「別鬧，是真的出事了！」

沈玉書心裡突然咯噔一下。她早該想到，周易久也不找她，現在這麼急匆匆地過來，絕對不是為了什麼好事情，至少也是能讓她頭疼好幾天的事情。

「怎麼了？」沈玉書只好問。

周易道：「東市里出命案了，妳去看看吧。」

「又有命案？」沈玉書驚道，「大概是個什麼情形？」

周易嘆了一口氣，道：「一時間哪能說得清楚，反正挺慘烈的，妳去看了就知道了。」

沈玉書本來是不打算出去的，這會兒卻好像身不由己了。

周易是乘馬車過來的，馬車裡又特意加了冰塊，所以涼快得很。無論是春夏秋冬，周易從來不會虧待自己，只是不知這馬車裡精緻的陳設是不是為了李環才改的。

沈玉書坐上了馬車，又掀開簾子對竹月道：「今兒我可能會回來很晚，如果秦簡來了，妳告訴他又來案子了。」

竹月點點頭，沈玉書便坐回馬車，可等馬車要走時，卻又不放心地掀開簾子，吩咐道：「妳可千萬別添油加醋，如實跟他說就好，不然他又該急了。」

竹月又是連連點頭。

周易正靠在身後的隱几上把玩著他的新扇子，見玉書這樣，苦笑一聲，調侃道：「不知何時，妳跟他竟走得如此近了。」

沈玉書放下簾子，攏了攏衣袖看著他，有些不好意思地道：「一起查案子這麼久，若還是互相生分，總是說不過去的。」

周易「啪」地把扇子一合，定定地看了她一眼，又收回了目光，眼神裡多了分克制。

許久，他緩緩地道：「可說到底，我們對他是不知根、不知底的，他是上頭派過來的，妳……小心些為好。」

說罷，他轉頭撩開身旁的簾子，探頭看了看外面。

沈玉書眨了眨眼睛，沒有說話。

對於秦簡，她無法讓自己設防，因為她總覺得他是不一樣的，她也相信自己的直覺。

馬車朝東市疾馳而去，直揚起一道灰濛濛的塵土。

車上兩人，卻各懷心事。

貳

東市的街上依舊很熱，馬車停下來的時候，裡面擺放的三、四塊冰已經融化成水了。滾燙的風裡有種難以描述的腥臊，還夾雜些許濃臭的死貓氣味。

沈玉書跳下馬車的時候，看到前面佇立著六、七個衙差，他們的身上皆已是汗如雨下，連衣服襟子都濕了一大片。

擺在他們面前的是五具男子的屍體，惡臭味毫無疑問就是從屍體上發出來的。屍體均被斷了雙腿，血液已經凝固發黑。不過這些卻並不是致命傷，致命傷是他們喉嚨處的斜切口。

地上散落了好幾百支細鏢，沈玉書正要上前看個明白，卻突然有十幾條黑蝮蛇從屍體的衣服內躥了出來。

黑蝮蛇有很強的毒性，但這種毒蛇在大唐境內並不常見，沈玉書眉頭一皺，下意識地向後退了幾步。

幾個衙差均是一愣，忙用佩刀將黑蛇斬斷挑到一旁，可黑蛇非但沒死，居然還飛快地爬行到旁邊的草叢裡，消失不見了。

沈玉書天不怕、地不怕，卻從小就對蛇有著深深的恐懼。

她深吸了口氣，又用濕布掩住口鼻，看了看屍體，對周易道：「你都驗過了？」

周易道：「是的。他們死於兩個時辰之前，每人身上有三處傷口。」

沈玉書點點頭，又心有餘悸地蹲下細細查驗了一番，發現他們的腿雖然都斷了，斷的卻是裡面的骨頭，外皮則並沒有全部斷裂，仍牽強地連著。

周易又道：「有一點可以確定。」

沈玉書抬眸，道：「哪一點？」

「他們是斷腿之後才被割斷咽喉的。」周易道。

「哦？說說看。」沈玉書的目光移到屍體的咽喉處。

「妳看地上的血跡，黑紅不一，死者斷腿附近的血跡已經發黑，可喉嚨處的血卻仍是紅色的，時間的先後一目了然。」

沈玉書又觀察了兩處傷口，道：「確實如此。」

這就讓她很困惑了，凶手為什麼要先斷死者雙腿，然後才將死者殺死呢？難道又是變態殺人？

「能不能判斷是什麼凶器所為？」沈玉書問。

周易搖搖頭道：「我看過了，屍體上的三處切口邊緣都有斷續的破皮，顯然是鈍器所致。至於是什麼樣的鈍器，一時半會兒也看不出來，這些切口的形狀我至今還未曾見過。」

「沒見過？」沈玉書又陷入了沉思，「可奇怪的是，他們身上的黑蝮蛇又是怎麼回事？你來時他們身上可有蛇？」

周易搖了搖頭，道：「當時並未發現，且我完全可以斷定，雖然黑蝮蛇劇毒無比，但他們身上都沒有中毒，依我看，應該是被害者死後凶手故意為之，目的自然是混淆視聽、製造假象，好讓我們誤以為這不過是起意外。不過，凶手手段太過低劣，這樣的案子我們已經見過很多了。」

沈玉書讚同地點點頭，又細細打量了一下那五具屍體，看著裝應都是些江湖俠客，可她越看越覺得這幾個人很熟悉，似乎在哪裡見過。她對江湖之事並不瞭解，或許是因為這些年見的人多了，總有幾張熟悉的臉龐會映在腦海裡揮之不去。這麼想著，她又打消了自己心中的疑慮。

周易拿著扇子撐著下巴，過了一會兒，語氣篤定地道：「這幾個人妳絕對見過。」

沈玉書只覺詫異，看他一副認真的神情，道：「我見過？在哪裡？」

周易起了身，回憶道：「妳還記得大中元年嗎？也就是當今聖上隆登大典之日，那時神出鬼沒的暗器閣門人趁機作亂。暗器閣可謂是當時朝廷的心頭大患，據說暗器閣中人都是前朝宰相李德裕的手下幕僚，暗器閣被聖上收管後，李德裕立即被罷免了職位。暗器閣中除了閣主韓石千被聖上留下製造兵器外，其餘門人或被收編或被誅殺，而被誅殺的人中就包括韓石千的五大弟子。」

沈玉書這才想起來。說起來那是五、六年前的事情了，那時候她也才只有十三、四歲。

「你是說……面前這五人是……」她難以置信道。

「不錯，當時他們遊街時我正好見了，我可以確定他們就是韓石千的五個弟子。」周易肯定道。

「可他們……不都被當眾斬首了嗎？怎麼會活到現在？」沈玉書越發覺得不可思議。

周易看了看四周，瞇了瞇眼睛道：「這其實並不難，他們說到底也是韓石千的弟子，找個替死鬼來個偷天換日，也不是沒可能。更何況……他們可是李相公的人！」周易說著，聲音又壓低了幾分。

「李相公？」沈玉書倒吸了一口涼氣，緩緩地道，「看來這個韓石千可不簡單啊！」

周易看了看四周的衙差，朝她意味深長地笑了笑。這五人能夠成功逃脫，怎能少了韓石千的暗中相助呢？

可世人都知道，韓石千的弟子個個都是暗器高手，既然已經逃脫了斬首的刑罰，又為何會慘死在這裡呢？究竟是誰殺死了他們？其中又牽涉了多少利益爭端？誰也說不准。

沈玉書聚精會神地盯著地面上的飛鏢，周易也在看。

飛鏢上沒有絲毫血跡，鏢頭卻奇蹟般捲成了鴨舌狀。毫無疑問，飛鏢定是碰上了比其更硬的東西才會這樣，就像刀砍上石頭，刀刃會或缺或卷，是一個道理。

周易的眼裡透著深深的疑惑，道：「我仍是想不通，暗器閣這五人聚在一起，目的當然只有一個，那就是殺人。可是飛鏢距離屍體不過十來步遠，前面又沒有石牆和阻礙物，鏢頭即便沒有射中人身，也會快速飛脫出去，又怎麼會變鈍呢？」

沈玉書看著周易錯愕的臉龐道：「或許這鏢頭並不是碰到了阻礙物呢？」

周易還是不解，道：「如若沒有碰到阻礙物，又怎會發生卷刃的現象？」

「也許是有人有什麼特殊的法子呢？」沈玉書已經站了起來，輕輕走了幾步，慢條斯理地道，「你說會不會有這樣一個人，他的身體比牆還要硬上幾分，飛鏢碰上他的身體，因為強大的撞擊才出現了卷刃？」

周易聽得有些發懵，想了許久才猛然拍了下腦門，道：「也不是不可能！是曾有這樣一個人，也就是二十年前四處作案，後來又銷聲匿跡的跛子大盜蕭愁！」

沈玉書點頭道：「關於蕭愁，我曾經在京兆府看過他的案簿，數十年犯案累累，和他有關的案子一共多達三百多起，他暗地裡偷了五十幾個年輕女子，殺了六、七十人，掘了二、三十處墳頭。老實說，這種人就是死一萬次也絕不可惜。」

周易道：「我在茶館裡也聽說書人說過他的事蹟，他算是個有名的大盜，而且他的身體其實和普通人一樣，並沒有什麼特殊，只是他後來無意間盜取了一處漢代貴族的墳墓，從裡面的屍體上扒來件天香軟甲披在身上。那件天香軟甲水火不侵、刀劍不入，所以他的身體就變成了鋼鐵一般硬實。現在看來，這五人原本應該是想殺蕭愁的，卻不料反被蕭愁給殺了。」

沈玉書又看了看現場的五名死者，接著道：「從現場來看，凶手作案的手法和蕭愁如出一轍，京兆府十年前的備案中就有紀錄。他殺人好像還有個習慣，就是要將死者的腿折斷！剛好，這五人的腿都是斷的。」

周易突然拿扇子一敲腦袋，道：「妳這麼一說我倒是想起來了，聽說蕭愁還是個跛子，不過他最厲害的也是那條跛腿上的功夫，原因是他根本就沒有跛，有人說他能用一隻腳踢斷木盆粗細的大樹，再看屍體的斷腿，極有可能就是蕭愁所為。」

燥熱的街道上終於起了一絲涼風，旁邊的柳樹枝條隨風飄舞著，沈玉書擦了擦額頭的汗珠，輕輕嘆了一口氣。

江湖能人輩出，本該是好事才對，可偏偏他們一個個竟都要走那左道旁門。

「你只猜對了一半。」她看著周易，突然道，「依你看，凶手就只有蕭愁一個人？」

周易答得飛快又肯定：「是啊，不然呢？」

沈玉書搖搖頭，豎起兩根手指道：「至少也應該是兩個人。」

「兩個人？為何？」

沈玉書笑笑，道：「蕭愁的身上雖有天香軟甲護著，但你應該知道，暗器閣的人可是指哪打哪，便是兩、三里開外的樹葉子都能穿出洞來。天香軟甲只能保證蕭愁的軀幹和四肢不被飛鏢攻擊，如何能確保頭顱和頸項也安然無恙？但凡暗器閣那五人配合得好一些，死的就一定是蕭愁。」

周易頓時恍然大悟：「妳的意思是說，蕭愁有個幫手，牽制了暗器閣的人？」

沈玉書點點頭道：「就是這個意思。」

「可是蕭愁向來獨來獨往，那人會是誰呢？」周易百思不得其解。

「不知道。」

案情一下子又陷入了迷局，眼前線索實在太少，他們就是抓破腦袋也想不出更多。

周易看著地上的屍體怔了一會兒神，道：「其實我還有個疑問。暗器閣自從被朝廷收編之後，仍倖存的門人一向都是為朝廷做事的。蕭愁一個江湖大盜，又為什麼會被他們追殺？難道他也牽涉到了黨爭？」

沈玉書卻只是搖頭。她也一直在想這個問題，暗器閣和蕭愁都已經消失很久了，怎麼會突然出現在長安城呢？她可不信他們只是為了什麼私人恩怨。而且還是同時出現，這未免也太巧了一些。

不過，但凡是殺人者，無非是利益當首。可蕭愁的身上究竟有什麼東西值得暗器閣的人鋌而走險呢？

她正想著，忽然一陣風刮過，一抹月白色掠過，一個挺拔的身形站在她面前，不是別人，正是秦簡。

與往常的清爽不同，今日的他竟帶著一身的酒味，且臉頰上不知何時竟多了一道傷痕。

沈玉書看著他臉上的傷，不由得一愣，前日見他時，並未見他臉上有傷，想必是新添的。只是，他昨日和今日都沒去沈府找她，是去做什麼了？怎麼還落了傷？

周易見他來，顯然也看到了他臉上的傷，笑道：「老秦，你這是在哪個花柳巷惹的桃花債啊？看你這模樣，那朵花似乎還有點凶？」

被周易這麼一說，沈玉書心裡又多了幾分不快，也說不上是為什麼，就是一種難言的感覺抓撓著她的心尖，讓她渾身上下都覺得不自在得很。

可秦簡卻彷彿沒聽到周易的話，神色淡淡地轉頭看向沈玉書，正色道：「我剛剛去妳府裡找妳，聽府上婢女說妳和周易來了東市。」

沈玉書眼皮一跳，他這是在和自己解釋嗎？

她笑了笑，道：「對，因為東市出了命案。」

秦簡點點頭，緊接著道：「西市也出了命案！」

沈玉書和周易雯時間都驚住了。她也再沒時間去多想其他，哪怕她覺得秦簡會突然去西市有些奇怪，卻也只能收回心思，畢竟就眼下的情況而言，這個案子並不簡單。

秦簡又道：「而且，死的兩個人我恰好都認識。」

沈玉書注視著秦簡的眸子，道：「是誰？」

秦簡輕聲道：「是跛子大盜蕭愁和偷王之王岳陽。」

「什麼？蕭愁也死了？」沈玉書比之前更驚訝。

秦簡來不及擦汗，看到沈玉書的表情略微有幾分詫異，道：「怎麼，有什麼問題嗎？」

沈玉書嘆了一口氣，將眼前的發現和秦簡講述了一遍，秦簡才覺得事情變得有些詭異。

沈玉書吩咐衙差將五具屍體暫且抬回京兆府備案，隨後眾人急匆匆地趕往西市。

◆

西市最近一段時間也比較冷清，這會兒因為出了命案，街上更是難見一人。

蕭愁和岳陽的屍體此時正掛在永安渠渡口的木船上，被火辣辣的太陽猛烈地炙烤著，活像兩團老臘肉。更怪的是，他們的脖子上竟纏著兩條黑蝮蛇，此刻黑蛇正吐著芯子。

「居然又是黑蝮蛇！長安城最近在鬧蛇災嗎？」周易只看了一眼，便忍不住罵了一句。

這幾條蛇的出現，讓他不免心慌起來。

秦簡面色凝重，嘆道：「誰能想到兩個江湖人士居然被兩條蛇給吊死了，只怕說出去會讓人笑掉大牙。」

沈玉書看了看也覺得奇異非常。只是，蕭愁她認得，這個岳陽又是誰，她卻不太清楚。秦簡見她心中有惑，道：「妳別看蕭愁厲害，其實那岳陽也是個厲害的角色，人稱第一劍客，他的那雙手出神入化，已經練到比劍還要快的地步了。」

沈玉書眸子一動，突然想到暗器閣那被害的五個人。他們的咽喉處確實有幾道類似刀傷的口子，並且周易說猜不到凶器是什麼，如今看來，蕭愁既然和這個叫岳陽的死在同一個地方，顯然岳陽就是蕭愁的幫手無疑了。

可是事情總是不能細想，因為越細想越覺得怪異，甚至有點想不通了。畢竟這岳陽不過是個二十來歲的年輕人，而蕭愁卻已是知天命的年齡，如此大的年齡差距，他們是如何認識的？又如何會走到了一起？

周易觀察了一會兒，道：「看來，應該是暗器閣的人要殺蕭愁，卻不想蕭愁還帶了幫手，結果被他們二人聯手給殺害了。只是，蕭愁和岳陽既然那麼厲害，連暗器閣五高手都不是他們的對手，他們又怎麼會突然就死了呢？這難道就是多行不義必自斃？」

沈玉書沉吟了一會兒，搖頭道：「不是！」

「不是？」周易不解。

沈玉書貝齒輕輕咬了咬下嘴唇，問周易：「你有沒有聽過一句話？」

周易道：「什麼話？」

沈玉書卻並不急著回答，而是看向秦簡。

顯然秦簡比她看得還要清楚，她聽見秦簡道：「螳螂捕蟬，黃雀在後！」

周易沉思了一會兒，道：「你們的意思是，那暗器閣的五人是蟬，岳陽和蕭愁是螳螂，可……黃雀又是誰？又是什麼樣的原因讓這麼多江湖高手都折在了這裡？我搞不懂。」

沈玉書笑道：「黃雀嘛，我也不知道，不過黃雀畢竟不是蒼鷹，總是飛不遠的，要找出破綻也並不是不可能。」

秦簡跟著點點頭，順手拔劍出鞘，隨著一道劍光晃過，那攀附在屍體上的兩條黑蝮蛇被生生削成兩截，落在木船上，掙扎了幾下不動了，蕭愁和岳陽的屍體也被慢慢放了下來。

沈玉書在現場聞到了一股濃重的酒味，忍不住吸了吸鼻子。

周易在驗屍體的時候，發現一個奇怪的現象，蕭愁和岳陽的死亡時間竟然相差了近半個時辰。這個發現，讓他更是不解了。

沈玉書見他神情凝重，問道：「怎麼樣？」

周易撓撓頭，道：「蕭愁死在前，岳陽死在後，時間不一樣！」

「你是說，他們不是同一時間死的？」沈玉書有些驚訝。

周易點點頭，為了確認自己的檢查確實無誤，又蹲身看了一會兒，才道：「奇怪，蕭愁的喉嚨是被割斷的，死於窒息，而岳陽卻……」

沈玉書急道：「怎樣？」

「他身上沒有傷口，卻滿身酒氣，如果我沒猜錯的話，岳陽似乎是醉死的！」周易道。

「醉死？你確定不是被毒蛇毒死的，抑或是有人給他下毒？」沈玉書也眉頭一蹙，周易給出的這個結論讓她覺得有些荒唐，畢竟若真如秦簡所言，岳陽是個絕世高手，那他怎麼可能這麼輕易就死了呢？其中必有蹊蹺才對。

這麼想著，她又瞄了兩眼屍體，才道：「殺死蕭愁的人或許就在船上。」

秦簡和周易紛紛低頭看向木船，可船板上除了兩具屍體之外，別說人了，就是隻鬼也沒有。

「妳是說殺死蕭愁的人是已經死去的岳陽？」秦簡猶豫了片刻，還是說了出來。

沈玉書點點頭。周易突然明白了，因為他正盯著蕭愁，蕭愁咽喉處的傷口和東市發現的暗器閣門人一模一樣。

沈玉書捋了捋思路，道：「如果我沒有猜錯，事情應該是這樣的。蕭愁的手上一定有一件很重要的東西，這才使得暗器閣的門人一路跟蹤追殺。而岳陽，也許並不是蕭愁找來的幫手，其實他也是跟著暗器閣的人才找到了蕭愁，他幫蕭愁擺平暗器閣，或許只是想得到那樣東西。所以，他才在得到蕭愁的信任後，趁其不備將其殺害，東西得手後欲離去，不料卻被另外的人盯上了。」

只是，蕭愁的手上到底有沒有一樣特別的東西呢？沒人知道。他們翻遍了岳陽和蕭愁的身體，也沒找到有關猜想中的那樣東西的任何線索。自己的估計有沒有錯，沈玉書甚至連一成的把握也沒有。

沈玉書又重重地嘆了一口氣，重新查看了那只木船。

這船實在沒有什麼特別的地方，只是在船頭處有兩只翻倒的木桶，就在蕭愁旁邊。其中一只木桶裡裝著清水，已經灑出了大半，但沈玉書在木桶內聞到了一股烏梅湯的味道，而另一只木桶裡卻乾乾淨淨。

她又查看了蕭愁和岳陽的肩膀，發現只有蕭愁的肩上有兩道紫紅色瘀瘢，經過判斷，這並不是受到攻擊後留下的瘀青，更像是抗重物引起的，也間接說明那兩只木桶應該是蕭愁挑來的。

周易看了看，也道：「兩只木桶裡一只裝著清水，另一只卻是空的，這樣並不好擔，所以空木桶裡之前肯定也裝了其他東西。」

沈玉書點點頭。

秦簡鳳眸一動，道：「莫非蕭愁手裡的那樣東西就藏在木桶裡，而暗器閣和岳陽其實都是為了桶裡的東西而來？」

沈玉書點點頭，道：「有可能。」說罷，她又去了船艙，那裡面有十來個巨大的酒罐子，擺放得整整齊齊。

她晃了幾下，發現裡面居然一滴酒也沒有，竟是十幾個空的罐子，打開泥封後，一股濃烈的腥臭味撲面而來。她被噁心得不行，於是立刻跳上岸。

永安渠的這個渡口，像這樣的渡船少說有三十只，都是私人船隻，由長安木船坊統一管制，獨立於都水監，但若是水上出了事仍是由都水監調度。

木船坊不只自己經營船隻，平時還會將木船租給船工，船工只要付了租金便可以使用一年，往返於河道口內外，既可以拉貨，也可以渡人，做些小買賣維持生計倒也不錯。

為了登記和區分，木船上都刻有數字。這只木船上就刻了個大大的「肆」字，但與其他停靠的木船不同的是，「肆」字旁邊居然還有個血色的「死」字，「肆」字刻痕陳舊，「死」字卻是新寫的，這兩個字本來就是諧音，無論誰看到這個字，心裡都不免要發怵。

沈玉書心中懷有疑慮，此刻她站在岸邊道：「看情況，蕭愁殺了暗器閣的門人後，隨即便登上了四號木船，此時岳陽應該也上了船，只是蕭愁未發現而已。」

周易道：「所以蕭愁也不知道岳陽會殺他？」

「如果是你，你會選擇暗處殺人，還是和人決一較量後再殺？」沈玉書看了他一眼，聲音卻突然變得很冷，「但問題是，現在岳陽也死了，那誰最有嫌疑呢？」

周易一時間沒有想透澈。

「如果你剛剛說的是對的，岳陽是因醉酒而死，那麼除了蕭愁，現場應該還有個陪他喝酒的人。」

周易「嗯」了一聲，定定地望著她，道：「可那第三個人會是誰呢？就船上目前可以發現的線索來看，並沒有第三個人出現的蹤跡。」

沈玉書想了想，突然笑道：「既然他們都死在了船上，最大的嫌疑人當然是船上的人咯。」

周易不解，道：「船上除了蕭愁和埋伏的岳陽之外還有誰呢？他們可都是絕世高手，若是遇上了其他人，怎麼會沒有察覺？」

秦簡淡淡道：「自然不會是陌生人，應該是船工！」

沈玉書也點點頭。不知從何時起，她和秦簡越來越有默契了。說來她也奇怪，秦簡在認識她以前並未查過案，現在卻能對每個案子都做到理性分析，實屬難得。

周易突然又陷入了另外一個困惑中：「可是，船工是怎麼知道蕭愁一定會上他的船的？難道他們是事先約好的？這也未免太過巧合了吧。」

沈玉書道：「的確很巧合，可如果蕭愁和那個船工本來就認識呢？船工提前告知蕭愁發船的時辰，等蕭愁來時，木船上卻早就織好了一張網，誰知沒等船工出手，岳陽就提前將蕭愁殺了，船工隨後又不知用了什麼方法，讓岳陽醉酒而死。」

周易嘖嘖兩聲，道：「既然能殺死岳陽，說明那個船工必然不是什麼普通角色，說不定功夫還在岳陽之上。」

沈玉書正要說話，一旁的秦簡卻突然笑了笑，道：「那倒也未必！」

「未必？」周易不懂，沈玉書也愣了一愣，隨即笑了笑沒說話，秦簡更是沒打算給他解釋什麼。

經過幾人的分析，現在案件瞬間變得明朗了許多，他們所在的這艘船就是問題所在，只要去木船坊裡查看了四號渡船的主人，再逐一排查，或許就能得出凶案的結果了。

參

毒辣的太陽終於隱進了雲層深處，沈玉書頭一次覺得，風聲原來也可以這麼動聽。她總是站在風口浪尖，時間久了，竟也習慣了這種在刀尖上前行的感覺。

木船坊裡的人氣很足，除了本地工農商戶會租用船隻外，外來的商客有時也會來照顧生意，而且出的價錢還是旁人的十幾倍之多，因此木船坊的規模也在日漸擴大。

這裡的老闆很奇怪，好像沒有名字，也好像從來沒人知道他叫什麼，所有人都尊稱他為「老船舵」，意思就是木船坊的總領，他也欣然接受。

此時，老船舵穿著整齊的青裳，臉上鋪著一條白色的濕毛巾，背靠在藤木椅上，半閉著眼睛。

籐椅上鋪了層細錦綢緞和金香綿枕，綿枕中間又夾了兩、三層的碎冰，真是又軟、又香、又滑，還冰涼爽快；旁邊有個三角凳，上面擺著竹製的茶壺和杯子，可見他實在是個很會享受的人。

仲夏時分，天熱難耐，若是出遠門，水路自然比陸路舒爽得多，很多人都會選擇乘船。自從木船坊的生意火爆之後，老船舵就在不知不覺間患了一種很難治好的怪病。

後來有人問他得了什麼病，甚至有人想給他找個江湖名醫替他醫治，他卻笑著說：「你們若是得了像我這樣的病，恐怕也不會花錢去治了，因為這種病既不痛也不癢，還舒服得很呢。」

一開始，還有人好奇他到底是得了什麼舒服病，後來大家才知道，他不過是患了懶病罷了。他這人有多懶？來過木船坊的人都知道。他若是坐到椅子上，天底下就很少有人能叫他起來，且木船坊裡也有足夠多的夥計，只要不是天塌下來的大事，他甚至連口活氣也不願意多喘。

人要是沒有煩心事，豈不是也會和老船舵一樣悠閒？可這普天之下，真正能做到悠閒的人卻並不多，人活著，再無欲無求，也總歸得為了活著而奔命。只要還有所惦念，就不可能做到真的悠閒。

沈玉書這輩子就是惦念太過，顧忌太多，所以總不能讓自己忙裡偷閒一會兒，喘個氣也要挑個適當的時間，讓身邊的人舒服了才行。

沈玉書早就知道老船舵的品性，見他這般閒散也一點都不意外。可當她進來時，老船舵竟在嘈雜聲中一下就聽到了她的腳步聲。他緩緩地睜開了眼睛。奇怪的是，被人擾了清夢，他不但沒有生氣，而且還對著沈玉書笑了笑，大概是他剛做了個美夢又恰好醒了。

他站起來喝了幾大口茶，喝飽了才道：「沈小娘子怎麼有空來我這木船坊？」

沈玉書唇角帶笑，回應道：「我來自然是有事情問你。」

老船舵笑咪咪地道：「有事找我？我這船坊上那麼多的事，我都管不過來，至於你們的事，我一介平民百姓，可沒那時間管。」

沈玉書笑了笑，語氣裡帶了絲壓迫的意味：「若此事關係到你木船坊的生死呢？」

老船舵到底是見慣了世面的，哪那麼容易被沈玉書一句話就給唬住？他頓了頓，又躺回了椅子上，道：「我卻不知我這船坊能出什麼事，竟能讓小娘子如此興師動眾？」他的話說得不輕不重，卻也施了壓。

沈玉書不由得心頭不悅，微蹙了蹙眉頭道：「如果我說，你這船坊的船上死了人呢？」

「哦？」老船舵轉了轉眼睛，笑道，「是我老了，我竟是忘了，小娘子管著一長安的閒事，妳這一來，又怎會是為了什麼好事呢！」

「閒事？」他一句話，說得秦簡也不悅了，沈玉書能聽出來，秦簡的語氣明顯不好了。

沈玉書忙拉了拉秦簡的衣袖，看了他一眼，讓他別動氣，又看向老船舵道：「就是不知這事你怎麼看？」

「看來此事還和我有關？」老船舵道。

沈玉書細眉動了動，道：「有關。」

老船舵把手撐到腦後，慢條斯理地道：「妳說說看。」

沈玉書款款地道：「你大概還不知道吧？你木船坊的船上死了兩個人，船是從你的木船坊租出去的，你說這和你有沒有關係？」

老船舵一愣，竟絲毫不推脫，定定地道：「有關，這我不否認。只是，是哪艘船出了事？」

沈玉書輕聲道：「四號船。」

老船舵的眼皮子有些許顫動，低頭沉思了一會兒，才看向沈玉書道：「所以妳想問我，四號船是誰在租用？」

沈玉書點頭。

老船舵笑了一聲，又道：「可其實，這四號船根本就沒人用！」

沈玉書疑惑，看著他問：「沒人用？為什麼？」

老船舵神色凝重地道：「因為是鬼在用！」

「鬼？」沈玉書明顯感覺自己的心顫動了幾下。

秦簡和周易也都望向老船舵。

老船舵沉默了一會兒，才道出實情。原來數月前，那只木船上死了個老船夫，是溺水而死的，死後屍體三天不沉，嘴裡居然還吐出三、四條碗口粗細的大黑蛇來。每到半夜，那船上就會突然雲山霧罩的，像是起了大火，還有人在哭喊。百姓以為鬧鬼，後來那艘船就再也沒人敢用了。

沈玉書心中頓時詫異，道：「嘴裡吐出黑蛇來？這倒是聞所未聞的事情。」她突然想起發現的屍體上也同樣出現了黑蝮蛇的影子，不由得和死掉的那個船夫聯想到了一起。莫非這些蛇真是四號木船上跑來的？可東市暗器閣的那五人身上的黑蛇又是從何而來呢？

老船舵嘆了一口氣，道：「天下怪事多了去了，誰又能說得明白？聽說那個老船夫是患了隱疾，生前又特別喜歡吃蛇，一頓至少要吃掉五斤，蛇肉用來白灼，蛇膽用來泡酒，蛇皮就被他做成了靴子和皮套，沒有一樣是浪費的。據說蛇是很有靈性的動物，所以有人說他是觸犯了蛇靈才慘遭此禍，我倒覺得有幾分道理。」

「蛇靈？」

老船舵解釋道：「世間萬物皆有靈性，人有魂，蛇有靈。人類知道保護自己的子孫，蛇當然也知道，所以他也算是死有餘辜了。」

沈玉書有些不解，想了一下，笑道：「這樣說來，他的死其實是蛇靈報復嘍？」

老船舵也只能點點頭。

只是，他這個說法實在牽強得很，怕是只有志怪小說裡才敢這麼大膽地寫，沈玉書和秦簡都覺得荒唐至極，周易卻好像有幾分相信。他從小就喜歡聽這些光怪陸離的故事，又讀過不少神怪的書，也就不覺得這個說法有多奇怪了。

不多時，木船坊又來了兩個新的租客，均穿著白色的裡衣，外面套著蟹青色短裳，木船坊的夥計聞聲趕緊忙活了起來。

老船舵又喝了幾大杯茶，繼續躺在那只籐椅上，搖啊搖，彷彿時間就這麼停滯了。

沈玉書偷偷瞄了幾眼，注意到那兩個租客的下半身濕漉漉的還在滴水，分明是剛從水裡出來的，又為何還要租船？她雖覺得蹊蹺，卻也沒再問下去，轉身離開了。

◆

正往外走著，她突然道：「你們有沒有發現一件怪事？」

秦簡點點頭，和她並肩走著：「嗯。」

周易不懂，道：「什麼怪事？我怎麼不知道？」

沈玉書看著他，無奈地嘆了一口氣，道：「幾日不見，你怎麼心這麼大啊？你們不覺得老船舵今天好像變得勤快了些？以前即便真的有天大的事情，他也絕不會說這麼多話，今天他不僅話多，而且還有心情給我們講了個故事，實在有趣得很。」

秦簡摸了摸腰間的酒葫蘆，想喝酒，瞄了一眼沈玉書，又把手放下了。沈玉書不愛他喝酒，說喝酒容易誤事，所以，他便開始有意識地戒酒。

此刻，他盯著沈玉書上揚的眉毛，道：「妳覺得這算不算是個好故事？」

「自然是，投給說書人當素材也未嘗不可！」沈玉書的嘴角禁不住向下彎了彎。

出了木船坊後，周易就一直琢磨著沈玉書的話，卻又琢磨不出什麼名堂來。抬頭見沈玉書和秦簡已經扔下他好遠了，他才加快步子緊跟了上去。

周易道：「玉書，妳說這次的命案會不會真是蛇靈報復？否則東西兩市發現的屍體上，為何都有黑蝮蛇呢？」

沈玉書走得稍慢了些，笑道：「你幾時變得這麼笨了？他那一口的胡話你也信？」

周易道：「難道妳不信？」

沈玉書搖搖頭：「十句話至少有九句是不能信的。」

周易道：「為什麼？」

沈玉書眼看著前方，道：「你又不是不曉得，老船舵是個生意人，還是個又精明又能幹的生意人，否則木船坊也不會做到這麼大規模。從一個很精明的人嘴裡能聽到幾句真話？他心裡有鬼。」

周易困惑道：「那妳為什麼偏偏還要來問他？」

沈玉書笑了，道：「假話裡或許能套出一、兩句真話來。」說罷，她腳下的步子邁得瀟灑，心裡又起了自己的小九九。

秦簡見她又耍起了小聰明，眼底生了幾分寵溺，輕聲附和道：「那現在呢？妳覺得老船舵說的話哪些是真的？」

沈玉書噘了噘嘴，淡淡道：「現在看來，似乎沒有一句是真的。」

周易哈哈大笑，道：「細細想來，他的確是一句真話也沒有。屍體上雖然有黑蝮蛇，可那些人分明不是因為黑蝮蛇而死。暗器閣門人更是死於岳陽和蕭愁之手，而蕭愁又是被岳陽所殺，唯一不知道的是殺死岳陽的凶手，那才是真正的主謀。」

秦簡眼皮動了動，道：「這人還真是讓人喜歡不起來。」

沈玉書抬頭看了他一眼，知他是因為老船舵說她愛管閒事才這樣生氣，於是伸手悄悄拽了一下他的食指，道：「這倒不難猜，商人都重利，能讓老船舵睜眼說瞎話的，恐怕也只有錢了。」

秦簡一邊假模假樣地點頭，一邊反手將她整個手都包進了掌心。這一系列動作做下來，他竟是臉都不紅了，只面色如常地目視著前方，走在一旁的周易竟沒發現他們的小動作。

周易道：「可他究竟是在替誰說瞎話呢？」

「你還不明白嗎？當然是給了他好處的人。」沈玉書的語氣斬釘截鐵。

她不好意思地想把手從秦簡手中抽出來，掙扎了一下，秦簡卻不依，看了她一眼，把手握得更緊了。

沈玉書無奈地瞅了他一眼，假裝鎮定道：「只可惜這老船舵的瞎話說得實在不怎麼動聽，人若是精明得過了頭，就有些過猶不及了。」

「是。」秦簡嘴上附和著，眼睛一眨不眨地盯著她，彷彿要在她臉上看出朵花兒。

◆

不知不覺間，天邊的日頭漸漸落了下去，鵝黃色的光暈裡透著疏淡的琉璃影，三個人的臉上也像是抹了一層金色的細粉，細膩若絲。

遠處的山巒間霞光萬丈，蒼茫的峰巒似水墨畫裡黑白的點綴，蜿蜒盤旋，曲折蛇行，正是長安城日落時分最美的景致。

一寸山河一寸金，然而，山河的波瀾壯闊，長安的氣勢雄渾，又比黃金貴上千倍百倍！只可惜耐不住繁華蒂落，困不住風聲蕭蕭！

沈玉書站住，呆呆望了許久，眼睛裡不再是平和的目光，竟莫名地生出一絲恐懼。這份恐懼不是源於她自己，而是源於風雨飄搖中的大唐王朝。她甚至擔憂，大唐王朝還能飄搖多久。

她重重地嘆了一口氣，秦簡便捏了捏她的手背，當作是對她的安慰。

周易在一旁也默不作聲，似乎有說不完的心事在困擾著他。

這時，迎面走來一行人，打頭的正是京兆府尹韋澳，韋澳的身後跟著三隊衙差。

沈玉書心裡納悶得很，長安城剛剛出了命案，她已經吩咐衙差回京兆府通稟，韋澳身為府尹，此刻也應竭盡全力查案才對，怎麼還帶著好幾隊衙差來尋她？看他那慌張模樣，似乎有什麼要緊的事情。可有什麼事情會比如今的命案還要緊呢？

「韋伯怎麼知道我在這裡？」

韋澳一路走得急，如今還喘著大氣，道：「永安渠的木船上發現屍體，我猜妳大概會來木船坊。」

沈玉書笑笑道：「韋伯伯找我有什麼事嗎？是不是案子有進展了？」

韋澳上前一步，面色凝重地道：「不是我找妳，是宮裡，聖上急召妳進宮去。」

沈玉書一驚，眼睛瞬間睜大，道：「聖上？韋伯伯可知聖上召我進宮是為了何事？」

韋澳長嘆一聲，道：「長安城出大亂子了。」

沈玉書不禁有些詫異，今天發生的命案就足夠她心煩意亂了，長安城又有什麼大亂子？

「韋伯伯，還請您說得仔細些。」

此刻的韋澳神色恍惚，兩隻眼睛已失去了光彩，看著沈玉書等人，顫巍巍地道：「你們還不知道吧？宮裡的趙貴妃今日分娩，聖上大喜，以為又添得一龍子，誰知兩個時辰後，趙貴妃竟誕下……」說到這裡韋澳突然止住了，因為他渾身都在顫抖，實在說不下去了。

「誕下什麼？」他這一頓，沈玉書澈底急了。

韋澳緩了一會兒，才輕聲地道：「誕下一條黑、黑蝮蛇！」

聽完後，所有人都瞬間怔住了，但所有人的心裡又像明鏡般透徹。他們都知道，龍生龍，鳳生鳳，人當然也只會生出人，決計生不出蛇來，只怕是宮裡也入了什麼賊人。

沈玉書強加鎮定地道：「宮裡現在情形如何？」

韋澳嘴角抽搐，道：「實在是不妙啊。趙貴妃得知實情後變得瘋瘋癲癲，聖上更是焦急如焚，宮裡上上下下已是一團亂麻了。」

沒等沈玉書回過神來，韋澳又道：「不僅宮裡出了事，就連長安城的老百姓也都跟著遭殃了。」

「莫不是宮外也出岔子了？」

韋澳又是一聲長嘆，看著玉書等人，娓娓道來：「長安城的茶肆酒樓、旅館驛站不知怎麼回事，統統爬滿了黑蝮蛇，甚至老百姓家中也被黑蛇盤踞，陡然間，長安城竟變成了一座蛇窩，場景實在可怖至極。我們本來有意將此事壓下去的，可……我們人手到底有限，且如今百姓們以訛傳訛的，更是搞得長安城內人心惶惶了。」

沈玉書心中似乎壓了一塊厚重的磐石。她很少會有喘不過氣的感覺，但這一次她的胸口卻悶得發疼。若不是此刻她的左手還被秦簡握著，她甚至覺得自己像是一株浮萍，整個人都被無力感籠罩著。

略微想了想，她打算即刻和韋澳回宮面見聖上。誰知，她才剛轉身，旁邊的草叢中竟突然飛躥出三、四條黑蛇來，嚇得她「哎呀」一聲往後退去，結果又恰好踩在了軟綿綿的蛇頭上。

那蛇「嘶」了一聲昂起蛇頭，閃著油膩亮光的舌頭，嚇得沈玉書害怕地捣上了眼睛。

周易也被嚇了一跳，慌亂間從地上撿起一根「爛木頭」，舉起來就要去砸，誰知「爛木頭」也是一條蛇，嚇得他臉色發白，把那條蛇扔出老遠。

秦簡忙一把將沈玉書攬到懷裡，貼心地讓她的臉朝著自己的胸膛，另一隻手已提劍橫刺，只聽「嗖嗖」幾聲，四、五條蛇瞬間被他斬殺在地，成了扭動的大黑蚯蚓。

末了，他輕輕拍了拍沈玉書的背，輕聲地安撫道：「好了，沒事了。」

他的聲音裡總是透著清寒，給人一種難以親近卻又很想親近的感覺。可此時他的懷裡卻溫暖得像春天，沈玉書緩緩地睜開眼，心有餘悸地呼了口氣，臉上卻滾燙發麻。

「還以為妳天不怕、地不怕呢。怕蛇怎麼不早說，嗯？」怕她不敢看蛇的屍體，秦簡還是保持著剛剛的姿勢，嘴角卻勾起了一抹勾人的笑。

沈玉書此刻還把臉埋在秦簡的懷裡，聽到他打趣自己，伸手就在他胸口捶了好幾下，力道雖輕，卻也足夠她洩憤了。

秦簡見她這般小孩兒心性，索性大掌捉住了她的手，低聲道：「長本事了？」

他聲音壓得低，只他和她二人聽得到，所以那聲音裡便透著股沙啞的性感，伴著他呼出的熱氣鑽進沈玉書的耳朵裡，搞得沈玉書的臉更紅了，她一把推開他，嗔道：「你煩死人了！」

秦簡卻笑得更開心了，眸光一沉，一把又把她攬進了懷裡。

沈玉書又要推他，一抬頭，卻正對上了周易的目光，他一臉的嬉皮笑臉，就差吹個口哨叫周遭的人都來看了。沈玉書只好朝他尷尬地笑笑，瞪了眼秦簡，從他懷裡出來了。

沈玉書沒注意到，就在她低頭的一瞬，周易的目光也跟著一沉，那一刻，他的眼底是星河隕落般的黯淡。可下一秒，他卻又是一副玩世不恭的模樣了。

這就是周易，你永遠只能看到他想讓你看到的那一面，所以，以至於後來沈玉書竟然真的覺得他不會有什麼傷心事。她以為，他一直活得像個太陽，可其實，太陽也有被烏雲遮住的那一天。

眾人緊張的心緒才剛剛平靜下來，卻又被一陣急促的驚呼聲打亂了，他們朝著聲音的方向望過去，只見不遠處的木船坊內忽然衝出數十個雇工，皆是張口瞪眼，神色迷亂。

秦簡上前攔住一個雇工，聲色俱厲地道：「慌張什麼？」

雇工驚恐道：「嚇死人啦，我們正在做活呢，好端端的屋子裡突然爬滿了蛇，老船舵也死了！」

幾人聞言一驚，忙衝進木船坊，見老船舵果真閉了眼，斷了氣，藤木椅子還在咿咿呀呀地搖著，老船舵的脖子上卻纏著三、四條黑蛇。

沈玉書不敢相信，他們前腳才剛踏出木船坊不到半炷香的時辰，裡面就出了樁命案，這實在太匪夷所思了。

周易竟有幾分動搖了，道：「難道是老船舵透露了什麼祕密，也受到了蛇靈的詛咒？」

沈玉書沒說話，想了想，篤定地道：「一定是後來的那兩個人！」

周易吃驚道：「妳是說那兩個租船客？」

「是。」沈玉書點頭。

秦簡了然，迅速將木船坊翻了個底朝天，卻除了蛇還是蛇，哪裡還有租客的影子？

情急之下，沈玉書只好讓韋澳先回宮裡，並懇請聖上擬聖旨，暫時關閉長安各處城門，以防歹人逃脫。隨後，她又衝向永安渠渡口，只見三、四十只木船仍安穩地漂在水面上，唯獨四號木船已經不見了蹤跡。

她又嘆了一口氣，眼睛亂轉，道：「我現在知道，老船舵到底還是說了一句真話。」

周易道：「哪一句？」

沈玉書輕聲道：「四號木船上的掌舵人或許真是一隻鬼！」

三人不再多言，馬不停蹄地往宮中趕去，快到朱雀大街時，突然被城中百姓擋住了去路，那是一道由人築成的高牆。漫天白雪紛飛，卻不是真的雪，而是白色的紙片。

沈玉書上去詢問老婦發生了什麼。

老婦嘟嘟囔囔地道：「要變天了，大唐要出事了，妳還不知道吧，這當今聖上和貴妃都被蛇靈附身啦，那趙貴妃居然生出一條蛇來！真真是嚇死人喲！」

沈玉書一愣，眉頭皺得更緊了，這消息傳得還真是夠快的。

「妳聽誰說的？」沈玉書問。

老婦道：「老天爺親口說的，那天書還能有假嗎？」

「天書？什麼天書？」沈玉書急了。

老婦指了指落在地上的紙片，又撿起一張，道：「喏，妳自己看看吧。」

沈玉書忙接過紙片，一看，上面竟寫著「神諭」二字，曰——唐王李主，黑蛇化形，天怒神威，王朝將覆。

紙片上一共書了十六個金色小楷，沈玉書讀完後，臉色慢慢變得蒼白，手腕不自覺地抖了一下，紙片又落到了地上。

她心裡當然清楚，所謂的天書毫無疑問是有人趁勢作亂，故意捏造出來的假象，只是讓她震驚的是，究竟是誰有這麼大的膽子？

肆

大明宮內的人都已是慌亂不堪。

宣政殿中，李忱正在殿內焦急地走來走去，神情略顯憔悴，大臣們也是面面相覷。此事來得突然，此刻他們也不知該如何是好。

王宗實見眾人皆沉默不語，站出來躬身道：「聖上，老臣斗膽進言，望聖上垂聞。」

李忱急躁地嘆了一口氣，道：「王愛卿無須拘謹，有什麼話便說吧。」

王宗實道：「宮外刁民聚眾叛亂，再這麼下去，長安該大亂啦！聖上何不派兵鎮壓？」

李忱眉頭皺到了一起，道：「不到萬不得已切不可動兵。太宗立有祖訓，水能載舟、亦能覆舟，這樣淺顯的道理王愛卿豈會不知？一旦派兵鎮壓，到時民怨四起，藩鎮亦會隨之暴動，對大唐基業只能是有百害而無一益！」

王宗實又朝他行了個禮，低著頭道：「聖上，話雖如此，但依老臣所見，趙貴妃誕下黑蛇時定是有妖人作祟。宮外漫天飛書，亦是妖人煽風點火之舉，可那些個刁民卻個個聽信妖言，就算此時不加鎮壓，日後也必成禍患！」

李忱又嘆了一口氣，王宗實說的他又何嘗不知道？可又有誰知道他的痛苦與無奈。

自從他登基以來，雖然大唐國力日漸攀升，但內憂外患仍舊不斷。人人都知道他是高高在上的皇帝，卻很少有人覺得他也不過是個普通人，而且還是個無奈的下棋人，大唐的興衰在他心裡便是棋局的勝敗，棋差一著，就會滿盤皆輸。

做皇帝本就不是那麼簡單的事情，想做個好皇帝又是何其艱難！他日日夜夜如履薄冰，可那些奸佞小人又在暗中鬥狠，稍不留神他便會失足跌入萬丈深淵，摔得連骨頭都不剩。他心裡苦，卻還要保持著皇帝的威嚴，盡全力去保一國安泰。

「容朕再想想吧。」李忱嘆了一口氣，低著頭沉思。

王宗實見狀，也不好再妄說，福著身子退到了一旁，眼中神色卻變幻莫測，藏著一股子可怕的陰鷙。

就在此時，大殿內又多了三個人。

沈玉書、秦簡、周易站成一排，均躬身道：「參見聖上。」

李忱正愁容難解，見沈玉書已到殿中，臉上終於添上些許笑意，但笑得卻很無力。

「不必多禮。」李忱走到她面前，「玉書，妳來得正是時候，想必妳已經知道了。」

沈玉書的眉毛動了幾下，她抬頭望了眼李忱，道：「回聖上，玉書也是剛剛才知道的，還望聖上勿要被此事擾了心神才是。」

李忱搖了搖頭，緩緩地道：「黑蛇傳聞一事影響甚大，現在全城百姓皆信以為真，朕也不知該如何是好，玉書，依妳看呢？」

沈玉書想了想，道：「這件事情的真相想必聖上和眾位大人皆心知肚明。然而百姓愚昧無知，最好矇騙，又加上妖人假放天書，以致百姓受其蠱惑而惶恐不安。玉書以為，當務之急應該安撫民心才是。」

李忱嘆了一口氣，道：「妳說的這些朕又何嘗想不到？只是城中百姓迷惑至深，又以訛傳訛，怕是難以規勸啊！」

王宗實搖搖頭，悶聲嘆氣道：「聖上，鎮壓也不得，規勸亦不得，如此下去，也不是辦法啊。」

李忱只有苦笑。

沈玉書側頭，淡淡地看了王宗實一眼，正色道：「回聖上，依玉書看來，眼下只有一個法子能行。」

殿內所有人都怔怔地望著她，卻沒有一個出聲的。

王宗實的一雙鷹眼直勾勾地看向她，李忱的眼睛裡瞬間光耀灼灼。

王宗實眼睛瞟動了幾下，道：「小娘子能有什麼法子？」

沈玉書看了他一眼，笑道：「自然是好法子。」

王宗實陰森森地一笑，道：「好在哪裡？」

沈玉書道：「哪裡都好。」

王宗實面色一沉，沒再說話。大臣們你看看我，我看看你，最後皆是噓聲一片。

李忱也很好奇，忍不住問道：「玉書，妳說說到底是什麼樣的法子？」

沈玉書不緊不慢地道：「這個法子其實我們都知道，既然問題出自那從天而降的天書，我們就從天書上下手。」

她語罷，眾人皆恍然大悟。既然妖人可假借天書愚弄百姓，他們當然也可以擬作天書，以求撥亂反正，這確實是個好法子。

宮中立即又忙起來。翰林院的大小官員全員出動，不多時，宮外又下了一場大「雪」，「雪花」紛紛揚揚，比第一場還要大。百姓們哪裡知道？以為又是老天爺給了指示，皆搶過紙片來讀。

那紙上也同樣寫著十六個金色小楷，方方正正，筆跡和上一封天書一樣——黑蛇化妖，妖人遁逃。龍威浩蕩，蛇靈將消！

百姓看後，皆自言自語：「嘿，真是奇了怪了，老天爺說的話，到底哪一句才是真話啊？」

不出所料，沈玉書這招以彼之道、還施彼身的法子果真奏效，那些原本還氣勢高昂的老百姓此刻正丈二和尚摸不著頭腦，鬧事的情緒也消減了大半。

李忱大喜過望，笑道：「滿朝文武竟沒有一個能比得上妳的。何以解憂？唯玉書爾。」

沈玉書福了福身子，卻沒有笑。

她不知未來的某一天，當她和這位明君提起父親的事時，他是否還會像如今這般和顏悅色。君心難測，這道理她一直都懂。

「聖上，這只是權宜之計，現在最重要的是抓到作亂妖人，才能澈底粉碎謠言。」

李忱走了幾步，道：「確實如此，可那妖人遲遲沒有現身，如何能抓到呢？」

沈玉書想了一會兒，道：「妖人既想作亂，又豈會善罷甘休？」

王宗實忽然道：「小娘子，看來妳已經很有把握了？」

沈玉書搖搖頭，道：「不，我沒有把握，連一成把握也沒有！」

王宗實道：「但我看妳的樣子，似是已經有了十成的把握。」

沈玉書笑笑，道：「王貴人，你自己也說了，那只是做做樣子而已。」

王宗實摸摸頭，愣住了。他一直不喜歡沈玉書，只因這個大唐第一才女太有主張，話裡也總是透著古怪的意味。他在宮裡、朝堂上待了這許多年，最不喜歡這種不好操控的人。

◆

迎歲宮，趙貴妃的寢宮。

宮裡很安靜，靜得讓人不敢呼吸。

李忱帶著沈玉書一行人前來看望時，趙貴妃正端坐在梳妝臺前。她顯然是受了驚嚇，雙眼空洞無神地盯著一處，又黑又長的頭髮披在她的肩上，她的右手捏著一把犀牛角梳子，正慢慢地將頭髮往下順，每往下梳一寸，梳子便會發出哧哧的響聲。她的動作既僵又硬，彷彿一只被人操控的人皮玩偶。

「趙愛妃此刻不在床上歇著，怎麼坐起來了？」李忱一進門便看到這幅景象，眉頭一皺，關切地問道。

趙貴妃卻好似沒聽到他的話，只顧著梳自己的頭髮，並沒有回答他。

沈玉書心中覺得怪異，忍不住四下打量一番，恰好注意到趙貴妃面前擺著的一面銅鏡，想來那銅鏡定是什麼寶貝，竟還透著橙黃色的光澤。

鏡子上刻著細細的花紋，但那並不是什麼好看的花紋，而是由數十條交纏的黑色蛇皮紋絡組成，正常人只要看上一眼就絕不會再看第二眼，因為實在太過恐怖，讓人忍不住頭皮發麻。

趙貴妃正聚精會神地盯著那面鏡子，似乎還盯得津津有味，可是鏡子裡除了她那張臉外，什麼也沒有。

眾人無不困惑，趙貴妃的行宮裡怎麼會出現這樣一面奇怪的鏡子？任誰也想不到，連李忱也著實吃了一驚，他從未見過這樣的鏡子。

李忱心中壓著火，喊道：「這是誰給貴妃的鏡子？給她拿走！」

怪的是，偌大的寢宮中竟沒有一個人答話，只有斷斷續續的回聲在響著。

「人呢？都死哪去了？」李忱又喊了一聲，臉色變得鐵青。

還是沒有人回答他。沈玉書轉了轉眼珠，又吸了吸鼻子，竟覺得周圍飄蕩著熟悉的味道——血腥味。莫不是迎歲宮又死了人？她心下一驚。

趙貴妃的身後有一掛金香玉珠簾，秦簡忙將簾子挑開，眾人這才發現簾子後面竟然躺著三個人，正是迎歲宮的宮女。

她們的身上散亂分布著好幾個血洞，血洞深淺不一。周易粗略判斷了一下，傷口均是匕首所刺。

李忱見狀大驚，慌亂地向後退去，險些跌倒，卻又沒有跌倒，因為他被身後的東西彈了回來。他扭頭看時，後面什麼也沒有，可是原本坐在梳妝臺前的趙貴妃此刻竟不見了。

眾人只聽見「咚」的一聲，下一秒就見李忱竟朝前跌了出去，直接摔倒在地。原來，秦簡竟然膽大包天地從後面踹了李忱一腳。

眾人驚訝不已，可就在這時，他們也猛然意識到，秦簡的這一腳，實則正救了李忱一命。因為從梳妝臺前消失的趙貴妃，剛剛正手裡握著一把匕首，朝李忱刺了過去，若不是秦簡那一腳，李忱恐怕就算不龍馭賓天，也要身受重傷。

現在，趙貴妃的匕首已經被秦簡的劍擊落在地，匕首上有血滴滴答答地往下落，正是那幾名宮女的血。

趙貴妃的眼睛裡沒有半點神采，她發了瘋一樣地朝李忱撲過去，秦簡無法，只得將她從背後拍暈。

李忱驚魂未定：「這究竟怎麼回事？趙愛妃怎麼會……」

秦簡也很納悶：「聖上受驚了。莫非趙貴妃經歷了那件怪事後神志迷亂，才做出這般舉止來？」

李忱連連搖頭：「絕不可能，早些時候趙愛妃神志還清醒得很，性情怎會說變就變？」

「可趙貴妃面容死板，並不像是裝出來的。」沈玉書想了想，道，「會不會是那面鏡子有古怪？」

她說著，靠近了梳妝臺，輕輕拿起了那面銅鏡。銅鏡裡反射的光正好映在她的眼睛裡，她有意無意地盯了一會兒，漸漸地，她覺得頭腦有些眩暈，再看時，盤在銅鏡上的黑蛇花紋竟突然變成了蛇影，在鏡面上躍動起來。

十幾條影子陡然間幻化成數千條，只看一眼，就讓人覺得眼前迷糊一片。

她趕緊用手捣上了眼睛，可蛇影仍在眼前跳動著，直到過了好久才舒緩過來。她想也沒想，飛快地離開梳妝臺。

秦簡忙上前扶住她的肩，看著她的眼睛，問：「妳怎麼了？」

沈玉書定了定神：「都不要過去，那面鏡子確實有古怪。」

她剛說完，門外就突然闖進來一個小太監，看著李忱慌裡慌張地道：「大家，宮外出事了！」

李忱回過神，道：「又出什麼事了？」

小太監喘了口氣，道：「回大家，方才千牛衛來報，說宮外來了個老道士，穿著白衣，還有道童撒花，老百姓都圍著叫他老神仙呢。」

周易不屑地撇了撇嘴，道：「老神仙？這年頭妄稱神仙的人倒是不少，怕又是個招搖撞騙的神棍吧。竟騙到皇宮門口了，真是不怕死。」

小太監噘嘴道：「林小郎，這回可真不是，聽千牛衛說，那老道士可神可神了，長安城那些黑蛇見著他居然都繞道走。他還說自己有大神通，可以收服長安城裡的蛇靈。老百姓個個都歡呼雀躍，還說要捐錢捐物，給他造一座道觀呢。」

沈玉書聽小太監神神道道地說了一通，心中暗暗生疑，道：「那老道士現在何處？」

小太監輕聲道：「還在宮外呢。」

李忱的眼睛裡泛著璀璨的光澤，道：「天下還真有這樣的神人？快去請他入宮來，若真有那神通，倒叫他幫忙看看趙愛妃，看好了重重有賞。」

小太監領了聖諭，道了聲「喏」，便匆匆走了出去。

沒過一會兒，果真有個白衣老道被請了進來，他旁邊還站著兩個撒花的女童，撒的是新鮮的白鳳仙。

只見那老道士鬍鬚發白，眉毛高聳，兩隻眼睛炯炯有神，一手執拂塵，一手拿玉淨瓶，還真有點仙風道骨的感覺，看模樣倒真像是有些本事的。

還沒等李忱開口，老道就緊皺著眉頭說道：「怪了怪了，長安城已是妖氣彌漫，不想宮中竟也這般烏煙瘴氣，真是少見的氣象。」

李忱的臉色有些難看：「不知道長怎麼稱呼？」

「南華道君。」

李忱道：「請問道君有何賜教？」

南華道君半閉著眼睛，微微沉吟了一會兒，眼掃四方，又掐了掐手指，恍然大悟道：「原來如此，貧道尋了這麼久居然會在宮裡！」

李忱趕緊問：「什麼東西在宮裡？」

南華道君緩緩睜開眼睛，道：「如果老道沒有猜錯，應該是一面黑蛇銅鏡，此刻正在趙貴妃的寢宮之中。」

李忱驚訝道：「道君說的可是刻有黑蛇花紋的鏡子？」

南華道君捋了捋鬍子，道：「正是那面鏡子。」

沈玉書看他一副像煞有介事的樣子，只覺得奇怪，那老道士並未來過迎歲宮，又怎麼知道宮裡藏了面古怪的鏡子？難不成他真有未卜先知的本事？

她慢慢走到老道士面前，見他又閉上了眼睛，便躬身作揖道：「道君可知那鏡子是什麼來頭？」

南華道君沒有睜眼，只是摸摸鬍子，道：「黑蛇銅鏡是個邪物，鏡中附有蛇靈的詛咒。這面鏡子絕不能用來梳妝，因為無論是誰，只要靠近銅鏡盯上一會兒，詛咒就會立馬在那人身上應驗。身中蛇靈詛咒的人會喪失神志，被蛇靈操控，漸漸地就會變成一具活人屍，想讓他做什麼他就得做什麼。」

老道士說的倒不是假話，因為趙貴妃剛才的舉止的確像是中了什麼詛咒，沈玉書也差點著了鏡子的道。

「居然會有這麼恐怖的東西。」李忱心有餘悸地咽了下口水，「那面鏡子造型獨特，並非大唐的物什，究竟來自哪裡呢？」

南華道君慢吞吞地說出兩個字：「蟒山！」

蟒山處在長安城北郊五里外的盤龍嶺，是盤龍嶺的餘脈，地勢險峻。山脈綿延不絕，每到日暮時分，山體漆黑茫茫，活像一條大蟒蛇，而且山頂終年雲霧繚繞，濕氣極重，蛇蟲鼠蟻眾多，因此才得名蟒山。

「可是蟒山周圍荒無人煙，怎麼會出現這樣一面奇怪的鏡子呢？」沈玉書疑惑道。

南華道君輕輕搖了搖頭，道：「這面鏡子最早不在大唐，而在西域三十六國中的大月氏。大月氏有個蠱師叫亞夏，殺了一千條蛇，不知道又用了什麼法子，居然將蛇靈封在了鏡子上。後來有個傳道士將鏡子帶到了中土，不知被誰埋在了蟒山上，從那以後，蟒山上的蛇蟲便開始氾濫了。」

老道士講得頭頭是道，沈玉書卻越聽越迷糊。她素來就不信這些怪力亂神之說，自然不信這老道士的一番話。

之後，老道士去了迎歲宮，見到了那面黑蛇銅鏡，此刻鏡子已經被蓋上了一層紅布。

李忱瞥了一眼那面鏡子，只覺晦氣：「道君，這鏡子既是妖邪之物，能不能用火燒了去？」

南華道君搖搖頭，道：「聖上不可，鏡子一旦損毀，蛇靈將傾巢而出，到時便一發不可收拾了。」

「那又該如何是好？」

南華道君道：「不妨事，貧道只需在鏡子上貼一道驅邪符，便會無事了。」說完，他真的從懷裡摸出一張用朱砂書過的黃符紙貼了上去。

沈玉書靜靜地站在一旁看著並不搭話，過了許久才問：「敢問道君在哪座仙山修行？」

南華道君笑道：「四處遊歷而已。貧道法力雖不濟，可天底下那麼多妖魔鬼怪，總是能捉上一、兩隻的，否則怎麼對得起這一身道袍？」

沈玉書看了眼他身上的袍子，那道袍竟像是新的一樣一塵不染，她收回目光，意有所指地道：「看來道君是專程來長安捉妖來了？」

南華道君點點頭，道：「算是吧。」

李忱道：「那樣正好。」

南華道君慎重道：「等我到蟒山消滅了蛇妖，這鏡子上的詛咒就會不見了，長安自會太平。」

他說完，李忱又領著他去了太醫院。

◆

趙貴妃還躺在床上，仍是神志不清，手舞足蹈；幾個太醫站在一旁，互相望望，皆是手足無措。

「趙貴妃怎麼樣了？」李忱問。

幾個太醫頭上頓時冷汗直流，顫顫巍巍地道：「聖上，老臣醫病無數，從未見過如此病症，實在是……」

李忱終於發怒，道：「好了、好了，事情辦不成卻只會推諉，一群沒用的東西！」

這時只見南華道君拿出一枚紅色藥丸來：「聖上，我有一神藥，給貴妃服下，立刻見好。」

「當真？」

「千真萬確。」

太醫暗暗起疑，但李忱似乎已經不相信他們了，他們也不好出言阻止，只能眼睜睜地看著宮女將藥丸給趙貴妃餵下去。

趙貴妃服下藥丸後，蒼白的臉上很快就有了血色，神志也清醒了不少。

李忱看著南華道君道：「果真是老神仙。」

老道笑笑沒有說話。

不出片刻，趙貴妃的一雙桃花眼便清亮了不少，待她看清面前站著的李忱後，竟掙扎著從床上爬起來，要給李忱跪下。

她一邊往下跪還一邊嗚嗚地哭了起來，委屈地道：「聖上，臣妾罪該萬死！」

李忱忙上前扶起她，道：「此事是有妖人作怪，不能怪妳，只要妳沒事就好。」

南華道君見狀道：「既然貴妃已經醒了，事不宜遲，貧道也該去蟒山捉拿蛇妖了。」

李忱道：「蟒山險峻，要不要派些兵士給道君助陣？」

南華道君擺了擺手中的拂塵，道：「那倒不用，那蟒山凶險萬分，沒有道行的人若是擅自闖入，怕是會遭了妖精的道。」

李忱只好點頭。沈玉書卻看得眉頭緊皺，這個突然到訪的老道士，給她的感覺並不好。

伍

宮裡、宮外終於安靜了下來。

黑蝮蛇被老道士施了法，軟綿綿地伏在地上動也不動，聚在一起的老百姓見後，皆面帶喜色地回家去了。

沈玉書出了宮，見千牛衛和金吾衛的士兵正將黑蛇堆在一起，那蛇屍體都已經堆成了座小山包，於是她上前問道：「你們今天都看見了，那個老道士究竟用了什麼法子，竟讓這些蛇都乖乖地讓道？」

千牛衛中一名高個子的兵士道：「小娘子，妳是沒看到，那個老道士神著呢，只嘰裡咕嚕地念了一堆咒語，又從手上的玉淨瓶裡倒了些水出來，那些蛇見了便唯恐避之不及，瘋狂向兩邊逃竄了。」

周易聽著覺得神奇，喃喃道：「難道這個老道士真不是神棍？」

沈玉書卻張了張嘴，道：「未必。」

此時，千牛衛已點了火把，要將黑蛇燒掉，沈玉書忙說等等。她湊近看了看，一股腥臭的味道便在她周身彌漫開來，仔細分辨，還能聞到一股苦杏仁的味道。

周易把嘴巴和鼻子捂得嚴嚴實實，道：「妳不是怕蛇嗎？這臭烘烘的有什麼好看的？」

沈玉書瞅了他一眼，道：「事關重大，怕也得看啊。」

「可這蛇都死了，還有什麼好看的？」

「看老道士灑下的聖水。」

周易摸摸頭，道：「哪有聖水？」

「到處都是！」她指了指那些黑蛇皮，蛇皮上有一些黃黑色的粉末。

周易問：「這是什麼？」

沈玉書站起來，細細聞了聞，道：「是黃硇砂[5]！」

黃硇砂其實是一味中藥，色淡黃，有苦味，她曾經在藥典上見過，《蟲草傳》中亦有記載，將黃硇砂搗成粉，以水和之，專治蛇患。

只是黃硇砂提取困難，加上大唐高純度萃取的工藝尚不成熟，只能在火山口附近淘取粗劣品，因此坊間的藥堂均無售賣，只有皇宮內尚存些許海外朝貢來的。

江湖中，有一些術士癡迷煉丹，倒是知道些萃取黃硇砂的方法。如今看來，那道士所謂的聖水，也不過只是些平常物罷了，他只是勝在此事鮮有人知而已。

周易嘆了一口氣，道：「他到底還是個神棍！」

周易罵完，三個人瞬間都笑了。

黑蛇的屍體被點燃，燒得劈啪作響，焦味和火硝味混在一起向四周彌漫開去。

沈玉書看了幾眼，便和秦簡、周易一起回到宮裡。

◆

此刻，宣政殿宮燈還亮著，沈玉書進來時，李忱正思緒煩亂地背著手在殿中踱來踱去。

直到兩個時辰後，宣政殿的燈才漸次熄滅。李忱和沈玉書一前一後地從殿中走出。

沈玉書道：「聖上，玉書和您說的，您可想好了？」

「朕都想好了，一切聽妳的。」李忱看著天上淡淡的月影，不免感懷道，「唉，也不知是哪個歹人換走了趙貴妃誕下的皇兒，也不知皇兒現在是福是禍。」

沈玉書也跟著嘆了一口氣，寬慰道：「小皇子洪福齊天，一定不會有事的。玉書也定當竭盡所能，找到小皇子的下落。」

「真是難為妳了。」李忱點點頭，又道，「夜已深了，今晚妳哪也別去，就住在宮裡吧，還有秦簡和那個林家的小子，你們一起。太液池旁的山水苑早就給妳收拾好了。」

沈玉書點點頭，謝過李忱，抬眼便見秦簡站在不遠處，正目光灼灼地看著她。她心下歡喜不已，辭別了李忱後，便加快腳步朝著秦簡走了過去。

「周易呢？他去哪裡了？」她問。

秦簡抬手拉過她的手，輕輕地道：「豐陽公主剛剛來了。」

「這樣啊。」沈玉書點點頭。她想起上次李環問她的問題，不禁又搖了搖頭。

「在想什麼？」秦簡見她腦袋搖得像個撥浪鼓，遂疑惑地問。

沈玉書抬頭看向他，看著他載滿星光的眼睛，道：「你應該不知道吧，豐陽很喜歡周易。」

「嗯。」秦簡淡淡地點了點頭，低頭也看著她。

「你都不覺得詫異嗎？」見他如此淡然，沈玉書倒覺得無趣了，所以忍不住又問。

秦簡卻只看著她，替她攏了攏披風，道：「這有什麼好詫異的？」是啊，李環喜歡周易這件事情，明眼人都知道，秦簡怎會詫異。畢竟，周易喜歡沈玉書這件事，秦簡都從不曾詫異過，只是沈玉書在感情方面向來後知後覺，竟對周易喜歡自己一事一點都不知道。

「你這人，真是無趣。」沈玉書嘛了嘛嘴，眼底心底卻都盛著笑。

誰料，秦簡卻是一愣，腳下的步子一停。

他把沈玉書往懷裡一圈，看著她問道：「我無趣嗎？」他說這話時，神色認真極了，就像一個學生在問師長問題一樣。

「嗯，無趣。」沈玉書點頭，小小的身子在秦簡的懷裡像一隻軟軟的小貓，搞得他總想伸手揉她的腦袋。

果然，秦簡還真沒忍住，抬手粗魯地在沈玉書頭頂揉了好幾下，才道：「這樣妳會不喜歡我嗎？」

沈玉書一愣，理了理被他揉亂的頭髮，道：「我什麼時候說喜歡你了？」

「嗯？」秦簡眉頭一揚，聲音低沉地道，「妳不是一直都喜歡我嗎？」

「你！我沒有！」沈玉書被他說得臉一紅，伸手就要推開他的懷抱。

秦簡不由得低聲笑了笑，把她抱得更緊了些，才道：「好好好，妳不喜歡我，我喜歡妳，行嗎？」

他說罷，又換來沈玉書的好幾個粉拳。她的一雙小手，總是這麼不安分？

就這樣，他們沉默地抱了許久。沈玉書安心地將腦袋靠在秦簡的胸前，聽著他一下一下有力的心跳，輕聲道：「謝謝你，秦簡。」

「嗯？」秦簡把頭抵在她毛茸茸的頭頂，聲音是從他鼻子裡哼出來的。

「謝謝你，讓我覺得自己並不是孤軍奮戰。」沈玉書輕聲說道。

「那我也該謝謝妳了。」秦簡輕笑。

「嗯？你謝我什麼？」沈玉書問。

秦簡卻沉默了，收了收手臂，將她抱得緊緊的，眼底一片混沌。

許久，他抬頭看了看天，說：「不早了，去睡吧。」

「好。」沈玉書抬起頭，朝他笑了笑，從他懷裡鑽了出來。

臨別時，她卻又突然想到了什麼似的，回過頭看著秦簡，道：「你能告訴我你臉上是怎麼回事嗎？」這句話，她問得小心翼翼。

秦簡背部一僵，回頭又揉了揉她的腦袋，道：「別胡思亂想了，去睡吧。」

他在搪塞自己，沈玉書知道。可是她到底是心有不甘，一雙好看的眼睛迎著月光一眨不眨地看著他，似乎他不回答，她就不去睡了。

秦簡無奈地笑笑，道：「不是被那種女人抓的，放心了嗎？」

「那是？」沈玉書又問。

「以後再和妳說，行嗎？」秦簡眼裡似有疲憊，拍了拍她的肩，「去睡吧，明天還有事要做，我可不想看妳一臉的憔悴。」

他這麼一說，沈玉書也只好作罷。想起前日突然登門拜訪的那人，她張了張口，想要和他說一說，卻最終還是什麼也沒說。她知道，她在幫秦簡開脫，可她的心裡到底還是埋下了一顆種子，只等某一刻，突然爆發出來。

夜，寂靜無聲。幾人均各懷心事地睡下。

◆

翌日，秦簡和周易起來得比沈玉書還早，二人的眼周都像是塗了層厚厚的濃墨。顯然，他們昨夜睡得並不好。

宮裡的早飯總是很豐盛，沈玉書卻沒有那麼多時間吃，只匆匆喝了幾口粥便起身要走。

周易攔住她，道：「大清早的，妳去做什麼？」

沈玉書道：「捉妖去！」

周易一臉驚訝，連筷子都掉在了地上。

他將筷子撿起來，看著沈玉書道：「妳去捉妖？妳在逗我玩嗎？那個老道士已經去了，我們瞎湊什麼熱鬧？還是等著吧。」

「不能等，等了就抓不到了。」她說完不等周易回話，便急匆匆地朝門外走了去。

秦簡一愣，忙提劍跟了過去。

周易唉聲嘆氣地搖了搖頭，從桌上挑了個雞腿，也只好跟上去。

「咱們是要去蟒山嗎？」周易問。

「是。」沈玉書答。

「就我們三個人？」周易問。

「是。」沈玉書答。

「現在就去？」周易問。

「是。」沈玉書答。

周易悶哼一聲，道：「怎麼去？」

「坐著鬼船去。」沈玉書答。

◆

他們騎馬直奔西市方向，很快就到了永安渠渡口。這一次倒很奇怪，三、四十艘木船居然都不見了，唯獨那四號木船像鬼船一樣漂在河岸上，被水浪晃來晃去。

四號船上既沒有鬼，也沒有人。

周易魂不守舍地在河岸上轉悠了半天，簡直比見鬼了還頭疼：「真坐這艘船去？」

「真坐！」沈玉書道。

風吹過，河面上起了一層漣漪。沈玉書和秦簡已經坐了上去，周易雖然十分不情願，但還是硬著頭皮跟著上了船。

四號木船和原來一模一樣，沈玉書鑽到船艙裡時，船艙裡仍舊擺著十幾只高大的酒罐子。她還是和先前一樣，上去晃了幾下。奇怪的是酒罐子很沉，她打開其中一只的泥封，看到罐子裡居然真的有酒，而且滿滿當當的，是好酒，帶著濃厚的醇香。

木船順流而下，一路向北，河面上吹來涼絲絲的風，既清爽又舒服。

沈玉書靠在船板上，靜靜地閉著眼睛。秦簡和周易一人在船尾盯梢，一人在船頭划槳。

船隻行進的速度很快，秦簡喝了半壺女兒紅，船就已經靠岸了。

一路上，沈玉書只和船頭划槳的周易談天說地，沒有和秦簡說一句話。她不知道自己是不是在故意逃避秦簡，卻知道，他們之間似乎生了一道難以跨越的鴻溝。

秦簡對她的有所保留，讓她的毫無保留顯得更加可笑。有那麼一瞬，她覺得自己卑微極了。

昨晚，她本是打算和他聊聊她父親的案子的，可到最後也沒能說出口。也許，她的事他並不感興趣吧，她想。

◆

蟒山就在他們眼前。

下船後，周易將木船繫在岸邊的柳木樁子上，檢查了一遍才走。

蟒山很靜，雜草叢生，荒古小道已經被掩蓋得看不見了。這裡實在是個連鬼都不願意來的地方，可是偏偏已經有人來過了，而且不止一個人，至少也有十個。

他們眼前還有一條新路。半人高的蒲葦橫倒在兩旁，路上濕漉漉的，布滿水跡，有許多很深的腳印紮在土泥裡，那些腳印大小不一。路旁不遠處是片園子，開滿了白鳳仙的花骨朵。

沈玉書心想，看來蟒山也並不是荒無人煙。

周易摸了摸鼻梁，道：「是不是老道士已經進去了？看樣子凶多吉少啊。這四周又是參天古木，裡頭又是黑咕隆咚的，要不咱們就別進去了！」

沈玉書道：「那行，你在外面等我們吧。」

她和秦簡沿著小道進去了，周易吞了吞口水，無奈之下也只好跟上去。

走了百餘步，他們就停了下來，前面並不是無路可走，而是因為突然出現了一支火把。那火把很高，將路照得很亮，也將每個人的臉都照得很亮。但此刻，他們三人卻都屏息不語，靜靜地看著火把，因為那火把奇怪得很，竟然自己飄在半空中。

猛然看到這麼奇怪的火把，三人都被嚇了一跳。

秦簡膽子大，率先上前查看，待走近了才發現，原來這就是一支普通的火把，不知道是誰，竟將火把綁在了樹上，從遠處看去，才彷彿飄在半空中一樣。

就在三人站在火把前時，他們身後卻突然出現一個人——她是個女人，卻打扮得像個男人。

她的背上有只牛皮袋，裡面插著鋒利的箭矢。她穿著粗布短衣，皮膚卻細嫩得很，兩隻眼睛閃爍著犀利的光芒，胸前高高隆起，透著成熟誘人的味道。

毫無疑問她是個很美麗的人，連沈玉書都看得動心了。這樣一個很美麗的女人，居然會出現在荒山野嶺，豈不是一件又奇又怪的事情？

那個女人看到沈玉書時卻一點也不覺得奇怪。女人問：「你們也是來捉大蛇的？」

沈玉書道：「莫非妳也是？」

女人笑了，將火把拿在手裡，道：「我一直都是，因為我是蟒山上的獵戶。」

「請問怎麼稱呼？」

「我叫夏凰。」

沈玉書點頭道：「那小娘子一定知道大蛇在哪裡？」

她答：「知道。」

沈玉書道：「那妳為什麼還不進去？」

她笑道：「因為我在等人。我怕一個人進去，萬一被蛇吞了，連個收屍的人也沒有。」

沈玉書笑了，她沒法子不笑。「妳在等誰？」

夏凰道：「無論誰來我都等！」

沈玉書道：「我們已經來了。」

夏凰道：「那我等的便是你們。」

沈玉書道：「難道這裡每天都有人來？」

夏凰道：「有！而且還不止一個。」

看來這個叫夏凰的女子是個很豪爽的人。

周易道：「那妳有沒有見到一個老道士進來？」

夏凰道：「道士倒是一個也沒見到，和尚卻有好幾個。」

沈玉書道：「什麼樣的和尚？」

夏凰道：「和尚都是一個樣子的。」

秦簡皺眉，道：「和尚為什麼要往蟒山上跑？」

夏凰道：「因為山上有座廟，有廟的地方總少不了幾個和尚來撞鐘的。」

「廟？這麼荒的山上竟然還有廟？」沈玉書忍不住問。

夏凰沒再說話。她舉起火把，往前走，沈玉書幾人跟在她後面。

◆

蟒山深處，他們果然看到一座廟。和尚廟居然會建在這麼隱蔽的地方，看來那些和尚真是下定決心斷了與俗世的關聯。

夏凰指了指，道：「那大蛇就藏在寺廟裡。」

周易困惑：「寺廟裡？」

沈玉書幾人都不太相信。

夏凰見狀，卻一臉肯定地道：「我親眼看見的。」

他們三人便只能將信將疑地跟著夏凰走進寺廟，一進去便見到兩個和尚在打坐。寺廟裡供奉著一座彌勒佛，香案前擺放著香油、蠟燭，還有幾支燃著的香。那兩個和尚還坐著，一動不動的，看起來像是死人。

沈玉書走到佛像前，湊近看了才知道，香案上髒亂不堪，燈油罩上布滿灰塵，彌勒佛石像上居然還有墨綠色的青苔。

她又朝打坐的和尚看去，才開口道：「還真是頭一次見不收拾香臺的和尚呢。」

秦簡和周易也發現了不對勁。

打坐和尚終於站了起來，他們居然個個都在笑，笑得鬼氣森森的。

「小娘子此話何意？」其中一個和尚聲音冷冷地說道。

「我說你們並非是和尚。」沈玉書斬釘截鐵道。

「妳為何這麼說？佛像在此，小娘子莫要玷汙了佛祖才好。」從他的語氣中已能聽出，他明顯不悅了。

沈玉書笑道：「因為我從來都沒見過像你們這麼懶的和尚，懶到連香案上這麼髒亂居然也不去擦拭，簡直比木船坊的老船舵還要懶上十倍百倍。這樣的和尚，除了你們兩個，天底下絕對再找不到第三個來了吧？」

胖和尚道：「老船舵是誰？」

沈玉書道：「你們居然連老船舵都不知道？」

瘦和尚道：「我為什麼要知道？」

「因為你們是老朋友，但你們卻殺了他啊！」沈玉書挑眉。

兩個和尚都有些發愣，冷聲道：「我們不認識什麼老船舵！」

「是嗎？那你們一定認識木船坊的四號鬼船！」

「不認識。」

沈玉書說：「你們就是那天去木船坊的那兩個租客！」

他們的臉突然顫抖起來。雖然他們剃掉了頭髮，可臉還是那張臉。

他們不再狡辯，說道：「妳怎麼知道老船舵是我們殺的？」

「因為你們就是四號木船的舵手！」

「胡說八道。」

沈玉書道：「你們去木船坊的那天，我們也在，我看見你們下半身的衣裳和褲腿都是濕的，之後木船坊中便出現了黑蛇，老船舵也遇害了，但你們二人都不見了蹤跡。當我去永安渠時，河面上三、四十艘船都還在，唯獨四號木船不見了，難道真的被鬼開走了？如果是，那也一定是兩隻活鬼。」

兩個假和尚冷冷地說道：「既然妳這麼聰明，又何必來這蟒山？妳難道不知道這是自投羅網？」

「網倒是真有一張。」沈玉書頓了頓，又道，「不過聰明的人豈會傻到跳進別人的網裡？」

胖和尚道：「可現在妳已經在網裡了！」

「我在網裡，那你們豈不是也在網裡？」

眾人一愣。

這時候，居然又有個人在笑，哈哈大笑，是他們身後的夏凰。

夏凰這麼美，但她的臉卻已經笑到扭曲。她的語調突然變得很冷，道：「如果我的手裡也有一張網呢？」

沈玉書道：「哦？夏娘子也會織網？」

夏凰揚揚自得地道：「當然會！」

「所以妳見到我們的第一眼，就是要帶著我們入網？」

「不錯，妳倒是看得明白。」

周易眼睛一睜，道：「妳是故意引我們來寺廟的？」

夏凰看著周易，突然又笑得像個孩子：「是啊！虧你看著還像是大家子弟，竟連這個都看不出來嗎？真是個笨男人！」

沈玉書也冷「哼」了一聲，道：「若我沒猜錯，笨男人大概都鑽進了妳的網裡了吧？比如說跛子大盜蕭愁，還有那個長得比女人還要美的岳陽。他們都把妳當作獵物，而妳卻又把他們當作獵物，來來回回，最後呢，他們還是統統成了妳的獵物。」

「為什麼？」

「因為他們是天底下一等一的大色鬼，大色鬼都很喜歡像妳這樣成熟又豐滿的女人。」

「那又怎樣？」

沈玉書接著道：「跛子大盜和岳陽最喜歡做的事情只有一件，不是殺人，而是偷東西，讓兩個大名鼎鼎的賊頭去偷東西，那就絕不是件普通的東西，比如一面帶著魔咒的鏡子。」

夏凰的臉色有些泛白。

沈玉書又道：「妳用美色勾引他們為你做事，無論是誰從西域偷來鏡子，那結果都是要死，蕭愁被岳陽殺了，而岳陽則被妳殺了！」

「岳陽是數一數二的高手，我怎麼殺得了他？」

「殺一個高手的法子有很多，比如用一罐子又香又甜的美酒，再配上一個傾國傾城的美人，我想，再厲害的高手也會醉死在這片溫柔鄉裡。岳陽就是這樣被活活醉死的。」

四周頓時鴉雀無聲。

周易突然道：「四號木船上的酒罐子？」

「妳早就知道了？」夏凰道。

沈玉書搖搖頭，道：「不，我來蟒山之前知道的並不多，但來到蟒山之後才發現，原來這裡竟藏著這麼多妖魔鬼怪！除了你們之外，應該還有一個人也會織網，而且織得比你們都要好。」

果然寺廟裡又閃進來一個人，穿著道袍，氣喘吁吁，但神情卻很凝重——他就是那個要來蟒山捉蛇妖的老道士。

周易憤憤地道：「你這個老道士，說是來降妖的，卻比我們來得還要遲！」

沈玉書望著老道士，又看向周易，冷聲道：「他自己便是一隻妖！」

「什麼？」周易驚呼。

老道士的眼睛裡似要噴出怒火來：「臭丫頭，快說，妳把皇帝那老小子藏在哪裡了？」

夏凰和那兩個假和尚皆滿臉驚疑，似乎也不需要再藏著掖著了。

瘦和尚道：「怎麼，你沒得手？」

老道士恨恨地道：「皇帝根本就不在宮裡。」

所有人都愣住了。

沈玉書笑道：「那是自然，因為他就在這裡啊。」

她說罷，李忱竟真的從外面走進了寺廟。他穿著平民的衣服，竟沒人認出他。

在場的人瞬間石化了。

沈玉書一行人均高呼萬歲，只有老道士他們一個個像木頭樣地站著。

「妳是怎麼懷疑上我的？」

沈玉書走了幾步，道：「長安城出現蛇患、趙貴妃誕下黑蛇、天上飛落天書、聖上被蛇靈附體、迎歲宮中驚現黑蛇銅鏡……所有的一切都演繹得神乎其神，在百姓信以為真的時候，居然又出現一個救苦救難的活菩薩南華道君驅趕黑蛇，讓百姓感恩戴德，真是差點連我都信了。」

「妳沒有相信？」

「你還真把人當傻子了啊？也別怪我拆穿你，你驅趕黑蛇所用的聖水根本就不是什麼神物，只不過是黃硇砂，是嗎？」

老道士一怔，道：「妳居然知道黃硇砂？妳看過黑蛇的屍體？」

沈玉書攤攤手，道：「當然，黃硇砂是蛇的剋星，如果不是在裝神弄鬼，你又何必假說那是聖水，還讓百姓頂禮膜拜，呼你為老神仙呢？你的目的很明顯，首先製造混亂，又假惺惺地解決混亂，讓老百姓死心塌地地以你為尊，這樣便能和朝廷分庭抗禮。古往今來，假借天書使農民起義的案子並不少見。」

老道士啞然，竟連一句話也說不出口，夏凰和兩個和尚的眼睛裡也失去了光彩。

沈玉書又道：「百姓雖然很好糊弄，我卻根本不信。後來你又使了一招調虎離山，說蛇妖在蟒山，但我知道你不會真的來蟒山，因為你想刺殺聖上！」

老道士道：「既然知道你為什麼還要來蟒山？」

「藏人。」

「藏誰？」

「聖上。」

李忱就站在他們面前，連一句話都沒有說。

老道士突然大笑，道：「將皇帝老小子藏在蟒山豈不是又入了蛇窩？」

「我只知道，蛇窩絕對比皇宮裡要安全得多。」

「我看妳這個天下第一聰明人該改改稱呼了！」

這時，夏凰突然拍了拍彌勒佛石像，石像動了幾下，居然朝後面翻轉了過去，眾人再看過去時，那彌勒佛的位置上竟出現了一幅畫，是一個道士的畫像。而供奉畫像的案桌乾乾淨淨，被擦得一塵不染。

沈玉書道：「原來和尚廟竟是個道觀，假和尚卻是真道士，有趣得很。」

老道士瞇著眼睛，道：「妳很快就有趣不起來了。」

沈玉書看到地上擺著十幾只酒罐子，酒罐子和四號木船上的一模一樣，旁邊還有三、四副白森森的人骨頭。

「妳想做什麼？莫不是想像殺岳陽一樣將我們統統醉死嗎？」她問。

老道士狠狠地道：「醉不死，但或許能毒死！剛好餵餵我的寶貝。」

假和尚將酒罐子打開，一股黑泉從酒罐子噴出，竟是實實在在的黑蛇。

黑蛇就藏在酒罐子裡，這道觀居然是個蛇窟。

沈玉書早就想通了。這些人將黑蛇裝在酒罐子裡，然後運到長安，將蛇放出後又去酒坊裡裝滿酒，悄悄放到木船上，神不知鬼不覺地運回蟒山。

寺廟裡的燈驟然間熄滅，老道士幾個人在黑蛇被放出來的瞬間就已經逃了出去。黑暗中，眾人只聽見寺廟裡傳來劈里哐啷一陣混響，之後便又安靜了下來。

之後，四周的燈亮了，比之前還要亮。

老道士、夏凰還有那兩個和尚又都回到了廟裡，跟著他們進來的，還有一群人。

此刻，寺廟裡突然站滿了人，粗略估算至少有三百人，都是普通百姓打扮，這些人中有一半人的手裡拿著三尺鋼刀，正是喬裝改扮的千牛衛，還有一半人的肩上扛著鋤頭，則是真正的老百姓。

直到這會兒，眾人才發現地上的蛇竟然已經全死了。

老道士大驚道：「這……怎麼會？」

沈玉書看到他們後，也有些驚訝地道：「你們居然還活著？忘了告訴你們，我來蟒山時給你們帶來了一份大禮。」

老道士的聲音明顯低弱了許多，道：「什麼……大禮？」

沈玉書道：「四十艘木船，兩百個軍士，還有一百名老百姓，加上一個如假包換的聖上。現在是不是覺得很熱鬧了？」

周易一個激靈衝上腦門，笑道：「難怪我們來蟒山時，永安渠渡口的近四十艘船都不見了，玉書，妳這只網撒得夠大的啊。」

「妳早有準備？他們就是乘坐木船過來的？」老道士驚魂未定。

沈玉書淡淡地道：「他們只想看看蛇妖究竟長什麼樣子而已，人總是有好奇心的。」

老道士瀓底癱軟了下去。

李忱終於說了一句：「朕不明白，那面黑蛇銅鏡為什麼會讓趙愛妃變得瘋癲？吃了你一顆藥丸卻又好了？」

沈玉書看著老道士，解釋道：「其實根本不是鏡子的問題，鏡子不過是個噱頭而已，你有藥丸當然也有毒藥。」

李忱大驚：「鏡子上有毒？」

沈玉書道：「不錯，一種幾乎無味，卻又能讓人產生幻覺的藥，是西域的天雨曼陀羅花粉。趙貴妃並不是看了鏡子變瘋癲的，而是吸了花粉後產生幻象，誤把眼前人當作了黑蛇，這就是所謂的『蛇靈詛咒』之謎。」

老道士眉毛抖動，已是語無倫次：「妳知道，當時為何不拆穿？」

「拆穿了你早就跑了，捉妖的戲還怎麼往下演？」

周易道：「老道士真是狠毒，用黑蛇銅鏡迷惑貴妃，是想借趙貴妃之手趁機行謀逆之事，殺掉聖上。」

老道士看著他們，突然苦笑了幾聲，隨後又是一陣哭聲響起，但哭聲不是從他嘴裡發出來的，是來自道士畫像旁邊的一只小竹籃。

沈玉書眼前一亮，秦簡手疾眼快，到畫像前，打開竹籃一看，裡面居然是個襁褓，外面鋪著金黃色的雙龍披褂，這一切無不證明竹籃裡的孩子身分高貴特殊。

「和尚和道士居然也能生出孩子來？」沈玉書若有所指地笑了笑，回頭望著李忱，躬身道，「聖上，您且去看，如果玉書沒有猜錯，那竹籃裡的嬰孩定然就是趙貴妃誕下的皇子，不料被這夥人用黑蛇掉了包。」

李忱聞言大驚，過去看時，果不其然，那孩子正是不久前趙貴妃所產下的皇子。

周易疑惑不解，道：「皇宮裡戒備森嚴，他們究竟是怎麼將皇子調包的？」

「皇宮裡什麼人最多？什麼人最容易接近趙貴妃呢？」沈玉書突然反問。

周易想了想，道：「是太監和宮女。」

「沒錯。」沈玉書在原地走了幾步，「趙貴妃生產之時，宮裡本就繁亂不堪，他們若是收買了宮女，或是趁機假扮宮女，潛入宮中，然後再來個偷天換日，想也沒人會發覺。」

老道士瞪大了眼睛望著沈玉書，雙唇忍不住發抖。

「現在想想，之前在貴妃寢宮裡發現的三具宮女屍體恐怕也是你們所為吧？然而你們卻將我們引入歧途，使矛頭指向害了瘋病的趙貴妃。」

「原來是這樣。」周易敲了三下額頭，「還有件事我想不明白，這群歹人心狠手辣，連聖上也要謀害，卻為何偏偏會保小皇子周全？」

老道士一夥人沉默不語。

「你們不說，還是我來替你們說吧。」沈玉書娓娓道來，「小皇子身分高貴，對他們來說是個很好的籌碼。倘若刺殺聖上的計畫失敗，他們尚可用皇子性命威脅朝廷，而且日後可將小皇子收入麾下，日夜教導，作為用來對付朝廷的傀儡，最後讓其父子反目成仇，達到不戰而屈人之兵的效果，這豈不是比殺人誅心更狠百倍？」

老道士嘆服道：「我真不明白，像妳這麼聰明的人，為什麼不幹一番大事業，卻偏偏窩在死氣沉沉的皇宮裡，替那皇帝老小子做事，這豈不是很大的損失？」

沈玉書道：「你錯了，對我來說替百姓申冤，讓天下太平就已稱得上是件大事了。」

◆

次日，案犯被押赴大理寺看管，但那幾人拒不交代作案實情。大理寺的獄卒打算給他們上刑，使其招供，在給老道士脫衣服的時候，發現他的背上竟然掉了一塊皮。

在脫下的衣服裡，他們還找到了一只盒子，盒子裡裝著的是兩塊人皮，人皮上面都畫著人形圖案，其中一塊人皮是老道士自己的，因為和他背上的傷口大小一致。

沈玉書看到這兩塊人皮後大驚失色。兩張人皮合起來就是一整張圖，看上面的描繪，她不禁瞠目結舌，那圖上居然推演出了自太宗時往後近兩百年的大事，而從已經發生過的事情來驗看，上面的推演居然都應驗了。

「難道這就是傳說中的〈推背圖〉？」沈玉書驚訝不已。

據說〈推背圖〉是太宗時期，著名的道士袁天罡和李淳風所著，推演了大唐王朝後世幾百年的命運。因涉及絕對機密，〈推背圖〉早已被禁毀。

沈玉書想起前不久遇害的司天臺監王朗。

王朗遇害時，背上也被割去了一塊皮，而那塊丟失的人皮卻一直沒有蹤跡。但回憶起王朗夫人的話，以及細比王朗和老道士的身分，她得出一個結論——兩個人或許都是袁天罡的門徒。蟒山寺廟裡的道士畫像和王朗府中密室裡發現的幾乎一樣，看來畫像上的道士即是袁天罡。

要知道，自太宗以後，誰若是討論〈推背圖〉，一旦被查明便是死罪。司天臺監王朗身為朝廷命官，當然知道其中利害。如果不是袁天罡的門徒，他們怎麼會冒死將〈推背圖〉紋在身上？能讓他們這樣做的便是宗派的傳承，足以見得，一個宗派傳承的力量何其強大。殺死王朗的幕後人看來也是這個老道士，所以午夜魔蘭也同樣是受了他的指使。

其中因由沈玉書也大概猜到了。

太宗時期，道教興盛，袁天罡更是坐上了天師的位置。而當今聖上重佛抑道，原有的道觀已經拆落得七七八八，老道士心存嫉恨，因此才在蟒山上用寺廟做掩護，將真正的道觀掩藏起來。

老道士本打算和王朗聯手製造妖亂，誰知王朗卻已經坐上了司天臺監的位置，老道士怕他貪戀權位，便讓人暗中殺了他，又割去了他背後的半部〈推背圖〉。王朗遇害之前曾經醉酒歸來，現在想想，當時和他喝酒論事的那些人中恐怕就有這個老道士。

如此一來，加上他自己的半塊人皮，他手中所持有的就是一幅完整的〈推背圖〉了。透過〈推背圖〉，他便能推演唐王朝何時興、何時衰，何時作亂又最合時宜。

沈玉書嘆了一口氣，拿出火摺子，將兩塊人皮燒了。

有些真相，終究還是不知道的好。

◆

之後的幾天，沈玉書待在府裡沒怎麼出過門，甚至連自己的臥房也不曾出過，只因她手上的幾頁黃紙。

這紙不是她從大理寺拿來的卷宗，而是前些時日，一個素未謀面的人親自登門送來的。紙上所寫內容是她父親出事那年發生過的一些朝政大事，還有曾讓她父親蒙了不白之冤的吳湘案的始末淵源。其中甚至牽涉到了前朝宰相李德裕，以及當朝相公白敏中，牽連之廣，讓沈玉書更是心頭一緊。

因父親出事時，她不過十四歲，母親受了沉重的打擊，便很少與她提及父親的事，所以她對父親的事所知道的一些始末，都只是從外人的口中聽來的，是真是假，無從分辨。所以，十四歲的她，只以為父親是馬失前蹄辦錯了案子，才惹怒了聖上。可如今看來，父親的去世，原來竟是一場朝廷爭鬥的必然結果。

說起這個吳湘案，還得追溯到武宗時期。這個吳湘，本不是什麼朝中要員，不過是個小小的江都令罷了。怪就怪他官雖小，竟犯了盜用公款的大罪，家中長輩還得罪了當時的宰相李德裕的父親，李相公咽不下這口氣，便以權施壓，判了吳湘死刑。

當時，沈玉書的父親沈宗清正任大理寺少卿，接到此案時覺得對吳湘的判決不妥，便多次駁回了尚書臺的判書。也許正是他這一做法，讓李相公徹底不悅了，李相公竟親臨大理寺約見了他，只為能讓吳湘就此送命。

可沈宗清為官多年，畢生信仰便是能以法明治，所以並沒有就此遂了李相公的意，而是請旨武宗，希望再審此案。可誰知，後來這案子竟然就不了了之了，吳湘也如李相公所要求的被尚書臺處死。

沈玉書猜測了一下，父親的奏章之所以會沒有下文，大概是當時被李相公給截了下來。只是，若只是這樣也好，誰會料到，武宗薨逝，當今聖上上位以後，竟還會有人重提此事。

當時，李相公功高震主，對剛剛即位的李忱來說，無疑是個心頭大患。剛好如今的宰相白敏中與李相公素來不交好，見新帝登基，便拿了吳湘案這一把柄想一口咬死李相公。

對於打壓李相公這件事，聖上一直都報以默許的態度。試問又有哪一個新帝不想培植自己的新勢力呢？所以，因吳湘案一事，李相公成功被貶斥，失了實權，而白敏中成功地成了大唐宰相，甚至如今更成為李忱的最大心腹。

當時的結局，除了對失了勢的李相公沒好處之外，可謂皆大歡喜。可誰又能想到，此事的罪責最後竟會落到沈玉書父親的頭上呢？

原來，李相公被罷官後，卻並不安生，竟多次上書聖上，表示吳湘之死，實則是玉書父親之責。聖上為了給其一個交代，只好暫時革了沈宗清的官職。可誰知，就在沈宗清被罷官之後沒多久，沈府竟遭到了一場大洗劫。沈玉書的父親、兄長皆慘遭毒害，沈玉書因和母親回了母族羅家，才有幸逃過一難。

按理說，在天子腳下出了這樣的禍事，朝廷是無論如何也應該要追查到底的，可讓人沒想到的是，聖上竟只在慘案發生的第二天，下了道詔書以表哀痛，並未著人查辦此案。再然後，百姓們見聖上是這般態度，竟以訛傳訛，真的把沈宗清說成了一個辦了冤案的無能官。

沈玉書看著黃紙上所寫的內容，心涼了半截。如果她沒猜錯的話，父親的死必然是白相公或者李相公所為，又或者，是聖上為了堵住悠悠之口，親自下令殺害的。

這麼想著，她忍不住瑟縮了一下。這麼熱的天，她竟覺得冷得可怕。

可是，如若真如她所想的那樣，她該如何和聖上開口要求徹查父親的案子？如若凶手是聖上，她又該如何自處呢？

第一次，她覺得自己無力極了，甚至連呼吸的時候，都會忍不住發抖。她怕極了自己努力了這麼久，最終卻只是竹籃打水一場空。

有那麼一瞬，她希望此刻身邊能有個人伸手抱抱她，至少讓她覺得自己沒那麼孤獨，也是有能依靠的。她第一時間便想起了秦簡，那個雖然面容冷峻，卻能給她帶來溫暖的人。

所以，就是在這一天，沈玉書第一次去了秦簡的別院找他。她想，無論前兩天他們之間有過怎樣的不愉快，只要此刻他能在她的身邊給予她陪伴，那麼她便可以放下一切，將心中所想全部告訴他，然後鑽進他的懷裡，把所有的不快都拋之腦後。

可是，也就是在這一天，她和秦簡之間竟產生了這輩子最大的一個誤會，以至於她後來每每回想起時，眼淚還會撲簌簌地往下掉。

那天，當沈玉書到秦簡別院的時候，他並不在，好在院子裡還有個小廝在看家。原本秦簡的院子裡除了他自己便再無別人的，沈玉書看不下去了，才給他找了個小廝。她說害怕有一天若是他一個人在家中出事了也沒人能知會她，在這個問題上，秦簡倒沒怎麼堅持，沈玉書給他找了，他便收了，一句怨言也沒有。

如今，沈玉書匆匆地趕來，卻見小廝一人在院中，不由得一愣，道：「你家郎君呢？」小廝是個剛滿十八歲的年輕人，喚作信冬。信冬見著玉書來，先是覺得意外，接著又撓了撓腦袋，道：「郎君一早就出去了，這幾日他總是這樣的。」

「出去了？」沈玉書又是一愣，心裡偷偷算了一下，秦簡已經四、五日沒去沈府找過她了，除了每天會定時著人送些冰品給她，未曾有過別的交代。

「是的，我看郎君最近似乎有些忙，每天走得很早，回來得也晚。」信冬如實道。

沈玉書心思一重，道：「那你可知他都去哪了？」

信冬搖了搖頭，道：「不知。」說罷，又突然想到什麼，「不過，我今日好像聽他說起過，他說他要去錦雲客棧。」

「客棧？」沈玉書一臉疑惑，好端端的，秦簡去客棧做什麼？

「好像是。」信冬點頭。

「那你可知他去那裡做什麼?」沈玉書又問。

「不知道。郎君今日說起自己去那兒時,只是說,若我見到了一個梳著單髻的女子來府上找他,便告訴那女子他去了錦雲客棧。往日裡郎君都是不說自己去哪、做什麼的。」信冬道。

女子?秦簡何時竟還和一個女子關係好到這個地步了?

沈玉書的心不由得咯噔一下,她吩咐了信冬幾句,轉身便走。

一路上,她都心神不寧的,待她回過神時,發現自己竟已到了錦雲客棧的門口。

那一刻,她竟忍不住想笑。她不知道自己到底在緊張什麼,竟然會緊張得魂不守舍。

收了心緒,她在門口猶豫了好一會兒,終究還是下定決心進了客棧。

不知道秦簡具體在哪個房間,她竟拿了魚符和老闆說自己是來查案的,這才套出了秦簡所在的廂房。

沈玉書對自己的聰明才智有些沾沾自喜,只是,當她真正站在秦簡房間門前時,卻後悔了自己的那份聰明。

因為那屋裡除了秦簡以外,還坐著個梳著單髻的女子。女子生得甚是好看,眉宇間還透著股英氣,單看樣貌,和沈玉書的年齡差不多。

她和秦簡對坐著,似是相談甚歡,二人對視時,眼底是心照不宣的默契。

沈玉書只透過門縫看了一眼,甚至聽不到他們在說什麼,她心中的歡喜就已散得乾乾淨淨。

這一日來，她對秦簡所有的期望和想念，統統隨著這匆匆的一眼，澈底煙消雲散。

手裡握著的那枚魚符，瞬間變得諷刺極了。

原來，擅自喜歡上一個人，是這麼痛苦的一件事。

5 黃硇砂：即硫黃。

第九章 大漠孤煙

壹

那一日，沈玉書幾乎是倉皇而逃的。

她聽見那女子叫秦簡阿昭，還看到秦簡捋起左袖讓女子給他上藥，他那條精瘦的左臂，上面橫亙著一條猙獰而血腥的刀疤。而沈玉書竟不知，他何時又受了這麼重的傷。

那個女子是誰？她和秦簡的關係又為什麼會好到如此地步？這麼想著，她就忘了自己此刻正多麼不光彩地趴在門外聽牆角，一時疏忽，竟不知和什麼東西磕出了聲響，嚇得她幾乎是落荒而逃。

那一刻，她也不知道自己為什麼要逃，明明她有那麼多的理由可以光明正大地質問秦簡，可當她聽到「吱呀」一聲開門聲時，腳下的步子還是不由得加快了。

她知道，她在害怕，害怕秦簡看到她如此狼狽的模樣。

她不知道那天秦簡在開門後有沒有看到她，只知道秦簡之後依舊沒去找她，仍然只是一桶一桶的冰塊往她那裡送得很勤快，搞得竹月和碧瑤整日一口一個秦小郎的，聽得她心裡越發難受。

那幾日，沈玉書的日子過得不順暢，連帶著周身的氣壓都變得很低。竹月這麼多話的一個丫頭，都躲她躲得遠遠的。

沈府裡的下人們都知道，慣愛冷臉但是又體貼人的秦小郎惹他們小娘子生氣了。但這還只是開頭，真正讓他們戰戰兢兢的，是三天後沈玉書和她母親羅依鳳的那一場大吵。

那一天，羅依鳳依然一早就去了佛堂。沈玉書起得晚了些，去羅依鳳房裡找她時，她已不在了。玉書本欲走，轉眼竟看到桌上放著幾本典籍，覺得奇怪，便湊近看了看，發現竟是父親生前的藏書。

沈玉書大致翻了兩頁，覺得有趣，便準備拿回房去慢慢看。在走到迴廊的拐角上時，她被一個小廝叫住了，疑惑地回身去看，見那小廝手裡拿著一封信箋，道：「小娘子，妳的東西掉了。」

「我的嗎？」沈玉書一臉茫然地接過信箋，打開發現是幾頁書信，翻出來看了眼後，臉色一下就變了。

那是一封沒有署名的信，內容大致是對吳湘處以死刑的意見，文末竟還特意寫了「少卿三思」四字。

這信來自誰之手，是前朝相公李德裕嗎？

沈玉書被自己的這個想法嚇得一激靈，匆忙把信往信封裡一塞，又去了羅依鳳房裡。

直覺告訴她，母親所知道的可能比她想像的還要多。

所以，她幾乎是翻箱倒櫃地翻找了起來，嚇得正打掃屋子的碧瑤一臉的不知所措。

碧瑤道：「小娘子，大娘子說桌上的東西不能動……」

沈玉書仿若沒聽到她的話，把桌子搞得一片狼藉，還險些帶翻了一方硯臺。

「您要找什麼我給您找吧，大娘子若看到這番景象，怕是要責罵我的！」碧瑤手忙腳亂地收拾著亂得不成樣子的桌子。

沈玉書依舊不理她，轉身進了羅依鳳的臥房，一下將床褥給掀了起來，那架勢，只差沒把床板給拆了。

碧瑤進到臥房的時候，就見她手裡竟拿著個上了鎖的木匣子，看起來有些年頭了。她剛想說什麼，就見沈玉書冷著臉道：「出去！把門帶上！」

嚇得她趕緊低著頭退了出去，關門的時候，也不知是不是幻聽了，竟聽到裡面有匡噹匡噹的聲音。

碧瑤當然沒有幻聽，因為房間裡的沈玉書，正拿著不知道從哪找來的鎚子，對著那木匣子一陣亂敲。匣子上的鎖許是因為陳舊了，她沒敲幾下就「匡」的一聲開了。

沈玉書一打開，就被裡面的黃色刺到了眼睛——那是一份奏摺，具體說，應該是一份被退回的奏摺。沈玉書不由得心間一顫，小心地將那份奏摺拿出來，發現裡面所書正是請求武宗下令重審吳湘案，可奏摺上竟連批註都沒有，顯然是被人截下了。

果真如她所料嗎？她的心不由得更沉重了，再看那匣子裡的東西，發現裡面竟還有好幾份類似的奏摺，每一篇都是關於吳湘案的，且從時間上來看，父親是連著好幾日，都有上書的。

單把這幾份奏摺遞交給當今聖上，父親是如何也不會被冤枉的，可母親又為什麼要將這些東西藏起來？這裡面又藏了多少她不知道的事情？她不知道，也猜不出來。

就這樣，她在羅依鳳的房間裡待了整整一上午，待羅依鳳被下人告知匆匆趕回房時，也被眼前的情景驚得一愣。

「妳一個女兒家，這樣子成何體統？」羅依鳳氣得直發抖。

沈玉書被這聲音震得一抖，緩緩地抬起頭，見來人是羅依鳳，便舉起手裡的奏摺問道：「這是什麼？」

羅依鳳看了眼她手裡的東西一怔，道：「妳翻這個做什麼？」

「這麼重要的東西，妳為什麼要藏起來？」沈玉書眼裡閃爍著淚光，語氣裡是質問。

「妳不需要知道！」羅依鳳的語氣也不好。

她上前就要搶沈玉書手裡的東西，不料玉書一轉身竟輕鬆躲開了她，於是她越發生起氣來，低聲吼道：「拿過來！」

沈玉書冷冷地看了她一眼，把手中的奏摺往木匣子裡一塞，拿著匣子倏地站了起來，準備要走。

「妳要去做什麼？」羅依鳳冷聲問。

沈玉書腳步一停，頭也不回地道：「我要去找聖上！」

「妳給我站住！」羅依鳳的聲音更冷了。

「站住？」沈玉書轉過身，直直地看著她，「父親的事情，於妳而言，就那麼無足輕重嗎？」

「隨妳怎麼想，今天妳別想出這個門！」羅依鳳索性往正廳的椅子上一坐。

她這樣，沈玉書更難受了，忍著心裡的不忿道：「妳就那麼樂意看我沈家蒙冤嗎？」說罷，她轉身就走。

踏出房門的那一刻，她聽到羅依鳳激動的聲音，甚至還帶著懇求地說：「書兒，妳不能去啊！白相如今還當權，李德裕也尚存勢力，妳若這樣貿然去了，惹怒了聖上怎麼辦？沈家就剩妳一個了啊！」

她難得和沈玉書服了軟，可沈玉書到底還是頭也不回地走了。

玉書為朝廷出生入死這麼久，唯一的目的就是為父親翻案。

有權臣牽涉又如何？

她偏不怕。

◆

翌日，宣政殿。

李忱正在批閱奏摺，隨手拿過桌上的茶杯欲喝茶，發現裡面竟已沒了水，心下一時不悅起來，正要訓斥王宗實，卻見他和一個小太監吩咐了一句什麼後，轉身小跑過來。

「如今是水也不能倒了？」李忱看了他一眼。

王宗實嚇得連忙跪下，道：「大家息怒，是老奴失誤了。」說罷，他還不忘給一旁的小太監使眼色，小太監忙低著頭湊過去倒茶水。

「你剛剛幹什麼去了？」李忱眼睛看著奏摺，狀似隨意地問。

王宗實垂著頭道：「回大家，剛剛外面來人說沈小娘子求見。」

「玉書？」李忱一愣，朝他擺了擺手道，「叫她進來吧。」

「是。」王宗實忙起身，也不顧衣服上沾了灰，小跑著出去叫人了。

沈玉書進來時，額頭上還帶著星星點點的汗珠，可她竟也不管不顧，直接跪下身子叩首道：「聖上，玉書有一事相求。」

李忱翻閱奏摺的手一頓，抬頭疑惑地看了她一眼，復又低頭繼續批閱奏摺。他以為又出了什麼事，道：「何事如此興師動眾？起來再說吧。」

沈玉書直起身子，卻並沒有起來，看著高坐御座之上的李忱道：「聖上，玉書如今是罪臣之女的身分，就不起來了。」

仍在低頭批閱奏摺的李忱一愣，揚了揚眉毛道：「此話何意？」

「玉書……」沈玉書一頓，又行了個大禮，才下定了決心道，「玉書請聖上為我父親申冤！」

「妳說什麼？」李忱倏地抬頭，看著下面跪著的沈玉書，面上沒什麼表情，卻帶著無形的威懾。

沈玉書的心咯噔一下，但她還是提高了音量道：「玉書請聖上為我父親申冤！」

李忱的眼神一下子變得犀利了許多，他放下手中的毛筆，定定地看著沈玉書，許久也不說話。

大概過了一盞茶的時間，他才道：「為何？」

「玉書認為，我父親無罪。」沈玉書雙手握拳，一字一頓地道。

「妳認為？」李忱的眼睛似一片看不透的深淵。

沈玉書輕咬了下嘴唇，將一直抱著的木匣子雙手呈上，道：「這些是我父親上書先武宗皇帝的奏章，還有前相李公與我父親的書信，玉書認為，此中有蹊蹺！」

李忱輕輕掃了眼她手中的匣子，道：「朕沒記錯的話，妳今年十八了吧？」

「是。再有幾月就十九了。」沈玉書答。

「時間真是快，朕記得第一次見妳時妳才十三、四的樣子，這若是在普通百姓家，早就該嫁人了。」李忱感慨道，彷彿已忘了沈玉書剛剛的話。

「玉書第一次見聖上時，父親還在。」沈玉書只說了半句，後半句話她沒有說。若不是因為父親離去，守孝三年，恐怕她也早就嫁人生子了，但那樣的生活並不是她所期待的。

李忱不悅地皺了皺眉，道：「行了，妳下去吧。若是無聊，去找豐陽玩吧。」

「聖上！」沈玉書一愣，忙將手中的匣子舉得更高，「求聖上看一看吧，我父親和兄長的死絕非意外，求聖上為玉書做主！」

李忱明顯被她的不依不饒惹得不開心了，看了一眼王宗實，冷聲道：「她不懂事，你也不懂？」

王宗實當即會意，用眼神示意兩旁的小太監拉她起來，一副苦口婆心的樣子道：「小娘子就請走吧，若是一時擾了聖上，可就是您的不是了。」

「聖上！玉書知道自己逾矩，可玉書所陳之言皆屬實。我不能讓父親受這樣的不白之冤，玉書求您！」沈玉書並不顧王宗實的勸告，又行了一個大禮。

李忱許是真被她弄得煩了，理都不理她，站起身準備離開，之後又朝著門口站著的千牛衛掃了一眼，沉聲道：「你們都是擺設嗎？」

隨後，大明宮中的主子、下人都知道了，聖上眼前的紅人沈玉書被一群千牛衛扔出了宮門，樣子狼狽不堪。

當然，扔倒還不至於，但沈玉書確實是被一群千牛衛架出了宣政殿。只是，她從來都不是一個會服軟的人，哪怕君威在上。

於是乎，大明宮中的主子、下人又都看到，聖上眼前的紅人沈玉書頂著三伏天的大太陽跪在宣政殿門口，手裡舉著一個老舊木匣子，嘴裡鏗鏘有力地一遍又一遍地重複著：「請聖上為我父翻案，玉書願承擔一切後果！請聖上為我父翻案！」

如果經過的人稍稍留心些，還會聽到她說的下一段話，她說：「聖上，吳湘之冤案，我父曾不止一次呈書武宗，請求再議其貪汙之案，是有意之人多次阻斷我父上書，才釀成了最後的慘劇。

您宅心仁厚、明察秋毫，罷了他的官職，玉書毫無怨言，可沈府的那場火災絕不是意外，是有歹人想絕我父之口啊，聖上！

我沈家歷代忠良，我父自任大理寺少卿以來也一直為了朝廷盡心竭力，辦過數起大案，從未冤屈過何人，我兄長也不過弱冠之年，卻早早喪了命，他們不能就這樣不明不白地去了啊！求聖上開恩！玉書願為此肝腦塗地！」

她就這樣一直重複著這幾句話，直喊到嗓子都啞了，每吐一個字都像是含了血，可她也不曾停過。

到正午時分，毒辣的太陽灑下橙黃色的光暈，在她周身裹成了一個圈，隔著薄薄的一層衣服，直灼得她渾身鑽心的疼。她的額頭、身上、背上，沒有一處是沒被汗濕的。

她這邊不管不顧，外面便有人風風火火。

周易這日本是和賀家二郎約好了去喝酒的，二人在酒樓中邊喝邊閒聊，聊著聊著賀二郎就說起了大明宮所發生的事，周易剛開始還一副聽樂子的心態，後來越聽越覺得不對勁，一問才發現，那賀二郎口中所說的人就是沈玉書。

「你怎麼不早說是誰啊？」周易一時窩火。

「不是，是誰有關係嗎？那宮裡的事哪樣不是說來當樂子的？」賀二郎不懂他的意思，只覺得他莫名其妙。

「怎麼會沒關係了？」周易急了，起身叫店裡的夥計幫忙牽馬，回頭和賀二郎道，「算了，不和你說了，我先走了。」

「不是，這菜還沒吃幾口呢，你去哪啊？」賀二郎被他搞得一頭霧水。

「進宮。」周易說著已經要走了。

「進宮？你進宮幹嘛啊？」賀二郎問。

「私事。」周易道。

「私事？你進宮能有什麼私事？」賀二郎又問，抬眼卻見周易已經出了門，連忙提高了音量道，「你不去看翠柳家新來的頭牌啦？」他的聲音不小，卻沒得到周易的回應，周易此時，已策馬走了。

◆

一聽賀二郎說沈玉書跪在宣政殿外，周易就已料到她定是說了什麼聖上不愛聽的話。可她這人向來會看眼色，他不用想也知道，她定是提了那個禁忌。這樣想著，他就更加心急如焚，以至於被丹鳳門前的守衛攔住時，都一時沒反應過來。

「皇宮禁地，閒人不得私闖！」一個長得虎背熊腰的士兵直接擋在了他的馬前。

「我……」周易一愣，想了半天才勉強編了個理由，「是豐陽公主傳喚我來的。」

「豐陽公主？可有權杖？」那士兵懷疑地看了他兩眼，手裡的大刀依然架著。

周易又是一愣，本就是隨口胡亂說的，哪來的權杖？忽然，他想起前些時日李環給他的一個香囊，本想還回去的，如今只能姑且拿出來試一試了。

好在，那士兵接過香囊看了兩眼，又打量了他一番，見他氣質不凡，便放他進去了。

周易心中大喜，看了看手裡的那個香囊，又嘆了一口氣。

他到宣政殿外時看到的景象果然如賀二郎說的那樣——沈玉書正跪在被烤得灼熱的青石

地板上，臉色慘白，嘴裡卻還念念有詞。他看她單薄的身子在烈日的暴曬下已經有些搖晃，彷彿隨時要倒下去一般，心臟一疼，匆忙跑過去。

「還受得住嗎？」周易顫抖地問。

沈玉書慘白著一張臉看向他。

陽光太晃眼，她瞇了瞇眼睛才看清眼前人是周易，啞著嗓子道：「你怎麼來了？」

周易看著她這副模樣，十分心疼她。此刻的沈玉書，額頭沁滿了汗，頭髮也有些凌亂，周易想伸手替她拂一拂額前的碎髮，卻終是沒能伸出手，只慌亂地找了張帕子遞到她手上，心疼地道：「傻。」

沈玉書朝他笑笑，卻因嘴唇太乾，唇上裂了道口子。血色在她的唇上暈開，在她一張慘白的臉上顯得格外扎眼。

周易滿臉的心疼，道：「一定要這樣嗎？」

「嗯。」沈玉書點了點頭。

「好。」周易也對她點點頭，雙手一撩衣擺，俐落地跪了下去，清了清嗓子道，「求聖上為前大理寺少卿沈宗清翻案！」

這一聲請願，聲如洪鐘，震得跪在一旁的沈玉書一激靈，心中有陣陣暖流淌過，可理智還是讓她道：「你還是回去吧，你身上頂著祭酒府的名聲。祭酒府歷代清臣，你沒必要跟我蹚這趟渾水，別被我的事汙了祭酒府的名聲才好。」

周易一愣，目視前方道：「我父親常與我說，臨危毋苟免，此時我若走了，我自己都不會原諒自己。」

「周易，這不一樣！」沈玉書無奈地看向他，眼底依舊布滿了點點星光，卻讓周易看著越發難受。

他看著她，苦笑道：「妳什麼事也不與我說，搞得我像是外人。」

沈玉書沉默了一會兒，低聲道：「我不想連累你。」

周易卻像是哪根神經被刺激到了，道：「秦簡可以，我為什麼不可以？」

他一提秦簡，沈玉書便不再說話了，只瞇著眼抬頭看了看刺眼的太陽，心中五味雜陳。

原來他什麼都知道啊。可此刻，她甚至不知道秦簡在哪。

她想，若是當他知道她在宣政殿前頂著太陽跪了好幾個時辰時，可會有片刻的心疼？她不知道，也許，不會吧。

沈玉書這一鬧，果真驚動了除秦簡以外的許多人，比如周易、李環。

當周易都覺得自己兩眼發黑快昏過去的時候，李環帶了幾個宮女匆匆趕了過來，一邊吩咐宮女給他們倒解暑茶，一邊心疼地給沈玉書擦了擦汗，道：「鬧歸鬧，也別拿自己的身子開玩笑啊！」

然後，她像是剛看到了周易似的，看似隨意地遞了個帕子給他，便作勢也要跪下，嚇得沈玉書忙道：「公主，使不得！」

「可我也不能就這樣看著你們受罪啊！」李環嘛了嘛嘴。

「今兒太陽毒，別中了暑才好，妳先回去吧。」沈玉書看了看她，唇角揚起一抹牽強的笑，隨即又看向周易道，「你們倆都回去。」

周易像是沒聽到她的話，仍目視前方，並不言語。

李環偷偷看了他一眼，又看著沈玉書道：「我不跪，我就站著陪陪妳。」

沈玉書抬頭看看她，想讓她別固執，張了張口，卻終是沒說出口，只道了聲「謝謝」。

李環沒說話，心頭卻在竊喜。她看見周易看了她一眼，和往常看她時的眼神不一樣。

◆

約莫到了申時，秦簡終於還是來了，帶著滿身的風塵。

有那麼一瞬間，沈玉書甚至以為是自己花了眼，出現了幻覺。

直到秦簡的手真切地碰到了她的胳膊，她才意識到，面前這個人，真的是秦簡。

他來了，她竟忍不住有些歡喜。

可這份歡喜，也不過只停留了一瞬，因為下一刻，她聽見他說：「這麼大的事，妳怎麼不事先和我說一下？」

「你要我說什麼？又或者，我去哪能找到你？」她抬頭冷冷地看著面前這張精雕細琢過般的臉。

秦簡許是也覺得自己語氣不好，蹲下身子摟住她的肩膀，輕聲道：「聖上現在估計也生著氣，現在還不是提此事的時候，跟我回去，回去我們再說。」

沈玉書身子一動不動，眨了眨眼睛，看著秦簡，伸手一把推開了他。她推他時，還不慎碰到了他受傷的左臂。

她看到他微微皺眉，知道弄疼了他，嘴上卻依舊不饒人：「我的事，不用你管！」

「別置氣了。妳一向明理，妳自己也應該知道，現在還不是說這件事的時候，跟我回去。」秦簡一臉無奈，又想伸手拉她，卻又被她狠狠地傷到了左臂，疼得滿頭冒冷汗。

「我說了，我的事不用你管！」沈玉書看也不看他，話剛說完，竟還聽到李環附和了一聲「就是」——李環還不知道她和秦簡的關係。

「妳這說的什麼話，我不管誰管？聽話，跟我回去，妳這樣妳母親也不放心。」秦簡看了眼一旁的周易和李環，繼續旁若無人地道。

只可惜，他不知道他一點也不擅長哄人，一句話就惹得沈玉書更惱了。她早就料到他不在意她，卻不想他來找她，竟是受她母親之托，一時語氣更不好了：「我母親放不放心與你何干？」

秦簡眉頭一蹙，頭一次眼睛裡帶了火氣。

他看著沈玉書，一副恨鐵不成鋼的樣子：「沈玉書！妳怕不怕聖上沒了耐性降罪於妳？妳有沒有考慮過妳一時衝動會帶來的後果？萬一連妳也出了事，你們沈家一家老小怎麼辦？妳要妳母親怎麼辦？妳就甘心妳父親的事就這樣終止？妳叫我……」

他想和她說，妳叫我怎麼辦，可他還是及時住了口。

在場人太多，人多嘴雜，哪怕心裡再多的喜歡和心疼，他也不能給別人落了話柄。

沈玉書的眼皮動了動，卻沒說話。倒是李環，冷「哼」了一聲，輕聲道：「出了事，還有我頂著呢，你是誰啊？我們玉書愛怎樣就怎樣，你管得著嗎？」

秦簡沒回她，眼睛緊緊地盯著沈玉書，儘量放緩了聲音，輕聲道：「乖，我們回去，好嗎？」

沈玉書的眼睫顫了顫，雙手又顫抖地舉起了木匣子，目視前方，扯著沙啞的嗓子道：「求聖上開恩，為我父翻案！求聖上開恩！」

秦簡眼底閃過一絲心疼，終是看不過去她這個樣子，伸手要搶她手裡的匣子，卻沒想到她力氣竟那般大，就連他也沒能輕易把東西拿過去。

「妳……」

他正要說話，就見周易的目光朝他看過來，周易冷冷地道：「放開她！」

他看了周易一眼，沒動，不想周易竟真的生了氣，大喊道：「我叫你放開她！」

秦簡無奈地嘆了一口氣，放了手，道：「你怎麼也跟她胡鬧？」

周易眼睛看向別處，口中道：「我和你不同，你身負皇命，做什麼都遮遮掩掩，可我就想她開心。只要她開心，她做什麼我都陪著。」

包括此刻，包括陪沈玉書出生入死地查案子。

其實，他也不是天生就喜歡那些腐臭的屍體的，曾經見到那些東西他就想吐，還整晚整晚地做噩夢睡不著覺。他做這麼多事，不過就是想陪著她，想她能夠需要他罷了。

陪沈玉書走南闖北，是他十歲時就有的偉大理想。這麼多年來，他也一直都在堅定不移地履行著，哪怕包括沈玉書在內的所有人都覺得他在胡鬧，他也義無反顧。

紫宸殿內，與外面的炙熱相比，殿內竟異常的清涼，絲毫沒有三伏天該有的燥熱。

李忱剛小憩後起來，接過王宗實遞上來的冰鎮燕窩喝了兩口，似想起了什麼不快的事，凝眉道：「她還跪著？」

王宗實低著頭，低聲道：「是。」

李忱冷「哼」了一聲，「啪」的一聲將玉碗扔到了王宗實手裡端著的託盤上，道：「她倒有骨氣！」

「大家息怒。」王宗實將手裡的託盤交給一旁的小太監，又換上了一碗清茶遞了上去，小心翼翼地道，「大家可能還不知，豐陽公主也在宣政殿外。」

「她去做什麼？」李忱閉眼揉了揉太陽穴。

「公主說，她來替沈小娘子請願……」王宗實說著，眼睛一直朝李忱的方向瞟。

「胡鬧！」李忱睜開眼睛，氣道，「你沒有讓她回去？」

「老奴說了，可公主……」王宗實的聲音越來越低。

「也罷，就讓她也跟著受受罪，就她那氣性，要不了多久就得自己乖乖回去。」李忱不耐煩地擺了擺手。

「都是孩子，大家別氣壞了身體才是。」王宗實道。

李忱沉默了一會兒，抬頭看他，道：「這麼些年，朕可有待她不好的時候？」

王宗實一愣，知李忱說的是沈玉書，道：「大家視她如親生，奴才們都看在眼裡的。」

「可到底還是繞不過這件事。」李忱嘆了一口氣，又道，「秦簡可有來報過情況？」

王宗實低著頭，道：「來過。」

李忱眼皮子一掀，道：「朕為何從未聽你提起過？」

王宗實為難地看了他一眼，道：「回聖上，不是老奴不說，只是秦侍衛次次來都說沈小娘子從未有過逾矩行為。老奴想著沒什麼事就沒和您說，誰料竟會有這一出……」

李忱臉色烏雲密布，只沉默著，都把王宗實嚇得雙腿發抖。

王宗實偷偷瞄了一眼他的神色，道：「奴還聽說……」

李忱抬眸看他，道：「聽說什麼。」

王宗實頭低得更低了，道：「聽說秦侍衛和沈小娘子近來走得很近，想來他是存了私心的。也不知是真是假……」

李忱一手拍在案几上：「放肆！」

王宗實嚇得連忙跪下：「聖上息怒，奴也是聽人說起，才……」

李忱劍眉皺得幾乎立了起來，道：「他人在哪？」

王宗實小心道：「就……就在宣政殿外面，和沈小娘子在一起……」

李忱一時動了怒，道：「豈有此理，叫他過來！」

王宗實道了句「是」，轉過身時嘴角卻勾起了一抹似有似無的笑意。

這秦侍衛，當真是好大的膽子！

宣政殿外，幾人正爭執不下，卻見王宗實拿著個拂塵快步走了過來，吊著嗓子道：「秦侍衛，聖上召你。」

秦簡一愣，心情沉重地點了點頭，卻見周遭的人都齊刷刷地看向他，除了沈玉書。

他看出來了，沈玉書今日對他藏了不少小情緒。他只得無奈地笑笑，低聲和她道：「妳該知道，君意難測，所以千萬不要妄動，等我回來再說。」

沈玉書卻像沒聽到一樣，挺直了腰背，看都不看他一眼。他本欲再說些什麼，卻見王宗實正直勾勾地看著自己，無奈只能轉身離開。

離開時，他聽到周易陰陽怪氣地道：「聖上的人果真不一啊！」

他腳下一頓，心中多少有些不快，卻還是快步走了。

他不知道，向來氣性大的沈玉書，這次還是選擇了相信他的話。哪怕她已經跪得耐不住了，卻還是堅持著要等他從紫宸殿出來。她想給他一次機會，可他許久也不曾出來。

沈玉書的耳邊，是周易和李環一遍又一遍的關心。她這模樣，周易已看出了她的不適，可她早已聽不真切他們的聲音，只有巨大的轟鳴聲在她腦子裡不斷炸開。而她，就任這轟鳴聲一點一點地侵占她的意識。

突然，她努力眨了眨眼睛，好像真的看到一道月白色的身影正微微搖晃地朝自己走來。她想，她定是又出現了幻覺，努力睜大眼睛，就這麼看著那身影一點一點地靠近自己，又任自己陷入他溫暖的懷抱，甚至還對他咧了咧乾裂的嘴角。

這一襲月牙錦袍，真好看啊，仿若她初見他時的模樣。他如一縷清風，就那樣橫衝直撞地闖入了她的心間。

可是，她明確地知道，這不過是幻覺罷了。她知道，秦簡在紫宸殿裡始終也沒出來。他是聖上的人，如今該和她劃清界限才對吧。

她不知道的是，那一抹月白色的身影真的是秦簡，不是她的幻覺。他從紫宸殿出來時，帶了一身的傷，背部的衣衫幾乎被鮮血染成了紅色，卻還是不管不顧地跑到宣政殿前來抱起她，又將她送回了沈府。

身體騰空的那一刻，沈玉書竟以為自己是升仙了。等她在沈府醒來時，秦簡早已不在，也沒人跟她說起他身負重傷的事，她就以為，他是怕她昏死在宣政殿前，所以才勉為其難地把她送回來。

很久很久以後她才知道，秦簡為了她的事，主動和聖上請罪，領了一身的刑罰才得以出來找她。

他帶著一身的血，抱著她走了一路。只是這些都還是後話，此刻的沈玉書，是斷不會明白秦簡的一番良苦用心，她巴不得和他就此相忘於江湖。

貳

大漠孤煙直，長河落日圓。

遼闊而又深遠的大漠，無論是誰，總會覺得寂寞和冷清。落日的餘暉灑在此起彼伏的土丘上，看上去彷彿滿眼都是亮閃閃的金子在晃動。

早秋，涼州大漠的最深處。這裡幾乎寸草不生，常年都有風暴和流沙，還有神出鬼沒的悍匪和馬幫，因此正常人絕不會在這樣危險的地方走動。

涼州大漠的腹地，有座風化的石臺寂靜地立在沙土堆上，顯得莊嚴又隆重，而石臺剛好可以擋住風暴的侵襲。此時此刻，石臺背側那裡竟然出現了三十輛黃巾套車，三十二匹黑色寶馬，幾百只牛皮水袋子。

寶馬哀哀地嘶鳴，在蕭蕭的風聲中更顯淒厲。每只水袋子上都被刺破了幾個口子，裡面的清水已經流得乾乾淨淨，馬車裡空蕩蕩的，灌著陣陣腥風。

原本那些寶馬應該是用來馱人的，可現在馬背上連一個人也沒有，因為五百個人都已經倒在了茫茫沙海上，鮮血染紅了他們的衣裳，衣裳又埋在沙土裡，黑漆漆的螞蟻圍成一圈，瘋狂地吞噬著那些人的屍血和骨肉。

沙土的黃，鮮血的紅，螞蟻的黑，這三樣東西給空曠的大漠，添了另一種詭異的色彩。

◆

五天後，長安城。

天氣漸漸轉涼，長安城終於從燥熱的酷暑中解脫出來，變得活力四射。酒樓茶坊、藝館食鋪，熱鬧非凡。外來客商更是絡繹不絕，叫賣聲、喧鬧聲、杯碗碰撞聲、藝伎的哼唱聲……也只有在長安城才能見到這樣的盛況。

喧鬧的人群中突然闖進一匹快馬，馬匹長嘶，四蹄翻飛，如山呼海嘯般往皇城方向衝去，急促的踩踏聲化作騰起的煙霧，灰濛濛地向四周鋪開。

馬背上坐著一個三十來歲的年輕人，四四方方的臉龐，穿著普通的藍底薄裳，長筒軟靴，背上有只折疊齊整的灰布袋，看模樣倒是有幾分官家打扮。只見他口唇發白，額頭布滿汗珠，臉上有一條斜的血痕從額頭劃至嘴角，此時還在往外冒血。他好像絲毫不在意，兩隻眼睛死死盯著馬匹前進的方向。

他的雙腿緊緊夾著馬身，卻又止不住地發抖，顯然已經沒有多少力氣了。可他的手一直在狠狠地拍著馬屁股，從進城的那一刻就沒有歇過。

快馬狂奔，在街道上橫衝直撞，所有的聲音都被重重的馬蹄聲淹沒，馬匹撞毀了街道兩邊不少的小攤，但他已然顧不上太多。

◆

宣政殿。

李忱才剛批閱完今天的奏摺，站起來伸了個長長的懶腰，所幸奏摺上沒有提到讓他煩心的事情，故而心情大好。

王宗實見狀，忙遞上一碗參茶，笑盈盈地道：「大家，最近四海升平，百姓安居樂業，真是可喜可賀啊。」

李忱拿過杯子喝了兩口，也笑道：「但願如此啊！」

王宗實多精明的一個人，見李忱心情大好，便滿臉諂媚地奉承道：「大家日夜操勞，實在是大唐之幸，百姓之福。現如今城池關防皆堅不可摧，四方邊陲要塞均安定祥和，必能了卻大家實現治世的心願了！」

李忱倒並不反感他的這番話，又喝了口茶，嘆息道：「如真是這樣，朕倒也無愧於宗廟列祖了！」

王宗實笑著整理著案上的奏摺，臉上的褶子都擠到了一起，活像一道又一道的溝壑。喝了茶，李忱興之所至，快慰道：「你去，給朕拿文房四寶來！」

「是！」

筆墨拿來，李忱興致大起，揮筆潑墨，四個雄渾大字「盛世大唐」在他的指間流轉，可在寫到最後一個字的時候，手中的筆不知為何突然從中折斷，筆尖向內一頓，大唐的「唐」字瞬間被濃墨覆蓋了。

原本是件很快慰的事情，就因為這個突然的變故，他的臉色陡然間變得像是暈開的老墨般凝重，眉毛也跟著緊了起來。他的心中突然有種不安。

這筆怎麼無端斷了呢？他心裡暗暗揣摩，慢慢朝殿外走去。

王宗實戰戰兢兢地將文房四寶收拾妥當後，也跟了出去。

李忱心中想著事情，走著走著，竟走到了含元殿前。

◆

就在此時，一匹快馬朝著大明宮飛奔而來，馬匹沉悶地喘著粗氣，嘴邊掛著白色的沫子，已是筋疲力盡，順勢就跪了下去。

馬上之人隨之滾落在地，身上的傷口仍在流血，他卻顧及不了許多，又猛地站起身，勉強支撐著朝丹鳳門的方向奔去。

宮門外駐紮的千牛衛見狀蜂擁而至，將那人團團圍困起來。

「你是什麼人？竟欲私闖皇宮大內，你難道不知道這是要掉腦袋的嗎？」千牛衛隊長揮舞長槍，直直抵住那人喉嚨。

那人抬起頭，雙眼布滿血絲，只覺胸中悶堵，還未來得及作答，一口老血便噴濺在地上。他甚至顧不得考慮自己如今正身處怎樣的險境，只一手摀住胸口，另外一隻手慌亂地解開背上的布包，從裡面掏出一物，舉起，艱難又懇切地道：「這是八百里加急軍事文書，情勢緊急，請一定交給、交給聖上過目！」

千牛衛隊長警惕地掃了他一眼，叫屬下接過摺子，手中的長槍依舊抵著他的喉嚨，狐疑地道：「你手裡怎麼會有邊關的軍事文書？莫非你是驛丁？」

年輕人咳了兩聲，道：「我並非驛丁……我是驃騎大將軍龍驚武麾下的左副將孟裘。」

隊長左右看看，心中暗暗生疑，道：「既是龍將軍麾下副將，卻為何是這般鄉野的打扮？」

那人咳了一口血，啞著嗓子道：「路上有人截取文書，為了避人耳目，我才褪去軍裝，實在是不得已而為之。」

隊長心中狐疑未消，可見他身上有多處傷口，也不像是在說謊，於是握槍的那隻手便稍稍卸了力。

那人也不管他們質疑的眼神，只自顧自地低著頭，一手伸向腰間，摸索起來。他這一動作，嚇得一群千牛衛以為他要拿什麼暗器，刀槍劍戟又都統統指向他。誰知，他竟還是一臉從容，掏出了一枚黑不溜丟的東西遞給他們，道：「這是龍將軍的兵符，軍官大可驗看後再信我的話。」

隊長瞪了他一眼，揚了揚下巴，示意屬下拿過東西，經過一番查驗後，發現的確是龍驚武所持的兵符，這才卸下警惕。

隊長忙叫屬下收了兵器退到一邊，又命人速去將文書上呈聖上，而他自己則俯身將那人扶起來，口中帶著歉意地道：「如今時有奸細刺客混入皇宮，必須嚴格盤查，多有得罪，還望孟副將莫要放在心上。」

◆

那廂，已經漫步到含元殿前的李忱，遠遠見到一個千牛衛正朝著自己所在的方向狂奔過來，心中疑惑，便快步走了過去，皺著眉頭問道：「發生了何事？」

那士兵見李忱親自過來，忙叩了個大禮，雙手舉起文書，道：「啟稟聖上，有邊關驃騎大將軍龍驁武麾下的左副將孟裴所呈文書，煩請聖上過目。」他又將丹鳳門門口所發生的事情和李忱彙報了一番，恰好這時千牛衛隊長和另一個士兵攙扶著孟裴走了過來。

此刻的孟裴已經暈過去了。由於身上有傷，又接連趕了好幾百里路，眼下的他已是奄奄一息。

李忱的眉毛微微上挑，在看到孟裴的傷口後，心頭隨之一顫，已預感到有大事發生。難道是邊關又出了什麼亂子？他這樣想著，低頭看了看手中的文書，那上面還有一隻帶血的手印，血跡已經乾涸，想必也是這個孟裴所留。

李忱只略略翻開看了一眼，不禁臉色大變，雙手不自覺地抖動起來，身體也跟著晃了一下，嚇得左右皆驚，趕忙上前扶住了他。

王宗實更是大駭。他深知李忱的性子，倘若他盯著某樣東西遲遲不肯說話，目光又突然變得深邃，那便一定不是什麼好事了。

可想而知，這文書帶回來的消息必定不是什麼好消息。

李忱青紅的臉上頓時變得煞白，他大怒道：「這該死的逆賊！」

王宗實眼皮子一跳，小心翼翼地道：「聖上，這……究竟是怎麼了？」

李忱仰起頭，微微閉目道：「你自己看吧！」

王宗實忙接來看過，隨即提著尖細的嗓子吃驚地道：「什麼？涼州大漠裡三十輛兵器車馬竟然被洗劫一空了？護送的兵士也橫屍黃沙之中，這……怎麼會這樣？」

他說罷，在場的人皆是一驚。他們都知道，那三十輛馬車裡裝的可都是運往河西駐地的兵器，聖上的重視程度非同小可。

河西走廊東臨長安，西接天山，南靠隴右、近鄰吐蕃，北望回鶻，是大唐的邊關要塞，算是大唐的一道重要防線。為了能夠治理好河西，大唐還在此置河西節度使，領轄涼州駐地，統赤水軍、玉門軍、大鬥軍、建康軍、凝寇軍、墨離軍、豆盧軍、新泉軍等，共計七萬餘人。

每至初秋時分，正值兵強馬壯之際，朝廷都會派兵撥送軍資，包括大量兵器，供士兵操練，以防外敵侵犯。

河西走廊時有動亂發生，李忱已早有預見，所以才委派驃騎大將軍龍驚武親自率領五百精兵押送軍資。

龍驚武驍勇善戰，其部下皆兵精將勇，按理說此行應當是萬無一失的，不想如此陣仗竟也慘遭毒手，實在叫人心生駭意。

王宗實偷偷看了看李忱的臉色，眼睛看了一眼面前昏迷著的孟裘，謹慎地道：「聖上，依老奴看，此事非同小可。涼州腹地素來鬼畜不進，寸草不生，地勢又極度險惡，凶手既然能得手，想來必定是早有準備。如今我們車馬內的兵器被劫，押運兵士又無端地被殘害，實在是令人痛心，凶徒之行徑實有對抗朝廷之嫌啊！」

李忱身體一震，神色卻不變，道：「你是說他們想造反？」

王宗實點點頭道：「這個中意味已如鏡中明月，無須老奴多言，聖上應該也……」

李忱抬手摩娑了一番大拇指上的玉扳指，聲音低沉地道：「依你看該是何人所為？」

王宗實瞥了眼李忱的動作，眼睛轉了轉，道：「聖上，是何人所為老奴不知，不過依老奴愚見，或許和吐蕃國有關！」

「吐蕃？」李忱先是驚嘆，過後又搖頭道，「不可能，大中五年初，吐蕃就已歸附我朝，現在又怎敢和朝廷作對？」

「正是如此他才會造反！」王宗實頓了頓，又道，「聖上想想，吐蕃是被我朝廷征服，迫於天威依附於我朝的，又怎會真心歸附朝廷？怕只怕他們是虛情假意，明裡歸順，暗中造反啊！」

李忱聽得心裡起了一陣涼意，見被攙扶著的孟裴仍半閉著眼睛，極度虛弱，當即吩咐左右道：「快將此人送到太醫院醫治，再去沈府將玉書召來，就說朕在延英殿等她。」

左右領命立刻準備去辦，卻被王宗實攔了一下。

王宗實猶豫了一下道：「聖上，沈小娘子……」

他沒有繼續往下說，話中意思李忱卻已明白。李忱沉默了一會兒，嘆了一口氣，道：「也罷，這事也晾了她許久了，總歸是要給她個交代的。叫她來吧。」

「聖上不怕……」王宗實又是話說一半。

「憑她的本事，朕就算不告訴她，她遲早也會自己找出來的。」李忱淡淡地道，擺了擺手讓左右去了，心中卻仍有顧慮，轉身悄悄告知王宗實，讓他去兵部祕密核查孟裴的身分及文書上筆跡的真偽。

在查看過官員名冊和畫像，確認了孟裴的身分並核對過筆跡之後，李忱這才確信了文書上所言之事。

◆

一個時辰後，紫宸殿西的延英殿。

沈玉書接到聖上口諭後，便跟著傳旨的太監從沈府出來。

這幾日天氣雖然涼爽了很多，走在陽光下人也舒服了不少，但她一直沒有胃口，人也瘦了許多，面容看著憔悴得很，眼睛裡沒了以往的精明，反倒多了幾分疏離與拘謹。

王宗實因有內務要處理，便提前走了。此時的延英殿裡只有李忱一個人，正雙眉緊蹙，在殿內走來走去，還時不時地嘆兩口氣。

沈玉書抬腳邁入延英殿前的門檻。李忱聽到腳步聲，抬頭朝殿外望去，沈玉書也正好抬頭望著他。

「聖上。」沈玉書走進殿內，低著頭，恭敬地作了一揖。

李忱淡淡地掃了她一眼，道：「怎一副被霜打了的樣子？」

沈玉書眼睛看著腳下，道：「回聖上，玉書此次來是來請辭的。」

李忱那正準備朝她走過去的步子一頓，站在原地，抬眼看她，卻也不意外，道：「為何？」

「玉書自知笨拙，又總讓聖上煩心，家中母親也總不放心，索性直接辭了這個差事，聖上也好再尋能人。」沈玉書背書一樣地說了一通。

「妳怎知朕不會管妳父親的事？」李忱又看了她一眼，緩緩地問道。

沈玉書眼睫一顫，道：「玉書所陳之言，望聖上准允。玉書到底是個女兒家，也不好日日在外拋頭露面。」

她這一番話，倒也說得頗有道理，李忱揚了揚眉毛，道：「妳就這麼點堅持？」說罷，看了眼沈玉書的反應，又道，「妳這樣，朕可會看輕於妳。」

沈玉書心間一動，偷偷看了眼此時已坐在榻上的李忱，道：「聖上……」

李忱朝她招了招手，道：「行了，妳過來吧，桌上這份文書妳先看一下。」

沈玉書抬頭困惑地看了他一眼，一時也不懂面前這位君主此刻是何意，只好走過去，拿過桌上的文書大致看了一眼，一臉驚訝地道：「怎麼會這樣？」

李忱嘆息一聲，道：「長安之禍亂，多矣。自上次事後，朕本以為歹徒會稍作歇息，天下也暫可太平，誰知關內剛平息沒多久，關外居然出現禍端，實在是可恨至極！」

沈玉書凝目想了想，道：「縱觀最近長安發生的種種大案，不由得讓人想入非非。」

「說來聽聽。」李忱饒有興致地看向她。

沈玉書道：「聖上，依玉書之見，之前發生的那幾起案子看似孤立，卻好似在冥冥之中又有千絲萬縷的聯繫。玉書覺得，好像有一雙無形的黑手在暗暗操控，而那背後之人的目的只有一個，便是想讓大唐陷入混亂之中。如此一來，潛藏的暗勢力便可不費一兵一卒地乘虛而入，先打通關內，後起兵於關外，讓長安首尾不得兼顧。」

「嗯，說得很好。」

沈玉書一邊思索，一邊下意識地踱步，面上露出憂色，道：「涼州大漠內兵器被劫，背後之人的目的顯而易見，怕又是一個巨大的陰謀。」

李忱似乎被沈玉書的隻言片語點醒了，驚道：「看來他們是想藉此削弱河西兵力，進而大舉破關？難道真是吐蕃造反？」

沈玉書道：「聖上如何這麼肯定？」

李忱道：「只是推測。妳以為如何？」

沈玉書淡淡一笑：「現在還不知道，但我知道，涼州附近至少應該盤踞了三隻老虎。」

李忱定定地望著她，道：「哪三隻？」

沈玉書道：「除了吐蕃之外，還有黨項和回鶻。武宗時期，黨項曾舉兵反我大唐，一年前聖上雖以右諫議大夫李福為夏綏節度使，並一直以儒臣所善用的和緩方式來安撫黨項百姓，但難免有人試圖挑撥。而回鶻汗國雖已瓦解，但大部分的回鶻人已南遷至我大唐邊境，甚至達到三十萬人之多，若其有反心，則必出大亂。至於吐蕃，即便我大唐以兵力鎮壓使其歸順，卻難免其對我大唐仍有反心。若此三方有一方反叛，另幾方也許會趁勢作亂。」

李忱沒有說話，只是背著手靜靜地在殿內來回走著，空氣在這一刻似乎凝滯下來。

沈玉書看出了李忱此刻的憂慮，卻又不知如何安慰。

沉默了一會兒，李忱才望向沈玉書道：「朕知道那大漠地處偏僻，實為莽荒之所，但涼州地區曾是我大唐的經濟繁盛之地，後落入吐蕃之手，近年來周邊各州更是常被外寇侵擾，若非張議潮等人的忠勇和謀略，恐至今涼州所轄大部分州縣仍被吐蕃所占。

前河西節度使孫操上任多年，雖說勵精圖治，可他終究不擅長領兵作戰，導致涼州百姓因外寇紛擾不斷，生活苦不堪言。現如今由張議潮統領河西地區，朕放心，他又是一個不可多得的將才。玉書，如若此刻朕下令由張議潮領軍發兵西上，以扼制關外勢力入侵大唐，妳以為此舉若何？」

沈玉書想了一會兒，並沒有直接回答李忱的話，而是就此刻實情所言，道：「涼州大漠腹地猶如一座鬼城，地形複雜，在荒漠中急行軍，易迷失方向，而且還極易暴露。此番龍將軍押運兵器，遭埋伏，無法確定究竟是何方勢力所為，若此刻聖上貿然出兵，首先會打草驚蛇，即便有張節度使坐鎮，也很可能會中了敵人的埋伏，而羊入虎口。」

李忱點點頭，沈玉書所言也正是他所顧慮的。倒是不知何時已進來殿內的王宗實似有不認同，開口道：「可是小娘子，門外有賊又豈有不驅之理？」

沈玉書意外地看了他一眼。她竟不知，這王貴人何時竟也愛談論國事了。

她搖搖頭，淡淡地道：「並非不驅，只是需要探清虛實才能行動，不然萬一中了不軌之人的圈套可就不好了。」

王宗實一副恍然大悟的樣子，道：「小娘子說的是，是奴疏忽了。」

沈玉書疑惑地看了他一眼，也不言語了，依舊一副神色慵慵的樣子。

李忱見狀，竟也不惱，笑著對王宗實說：「你可別小瞧了這沈丫頭，她不犯渾的時候，可聰明著呢。」

「聖上說的是，奴不過和小娘子開個玩笑，聖上莫要怪罪了才是。」王宗實不好意思地笑笑，附和道。

李忱見沈玉書與往日似有不同，心中所想竟也不直接說出口了，只好問：「妳還有什麼要說的嗎？」

沈玉書看著手中的文書，道：「聖上可確認這封文書就是龍將軍親筆所書？」

李忱一邊將一份奏摺遞給沈玉書，一邊說道：「樞密院的幾位大臣已經仔細研究過兩份摺子的筆跡，確認文書乃龍將軍親筆。」

沈玉書打開看了一眼龍將軍以前所呈遞的奏摺，又看了看手中的文書，隱隱覺得好像有哪裡不對，卻又找不到根源，又問道：「聖上，不知這份文書是何人送來宮裡的？」

李忱道：「是龍將軍手下的一名副將，叫孟裴。」

「副將？」沈玉書慧黠，轉瞬又變成了一副淡然神色，「聖上，那他人呢？」

李忱道：「他來時身上受了很重的傷，現正在太醫院療養。」

「玉書打算去看一下這位孟副將。」

李忱現在心裡煩悶得緊，已經坐不住了，於是兩人便一同離開延英殿，前往太醫院。

◆

太醫院。

孟裴躺在太醫院的床上，閉著眼睛還沒有醒來。

屋內的爐子上燒著一壺熱水，此刻正咕嘟咕嘟地冒著泡，旁邊的炭盆前，蹲著一個年輕醫員，正擺弄一把被炭火炙烤得紅通通的剖刀，另有幾人拿著藥缽正在研磨草藥。

太醫費力地給昏迷著的孟裴喝了碗麻沸湯，然後用燒紅的刀剝開他的衣服。他身上的傷口已經發黑，裡面夾了很多鐵砂，太醫用刀子將鐵砂剝除乾淨後，才讓醫員給他上了藥。

過了一會兒，李忱和沈玉書一前一後地走了進來。

「如何了？」李忱問。

聽到聲音，屋內的一眾太醫、醫員全部跪在地上，給李忱行了個大禮之後，一位太醫才回道：「稟聖上，他身上的傷雖看似嚴重，卻均是皮外傷，並沒傷及要害，之所以昏迷不醒，則是因長途跋涉，連日勞累，身體虛乏。臣已為他處理過傷口，待休養兩日便可下地行走了。」

李忱道：「那便好。這裡沒你們的事了，都先下去吧。」

一眾人「喏」了一聲後，全部退了出去。

沈玉書看著床上仍昏迷著的孟裴，手指無意識地敲了敲額頭，不知道在思考些什麼。

恰好在這時，孟裴那雙緊閉著的眼睛動了動，繼而睜開了。

待他看清面前站著的李忱和沈玉書後，嚇了一跳，從床上爬起，打算下來行跪拜之禮，卻不想竟牽動了傷口，讓他忍不住「嘶」了一聲。

李忱連忙擺了擺手，道：「不必了，你且歇著吧，朕恕你無罪。」

孟裴感激地道：「多謝聖上寬宥。」

沈玉書看了眼孟裴，見他眼睛滴溜溜地轉著，看起來已經很清醒了。

孟裴不僅清醒，還聰明得很，似乎早已知道沈玉書和李忱前來是有話要問他，於是沒等二人開口，便先自己說了。沈玉書和李忱都靜靜地聽著。

他回憶起五天前在大漠的情景。當時龍將軍帶著五百個精銳行在大漠裡，已經來到了沙漠腹地，卻忽然起了陣風。龍驚武見狀，便提議大家先去石臺避風，正好喝些清水，吃些乾糧以補充腳力，可正當他們打開水袋喝水時，忽然出現數百把彎刀，如黑旋風般絞過，眾人只能看到刀在動，卻看不到半個人。彎刀的速度很快，先是朝他們的喉嚨刺去，士兵反應過來，將水袋下移橫擋住咽喉，那些彎刀又忽而一旋，將水袋割破。還沒等到士兵們抽刀，就已經被突然出現的彎刀砍倒在地了。

沈玉書聽得頭皮發麻，道：「那龍將軍呢？」

孟裴道：「龍將軍與那些彎刀博弈，終是雙拳難敵眾手，也葬送在黃沙下。」

沈玉書面有困惑地問道：「那你為何能逃脫出來？」

孟裴趕忙道：「末將拚死擊殺，身中數刀後躺倒在地。本以為必死無疑，後來也不知道過了多久，我突然醒了過來，連我自己也感到奇怪。當我看到眼前一片猩紅的場景時，不由得大驚失色。所幸那些彎刀已不見了蹤跡，我這才得以撿回半條命來。我去看龍將軍和其他士兵，發現他們都已死絕，後來我在龍將軍身旁發現了一份文書！」

沈玉書陷入沉思，道：「這倒怪了，龍將軍既已遇害，他是不可能差擬文書的，可我剛聽聖上所言，那文書上的字跡分明和龍將軍所寫極其相似，難道這份文書是在車馬遭遇劫殺之前便已經擬好了的？」

孟裴輕咳了一聲，道：「這絕不可能的，龍將軍怎麼可能提前知道車馬被劫殺呢？除非……」

沈玉書看著孟裴，接道：「除非只有一種可能，那就是龍將軍也參與了這次劫殺！」

李忱聞後，咬咬牙道：「你是說龍將軍是奸細？」

沈玉書卻沒再往下說。

孟裴堅定地說道：「龍將軍向來剛正不阿，斷不會做出這等叛亂投敵之事！」

李忱看著沈玉書，也道：「若是龍將軍中途叛國，定會受敵方護佑，又怎會死去呢？」

「如果龍將軍假死呢？」沈玉書直言。

李忱嘆了一口氣，在房間裡走來走去。

這時孟裴突然道：「其實在大漠裡還發生了一件怪事！」

沈玉書道：「什麼怪事？」

「在我們進入大漠之後，我們攜帶的司南[6]全部失靈了。」

「你說說看。」

孟裴道：「所有司南上的指標都忽然間劇烈搖擺，根本無法指明方向。那片大漠我去過三次，從來也沒發生過這樣的事情。」

李忱嘆息：「真是怪了。」

沈玉書聽得，也覺得很玄乎，一時間想不出究竟是何緣由。

李忱心裡清楚，眼下情況不明，不可貿然出兵，只好派人深入大漠，查清原委後再做區處。

參

這件事看起來很明瞭，背後隱藏的陰暗卻匪夷所思。

李忱若有所思地看了沈玉書一會兒，道：「若朕讓妳此次去大漠，妳可會怪朕？」

「玉書不敢。」沈玉書低頭道。她心下卻是苦笑，皇命當前，怎敢不從？

李忱又深深地看了她一眼，關切地道：「涼州大漠可不比長安，山高路遠，危險重重，就算最快的馬不眠不休地飛奔，也需要四、五日才能抵達，妳到底還是個女兒身……」

沈玉書淺淺地笑了笑，道：「玉書定會盡心竭力查清此案，聖上不必掛懷！」

李忱欣慰地點點頭，道：「朕還是有些不放心，這樣吧，除了秦簡，朕再多派些人手和你們一同前去，若出了事也好保你周全。」

沈玉書搖搖頭，道：「聖上無須多派人手，樹大招風，花香引蝶，我小心些就是。」她想到秦簡，又道，「此案結束，您將秦侍衛也撤了吧，我不太需要。」

李忱頗為詫異地看了她一眼，道：「朕聽說，近來妳與秦簡走得很近。」

沈玉書面色一僵，道：「此話實屬訛傳，還望聖上不要當真了去。」

李忱挑了挑眉，沒再深究，道：「此次前去需萬事小心。妳也別再鑽牛角尖，其他的事，等妳回來，朕會一一告訴妳。」

沈玉書頓時睜大了眼睛，眼睛裡終於閃現出一絲光彩，語無倫次地道：「聖上……」

「行了，別說了。妳是不是以為朕真的就鐵石心腸？」李忱寵溺地看了她一眼，之前發生的所有事似乎就此化為雲煙。

沈玉書是在他身邊長大的孩子，他對她，不是沒有感情的。更何況沈宗清的事，他對她有愧，可身為君主，他不得不這樣。

這時，躺在床上的左副將孟裴請纓道：「聖上，末將對涼州大漠的境況知道幾分，願和沈娘子一同前往，如此也正好有個照應。」

李忱看著沈玉書道：「這樣也好。玉書妳覺得呢？」

「當然好，左副將既然去過大漠，總好過玉書盲人摸象。」沈玉書笑笑，這次是打心底裡的笑容。

李忱的臉上終於浮現出笑意，道：「那就這麼定了。」

沈玉書點頭道：「那我即刻便動身去。」

李忱本想讓沈玉書明日再去，但由於事態緊急，便也沒攔著了，即刻吩咐內務府給沈玉書派了一輛極好的馬車。馬車裡鋪的是金香軟墊，蓋的是波斯絨毯，燃的是大食香料，美酒瓜香、清水口糧，更是一應俱全。

沈玉書看後，道：「這樣的馬車不適合出行，該換一輛普通點的，否則太過招搖。」

李忱果然又按照沈玉書的要求照做了，馬車裡只留了清水和乾糧。

沈玉書回山水苑更換了一身行頭，再出門時已經變成了個風度翩翩的公子。她每次出遠門一定會女扮男裝，一來方便，二來也是安全起見。

秦簡此時已被宮裡的小太監喚了來，正站在馬車旁臨風而立。

沈玉書見著他，神色一僵，沒與他說話，便直接進了車，但眼角的餘光還是注意到他瘦了不少。

孟裴毛遂自薦，當起了車夫，將馬頭一撥，馬車便朝宮外疾馳而去。不料，馬車在行到朱雀大街時，竟迎面撞上一輛裝飾華麗的馬車，差點驚嚇了馬。

沈玉書掀開簾子探頭望了望，道：「怎麼回事？」

孟裴正要說話，卻見對面的馬車上跳下來一個人，面容清俊，錦衣華服，手持一面價值不菲的白玉扇，腰間別著一枚宮中人佩戴的特製香囊，渾身上下都散發著一股貴公子的氣息——此人不是別人，正是周易。他不說話的時候，看樣子倒像個風姿綽約的王公貴胄。

「你這是去哪啊？」沈玉書看了看他身後的馬車，足足可以坐五、六個人，可不像是平時出行會坐的。

「我來找妳啊。」周易搖著扇子，轉身讓身後的小廝幫他把包袱和乾糧拿出來。

「你找我做什麼？」沈玉書又問。

「聽說妳被派去大漠了？那麼危險的地方，我當然得跟著妳一起去。」

沈玉書看了眼那小廝手中的東西，看樣子還真是出行用的，道：「你去做什麼？你趕緊回去吧！你父親可都和聖上請命要你不摻和此事了，你別胡鬧。」

自前些日子林祭酒聽聞周易陪著沈玉書在宣政殿門口胡鬧後，就視沈玉書如瘟疫，生怕周易跟著她毀了前程，所以，直接在大殿上和聖上言明周易不能因此荒廢學業。沈玉書自己聽著，也覺得頗有道理，周易身為祭酒府的獨子，是該專心於學業的。

「我行李都收拾好了，豈有打道回府的道理？」周易撇了撇嘴，直接鑽進了沈玉書和秦簡所乘的馬車，口中還嚷嚷著，「快，給我讓個位！」

沈玉書拿他無法，也只能由他這樣任性了。

◆

漫漫狂沙，秋風哀號。日頭也順著山崗慢慢下滑，在山間剮出一層瓦亮的金色。大漠深處，有點點星火在風中搖晃，映出一間屋子的輪廓，伴著風的嗚咽聲，著實有幾分詭異。

恐怕誰也不會知道，沙漠裡竟有一座黑屋子。

屋子裡有燈、有酒，還有兩個打扮都很怪異的人。其中一人穿著黑斗篷，另外一人則穿著寬鬆的藍褂子，唯一相同的是，都看不清他們的長相。

他們面對面坐著，面前擺著酒杯，二人都很豪氣，端起來便一飲而盡。

藍褂子先開口道：「你說唐王會不會因為這件事情而發兵？」

黑斗篷又喝了杯酒，道：「說不准，不過我猜有個人一定會來大漠。」

「何人？」藍褂子問。

黑斗篷喉結抖動了兩下，笑道：「一個美麗又聰明的女人。」

藍褂子也笑了：「我從你的眼睛裡看得出來，你對她很感興趣。」

黑斗篷喝了一口酒，一臉享受地回味了一下喉間的酒香，道：「可不僅是感興趣那麼簡單，她讓我有種想征服的欲望。」

藍褂子大笑道：「真好奇，她到底有什麼過人之處，竟然能讓你如此魂牽夢縈？」

黑斗篷挑了挑眉，道：「等你見了你就知道了，她那雙機警又靈動的眼睛，好看極了。不過，你可千萬得提防著點，別因為她，誤了咱們的大事。」

藍褂子笑了：「所以你來找我，目的是想讓我提防她，還是幫你關注她？」

黑斗篷冷冷地看了他一眼，道：「自然是讓你提防著，若是捉來了，自然更好。」

藍褂子再一次大笑，道：「讓我來猜一猜，你說的這個人，莫非是沈玉書？」

「是！」

「我倒是聽說過她，知道她和普通女子確實不同。原來你喜歡這樣的？」藍褂子道。

黑斗篷笑了，主動給藍褂子添了杯酒，藍褂子卻沒有喝，而是打了個飽嗝，提著刀出去了。那是把彎彎的刀，像是頭頂上懸著的明月，既寒冷又陰森。

黑屋子裡的燈滅了，酒喝完了，人當然也都走了。

黑屋子漸漸隱入黑暗中，大漠又陷入一片漆黑，只有猛烈的風還在嗚嗚地吹著。

◆

四天後，涼州城東三十里，寥城。

孟裴將馬車停在一家過路的酒樓裡。幾個人連夜趕路，已經長時間沒有合眼，既睏又餓，便準備去店裡吃些酒食，再好好補上一覺。

涼州畢竟不比長安，連年的外敵侵擾已讓曾經繁榮一時的城市變得蕭索冷清，而這個寥城則更甚，白日裡走在街上，也很少能見到活動的人影了。

酒樓的牌匾上寫著三個紅色大字，喚作「莫再來」！

周易笑道：「這名字取得倒是清新脫俗，聽起來竟是有趕客的意思。」

沈玉書抬頭看了一眼，道：「莫再來，真是個好名字，進去看看吧。」

沈玉書、秦簡、周易三人先走了進去，剛一進去，便見酒樓裡的布置很簡單，桌子、椅子擺放得凌亂不堪，房樑上居然還有懸吊的蜘蛛網。

周易看著，只覺得渾身難受，實在不懂，這樣的酒樓究竟是怎麼經營下去的？

他們走進去的時候，裡面沒有人，可酒食的香味早已經飄了出來。他們站著，茫然四顧，店裡靜悄悄的，靜得有點可怕。

過了好一陣子，門外才有個男人提了一桶水往店裡走，看模樣應該是店老闆。

周易的肚子正咕咕地叫著，於是他趕緊大聲道：「掌櫃的，店裡有什麼吃食都送上來吧。」

男子瞄了他們一眼，將水桶提到膳堂，不耐煩地道：「吃食正在膳堂裡做著呢，幾位要是實在餓得慌，就喝幾碗清水，倒也能管上一陣子。」

周易頓時懵了神，以為自己聽錯了，忍不住又問了一遍，可那男人依舊是那樣的回答。

沈玉書也很納悶，都說開門做生意的，見客三分笑，這家店的店家倒好，全程板著個臉，好像別人欠了他幾十錠金子一樣。

無奈，這裡實在太偏僻，放眼望去也找不到第二家店了，幾人只得找個位子先坐下。

沈玉書找了個窗邊的位子正要拉凳子坐下，卻見秦簡已經低頭給她把凳子擦乾淨了，她看了一眼，反倒不打算坐了。

秦簡無奈地看了她一眼，走到她對面坐了下來，道：「別傻站著了，坐吧，我不和妳坐一起。」

沈玉書一時覺得面上尷尬，也不好一直這樣僵持下去，就坐下了。

「聽說，妳和聖上說不需要我了？」秦簡看著她，調侃道。

「是。」沈玉書不看他。

「為什麼？」秦簡抿了抿嘴，神色認真了起來。

「沒有原因。」沈玉書把頭別了過去，面上平靜如水，心底卻並不平靜。

「妳在怪我那日阻攔妳？」秦簡問。

沈玉書心裡咯噔一下，抬頭直勾勾地看向他：「阿昭是誰？」

他什麼都未曾與她說過，包括他的真實身分。想到這裡，沈玉書的心感到一陣委屈，面上神情也變得更加冷了幾分。

秦簡一愣，眼裡閃過一絲複雜的情緒，顯然沒想到沈玉書會問這個，看著她一張倔強的臉，他的聲音略有些顫抖，猶豫道：「那天……是妳？」

沈玉書冷笑了一聲，別過頭，恰好看到孟裴拴好了車馬走進店裡，朝他招呼了一聲，沒回答秦簡的話。

孟裴看到沈玉書幾人的表情有點怪異，心下疑惑，轉眼望向櫃檯，看到店老板正用手摳著眉邊的黑痣，目光卻賊溜溜的，像隻老鼠，東張西望的，也不知道究竟有什麼好望的。

周易餓得前胸貼後背，便打算起身去膳堂尋一些吃食去，卻見膳堂那頭突然走出來一個娘子，愣是嚇了他一大跳。

那娘子生得眉清目秀，打扮得又花枝招展，個子高挑，胸前高聳，渾身透著馨香，正笑臉盈盈地朝周易這邊走來。周易雖然見過無數美人，但此刻見到她，還是忍不住多看了她兩眼。

店裡再無其他夥計，看來她應該是這店的老闆娘。可沈玉書他們無不詫異，那店老闆既矮又黑，長得又奇醜無比，居然也能娶到這麼漂亮的女人？這麼荒涼的地方，突然出現個這麼漂亮的女人，不可謂不奇怪。

女子手裡端著食盤朝著他們緩緩走來，盤子裡面還冒著熱氣。

「讓幾位客官久等了。」女子開口，聲音既脆又甜，聽得人心裡酥酥的，甚是舒服。

她將酒食放下，向秦簡和周易拋了個媚眼，又道：「幾位客官今晚要留宿嗎？」

周易接過食盤，側眼盯著她看了一會兒，道：「天色已晚，就留在這裡住一宿吧，明早再起來趕路。」

女子魅惑一笑，道：「想來幾位客官定是走了遠路。我這就去收拾房間，稍後再燒些熱水來，等幾位吃飽喝足了，洗個舒服澡，也好去去身上的風塵。」

周易點點頭道：「也好。」

女子朝他媚眼如絲地笑了笑，轉身鑽進了膳堂。那個男人始終沒有看女人，因為他的眼睛一直落在沈玉書等人的桌子上，而這一點，正好落入了秦簡的眼睛。

他眉頭一皺，低聲道：「小心些。」

周易眼睛跟著那女子，望出老遠，自然沒聽到秦簡的話，他輕佻地挑了挑眉，拿起筷子正要下筷，卻被沈玉書用胳膊肘子推了一下。

他停了下來，看了一眼桌邊諸位，竟沒有一個人動筷子。

孟裴看了他們一眼，有些疑惑地問道：「怎麼不吃？」

沒人說話。

秦簡將酒打開，給每個人都倒了一杯，同樣沒有一個人端起來喝，可他們都在盯著面前的杯子看。周易心想，一杯酒幾時也變得這麼好看了？於是他也去看，除了酒杯裡倒映著他的影子，實在看不出還有什麼其他名堂。

這時秦簡突然拿起杯子，道：「先喝口酒吧。」說罷，他仰頭將酒灌進了嘴巴，可酒液竟莫名其妙地從他一隻手指裡流了出來。

沈玉書看了他一眼，明白了他的意思，也將酒杯端起來。這一次她居然喝得很文雅，用袖子遮住了酒杯，杯子落在桌上時，裡面的酒已經乾了，她的半只衣袖卻濕了。

孟裴也仰起脖子，酒卻毫無聲息地從他衣襟下擺裡溜了出來。

隨後他們便都趴在了桌上，醉得不省人事。

「一杯酒就醉了？不應該啊，你們不都挺能喝的嗎？」周易喃喃道。他無意間看到沈玉書的眼皮動了一下，終於懂了。他便也將杯裡的酒倒進嘴裡，卻只是含著沒有往下嚥，然後也倒在了桌子上。

矮個子男人朝桌子那邊瞅了瞅，見醉倒了一片，隨即拍拍手，膳堂裡燒水的那個人又走了出來。這會兒男人卻一直盯著女人看，滿嘴的黃牙碰得咯咯響。

男人笑道：「這四隻羊可真是好捉極了。妳究竟下了多少迷藥，他們只喝了一杯就倒得不省人事？」

女人摸摸頭髮，瞪了他一眼，風騷地道：「這幾個臭男人就算不用海迷子，光是老娘的風姿就已足夠讓他們五迷三道了！」

男人色色地看了一眼女人胸前的豐乳，又露出黃牙道：「那倒也是！」

女人也不忌諱他這樣看，扭著腰肢道：「他們的馬車我都檢查過了，裡面沒有銀錢。可是既然有馬車，就說明他們要走遠路，走遠路就不可能不帶盤纏，所以銀錢一定在他們身上。」

男人狡黠一笑，道：「拿了銀錢就把他們統統宰了，山高皇帝遠，諒官府也查不到。」

說完他擼了擼袖子果真要上去搜，這會兒沈玉書他們又突然都商量好了似的抬起了頭，正眼睛一眨不眨地盯著男人和女人看。

男人顯然沒料到會這樣，嚇得後退了幾步，看了看女人，疑惑道：「怎麼回事？」

女人也是一愣，正要說話，卻見秦簡拔出了劍，一個箭步上前就衝男人刺去，嚇得她驚呼了一聲。

男人剛反應過來，腰腹處的衣服就「刺啦」一聲開了個口子，鮮血已流了出來。

男人「哎喲」一聲，摀住腰腹道：「你、你們沒有喝杯裡的酒？」

沈玉書站起身來說道：「看來我沒猜錯，這裡竟真是一家黑店！」

周易點點頭，也道：「我現在總算知道這家店為什麼要叫莫再來了，因為這地方很多人的確只能來一次，絕來不了第二次，倘若還能來第二次，便只能是閻王爺也不肯收的冤魂了。」

男人吃疼，吐了口血沫子，又從衣服領口裡抽出一把菜刀來，怒道：「交出銀子來，爺便放了你們，否則休怪爺無情了。」

秦簡站得筆挺，竟是動也不動，只一雙黑色的眸子盯著那個男子，面色如常。

男人冷笑一聲，匆匆掃了四人幾眼，道：「怎麼，這就怕了？」

秦簡冷冰冰的目光掃過他們，飛快地拔出劍，劍花飛舞，男人慌忙拿著菜刀迎上去胡亂砍刺，菜刀卻被秦簡打落在地。隨後聽到三聲悶響，腹部一拳，胸口一拳，臉上又是一拳，男人被打得七葷八素，像個陀螺般在地上轉圈。

女人驚得花容失色，一句話也說不出口。所幸秦簡從來不打女人，否則這朵花怕是早已經折了。

沈玉書知道，這兩個人雖然心腸歹毒，卻絕不能就這樣將他們殺了，只能由官府裁奪，思來想去也只好送他們去這附近的寥城衙了。

他們不敢違抗，只好在前面領路。孟裴沒去，他身上的傷還未痊癒，便提議留在店裡看守馬車。

整座寥城，只有寥城衙裡還透著活氣。

府裡的衙役見府外有響動傳來，走出來查看，見三個人站著，另兩個人被五花大綁地跪在地上，甚是奇怪，於是粗著嗓子問：「你們是何人？」

沈玉書答：「我們是剛來涼州這邊做生意的商旅，路過寥城，夜裡住宿時抓到兩名謀財害命的竊賊，特意送來，望官爺裁奪。」

衙役看看沈玉書，又望望被綁的兩個人，道：「他們所說，可是真的？」

那兩個人早被秦簡的劍嚇破了膽，怕不招認又要惹出事端來，只好點頭道：「回官爺，小人只是劫財，不曾害命。」

這時，府內又走出一人，穿著紫色寬擺大朝服，腰間別著一枚金魚袋，眉毛上挑，昂首挺胸，邁著闊步，一副威嚴姿態，正是被貶職的前河西節度使，現寥城衙知縣孫操。

衙役見這人來，忙拱手道：「孫知縣。」

孫操也望向這幾人，道：「何故吵嚷？」

衙役將事情詳細說了。那一對男女此刻正抬著頭，可憐巴巴地看著孫操。

孫操「哼」了一聲，嘆道：「真是屢禁不止，將天威置若罔聞，實在可惡至極。來人，將這兩人押下去重打五十大板後收監！」

這邊剛說完，孫操抬頭觀望，沈玉書幾人卻早已經離開了。

◆

回到客棧，見孟裴正在收拾屋子，他們都過去幫忙，整理一番後，終於不像之前那麼髒亂了，總算是可以住人了。

膳堂裡還有些生肉和酒菜，案板上還剩有擀麵。秦簡先去生了爐火，提議把這些麵煮了吃，沈玉書雖不想與他說話，卻還是冷著臉點了點頭。

只是，在場的幾人裡，一個是傷患，一個又是比她還要十指不沾陽春水的周易，還有一個秦簡，他才剛生了火，總不能再讓他接著給他們煮東西吃吧。想來想去，沈玉書只好主動留下來煮麵了。誰知，秦簡竟像被施了定身術般，也不出去，就站在原地，一動不動地看著她。

沈玉書不滿地瞅了他一眼，找來了些菜準備要切，秦簡卻突然道：「我叫秦昭。」一句話，嚇得沈玉書差點切到了手。不過，她到底還是善於偽裝的，哪怕心裡有一萬個好奇，卻還是一副若無其事的樣子切著菜。

許久，她才道了句：「哦。」

「妳若好奇，大可直接問我的。」秦簡看著面前的嬌小身影，眼底又盛了一汪秋水，漾著一層層波瀾。

他這是在說她不該趴門外偷聽嗎？沈玉書像被刺到了般，回頭看了他一眼，直白道：「我為什麼要好奇？」

秦簡眼眸一動，勉強扯出一抹笑：「水開了。」說罷，他嘆了一口氣，轉身出了膳堂。

◆

吃飯時，秦簡總算學聰明了，坐得離沈玉書天南海北的，靜靜地吃著面前熱氣騰騰的青菜麵。當然，也沒人叫他過去，這一路，不只沈玉書，連周易都不待見他了。

不過，也好。

另一頭，周易邊吸著麵條邊道：「方才去見那孫操，我們何不就此挑明身分？孫大人要知道我們是奉命查案的，定會好酒好菜招待，也好過在這裡活受罪！」

沈玉書笑了笑，偷偷瞥了眼遠處的秦簡，道：「我們此番來涼州算是密探，不能輕易地洩露身分，若是被凶手知道，後果不堪設想。」

周易不再多問，又吃了兩碗麵。待他們都吃完要收拾碗筷的時候，秦簡竟還剩著大半碗麵，似乎沒什麼胃口。

沈玉書心裡更不好受了，也不管他正埋頭吃著，一把搶過了桌上的碗，險些磕到秦簡的鼻子。

秦簡一抬頭，就見她臉色不好地道：「不愛吃自己做去。」

秦簡一愣神，一臉茫然地看著她，道：「我、我愛吃啊。」

「愛吃也不給吃了，我要洗碗了。」沈玉書眼皮子一動，轉身要走，卻被秦簡手疾眼快地拽住了衣袖。她不知道，這一句話，乍一聽，還帶著股撒嬌的意味。

她回頭，就見他眼裡泛著笑意地說道：「可是我還餓著呢。」

周易從大廳經過，正好看到秦簡拽著沈玉書。他不自然地咳了一聲，引得沈玉書尷尬地回過頭看了一眼，忙伸手要撥開秦簡的手，秦簡卻握得更緊了。

「你放開！」沈玉書低聲吼他，尷尬得都不好意思看周易了。

周易意味深長地看了一眼秦簡，歪了下頭，道：「你們繼續，我睡了。」

秦簡挑了挑眉，也不管周易還沒走，一手繞過她的腰，從她手裡拿回了碗，才鬆開她。麵已經涼了，甚至有些發坨，他卻故意學著周易的樣子吸溜了兩口，像是故意要讓她聽到一樣。

沈玉書惱火地瞪了他一眼，不打算再理他，轉身要走。

秦簡卻正了正神色，道：「坐下來陪我吃會兒吧。」

沈玉書當沒聽見，又走出了幾步，卻突然聽到他喃喃說：「一個人吃得不香。」玉書不由得腳下一頓，她猶豫了一下，還是在他對面坐下了。對於秦簡，她總是沒來由的心軟。

見她果真聽話地坐下了，秦簡笑了笑，緩緩地道：「秦昭是我十七歲以前的名字，後來聖上南巡救了我，給我賜字簡，我就叫秦簡了。」拿筷子撥了撥碗裡的麵，認真地道，「聖上於我，有救命之恩。」

沈玉書一愣，不由得抬頭看他一眼，他如此好的功夫，竟還會遇到危險嗎？為了什麼？

秦簡彷彿能看透她的心思，道：「別瞎想了，等回去，妳想聽什麼，我都說給妳聽。」他說罷，低頭吃起了麵，樣子還是文雅極了，一點也不像個習武之人。

沈玉書彆扭地看了他一眼，把頭扭到別處，道：「誰稀罕聽你講那些！」

「那妳這幾日又為何生氣？」秦簡抬頭，嘴裡還咬著一根長長的麵條。

沈玉書被道破了心事，不自然地眨了眨眼睛，沒說話。

秦簡自顧自地笑了笑，安靜地吃了起來，過了一會兒，才淡淡地道：「有時，眼見卻未必為實。」

沈玉書看著他，深吸了一口氣，道：「那個女的，是誰？」

「一個故人。」秦簡挑了挑眉，也看著她，直言不諱道。

故人嗎？這個詞，可不是什麼好詞。

她正沉默地想著事情，秦簡已將筷子整齊地放到碗上，道：「我吃完了。」

「哦。」

沈玉書回過神來，點了點頭，起身要走，卻又被秦簡給拉住了，他看著她，無奈地道：「這就走了？」

「不然呢？」沈玉書淡淡地看了他一眼。

「妳呀，總活得像個刺蝟似的。」秦簡嘆了一口氣，「行了，去睡吧，我說過回去把事情都講給妳聽，妳可不能中途變卦。」

沈玉書沒說話，直接走了，剛走出去幾步，卻還是沒忍住地回過頭，道：「你的傷，好些了嗎？」

秦簡一愣，反應了一下，才道：「都好了。」

沈玉書朝他輕輕點了點頭，上樓去了，卻還是忍不住苦笑了一聲。他今天一整天都不曾用左手提過重物，怎麼可能好了呢？

之後，一夜無事，他們睡了個很安穩的覺，這也是他們離開長安後睡得最舒坦的一次。

這一夜，周易和秦簡還徹夜長談了一番。

第二日，沈玉書見到他們時，他倆又哥倆好似的勾肩搭背起來，也不知他倆何時冰釋前嫌了。

肆

第二天醒來，他們繼續向前趕路，從涼州城外繞路而行後，又走了半日，舉目望去，已經能看到大漠遼闊的邊界了。

淡淡的金色，既壯闊又雄渾，沈玉書不由得被大漠的美景深深震撼住，可惜很少有人知道，大漠裡的美，往往只是死神的嘆息。

雖是初秋時節，在沙漠裡卻很難找到一片陰涼的地方。毒辣辣的太陽炙烤著大漠的每一寸沙子，地面滾燙燙地冒著熱氣。

馬匹累得氣喘吁吁，口中吐著白沫，顯然不適合在沙漠中穿行。

馬車終於停了下來，考慮到孟裴身上有傷，沈玉書決定讓他坐在馬車裡休息一會兒，喝點水再趕路。

秦簡跳下馬車，用劍挑了一只水袋子，在給孟裴遞水的時候，突然發現孟裴不見了。馬坐上是空的，喝馬用的鞭子赫然落在沙地上。

沈玉書和周易也相繼下馬，見秦簡正蹲在那裡怔怔出神，過去看時才發現車頭上只有一匹馬，孟裴好像人間蒸發了一樣。

沈玉書舉目遠眺，四周都是茫茫的荒漠和戈壁，旱風習習，吹得人睜不開眼睛，但遼闊的大漠裡除了他們幾個，再也看不到別的人影了。

她實在是想不透，剛剛在馬車裡孟裴還和她講過話的，這才不過眨眼的工夫，一個大活人竟然在他們眼皮子底下說不見就不見了，這甚至不能用怪異來形容了。

秦簡道：「馬車一直在向前飛奔，剛剛才停下的，所以孟裴離開並不久。奇怪的是，他既然剛離開，必然也沒有走遠，可為什麼見不到他人呢？」

沈玉書也在想這個問題，腦子裡現在一團亂麻。

孟裴身上有傷，況且他又是一個人，既沒有帶水袋也沒有裝乾糧，如果行走在大漠裡，幾乎沒有任何生還的可能。即便他獨自離開了，可大漠周邊的環境他又不是很熟悉，又能走到哪裡去?他又為什麼要走呢？

秦簡道：「會不會是被人劫持了？」常走江湖的他，這種直覺向來很準。

沈玉書道：「也不是沒有這個可能。」

周易道：「什麼人會劫持孟裴呢？他不過是個副將，身分、地位都不高，身上又沒有多少銀子。」

沈玉書抬頭，她的臉被滾燙的風吹得發乾，道：「如果孟裴真讓人劫走了，可能只有一個目的，有人不想讓我們進入大漠，也不想讓我們找到龍將軍出事的地點。」

秦簡道：「有這個可能。妳說他們會不會已經毀屍滅跡？」

「不知道。」沈玉書是真的不知道，她現在也真的很頭疼。

周易道：「現在孟裴不見了，那誰給我們帶路？」

這的確又是個很讓人頭疼的問題。除了孟裴來過這裡，沈玉書幾人都是第一次來涼州，身處大漠，周圍又幾乎沒有可以辨認的標記，稍有不慎就可能永遠走不出去了。

沈玉書嘆了一口氣，他們都知道這個道理。

周易簡直一個頭兩個大：「既然前進不得，那就乾脆原路返回，回到涼州城找官府幫忙吧。」

沈玉書無奈地道：「現在就是想回去怕是也回不去了！」

周易道：「為何？」

「你自己看看。」沈玉書指了指馬車後面，本來沙土上還留有車印，幾陣風吹過後，車轍就消失了痕跡。沒有孟裴帶路，他們想借助車轍原路返回也是不可能的。現在他們滿眼都是沙子地，根本分不清東南西北，周易陷入了深深的絕望之中。

沈玉書道：「沒事，還有司南。」

周易又瞬間重燃鬥志，道：「對呀，我怎麼沒想起來。」

沈玉書將司南拿出來，放在掌心，可讓她詫異的是，司南裡的指針一直在飛速旋轉，雜亂無章，沒辦法再指示方位了。她頓時想起孟裴說的話，司南在這裡真的失靈了。難道之前正是因為司南失靈了，龍驚武等人和河西駐軍營地南轅北轍，故而遭遇了埋伏？

周易整個人都崩潰到了極點，一屁股坐在沙地上：「也真是活見鬼了，這司南平日裡都是好好的，今天卻一直在亂動。」

此刻秦簡正盯著馬車旁的沙土，眼珠子動也不動。沙土上居然有幾個模糊的小字，被風吹得亂斜，但輪廓仍可以辨認，他隨口念了出來：「沙駱駝。」

沈玉書和周易也蹲下來看，沙土上的確有三個字。風吹過，上面的沙土很快被另外一層沙土覆蓋了。

沈玉書嘀咕道：「沙駱駝是什麼意思？難道是孟裴給我們留下的暗示？」

周易琢磨了一會兒，欣喜若狂道：「應該是這樣。你們知不知道什麼動物最容易在沙漠裡活命？」

「駱駝！」

周易道：「對呀，孟裴應該是想讓我們找到一匹駱駝，而駱駝或許就在大漠附近。」

這也算得上是一種解釋。

他們在附近找了足足半個時辰也沒有看到駱駝，但就在他們面前五十步開外的地方，卻出現一個男人，正慢悠悠地越過低矮的沙丘，朝他們這邊走過來。

起初他們以為是消失的孟裴，可細看之後發現並不是他。那人滿臉的褶子，古銅色的皮膚，臉拉得老長，像是被吸乾了精血。他身披黃色牛皮褂子，手裡拿著個小袋子，嘴一直動個不停，神情又極享受，也不知道嘴裡究竟在嚼什麼東西。

這個人的出現就和孟裴的消失一樣，一樣的突然和驚奇，就像雨後的春筍，沒人知道是從哪裡冒出來的。不過，在這樣的生命禁區裡，見到個活人，總不會是件壞事，他們的臉上又漾起了幾分快活的容光。

他們將馬車置在原地，然後往那人的方向走去，那人也恰好往這邊趕來。走近的時候，周易朝他招手，意思是讓他停下來。可他招呼了老半天，那個人卻懶得理會他。

周易嘟嘟囔囔：「他莫非是個聾子？啞巴？或者根本就是個瞎子？」

事實上，那人既不是聾子，也不是啞巴，更不是瞎子，因為這三樣毛病只要有一樣被他沾上身，他就絕不會生龍活虎地走在沙漠裡還怡然自得。

他的嘴巴還在嚼著，嚼得津津有味。直到靠近馬車旁，他才用餘光瞟了瞟沈玉書，隨後將嘴裡的東西吐掉，又用腳撥了撥沙土，將吐掉的東西埋了起來。

沈玉書看見了，那是小半塊骨頭，白色的骨頭。

周易主動上前，道：「老丈，問你個事情，你知道這附近哪裡有沙駱駝嗎？」

老人看看他，沒說話，從袋子裡取出一小塊肉塞進嘴裡，嚼得和之前一樣起勁，發出咯咯的響聲。

周易以為他沒聽見，又重複了一遍：「喂、知不知道，沙！駱！駝！」

老人抬頭看著他，終於開口道：「有水嗎？」

他吃了東西，好像很渴的樣子，周易只好轉身給他拿了一壺水，他仰頭咕嚕咕嚕喝著，這一下便喝去了半瓶。

「看來你們迷路了？」老人輕聲道。

「是的，所以我們現在急需要一隻駱駝給我們帶路。」沈玉書看著他瘦乾得只剩皮的臉，「這沙漠之地如此凶險，不知老丈怎麼也會在這裡？」

老人「咯咯」笑了兩聲，道：「因為我本來就住在沙漠裡！」

「住在沙漠裡？」沈玉書看看四周，嘆道，「這地方居然也能住人？」她實在是無法想像也不敢想像，人怎麼會待在這麼個鬼地方的？況且這裡連個屋子也沒有，他住在哪裡？

老人卻笑道：「這地方不僅能住人，而且還無比的快活，我只要離開了沙漠就好像是魚離開了水一樣，難受得想死。」

沈玉書詫異道：「難道你只有在沙漠裡才能活得下去？」

老人笑了，道：「妳說得一點都不錯。駱駝本就是為了沙漠而生的，即便是死，最好也應該在沙漠中死去。」

沈玉書的眼睛也亮了，道：「你是說你就是沙駱駝，沙駱駝就是你？」

老人道：「妳這回又說對了。」

秦簡和周易斷然不會想到，沙駱駝居然會是個人。他們又詫異又驚奇，甚至不知道為何總能碰到這麼多奇怪的人和奇怪的事情。

秦簡道：「你既然叫沙駱駝，我想你就一定能找到出去的法子。」

老人顯得無比暢快，道：「當然，只要你們想出去，我立刻就能帶你們出去。」

周易道：「沒有條件？」

老人回答得很乾脆：「沒有，一個條件也沒有。」

周易道：「那可太好了，那就趕緊走吧，這地方反正我是一刻也不想待了。」

老人笑笑道：「沙漠本就不是人待的地方，至少不是每個人都配得上『沙駱駝』這三個字！因此你們走得越早越好。」

老人皺巴巴的臉上總算能看到些許血色，他似乎還很自豪。在這樣的地方能活下去，也的確是件很自豪的事情。

沈玉書靜靜地望著他，只覺得這個人很怪，說不上來的怪。

她沉默了一會兒，道：「可我們現在還不想出去，我想到大漠裡面看看，聽說大漠深處的風景更迷人，所以，你能不能給我們帶帶路？」

老人快活的臉色突然變了，道：「你們不想出去?居然還想進去看看?」

沈玉書道：「想，想得我渾身發癢。」

老人眼睛轉了轉，操著同樣的口氣，道：「好吧，只要你們想去，我也能帶你們進去的。」

沈玉書道：「有條件？」

老人道：「有！」

沈玉書道：「什麼條件？」

老人說著，笑咪咪地從袋子裡拿出一個東西扔進嘴裡，那東西看起來黃燦燦的，很是誘人，只聽他嚼得咯吱咯吱響：「條件只有一個，進去之後你們每個人都要給我做一盤油炸蠶豆。」

「油炸蠶豆？能不能不做？我可以給你銀子。」沈玉書拒絕。

老人搖搖頭道：「不能。」

沈玉書又問：「可沙漠裡連草也看不到一株，怎麼會有蠶豆的？」

老人神祕地道：「妳只要進去了便能看到。」

這真是個很奇怪的條件，這麼乾燥的天氣，他居然想要吃油炸蠶豆？難道不會上火？沈玉書又問：「這裡是不是只有你一隻沙駱駝？」

「是！獨一無二的一隻！我敢保證妳不會再找到第二隻了。」

沈玉書相信。她看著沙駱駝道：「我還有個問題，如果我站在這裡一動不動，會不會突然消失掉？」這個問題也很奇怪，只因她想起了消失的孟裴。

沙駱駝竟然想都沒想，飛快地答道：「不僅會消失，而且還會消失得很快。」

「為什麼？」

「因為沙漠裡除了我這隻沙駱駝外，還有隻野狐狸，一隻迷人的野狐狸。野狐狸最喜歡長得白俊的男人。」

沈玉書現在的打扮看起來真是又白又俊。

「那我們為什麼還沒有消失？難道我們長得都不俊？」

「不，你們都很俊，只因沙駱駝還在這裡。」

「這麼說野狐狸很怕你？」

這一次沙駱駝並沒有很快地回答沈玉書，似乎在思考著什麼。

沈玉書卻笑了：「沙漠裡原來並不寂寞，有隻沙駱駝，還有隻野狐狸，不知道會不會突然又出現一隻雕來？」

她居然覺得這個地方很有趣，不僅不會覺得沉悶，反而還生機勃勃，說不定孟裴真的被野狐狸給抓去了，說不定他現在正躺在野狐狸的暖床上，她倒是很想見見這隻狐狸。

這片大漠裡實在有很多難以理解的事情，比如司南失靈、孟裴突然失蹤、神祕的沙駱駝……這裡究竟還隱藏了哪些不為人知的祕密？

◆

馬匹累得癱軟在地，沒辦法再往前走了，只好留在原地。

他們每人只拿了一壺水和幾塊乾餅就上路了。在這樣的地方，若是沒有代步的車馬，走不出兩里路就會完全虛脫。可沙駱駝卻走得非常快，健步如飛，好像如果不走的話才真的會死一樣。

沈玉書現在才知道眼前這個老人為什麼叫沙駱駝了，只因他比駱駝還要靈敏得多，在不看地圖、司南又失靈的情況下，閉著眼睛居然也能往前走。

沈玉書很老實地跟在他後面，沙駱駝走一步，她便也走一步，也走得飛快，都不知道自己幾時變得這麼聽話了。他們一路快走，一直從白天走到黑夜。

夜晚時，沙漠裡的氣溫驟降，人站在沙子上，耳中只能聽見嗚嗚的風聲傳來，似少女在幽幽地哭咽，沒有人會覺得這種聲音有多動聽。他們誰都不敢躺下睡，因為說不准什麼時候就會突然來一場沙暴，將他們掩埋在沙子中，讓他們成為一具具乾屍。

好不容易熬過了一晚，第二天一早，幾人簡單吃了一點乾糧之後，沙駱駝就又帶著他們朝著沙漠腹地走去。

也不知道走了多久，沙駱駝終於停了下來。

沈玉書四處觀望，看見了遠處土坡上有座壘起的高臺。高臺是用青石堆砌而成的，隨著時間的侵蝕，上面已經出現了斑斑點點的紋路。

她想起孟裴說過的話，龍驚武的車馬隊就是在高臺避風時遭遇埋伏的。

她慢慢地走過去，越上高臺，能夠聞到沙土裡散發著的淡淡的血腥味。毫無疑問，這裡就是龍將軍遇害的地點了。

可她的眉毛立刻擰成了一團麻花，因為高臺後面的幾十輛馬車已經看不見了，五百具士兵屍體，此刻竟然連一具也沒有了。

沙駱駝看著沈玉書的臉，溫和地道：「這裡就是大漠深處了，我說過，只要你們想進來我立刻就能帶你們來。」

沈玉書道：「不錯，你兌現了你的諾言，實在很感謝。」

沙駱駝搖搖頭道：「只說聲謝謝？」

沈玉書突然想起來，道：「莫非你真的想吃油炸蠶豆？」

沙駱駝笑了，道：「妳總算沒有忘記。」

沈玉書又想起他昨天說過的那句話，只要進入大漠深處就一定能看到蠶豆的，可眼前除了沙子還是沙子，到現在為止連一抹綠色也沒有看見。

「蠶豆在哪裡？」沈玉書問。

沙駱駝道：「你們腳下踩著的就是，至少還能再做十盤又香又脆的蠶豆，世間絕對沒有比這更美味的東西。」

秦簡和周易果真都盯著腳下看，可腳下只有鬆軟的沙子和幾隻飛舞的臭蟲，除了這兩樣外確實找不出其他東西。他們不明白，蠶豆怎麼會長在大漠裡呢？

沈玉書很快就明白了，而且胃裡正有一股酸水往上湧。她控制住自己的情緒，然後用腳拂開沙子，看到一雙腳光禿禿地露在外面，十根腳指頭被削沒了。

秦簡也翻開周邊的沙土堆，竟然露出好幾十具屍體，屍體身上穿著朝廷發配的軍衣，腳上是統一的軍用皮靴。

沈玉書瞬間明白了，原來龍驚武的部隊在中了伏擊之後，屍體被黃沙掩埋了，難怪他們看不到。

她盯著那具腳指頭被削沒的屍體，湊近秦簡和周易，輕聲道：「周易，你來看！」

周易看了看她所指的地方，道：「什麼？」

沈玉書指了指地上，道：「他們的腳指頭！」

「腳指頭？」周易的臉色頓時變得青黃相間，「沙駱駝吃的『蠶豆』居然是……」

「沒錯，就是屍體的腳指頭！」沈玉書猛然回頭時，見沙駱駝又從袋子裡摸出一塊黃金色的肉來，很高興地放進嘴裡嚼了幾下，吐出半截白骨頭，骨頭落到地上，又被他用沙土掩埋了。

沙駱駝笑了笑，道：「你們看著我幹什麼？我的臉上難道有花？」

沈玉書現在看到沙駱駝的臉，簡直比見了鬼還要驚駭。

「你們要不要來一口？很香的！」沙駱駝的嘴巴像是蠕動的蟲子，接著道，「用人肉做出來的『蠶豆』你們大概都沒有吃過。」

沈玉書不禁又是一陣乾嘔，道：「你居然吃人肉？」

沙駱駝露出黃牙，咧著嘴笑道：「人肉有什麼不好，在死沉沉的大漠裡，人肉豈不也是一頓美餐？」

伍

在沙駱駝眼裡，人肉居然算是頓美餐？

沈玉書面若寒霜，道：「這些士兵莫非都是你害死的？」

沙駱駝動了動乾癟的嘴唇，有些狐疑地道：「怎麼，妳認識這些士兵？」

秦簡的口氣突然也變得很冷，道：「你不必問許多，只管回答『是』或者『不是』。」

沙駱駝嘆了一口氣，道：「你以為我有本事能殺了他們？」

秦簡接道：「能在乾旱的大漠裡穿梭自如，這已是足夠大的本事了。」

沙駱駝笑了，道：「這的確算是一件很實用的本事。可你不知道的是，駱駝向來只會帶路這一種本事，又怎會殺人呢？」

秦簡盯著沙駱駝的右手看了許久，道：「駱駝若是會拿刀，先帶路後殺人會不會也就變成了家常便飯？」

「我承認，我的手的確拿過刀，不過，我可從不用它殺人，我只用它來切肉而已。」

沙駱駝的手往後縮了縮，眼睛裡閃過一絲凶光，但他的臉上仍是笑盈盈的，讓人始終覺得他是個脾氣很好的人，然而沒有人會喜歡他這種笑。

秦簡咽了咽口水，道：「看來你也的確切過不少的肉。」

沙駱駝淡淡地道：「我不過是碰巧看到了五百塊赤條肉而已。在我的眼裡，他們和死魚、死豬也沒什麼兩樣，吃進嘴裡都是一個味。」

「駱駝不吃草，卻想要吃肉？」

「整日活在這大漠裡，你也會愛上吃人肉的。」沙駱駝笑了笑，一臉理所當然。

他的話音剛落，周圍就刮起了一陣陰風，讓沈玉書忍不住打了一個哆嗦。

周易道：「碰巧看到？你的意思是你見到他們的時候，他們就已經死了？」

沙駱駝悶哼一聲，道：「不錯，他們反正死也死了，爛進駱駝的肚子裡豈不是比爛在沙漠裡更有價值？」

沈玉書聽得全身發麻。讓她沒有想到的是，在遠離長安的大漠裡，竟然會有人真正地過著茹毛飲血的生活。

周易仔細查看了眼前的屍體，發現屍體的不同部位有著相同的刀傷，多的十幾處，少的也有三、四處。

「他們死之前顯然經歷過一次大搏殺，只是不幸的是……」他道。

沈玉書在看過傷口後，道：「凶手的確是個很厲害的角色。」

周易點點頭，突然又道：「不對！」

沈玉書看向屍體，道：「不對？哪裡不對？」

周易道：「少了一具屍體！」

「哪一具？」

「龍驚武的！」

她上前清點時，果然沒有見到龍驚武的屍身，只好轉身，再一次望向沙駱駝。

「是你幹的？」

沙駱駝搖頭道：「這麼大塊肉我可吃不了。」

周易道：「難道龍將軍沒有死？莫非他真是奸細？」

沈玉書的目光始終沒有離開過沙駱駝，道：「你應該知道這些士兵是怎麼死的！」

沙駱駝肯定道：「不知道，就算你們此刻打死我，我也是不知道的。」

秦簡道：「你真的不知道？」

「真的不知道。」沙駱駝的語氣很堅決，但略微思索了一會兒，又狡黠一笑道，「或許是他們遇到黑沙暴了吧，在這裡，黑沙暴可是很喜歡吞人的。」這句話才剛說完，沙漠裡又起了一陣風，沙土飛揚，沈玉書幾個人只好迅速躲到高臺後面去。

沙駱駝似乎很驚恐，嚷嚷道：「不能再往前走了，黑沙暴真的來了！」

沈玉書眼看著那些士兵的屍體再次被黃沙掩埋，所幸風沙不是很大，沒過一會兒就停了下來，真正的大沙暴並沒有如期而至。

三個人重重地嘆了一口氣。

大漠再一次恢復了平靜。這時秦簡從高臺後面探出，觀望間發現又少了一個人。

「該死！」

沈玉書道：「怎麼了？」

秦簡道：「沙駱駝不見了！」

周易驚叫一聲，臉色瞬間變了：「這老頭子是不是故意引我們進來，然後趁機溜了？沒有他帶路，我們恐怕進退兩難了。」

沈玉書鎮定地道：「我們分頭找找看，但都不要走遠。」

三人在高臺附近搜尋了很久，都是無功而返。

「先是孟裴，後來又是沙駱駝，他們究竟去哪裡了？」

現場寂靜得只剩下風聲和微弱的呼吸聲。

秦簡的劍已經感受到了濃濃的殺氣，他將沈玉書護在身後，兩隻眼睛四處觀望，耳朵也不由自主地動了幾下。

周易的臉上立馬布滿了驚恐，道：「你們記不記得沙駱駝說過一句話？」

沈玉書道：「我知道，他說過這裡除了他之外，還有一隻野狐狸。」

周易道：「現在連沙駱駝都不見了，咱們會不會也突然消失？」

這個問題沈玉書沒辦法回答，因為她也不知道。

就在此時，秦簡的劍「噌」的一聲彈出，擊落了一顆飛來的石子。

他聽到有簌簌的聲音傳來，低頭看時才發現，原來是起伏的沙子在作怪。沙子下面不知為何竟鼓起一個個小土丘，正飛快地移動著，就像是水裡的魚劃開一道道水波。

周易驚呼：「沙子裡究竟有什麼東西？」

秦簡拿起手裡的劍去砍，可沙裡的東西早就已經不見了蹤跡。

沈玉書皺著眉嘀咕道：「這裡的怪事一件接著一件，究竟是為什麼？」

秦簡望了望一望無垠的沙漠，低聲道：「總之還是要小心些。」

眼前的沙子地又變得和之前一樣平坦，沙子裡移動的怪東西也不知道藏匿到哪裡去了，然而平靜總是不會持續太久的。

周易突然大喊：「你們看那是什麼？」

沈玉書和秦簡已經看見了，在枯寂的黃沙周圍，鮮麗的色彩總是有著致命的吸引力。

在避風的高臺上，不知什麼時候竟豎起了十幾道人影。他們的手裡都拿著一把造型獨特的彎刀，刀鋒似冰；他們的眼神更是淒厲如鷹，即便是站在十丈開外，沈玉書仍是能感受到那股清冽的寒意。

周易驚道：「他們又是誰？」

沒人回答，也沒人能答得上來。

秦簡的劍早已經立在胸前，左手不自覺地護著身後的沈玉書，許是牽動了傷口，他的左手在微微顫抖。

沈玉書看了一眼他的手，眼底有一瞬間的動容，很快又謹慎道：「這麼多的人，這麼多的刀子，那恐怕就只有一個目的了。」

周易明白了沈玉書的意思，驚道：「那還愣著幹什麼，趕快跑啊！」他說完，果然就轉身要跑，卻發現根本就跑不動，因為他的腳已經陷進了沙裡。

沈玉書拉著他，道：「不能跑！」

周易急紅了眼睛，道：「不跑難道在這等死？」

沈玉書對他搖搖頭，道：「跑得越快，死得也越快，待著不動才能活命。」

周易沒搞懂這句話什麼意思。

十幾個人影縱身躍下高臺，刀嘯伴著一陣風，吹得沈玉書有些睜不開眼。

站在最前面的藍褂子道：「你們是我見過最笨的人，死到臨頭居然連掙扎也不會。」

沈玉書應道：「這點我承認，我們有時候確實像是大笨蛋，所以你們自認為自己很聰明？」

藍褂子笑道：「難道不是？」

沈玉書仍然站著不動，冷冷地道：「一群聰明人若只是為了抓三、兩只笨蛋，或許不是件值得稱道的事情，倘若三、兩只笨蛋逮住一窩子聰明人，這才是件讓人即使睡著了也能笑醒的美事。」

對面十幾個人沒明白沈玉書說的是什麼意思，一時均愣在那裡。

藍褂子道：「所以你們連跑的心思也沒有？」

沈玉書道：「沒有，笨蛋都是怕死的，我至少還曉得一個道理。」

藍褂子很感興趣地看了眼沈玉書，只覺得她比所有人都更有趣：「什麼道理？我倒是很想聽聽。」

沈玉書道：「我們跑得再快也快不過你們手裡的刀子，既然這樣，我何不坐下來歇歇腳，說不定你們心情好還會請我喝杯酒。」

藍褂子斷然沒有想到，沈玉書居然如此淡定，這倒讓他們有幾分緊張了。

沈玉書望著藍褂子，看著他臉上的閃電形刀疤愣了一下，反問道：「龍將軍的兵馬就是被你們劫殺的吧？」

藍褂子驚訝道：「你們是朝廷的人？」

沈玉書道：「對你們來說，我們的身分並不難猜出來。」

藍褂子道：「是皇帝那個老小子讓你們來查案的？哼，那你們就更該死了。」

沈玉書道：「死之前是不是應該也讓我們知道你們的身分？」

藍褂子大笑道：「我們的身分，我想你已經知道了！」

「哦？」沈玉書想了想，道，「難道是沙駱駝口中的野狐狸？」

藍褂子道：「不是，野狐狸是用那雙媚眼殺人的，我們用的卻是刀子。」

沈玉書道：「不是野狐狸，那你們就是黑沙暴！」

藍褂子道：「這下猜對了，我們的確就是黑沙暴！」

此時此刻，沈玉書所在的地方無比靜謐，甚至連一絲風也沒有，更不會有黑沙暴。誰會料想到，眼前的這十幾個人就是黑沙暴？不過看他們來勢洶洶的模樣，又的確和黑沙暴差不了多少。

沈玉書從地上抓起一把沙子，又揚在半空中，道：「沙駱駝和你們是一夥的？」

藍褂子笑得渾身打戰，道：「妳現在才知道未免太遲了些，你們既然已經進來了，就休想再逃出去！」

沈玉書輕聲道：「不能逃是真的，卻能跳！」

周易看著那夥人手裡的刀子，心裡發麻，又回頭看著沈玉書雲淡風輕的模樣，簡直是欲哭無淚，顫抖著聲音問道：「跳、跳什麼？」

沈玉書道：「跳沙子！」

周易稀裡糊塗道：「我只跳過湖、跳過河，從不知道沙子居然也能跳。什麼亂七八糟的，妳到底什麼意思啊？」

沈玉書指指地下，道：「包餃子你總是見過的，我們就來包一回餃子。」

周易的腦袋暈乎乎的，道：「妳是不是餓暈了說胡話？這裡既沒有餃子皮也沒有餃子餡，就是想吃也沒有啊。唉，臨死前要真來一盤餃子那可太舒坦了。」

沈玉書湊到周易的耳旁，淺笑道：「你個笨蛋，沙子地就是餃子皮，我們自己就是餃子餡！」

周易「啊」了一聲，抬頭看見藍褂子猙獰的笑臉，不由得渾身發怵，沈玉書和秦簡仍舊筆直地站在那裡。

藍褂子沒聽明白沈玉書話裡的意思，陰森森地道：「死到臨頭了還想吃餃子？去閻王爺那裡吃吧！」

這邊說完，十幾把彎刀捲過一陣狂風，呼嘯著朝沈玉書劈來，刀尖飛速旋轉，中間形成一道人工颶風，飛沙走石，甚至比黑沙暴還要恐怖許多。

噗咚！

沈玉書看著眼前的沙海，突然整個身子撲倒進去，像是一只餃子下進了熱騰騰的鍋裡，轉瞬之間已經不見了蹤跡。

秦簡把劍收回鞘裡，又是「噗咚」一聲，也跳了進去，很快不見了。

周易雖然搞不懂，卻也緊隨其後，順理成章地成了第三只「餃子」。

藍褂子他們衝過來時，三只「餃子」已然消失得無影無蹤。

「老大，他們進去了！」

「奶奶的，我看見了，我還沒瞎。」藍褂子將彎刀一旋，深深紮進沙子裡，劃出四、五米遠，沙子裡卻連半個人也沒有。

「從來沒有人能逃得過黑沙暴的刀子，竟然讓他們跑了。」

「老大，他們怎麼知道這沙子有問題的？」

藍褂子道：「我怎麼知道？真是見鬼了。」

「那現在怎麼辦啊，老大？」

藍褂子怒道：「笨蛋，趕緊追啊，千萬不能讓他們發現沙子下面的祕密！」

噗通噗通！於是，沙子裡又多了十幾只翻滾的「餃子」。

◆

沈玉書他們幾個跳進沙子裡後，整個身體都被沙浪淹沒了，但他們的腳下卻好像踩住了一塊軟木板，讓他們沒想到的是，在沙子裡竟然有口巨大的豎井連接著地上和地下，他們一股腦兒全栽進去了。

隨著三聲悶響，他們滑落在地，可眼前已經不是沙漠了。好在豎井並不算高，他們掉下去時都沒有受傷，只是空氣裡透著酸腐味，實在不怎麼好聞。

周易的腦子裡彷彿塞了個陀螺，現在正打著轉，暈乎乎地找不著北：「玉書，這到底是什麼鬼地方？妳怎麼知道沙子下面暗藏乾坤的？」

沈玉書拍拍身上的沙子，目光已經在下面轉了好幾圈：「是那些突然出現的怪人告訴我的。」沈玉書慢慢站起來，「剛剛你們應該都看見了，沙子地上快速移動的小土丘，其實那是藍褂子手上豎起的刀尖。」

周易驚駭道：「妳的意思是，那些人原本就藏在沙子裡？」

「不錯。否則十幾個大活人在無處躲藏的大戈壁中怎麼會突然出現呢？所以只有這一個可能，沙子下面有貓膩。」

周易道：「這聽起來實在玄妙，可人若是在沙子裡待久了豈不是要憋死？」

「事實上這下面不是真的沙子，我想你們都已經看到了。」沈玉書笑道，「這其實是個設計很精巧的工事，上面覆蓋著薄薄的沙，恐怕很少有人能想到這下面居然有間屋子。這樣的巧構奇思也真是罕見了！」

周易道：「可上面的沙子為什麼不會掉下來？」

沈玉書抬頭看了看穹頂，發現上面是一個巨大的陰陽魚圖案。陰陽八卦是中原特有的，此刻在這涼州大漠中出現八卦圖，莫非這座工事和中原大唐有關？

秦簡用劍尖戳了戳穹頂，原來穹頂是可以翻轉的，中間有根橫軸。只要陰陽魚的任何一面受到力就會下移，而輕的一面會順勢抬升，人掉下去後，陰陽魚又立刻恢復平衡，出口因此會很快封閉，上面的沙子自然也不會掉落下來。

周易長嘆一聲，道：「真是九死一生，好歹撿了一條命。」

這時秦簡突然說了句「奇怪」，抬頭望著穹頂，眼裡透著深深的疑惑。他手裡的劍正緊緊貼合在陰陽八卦的圖案上。

周易拍拍他，道：「老秦，你在看什麼呢？」

秦簡道：「上頭好像有什麼東西在拉我的劍。」

「什麼？拉你的劍？」周易也抬頭看，見秦簡正將劍往回拔，看他的樣子，的確使了不小的力氣。他上去幫忙，雙手握住劍柄，也使了吃奶的勁，二人合力，總算是將劍收了回來。周易沒剎住，腳脖子一歪，愣是坐到地上去了。

他拍拍屁股站起來，心有餘悸地瞄了眼頭頂，只覺得有股子冷風灌進他的衣服裡，「真的見鬼了，這上頭啥也沒有，誰會拉你的劍呢？」

秦簡一時間也沒辦法解釋。

沈玉書看向周易，道：「你的司南呢？」

周易道：「司南在這裡也用不上，我早收起來了。」

沈玉書道：「給我。」

周易拿出司南遞給她，沈玉書搬了一塊墊腳石，將司南靠近八卦圖，比起之前，此刻指標的旋轉速度更快。

秦簡和周易頓時明白了。八卦穹頂並沒有什麼鬼怪，只因為那原本就是塊巨大的磁石，對鐵器有很強的吸引力，這也是為什麼秦簡的劍無端被吸了上去的原因。至於司南失靈，也和這塊大磁石有關。

收好司南後，沈玉書突然喊道：「快走！」

他們聽到頭頂一陣咚咚聲傳來，才覺不妙，趕緊找了個地方躲了起來。

沒多久，頭頂陰陽魚再次打開，十幾個人陸續跳下來，正是圍劫沈玉書幾人的黑沙暴。

藍褂子熟悉的聲音響起來，道：「他們一定就在附近，你們分頭去找，不要放過任何一個地方。」

「是，老大。」於是十幾人分成四撥，往四個方向走了。

陸

周易膽戰心驚，縮在旁邊暗漆漆的角落裡，推推旁邊的秦簡，卻發現推的竟是塊石頭，又冷又硬。他又觀察了一下周圍，發現沒有可以用的武器，心下一時沒了主意，看了眼身旁的沈玉書，擠著嗓子，小聲道：「一會兒要是被發現了，妳就推我出去，自己趕緊跑，知道了嗎？」

沈玉書低聲道：「瞎說什麼呢！」緊接著，她又對他「噓」了一聲。

隨即，寂靜中傳來急促的腳步聲，有三個人正朝他們這邊走來。

沈玉書和周易屏住呼吸，心提到了嗓子眼，可他們都不敢說話。

他們躲藏的地方其實並不算隱蔽，但他們現在動也不能動，只能待在原地，只要挪動一步，便會被那三人看見。

糟糕的是，現在他們即便像個泥人不動彈，也再無法躲藏了，三把彎刀幾乎同時破空而

出，將他們面前的石塊劈開，沈玉書和周易就藏在那石塊後面，三個人的目光像是貓遇見了魚一般，死死地盯了過來

周易嚇得臉色鐵青，六神無主地從地上撿起一塊碎石掄過頭頂，朝著那三人扔了過去。

「玉書，快跑！」他一副英雄救美的模樣，大義凜然地道。

那三個人早就耐不住性子，揮刀便砍，周易自覺地閉上了雙眼，可沈玉書站在原地既不躲也不喊叫，好像什麼事情也沒有發生。

上一刻三個人還舉著刀在半空中揮舞生風，這一刻刀子卻已咚咚咚地相繼落地，只因有一把很快的劍提前割破了他們的咽喉。沒人知道他什麼時候拔的劍，只有人認得他劍上突然染上的血。

周易一瞬眼就看見秦簡威風凜凜地站在那，忍不住道：「你竟然在？」

秦簡眨了下眼睛，將劍抽回時，那柄劍仍然泛著清寒的光暈，就像他的臉，溫柔中帶著冷冽的叛逆。他吹落了劍尖上的血，才將劍收回鞘裡，也好像什麼事都沒有發生。

沈玉書看了一眼他使不上力的左手，低聲道：「你沒事吧？」

秦簡先是看了她一眼，隨即眼裡多了分調笑，道：「還說不需要我？」

沈玉書不由得臉一紅，瞪了他一眼，嘀咕道：「下次傷口疼別忍著，也別總逞強，自保的本事我還是有的。」

秦簡又是一愣，低頭看了看自己的左臂，笑了笑。原來，她都知道啊。

忽地周易丟過來一塊石頭，他差點忘了躲，抬頭就見周易罵罵咧咧地道：「我還以為你

也被什麼野狐狸給勾搭去了。」

秦簡笑著，瞥了眼沈玉書道：「那狐狸再好看，有我身邊這隻好看？」

周易頓時噤了聲，「嘖嘖」了兩聲，看向沈玉書，沈玉書的臉紅了一片。

「好在你出手及時，否則躺在地上的人就是我們了。」周易心有餘悸地嘆了一口氣。

秦簡看著沈玉書紅透了的臉，調侃道：「怕什麼，我們玉書說了，她有自保的能力。」

一時間，沈玉書差點想當場捶死秦簡。不知何時起，他竟變得如此多話了，而且，竟還有些……活潑？若在以前，她無論如何也不會把這個詞安到秦簡身上，畢竟，從她第一次見他起，他就老愛冷著一張臉。

周易又道：「那這幾個人怎麼辦？」

秦簡沒有回答周易，轉身將那三個黑沙暴挪到一旁的石塊後面，隨後把他們的衣服扒了下來。

周易笑道：「沒想到，你居然好這口啊？」

秦簡朝他翻了個白眼，道：「趁還沒被其他人發現，趕緊換皮吧！換上他們這身皮，我們或許還能多活幾個時辰。」

沈玉書道：「這倒是個不錯的主意。」

另一頭，藍褂子正背著手焦頭爛額地走來走去。尋找沈玉書的那幾隊人也陸陸續續地回來了，藍褂子上前忙問道：「可有蹤跡？」

「老大，那幾個人好像消失了。」

「不錯，我們裡裡外外都找遍了也沒看到。」

藍褂子的眼睛掃了幾下，道：「還有一撥人呢？」

左右答道：「還沒回來呢！」

藍褂子沉思著，這時他身後走來一個人，正是那行蹤詭祕的黑斗篷。

黑斗篷上前，直接道：「怎麼，到嘴的兔子跑了？」

藍褂子扭頭看了眼黑斗篷，悔恨道：「嘿，那幾個人真不是一般的角色，沙子下面的碉樓讓他們發現了。」

黑斗篷的臉劇烈抖動著，聽完藍褂子的描述後，他已經猜到了大概。

「沈丫頭一定在那幾個人當中了！」他說得肯定。

藍褂子只覺得匪夷所思，道：「不對啊，那三個人都是男子打扮，沒見到有女人啊？」

黑斗篷嘆了一口氣，道：「女扮男裝並不太難吧？」

藍褂子的臉頓時變成了青灰色。

過了一會兒，又有三人朝他們走來。他們穿著黑沙暴的袍服，只有兩隻眼睛露在外頭。

藍褂子問：「怎樣？」

「老大，讓他們逃了！」

藍褂子本來臉色就不太好，聽後更是暴跳如雷，眉毛豎起來，咬牙切齒地道：「你們搜查仔細了嗎？」

「老大，我們連蒼蠅蚊子都沒有放過。」

藍褂子望了望黑斗篷，道：「這就怪了，這沙子下的碉樓固若金湯，四通八達，進來容易、出去難，莫非他們有穿山越嶺的本事？」他越想越覺得奇怪，可又搞不明白究竟是哪裡出了問題。

黑斗篷道：「我早就說過，沈丫頭詭計多端，千萬要提防，倘若碉樓裡的祕密，如果被他們發現，那就麻煩了。更何況，我可等著你替我把她抓回來呢！」

藍褂子道：「只要他們還沒有離開這裡，就是掘地三尺也要找到他們。」

黑斗篷似乎別有顧慮，道：「還是先去看看庫房吧。」

他說罷，秦簡的目光已經冷成了冰。遲鈍如他，都看出來這黑斗篷對沈玉書存著什麼非分之想了。

◆

下面四通八達，甬道間交錯縱橫，譬之蜂巢蟻穴亦是有過之而無不及。實在很難想像，人怎麼能在這麼複雜的工事中穿梭自如的。

以藍褂子為首的隊伍走進一條稍寬敞的甬道內，甬道兩旁的石壁上掛滿了油燈，周圍亮堂一片，倒也不難走。

黑斗篷則走在隊伍的最後面。過了半個時辰左右，眼前豁然開朗，面前是一間開闊的石室，有三、四十人把守。

數百只大鐵箱整齊地碼放在空地上，藍褂子匆匆掃了一眼，命令道：「打開！」

箱子打開後，便有黃澄澄、銀閃閃的光芒射出，異常耀眼。箱子裡面裝著的原來都是金錠和銀錠。

藍褂子陰聲怪氣地道：「有陌生人來過這裡嗎？」

其中一人道：「回大人，除了我們幾個，沒有其他人來過。」

藍褂子「嗯」了一聲，隨後又朝箱子背側走去，那裡是一片更加寬敞的空地，同樣放了幾百只箱子。

他親自打開了那些箱子，裡面不是金條，而是用鋼鐵鑄造的兵器和盾甲。清點無誤後，藍褂子才長嘆了一口氣。

黑斗篷道：「看來沈丫頭還沒有發現這裡。」

藍褂子突然大笑，道：「如此一來倒好辦了，這地下碉樓十步一岔道，百步一暗室，如果沒有內部的人指路，任他們神通廣大也決計找不到出路，更別想找到這裡來。」

黑斗篷頓了頓，道：「話雖如此，但不可不防。眼下大唐國力日漸式微，我們就更要穩住陣腳，只有這樣伐唐大計才指日可待。」

藍褂子道：「不知閣主最近可有什麼新的指示？」

黑斗篷道：「閣主說了，只需加派勞工，盡快趕製出二十萬件鐵甲兵器即可。」

藍褂子道：「兵器已經鍛造得七七八八，盡可讓閣主放心，不出十日便可完工。」

黑斗篷道：「如此甚好。」

說完黑斗篷悄然離去，藍褂子送他出去，隨後吩咐其餘的人留下來看守。

◆

夜深了，值守的那些人實在困乏，睡蟲上腦，哈欠連連，無精打采地靠在牆上。

沈玉書他們穿著黑沙暴的衣服混跡在人群裡，沒有被任何人發現異常。

等他們都去休息了，沈玉書以換班為由，偷偷查看了箱子裡的金條，驚訝地發現，在裝黃金的箱子上，竟然刻著一個展翅欲飛的鳳凰圖樣，而在金錠的底座上，還發現了刻著「順天」的字樣。她又打開了其他的箱子查看，竟在其中也發現了刻著「聚德」、「大通」和「運來」字樣的金銀。

她當即詫異萬分地道：「真是難以想像，四大銀櫃坊丟失的金銀竟然藏在涼州大漠的碉樓裡。」

周易也感到不可思議，道：「誰會想到大漠深處居然有座碉樓，又有誰會知道碉樓裡竟然是座軍工廠？」

秦簡熟悉兵器，查看了另外幾百只箱子後，也驚聲道：「這些刀的刀背厚重，且刀身上刻有銀色刀紋，正是吐蕃部隊將尚瑪刀和古司刀改良後的特徵，由此看來吐蕃的確是準備進攻大唐。」

「吐蕃的兵器？」周易悵然道，「那個黑斗篷究竟什麼來頭，幾次大案中都能見到他的影子，莫非他和藍褂子一樣，都是吐蕃人？」

沈玉書道：「雖然不知道他的真正身分，不過在整個計畫當中，黑斗篷一定是個很重要的人物，而且他們的動機亦是十分明確，劫殺龍驚武的軍隊，搶走押運的兵器，就是為了削弱河西駐軍的實力。他們下一步極有可能就是攻擊涼州城，打開缺口後便進軍大唐。」

秦簡點點頭道：「打造二十萬件兵器，那麼他們的兵力至少也有二十萬。」

沈玉書重重地嘆了一口氣。這其中的巨大陰謀已經讓她的內心無比困乏。

盜取金銀，鍛造兵器，暗中練兵，攻打大唐——多麼美好又血腥的計畫！

沈玉書漸漸明白，為什麼長安城內屢屢出現大案，原來只是黑暗勢力聲東擊西的把戲，另一頭卻在大漠偷偷屯兵，休養生息，以待攻唐時機，唐王朝已經到了岌岌可危的境地。

沈玉書知道，必須粉碎這場陰謀，才能解救萬民於水火之中。

她這麼想著，不由得生出了幾分惆悵，喃喃道：「奇怪的是，這黑斗篷為什麼能有這樣的通天本領？竟能在大唐和吐蕃都有那麼大的勢力，且次次都搞得我們措手不及。」

周易搖了搖頭道：「不知道，我們甚至不知道這幾次出現的黑斗篷究竟是不是同個人。或許，他們只是穿了一樣的衣服呢？」

沈玉書瞪大了眼睛，難以置信地道：「你是說……」

「他們確實不是同一個人。」秦簡突然淡淡地道，語氣肯定。

「你、你怎麼知道？」沈玉書疑惑地看著他，雖說他們幾次遇見黑斗篷，卻很少與他有近距離的接觸，秦簡幾次追擊他，都被他甩開了。

秦簡勉強地笑笑，道：「我也只是猜測。」

「這樣啊。」沈玉書狐疑地看了他一眼，沒有再深究，四處看了看周圍的環境，「當務之急，是要趕緊離開這裡，雖然現在還沒引起他們的懷疑，但終不是長久之計。」

周易嘆了一口氣，道：「可我們現在完全相當於掉進了囚籠裡，想要出去，簡直比登天還難，即便我們換了裝束，也難保不會露餡。」

沈玉書微笑道：「你說得都對，但想要從這裡出去比登天還是容易一些的。」

「妳有辦法？」周易壓著嗓子，卻擋不住話裡的激動。

沈玉書眼裡閃過狡黠，道：「有，而且還是個三全其美的好法子。」

◆

時間過得很快，石室裡很安靜，直到天亮時，碉樓裡才吵嚷起來，也不知怎麼回事，好端端的石室內突然起了火，一時間煙霧彌漫。

碉樓裡的通風口本來就少，煙霧散開後，整個碉樓內都被濃煙覆蓋。奇怪的是，本來空空蕩蕩的碉樓裡瞬間擠滿了人。他們此刻都在埋頭逃竄，比老鼠逃得還要快。

沈玉書也終於知道，碉樓裡不止一個出口。她跟在人群後面逃竄了一段路，最後竟是從大漠中那個避風的石臺裡鑽了出來。原來石臺中間是空的，和下面的碉樓融為一體。寂靜的沙漠裡頓時熱鬧了許多，誰也想不到，這裡居然藏了這麼多人。

藍褂子嗆了一鼻子灰，道：「碉樓裡早就明令禁火，究竟是誰這麼不長記性？」

人群裡鴉雀無聲，個個低著頭。隨後才有人來報：「老大，裡面發現了三具焦屍，看裝束好像是之前在大漠遇到的那三個人。」

藍褂子欣喜若狂道：「此話當真？」

「千真萬確。」

三具焦屍被抬了出來，藍褂子衝過去，看屍體上果然披著沈玉書、秦簡和周易換下來的衣物，這才嘆道：「太好了，我的刀子沒能了斷他們性命，沒想到他們居然被活活燒死了，真是把好火。」

另一邊，秦簡轉頭看著沈玉書，輕輕笑出了聲：「妳這小聰明，真是用也用不完。」

他看著她，眼底帶著寵溺，他喜歡看她耍小聰明時這副狡黠的模樣。

他記得初見她時，她便是這樣，眼睛裡閃爍著亮亮的光，幾句話就把波斯使臣說得啞口無言。那時，他站在角落裡，見小小的她笑得那麼好看，只一眼，便許久難忘。

沈玉書側身望著他，道：「什麼叫小聰明啊？我這把火可是燒出了不少名堂來呢！」

周易搶著問：「什麼名堂？」

沈玉書得意地道：「咱們的假身分徹底燒成了真身分，假死人也燒成了真活人，活人卻又都燒成了鬼，大善人燒成了大奸細，你說這裡的名堂大不大？」

周易有些聽不懂，道：「照妳這麼說來，名堂確實大極了。」

碉樓裡的火還在燒，碉樓裡的人已經撤離得差不多了。

藍褂子帶著一夥人來到大磁石附近，磁石因為吸收了熱量，此刻變得滾燙無比。

藍褂子不敢靠近，臉色卻越發難看起來。他指使左右，吩咐道：「你們幾個快過去看看！」

一眾人不敢違背他的話，硬著頭皮上去查看後，又跑回來，臉色也變得和藍褂子一樣的難看。

「老大，磁石失去作用了！」

藍褂子哼一聲，氣憤地脫下頭套後扔在地上，用腳踩了踩，罵罵咧咧地道：「我就猜到會是這樣！」

沈玉書看了他一眼，又往人群裡瞟了兩眼，眉頭蹙了起來，伸手扯了扯周易的袖子，小聲道：「你快看！」

周易疑惑地看了她一眼，道：「怎麼了？」

「你細看，沙駱駝、野狐狸還有孟裴此刻就站在人群中。」沈玉書看著人群幽幽地道。

「妳說什麼？」

秦簡和周易愣了一下，轉眼望向不遠處的沙海。原來沈玉書真的沒有說謊，沙駱駝和孟裴的確就站在離他們不到五十步的地方，此刻他們正劇烈地嗆咳著，顯然是吸食了濃煙所致。

「妳早就知道沙駱駝和孟裴藏在碉樓裡？」周易疑惑道。

「不，一開始我並不知道，因為他們的消失實在詭祕。直到我發現這座神祕的地下碉樓才徹底明白，在一個人的眼皮子底下消失原來也不是件很難的事情。」

「所以妳才偷偷放了把火，濃煙順著碉樓的通道彌漫，他們如果不想被燒死就只能往外逃跑？」

「不錯。」

「這果然是個抓活鬼的好辦法。」周易嘆了一口氣，「真想不到，原來孟裘才是真正的奸細。他一開始就騙了我們？」

沈玉書道：「我最開始懷疑他的時候是因為那封邊關文書。聖上曾將龍將軍以往所呈奏摺拿與我，讓我對比，我仔細研究了多個字跡之後，發現文書上的字跡雖和龍將軍的有七、八分相似，但似乎又略有不同。」

「妳是說文書是孟裘刻意模仿的？」

「不錯。孟裘是龍將軍的副將，對龍將軍的起居、飲食以及生活、軍務最為瞭解。而且模仿者通常有個習慣，就是將字體的某些細節無限放大，讓旁觀者第一眼看去會覺得非常像，但實際上卻也是最不像的。」

「好像是這麼回事。」周易輕聲道，「可妳既然早就知道，怎麼到現在才說？」

沈玉書嘆了一口氣，道：「怪只怪孟裘使了一招苦肉計，讓我實在無法將一個渾身刀傷的人和奸細聯繫起來。」

「既然孟裘是奸細，為何不直接帶我們進大漠，然後通知黑沙暴將我們殺死，卻要中途讓沙駱駝接手，自己玩消失？」

「他只是想製造被劫殺的假象，這樣無論我們有沒有被黑沙暴殺死，他的消失至少還能算是一個謎，這樣就不會過早暴露自己。」

周易的後背好似突然刮起了嗖嗖的冷風，他第一次覺得人性竟然如此可怕：「那野狐狸呢？」

「沙駱駝說過，野狐狸是個很妖嬈的女人，我們在進入涼州境內，來大漠的路上只在嵺城時和一個女人打過交道，她還給我們端來了三碗帶迷藥的酒。你可以找找看，這裡除了我之外也就只有那一個女人了。」

周易的目光擠進人群，片刻後才驚道：「是她？野狐狸就是莫再來酒樓中那個風騷的老闆娘？」

沈玉書點點頭。

「她不是被我們抓起來送到嵺城衙了嗎？怎麼會在這裡？」

沈玉書淡淡地道：「那恐怕就只有嵺城衙的孫縣令能告訴我們答案了。」

對於野狐狸為什麼會在這裡，以及孫操究竟在這起事件中起著什麼樣的作用，沈玉書的心中已經有個答案在呼之欲出了。

他們停止了交流，因為藍褂子正朝他們怒氣衝衝地走來。

沈玉書的心臟怦怦跳動，心裡在想，難道被他們發現了？秦簡的呼吸也變得急促，精鋼劍扣在手上，隨時等待拔出。

藍褂子走到他們面前，喝道：「你們幾個跟我來！」

他們只得跟在後面。繞過幾個小土坡，藍褂子停下來，道：「卸土，滅火！」

沈玉書幾個愣了一下，均望著藍褂子，不知所措。

藍褂子也茫然了，道：「格老子的，一把火把你們燒傻啦？」

沈玉書聽不懂藍褂子在說什麼，只好默不作聲。

藍褂子覺得不對勁，可能是開始懷疑他們了，道：「你們幾個，統統摘下頭套來！」

沈玉書和周易還是一動不動，秦簡卻繞到藍褂子後面去了。

秦簡道：「真的要我摘下來？」

藍褂子道：「你還敢質問老子？快給老子摘下來！」

秦簡真的把頭套摘下來了，可藍褂子還沒看清，秦簡的劍就已經抹在了他的脖子上，一劍封喉。趁周圍人沒發現，他們用沙子蓋住了藍褂子的屍體。

沈玉書看著秦簡，將臨出發前，李忱交給她的一道金色權杖遞給他，說道：「事不宜遲，你先拿著權杖去河西節度使府，請張節度使派兵前來圍剿，我和周易暫且觀察他們的動向。」

秦簡道：「我怎麼回去？」

沈玉書遞給他司南，道：「磁石在高溫下已經失去了磁力，司南現在能夠起作用了。」

秦簡接過司南，擔憂道：「那你們怎麼辦？」

沈玉書難得地對他笑笑：「我說過的，必要的時候，我還是有自保的能力的。」

秦簡皺了皺眉，道：「不行，他們人太多，萬一發現了你們，你們就完了！」

「可是現在不能再拖了，此事事關重大，我們一旦錯過了時機，就回天無力了。」沈玉書的臉上寫著憂慮。她眼神堅定地看向秦簡：「在聖上還沒有將你撤走之前，你還是我的護衛是不是？」

「是。」秦簡道。

「好，那我現在命令你，現在就回去！」沈玉書看著他道。

「不行！」秦簡的眉頭皺得更緊了。

「我是以你的上層身分在命令你，你必須聽著！」沈玉書一臉堅定。

「聖上要我護妳周全，我不能讓妳出事！」秦簡也說得堅定。

「那你就永遠都別跟著我了！」沈玉書說著，頭轉向了別處。

「妳！」

沈玉書又望了一眼碉樓的火勢，焦急道：「別糾結了，我不會有事的，你快走！要是一會兒火滅了，我們誰也走不了！」

秦簡深吸了一口氣，道：「好。」他一臉嚴肅地扳過沈玉書的肩，看著她道，「在我回來之前，千萬不能有事，知道嗎？」

沈玉書點點頭，一副鄭重其事的模樣，道：「放心吧，我會見機行事的。」

「那我走了。」秦簡低聲道，頗有一種生死訣別的意味。

◆

過了很久，碉樓裡的火才熄滅乾淨。

秦簡借助司南分辨方位，很快找到了回去的路。他騎上快馬，在通往節度使府衙的官道上飛馳，心卻一直懸著。

雖然沈玉書和他保證了會小心，可他並不放心，他怕若是那一群人發現了她，她逃不走該怎麼辦？

◆

沈玉書和周易又往人群裡走去。人都跳進了碉樓，只剩下沙駱駝和黑斗篷還站在原地觀望著，似乎在等人。

黑斗篷道：「藍褂子呢？」

沈玉書反應極快：「老大說臨時有事，先走一步。」

黑斗篷狐疑，想了想才道：「那不等他了，先回碉樓，這裡已經不能待了，裡面的東西需要連夜轉移。」

沈玉書和周易的心裡咯噔了一下。她現在很想揭開這個黑斗篷的面紗，但似乎還不是時候，於是只好暫時跟他們下去，穩住這幾人的行蹤，好為秦簡爭取更多的時間。

◆

兩天後，秦簡帶著張議潮及五千精銳兵士返回大漠，並很快找到了碉樓的位置。

他和張議潮打了聲招呼，讓大軍守在上面後，自己一個人率先跳了下去。

碉樓裡冷冷清清，桌椅翻倒在地，四處杯盤狼藉，空氣裡彌漫著被燒焦的煙火味道，格外嗆人。最糟糕的是，秦簡原以為沈玉書和周易還在和那夥人周旋，可他找遍了所有的角落也沒有發現他們的蹤跡。

這裡已然成了一座空樓。

他心中隱隱有些不安。無奈，他又去了之前停放金銀和兵器的房間，裡面也是空蕩蕩的，只有幾只破木箱子橫在地上。

「東西和人都去哪裡了？」他越想越覺得不對勁，轉身朝著前幾日逃生的通道走去了。從石臺爬出來後，張議潮趕緊過來詢問：「如何，可有他們的下落？」

秦簡卻冷著半邊臉，半天也沒能說出一句話來。此刻的他只覺得自己的一顆心都快跳出來了。他望著茫茫的沙海，心裡很不是滋味，怕他所想的事情真的成了真，怕極了。

張議潮一看他的表情，就知道事情朝著不好的方向發展了，那兩個人恐怕是凶多吉少。這般想著，他又忍不住朝著秦簡看了兩眼，心中嘆息一聲。

滾燙的風吹過秦簡的唇角，他舔了舔乾燥的死皮，茫然無措地靠在石臺上嘆氣。

突然，他看到石臺上有個灰白色的箭頭，他的眼裡閃過一絲希望。那是只有他能看得懂的符號，他拿出司南，發現箭頭正指向西南方向。

「這一定是她留下的！她沒事！」他的眼裡終於露出光芒來，口中道，「張節度使，他們往西南方向去了，我們也快追過去。」

聽到秦簡的話，張議潮那顆已經沉下去的心也瞬間歸位。他的眼睛裡閃爍著光芒，口中應道：「好！」

於是，他給手下的五千精兵發出指令，跟著秦簡一起朝著沈玉書所留下的記號方向追蹤過去。

每走幾百步，秦簡都能找到一些類似的箭頭標記，沿著標記繼續前進了十幾里路後，箭頭卻突然消失了，而出現在眾人眼前的，竟然是一片翠綠色。

張議潮看著矗立在前面不遠處的幾尊碩大的石像，疑惑地皺了皺眉，道：「我在這沙漠之中來來回回走過多次，卻從沒發現這裡竟然還有這樣一片綠洲。而且看那些石像，雕刻得都那般怪異，似獸非獸，似禽非禽，似魚非魚，顯然不是我大唐之物。如果我沒猜錯的話，這應該是吐蕃族某個部落的圖騰神像。」

秦簡點點頭，表示讚同。他朝石像後的幾間石屋方向望了望，對張議潮道：「前面情況不明，還是我先去探路，若有什麼發現，我會發射煙花作為信號，屆時還要仰仗張節度使的幫助。」

張議潮道：「好。你自己小心。」

他又回頭對身後的精兵們下達指令，讓他們暫時就地隱藏行蹤。五千精兵都是跟著張議潮一起從屍山血海中走出來的，對於行軍打仗中的就地隱藏一事極為擅長，這邊指令一出，那邊就已經瞬間隱去了蹤跡。在茫茫沙海中，哪還能看到他們的蹤影？

秦簡足尖輕點，幾個起落，就已經悄無聲息地來到了石像前。他的目光注視著石屋，耳中聽著周圍的動靜。

「看來她一路跟到了這裡。」這句話他說得十分緩慢，彷彿是在祈禱一般。

石屋其實只是個人工開鑿的山洞，裡面有滴滴答答的水聲傳來。秦簡慢慢挪動腳步，在洞口時，隱隱聽到了裡面有人在說話的聲音。

他趴在石壁上側眼望去，看到幾個黑沙暴的成員正竊竊私語，旁邊站著的正是黑斗篷。

其中一人道：「大人，不好了，我們中間少了三個人。」

黑斗篷瞪亮了雙眼，道：「怎麼回事？」

那人又道：「方才我在巡邏，在山洞裡找到兩件袍子，心中疑惑，便清點了下人數，發現有三個人不見了，還有……」

「還有什麼？」

「我們隊長也不見了。」

「什麼？」黑斗篷捏著拳頭，想了想，突然驚訝，「糟糕，我們中計了，沈丫頭和那兩個人或許還沒死，我們的人被他們調包了。快去追！」

叛徒孟裴低聲道：「他們沒帶乾糧，肯定走不遠。」

黑斗篷雙目顫抖，命令山洞裡的人全員出動，抓到活口賞黃金百兩。

此時此刻，沈玉書和周易早已經離開了山洞。她自己提前算好了時間，預料到秦簡這會兒應該趕過來了。

秦簡得知沈玉書逃離了魔掌後，趕緊撤出山洞。而此刻沈玉書和周易也正往石像後面跑，恰好遇到了發現他們二人蹤跡便從隱藏的黃沙中跳出來的張議潮。

「沈娘子？林小郎？」張議潮看著面前的二人，有些不確定地詢問道。

沈玉書只看了面前之人一眼，便已猜出了他的身分，於是雙手抱拳，對著張議潮作揖道：「玉書見過張節度使。」

周易聽說此人就是曾憑著智慧與勇氣，成功鎮壓反叛的吐蕃，並將被吐蕃侵占近百年之久的涼州、瓜州、沙州等十餘州成功收復的大人物，瞬間肅然起敬，對著他恭敬地施了一禮：「林之恆見過張節度使。」

「你們沒事就好。」張議潮雖然久居河西地區，但對於名動長安城的沈玉書還是多少知道一些的，尤其是她父親沈宗清不畏強權，愛民如子的大義，更是曾讓他佩服不已。因此，在見到沈玉書之後，他的心中也忍不住生出了一些惺惺相惜之感。

沈玉書的目光在附近掃過，搜尋了一圈，卻沒發現秦簡的身影，忍不住問道：「張節度使，秦侍衛呢，他沒有和你們一起過來嗎？」

張議潮道：「他剛剛去石屋那邊打探消息。糟糕，怕是與你們錯過了。」

「什麼，那他現在還在山洞裡？」沈玉書的心一緊，忍不住想要回去尋找秦簡。

恰好在這時，她突然聽到熟悉的聲音：「玉書，我在這邊。」

只這一句，就把她這兩天的害怕和彷徨統統驅散了。這個聲音，她等了整整兩天。她回頭，秦簡就站在她身後不遠的地方。聽到熟悉的聲音，她不知道為什麼突然有些想哭。這一刻，她終於不想怪他。原來真如他所說，她竟早已離不開他。

她聽著自己帶著絲哭腔，道：「你來了！」

「你來了」承載了這兩天以來，她對他道不完的期盼和思念。

秦簡一臉欣喜地上前抱住她，似要將她揉進身體裡，也不顧周圍站著的周易、張議潮和仍隱藏在沙土中的五千精兵了，就這麼旁若無人地扳過她的臉，忘情地吻了上去。

脣齒間不帶有一點情欲，脣瓣與脣瓣的每一次輕輕碰撞，似乎只是在相互傾訴著什麼。

這一次，沈玉書主動地環住了他的腰，主動地回應了他的熱切，舌頭在他口中笨拙地試探著，試圖以這樣的方式讓他安心。

許久，他們才戀戀不捨地分開，秦簡把她抱進了懷裡，抱緊了，才啞著嗓子道：「沒事就好，沒事就好……」

沈玉書的腦袋在他懷裡蹭了蹭，即便他把自己勒得都有些疼了，也不吭聲：「黑斗篷已經有些懷疑我們了，我們這才想辦法逃了出來。」

秦簡緩了緩神，才放開了她：「逃出來就好，如果我沒猜錯，他們現在可能已經追出來了。」

果然，他的話音剛落，就能聽到有細密的腳步聲從石像的方向傳來。

短暫的溫存就此結束，秦簡面色淡定地看著張議潮，道：「有勞了。」

張議潮雖然身經百戰，經歷過大小戰役無數，心比鐵一般堅硬，但還是被剛剛秦簡和沈玉書的這般忘情、忘我的舉動給嚇到了。要不是考慮到此刻還有正事要辦，他真想轉身落荒而逃了。

好尷尬啊！唉，年輕真好啊！

張議潮自知現在不是感嘆的時候，還是正事要緊，於是吹了個三長兩短的口哨，瞬間便見漫天黃沙中，五千精兵從沙土中急速走出。

張議潮做了個合圍的手勢，士兵們便沿著石像朝四周散開，慢慢向中間逼近。

此刻，黑斗篷那夥人正氣急敗壞地到處搜索沈玉書和周易的下落，一副若是不找到他們就絕不善罷甘休的架勢，卻不知道自己此刻已經落入了巨大的天網之中。

張議潮看著遠處的黑影，冷笑一聲，高呼：「全部抓起來。」

直到這一刻，黑斗篷等人終於發覺了石像這邊的異常，準備四散而逃，卻不想那五千精兵早已將這片地方全部包圍起來，他們根本就無法逃脫，已成了甕中之鱉。

黑沙暴、沙駱駝、野狐狸、孟裴，以及神出鬼沒的黑斗篷，全部落網。

秦簡劈開了那頂神祕的黑斗篷，斗篷下的面孔竟是寥城衙知縣孫操。

「沒想到竟然是你！」張議潮看著孫操驚訝不已，甚至無法相信自己所看到的情況。

倒是沈玉書對於這樣的結果，並沒有感到什麼意外。早在地下工事被火燒後，看到野狐狸的那一刻，她就已經猜到了孫操早已背叛了大唐。甚至，她還想到了原因。

正如聖上所說，孫操擔任河西節度使期間，也曾勵精圖治、宵衣旰食，努力治理涼州，奈何不善兵事，無法抵抗外族侵擾，導致百姓流離失所，生活在水深火熱之中。最後他自己還被聖上罷免了節度使一職，變成寥城衙的一個小知縣。

從一州節度使貶為一縣之長，這落差之大可謂天與地之別，若說孫操的心中沒有恨，那是不可能的。因此，當一股勢力對他利誘，並給予更高的官職許諾時，他會背叛大唐也就可以理解了。

能理解他的做法，卻不代表他的做法就是對的。他作為大唐臣民，竟然公然聯合外邦，做出反唐之事，就是犯下了滔天大罪！

在清理現場的時候，沈玉書等人在山洞之中發現被轉移過來的長安銀櫃坊所失竊的黃金白銀，還有他們所製造的大量的兵器鐵甲，共計四百餘箱。

◆

五天後，一干人等悉數被押回長安，追回的金銀和兵器充作軍資，而以孫操為首的逆黨統統被送去大理寺審訊。

經過盤問，孫操對自己的罪行供認不諱，追及原因，也與沈玉書所猜想的一樣。但當大理寺問及幕後黑手究竟為何人，他們還有什麼計畫時，孫操卻連一個字也不願意再透露。

李忱得知真相的一刻，勃然大怒。他無論如何都想不到，孫操身為朝廷命官居然會背叛朝廷。痛心疾首之下，他當即下命將孫操遊街示眾後以極刑處死。他要讓長安城的百姓知道，這就是背叛朝廷，背叛大唐的下場。

在孫操被行刑的那天，長安城的百姓紛紛放下手頭上的事情，來到刑場上。他們要看一看這個通敵叛國，試圖引狼入室的惡人的下場。

刑場之上，孫操被綁在竹樁上，被行刑官拽來拽去，隨著他身體的移動，他身上的肉便被剮掉一層，只一會兒，就幾可見骨[7]。而那孫操也是個硬骨頭，不但沒有一句求饒，反而不停地咒罵著當今聖上，甚至還憤怒地對大唐下了詛咒。

行刑官擔憂會惹來聖怒，於是乾脆下令將孫操的舌頭割掉。

刑場上再也聽不到孫操的怒吼和咒罵了，除了一聲又一聲的嗚嗚聲之外，就只有百姓們對他的一聲聲咒罵和對惡人惡有惡報之後的拍手叫好。

雖然大案告破，可沈玉書總覺得哪裡不對勁，因為一切進展得似乎太順利了，行蹤詭祕的黑斗篷的落網甚至讓她不安。

冥冥之中有個聲音在告訴她，事情還遠遠沒有結束。

可是，究竟是誰，如此處心積慮地設了這麼大一個局？她只是想想，都覺得毛骨悚然。

6 司南：磁石製成的指南儀器，即古代的指南針。
7 此刑罰見《舊唐書·桓彥範傳》，在桓彥范被處死時，曾記載「乃令左右執縛，曳於竹槎之上，肉盡至骨，然後杖殺」。

第十章　七星迷局

壹

長安城往北，越過蟒山，再行三十里左右，有個奇怪的小鎮。小鎮處在一個極其隱蔽的地方，很少有人知道它具體在哪裡，即便知道，也不會有人貿然闖進去，只因為那裡相當於死門。

相傳鎮裡有七座墳墓，墳墓的方位又恰好和天上的北斗七星相呼應，所以民間便將它喚作「七星鎮」。每到太陽西斜時，小鎮周圍黑霧彌漫，鴉鵲亂舞，恐怖之狀堪比人間煉獄。

關於這個小鎮的傳說，在坊間流傳了幾十年，版本各不相同，但無論版本如何不同，有一點卻是相同的，即偶有不守規矩者，貿然闖進七星鎮，最後都會莫名其妙地死去。死法千奇百怪，有的會被割掉舌頭，有的會被砍掉腦袋，還有的會被鐵鉤子穿過喉嚨掛在肉鋪裡，更有的會被活活扔進油鍋中炸成肉筋條……

後來便再也沒有人敢去這個地方了，七星鎮也漸漸地被人們淡忘。可這個地方，仍然會讓聞者毛骨悚然。

七月十五，正是一年一度的中元鬼節，每到這個時候，長安城就會變得空前熱鬧。很多外來的客商就像事先約定好的一般，齊齊擁入長安城，絕大多數的人是來販賣商品的，好趁此良機大賺一筆。

◆

崇仁坊。

長安城內雖有宵禁，但近些年來在崇仁坊、勝業坊等貴族聚居地，還是逐漸興起了夜市，一直到第二天的五更，晨鼓響過之後，坊門大開之時，街上的人們才逐漸散去。

最初，夜市還只是在貴族間風靡，後來就擴散至普通百姓之間。朝廷雖曾嚴厲斥責過這種不守宵禁的行徑，但因為屢禁不止，且夜市也僅在各自坊間，並不影響他處，於是上面便逐漸對崇仁坊和勝業坊之間的夜市睜一隻眼、閉一隻眼了。

恰逢中元節，百姓們全都抱著通宵逛夜市的想法，因此崇仁坊的街上更是人山人海。

這會兒還沒到宵禁時候，真正的夜市也還沒開始，位於崇仁坊東南角的福順樓就已經擠滿了人，幾乎沒有空餘的座位了。店裡的夥計樓上樓下奔忙著，累得氣喘吁吁，卻一刻也不得停歇。

「又有客人來嘞。」說話的是個戴著草黃色小氈帽的夥計。

屋內固然熱鬧非凡，然而屋子外面的動靜似乎比裡頭還要大些，小氈帽剛放下手裡的酒菜，一個提著馬刀的漢子便已經威風凜凜地站在門口了。

提馬刀的漢子既不說話，也不邁步，只是靜靜地站著，眼睛時不時地朝酒樓裡瞟去。而在他身後不遠處，同樣還站著四個面色冷厲的大漢。

小氈帽走出門，看到站在門口的大漢手中馬刀都磨得鋒利無比，甚至還泛出陣陣白光，小氈帽被嚇得向後退了幾步，心裡發怵道：「請客官稍等片刻，裡面馬上就有空座位了。」提刀的漢子似有不滿，將馬刀「砰」的一聲插在地上，地面瞬間裂出幾個小口子。

小氈帽看得慌了神，忍不住抹了把臉上的冷汗，又瞅瞅這幾人凶神惡煞的模樣，想他們許不是什麼善人，要是不小心把他們惹惱了，店裡的生意還怎麼做得下去？

這樣想著，他對著漢子幾人勉強笑了幾聲，轉身本想和隔壁桌上的客人商量商量，看能否勻出幾個位置來，那提著馬刀的漢子卻硬生生地拉住小氈帽，遞給他三只灰布袋和兩只水袋子，隨後又掏出幾錠銀子塞到他手裡，終於開口道：「拿些吃食裝進袋子裡，記住，只要乾餅，不要酒肉，另外再裝些清水來。」

小氈帽抓抓腦袋，指著布袋子道：「吃食裝這裡頭？」

那人點點頭，只說了句「快些弄好」，便再沒有說話。

小氈帽小心翼翼地收下銀子，也不敢再多問什麼，只在心裡暗暗嘀咕，這幾人的做派實在怪異得很，他們究竟是幹什麼的？難不成還是什麼強盜土匪嗎？

他想著想著，心裡有些害怕，卻不敢多耽擱，忙大步流星地朝膳堂走去。好在他們需要的乾餅店裡尚有存貨，不需要現做，裝起來也很快。

此刻店裡的食客談笑風生，沒有任何人注意到酒樓門口居然站著這麼個怪人。那漢子安靜地靠在門口的門框上，眼睛四處瞟動，似乎在警惕周圍的動靜，但同時又好像並不想被其他人發覺他的存在。

半晌，小氈帽提著三只布袋乾餅和兩只水袋子急匆匆地走出來，客氣道：「客官，妥了、妥了，東西都在這裡頭呢。您點點數，看看還缺啥，我這就給您補上。」

大漢看也沒看，將布袋和水袋扛在肩膀上，轉身就準備離開，那半人高的馬刀已被他收回腰間。

小氈帽心下好奇，冒冒失失地問了一句：「客官準備乾糧，是要出遠門嗎？」

這本是一句他不該問的話，那大漢竟也不介意，很爽快地回答道：「是！」

小氈帽對他笑笑，似乎沒之前那麼害怕了，抬頭看看天邊，接著道：「天已黑了，坊門就快關閉，城中就要宵禁了，外面的路又不好走，幾位客官何不在店裡歇上一晚，等明天早上再動身？」這倒是一句他該問的話。

那個大漢回身神祕兮兮地看了他一眼，道：「你難道不曉得，天黑了才好辦事嗎？」

小氈帽掩嘴偷笑，以為他說的是那些讓人面紅耳熱的風流韻事，忍不住道：「你們真是好情致，不曉得幾位要往哪裡尋樂子去？」

大漢笑了笑：「我竟不知，這七星鎮夜裡還有樂子可尋？」

一聽見他說七星鎮，小氈帽頓時嚇得夠嗆，臉色也突然變了：「你是要去七星鎮？」

大漢又對他笑了笑，轉身和另外幾個同伴一起上馬走了。

小氈帽「喂」了一聲，手裡捏著碎銀子，急忙道：「別急著走，還沒找您錢嘞！」

大漢幾人卻頭也不回，早已消失在了茫茫夜色裡。

小氈帽的臉上和手心裡都開始冒冷汗，他看著那些已消失的身影，陡然間有種說不出來的陰森恐懼感，心裡頭不由得打鼓道：「瘋了、瘋了，那七星鎮哪是隨便什麼人都能去的地方？」

◆

三天後。

長安城二十里外的陳家村出了件怪事情，村裡的十幾條狗發了瘋似的，不知從什麼地方銜來很多的「枯樹枝」，村民仔細看過後才知道，那些「枯樹枝」原來竟是人的斷手斷足，還有一些零碎的骨頭和整塊的頭顱。

百姓們哪裡見過這樣的場面？心裡無比害怕，當即將所見怪事上報了官府，消息很快傳到長安城。

◆

紫宸殿。

李忱正坐在榻上和沈玉書對弈，王宗實站在一邊安靜地伺候著。

李忱這日的心情似乎格外好，這盤棋他已經下了一個多時辰，竟感覺不到一點困乏，仍然精力充沛，面泛紅光。

坐在他對面的沈玉書卻並不輕鬆，神色一直緊繃著，還屢屢犯一些不該有的小錯誤。剛剛她又不慎下錯了子，剛想悔棋，卻被李忱笑著按住了手，李忱道：「耍賴可不行。」

沈玉書無奈地收回手，笑道：「聖上棋路高絕，玉書認輸了。」

李忱下了一子，看著一盤棋局道：「黑子未死，何故認輸？」

沈玉書心不在焉地笑笑，道：「雖未死，卻終究難逃一死，死既已成定局，也無須再垂死掙扎了。」

李忱這才依依不捨地放下手裡的那顆白子，看著她道：「垂死掙扎往往才能絕處逢生，死棋亦是活棋，活棋恰恰才是死棋。最好的棋才剛剛開始，怎能就此放棄？」

沈玉書牽強地笑了笑，道：「玉書棋藝不精，再如何掙扎，也終是難逃一死。」

李忱理了理衣袖，喝了口茶，才抬眼看她，淡淡地道：「這一早上，妳都心不在焉的，想什麼呢？」

沈玉書一愣，沒想到她不在狀態竟早已被李忱看在了眼裡，虧她還以為自己偽裝得很好，只得搖搖頭道：「是昨夜沒睡好，才看著少了精神。」

「只是這樣？」李忱把玩著手裡的棋子，淡淡地道。

沈玉書又是一愣，正要說話，卻被李忱打斷了。

他把棋子悉數放回去，道：「行了，妳那點小心思都寫在臉上了，還怕人知道？」

沈玉書羞澀地笑了笑，沒說話。

李忱無奈地看著她笑了笑，輕輕嘆了一口氣，又朝王宗實揚了揚下巴：「你先出去吧。」

王宗實道了句「喏」，不經意地看了沈玉書一眼，帶著幾個小太監出去了，順便遣散了他們，留自己一個人在門外守著。

見人都走了，李忱看了眼下到一半的殘局，道：「繼續吧，留個殘局不好看。」說罷，他先下了一顆白子。

沈玉書無法，只得拿過一顆黑子陪著他繼續下，可眼睛盯著棋盤看了許久，也遲遲未能落子。她用手指摩挲著那玉製的棋子，耳邊只能聽到自己怦怦的心跳聲。

李忱竟也不催她，只低頭研究著棋盤。

突然，他抬頭看著沈玉書，道：「依妳的推測，妳父親是怎麼死的？」

「啪」的一聲，沈玉書手裡的棋子掉到了棋盤上，碰亂了好幾顆棋子。

「朕既然答應過妳，就不會食言。」李忱淡淡地道。

沈玉書沉默了片刻，低聲道：「玉書不敢說。」

李忱輕笑了一聲，緩緩站了起來，活動了下筋骨，依然狀似不經意地道：「妳不敢說？那日妳在宣政殿門口，可是當著不少人的面都說了。」

沈玉書心下一驚，忙跪了下去：「那日是玉書魯莽，望聖上恕罪。」

「行了，起來吧。」李忱看了她一眼，轉身走到龍榻旁坐了下來，「朕既然決定了要提起此事，就沒有怪妳的意思，無須多禮。」

沈玉書又朝他行了個禮，謝了恩，才站起身，低頭道：「玉書未曾細查過此案，一切想法也不過是簡單猜測，不敢保證沒有冤枉了誰。」

「前日妳可不是這麼說的。」李忱嘴角含笑，一雙鷹眼看著她，「妳都懷疑了誰？李德裕？還是白敏中……抑或，妳覺得是朕？」

李忱話說得輕，聽起來像是話家常，沈玉書卻被嚇得不輕，忙又跪了下去：「聖上一向賢明又宅心仁厚，玉書不敢惡意揣度。」

「那妳覺得是李德裕？」李忱又道。

沈玉書眨了眨眼睛，頭低得更低了，顫聲道：「是。」

她停頓了一下，又道，「我父親所掌握的東西，對白相公來說，只會是打擊李相公的有力證據，所以他沒有理由讓自己做這個惡人。可是李相公不一樣，他權傾朝野已久，卻突然遭了貶謫，我不相信他會善罷甘休。」

「妳以為朕知道的不比妳多？」李忱又道，聲音依然是淡淡的。

沈玉書聽著卻為之一震，抬頭看向面前這位溫和的君主。

李忱嘆了一口氣，道：「起來吧，一個小小的江都令犯下的事，值得朕為之折損一名心腹？」

「可李相公……」沈玉書起了身，說了半句，後面半句話又吞進了肚子裡。

她想說，可當時李德裕還是他的心頭大患。

當時李忱剛剛登基，還是藉著宦臣的勢力險險登上的皇位，沒有屬於自己的朝中勢力，李德裕作為前朝宰相，無疑是李忱最大的眼中釘。為了除去李德裕，李忱真的不會為此捨去父親嗎？她不敢肯定。

「玉書啊，妳太小看你父親在朕心中的位置了。」李忱說著，站起了身踱了兩步，道，「李德裕被貶的第二日，朕就連夜寫了赴任書命人送去了沈府，可那天，朕派去的人統統死在了路上，妳父親也遭了毒手。」

沈玉書眉頭皺得更緊，顫抖著道：「聖上可有查是誰……」

「是鳳凰。」李忱痛心道。

「鳳凰？」沈玉書眉頭緊蹙，腦中突然想起前不久看到的那個鳳凰展翅的標記。

李忱深吸了一口氣，道：「朕登基伊始，妳父親就在大理寺任職，他的能力和見識朕都看在眼裡。大唐從文宗皇帝時期開始，就一直不太平，還先後發生了幾起對大唐來說算是傷筋動骨的大案，後至武宗時期更甚。

等到朕登基後，因朕覺得蹊蹺，就命妳父親祕密地徹查，誰知竟都和一個組織有關，就是鳳凰。妳父親被停職的那段時間，就是在查這個鳳凰組織。他出事前一天，還進宮和朕說找到了鳳凰的據點，只需進一步確認，就可以出兵將其澈底搗毀。」他說著，語氣裡也多了幾分動容，平復了一會兒情緒，才又道，「誰承想，之後竟出了這樣的事……」

「那鳳凰呢？有抓到他們的人嗎？」沈玉書有些激動。

「朕派人去了他們的據點，不料他們卻早有察覺，已經人去樓空。後來幾年，他們安分了許多，朕派去的人也統統無功而返，如今仍不知他們的下落。」李忱說著閉上了眼睛，這是他作為君王不願與人提及的恥辱。

沈玉書不由得攥緊了拳頭，道：「既然我父親不曾有錯，聖上又為何不下詔書證他的清白？李相公去世後尚可官復原職，我父親竟連一個好名聲都落不得嗎？」

「是朕對不起你們沈家。」李忱眼底滿是愧疚，看著沈玉書道，「妳父親是我大唐的股肱之臣，一生都獻給了江山社稷，朕不該這樣待他。可如今鳳凰尚未落網，時刻都是我大唐的一大威脅，朕若將此事說出去，只怕會鬧得百姓人心惶惶。朕向妳保證，待擊破了鳳凰，定還妳父親清譽！只是現在，還不是時候……」

「這個鳳凰，聖上可以交給我去查！」沈玉書道。

「不行。」李忱揉了揉太陽穴，「妳父親已經因為他們送了命，朕斷不能讓妳也去冒這個險。朕也早派了人去監察他們，妳別瞎操心，朕遲早會端了他們的老窩。」說著，又嘆了一口氣，道，「原本朕是不打算告訴妳這些的，這些事，妳不知道更好。」

「聖上還是說了的好，我不想總活得不明不白。」沈玉書的語氣裡帶著苦澀。

李忱心疼地拍了拍她的肩，道：「朕可不是因為妳在宣政殿前跪了一整日才心軟要告訴妳的，若不是秦簡同朕說，妳自薦去查案是為了搞清妳父親的事，朕一輩子也不會與妳說的。」

「秦、秦簡？」沈玉書一愣。她從未與秦簡說過這個，他是怎麼知道的？原來，他那日進紫宸殿，竟是為自己求情嗎？原來，她誤會了他那麼多啊。

她自顧自地想著，不由得出了神，李忱看著，還以為她是在為沈宗清的事情傷心，愧疚之意更甚，安慰道：「朕聽人說，那翠明湖景色甚好，很是陶冶人的性情，妳前些時日遠赴大漠也受了累，恰好這兩日長安城也太平，就去那翠明湖玩吧！多出去散散心，好過妳自個兒鑽牛角尖。」

沈玉書本想回絕，想想李忱也是一番好意，便點頭答應下了，一臉疲憊地道：「若無其他事，玉書就先告退了。」

此刻，她只想找個無人的地方，讓自己稍稍喘個氣。自父親出事後的這許多年，她都把自己繃得太緊，物極必反，她現在顯然是遭到了反噬，竟是連呼吸都覺得累。

李忱點點頭，還吩咐王宗實往沈府送去了不少好東西。他心疼這個女孩，從沈宗清去世後她第一次進宮，他只匆匆看了她一眼，就打心底裡心疼她。她一個女孩，本該活得像豐陽那樣無憂無慮的。

◆

翠明湖，水光瀲灩晴方好，山色空濛雨亦奇。

這裡其實並沒有雨，空氣裡卻透著氤氳般的霧澤，有股說不出的清新淡雅，不論是誰，在這裡待上三天，都會有個不錯的心情。

沈玉書本來心裡鬱悶，來這裡待了幾日，心情也稍稍好了些。更讓她開心的是，這裡有個叫山湖小苑的好去處。

山湖小苑是一家茶舍，三層複式小樓，就矗立在翠明湖的正中央，環境清幽別致，是個喝茶的好去處。秦簡最近總來找她，回回都要求去那裡喝杯茶，搞得沈玉書甚至覺得，他這麼來來回回地跑，其實不為看她，只是想來蹭碗茶罷了。

此時，沈玉書和秦簡正從湖中的畫舫上下來，往山湖小苑的方向走去。

二人一進山湖小苑，發現裡頭已有不少的茶客了。

山湖小苑裡，景絕對是一等一的好景，茶也絕對是一等一的好茶，人卻不都是一等一的好人，這裡儼然也是個魚龍混雜的地方。

他們剛坐下來，兩盞已經煮好的玉女唇已擺在了桌上。茶霧繚繞，香氣撲鼻，旁邊還配著幾碟下茶的小菜，和供茶客親自煮茶所用的用具，可見老闆的用心。

不過今日的秦簡卻有了幾分不一樣，也不知是不是沈玉書的錯覺，她只覺得今日的他撇去往日的一身俠氣，竟多了幾分文縐縐的文人氣。可是，她從不覺得他會是個風雅之人。

此刻，秦簡確實在一步步有章法地煮著茶，動作之嫻熟，一點不像是第一次煮茶之人。待他按部就班地做完所有工序，又拿過新杯子，為沈玉書和自己都滿上了一杯茶。茶煙嫋嫋，把他硬朗的五官勾勒得柔和了許多。他就著眼前蒸騰的霧氣，輕輕地道：「許久未曾煮過茶，妳將就著嚐嚐吧。要是不喜，就再朝老闆要幾盞他們的茶。」

沈玉書輕笑，開口問道：「你不是更愛喝酒嗎？」沈玉書隔著茶霧看著他。

秦簡笑了笑：「我的家人都愛喝茶。」

沈玉書端著茶杯的手一頓。家人？這是秦簡第一次同她提及這個話題。她仍記得之前他喝醉的那一晚，夢中呢喃間似有提過他的母親，可她也記得，那晚，他做的是個噩夢。

「十七歲前，我出生在揚州，以秦昭這個名字。」茶霧氤氳，沈玉書看不清他的表情，卻聽到他聲音淡淡地道，「妳還記得之前去過的燕子門嗎？」

沈玉書不明所以地點點頭，淺淺地喝了一口茶。

「我們家和他們一樣，做著給人押鏢的生意，只是比他們做得更大，除卻陸鏢，我們還接水鏢。南潯幕府，不知妳有沒有聽過？」秦簡問。

沈玉書依舊只是點點頭。

她曾聽人說過南潯幕府，那是大唐曾經最大的鏢局，比燕子門要聞名得多。只是後來不知怎的，他們突然從江湖上銷聲匿跡了，有人說是遭到了對手的報復，也有人說是他們押鏢時得罪了什麼組織，總之下場並不好。可她如何也想不到，秦簡，竟是幕府的少主嗎？

「當時，辰儒風覺得我眼熟，並不是他的錯覺，他與幕府有過交集。不過，他見的並不是我，應該是我兄長，我與兄長有八分像。」秦簡似在回憶，擺在他面前的茶慢慢涼了，他卻忘記喝。

「你還有兄長？」沈玉書小心翼翼地問。

「是。兄長長我三歲，無論詩書還是劍法，都遠超於我。他十五歲時，便跟著府裡的老人出去押鏢了。兄長的優秀，是幕府所有人都認可的，若不是我，他現在應該已經名震江湖了……」他說著，眼神變得閃爍。

沈玉書安慰地看了他一眼：「你也同樣很優秀。」

她替他將茶盞裡的涼茶倒掉，又續了新茶，嫋嫋的茶霧再一次模糊了他的臉。

「不，是我太差。」他說著，低下了頭，緩緩地道，「八年了，我現在還清晰地記得幕府當晚血流成河的樣子。我眼睜睜看著父親被那些人刺中，直挺挺地倒下，血匯入血泊裡，生命也隨之被一點點抽離。又看著府中老人一個個衝上去，又一個個和父親一樣倒下去，血泊越來越大，我的腳下、身上也都是血。如果不是母親攔著我，我可能就與他們同歸於盡了。」

秦簡的聲音有些顫抖，接著道，「那天，母親讓我出府去找父親的老朋友，說他可以救我們。我心有餘悸，怕自己做不好，求母親讓兄長去，可母親卻沒答應。她說，父親去了，兄長就是幕府的頂樑柱，我能走，他卻不能。

就這樣，我哭著從密道偷偷溜出了府，不料卻還是被那些人發現了，我一路逃跑，卻終究還是被他們追上了。我因幼時貪玩，並未仔細修習劍法，所以根本就不是他們的對手……也就是那時，我見到了聖上。」

秦簡似乎已經陷入了那段痛苦回憶中無法自拔，放在桌上的手也忍不住顫抖了幾下。

沈玉書雖然沒有親眼見到當時的場景，但也不難想像那個時候的秦簡，該有多麼無助，所以才會讓他在時隔八年之後再回憶起來，依然覺得害怕。她伸出手輕輕握住了他的手，希望能夠藉此給他些力量。

他說：「聖上當時還沒有登基，恰巧在揚州私訪。我當時一身是血地攔住了聖上的轎子，求他帶我去找父親的舊友，後來，我就暈了過去。醒來時，我已經被聖上救了，追我的那些人也落荒而逃。那天，我拖著一身傷跑回家，入眼的卻是一片狼藉，兄長、母親統統遭了毒手，那些人卻早已沒了蹤影，幕府也就此隕落了。而這一切，都是因為我。」

秦簡說著，情緒越來越激烈，沈玉書隔著霧氣，看到了他眼底含著的水氣。

秦簡說，他原本叫秦昭，昭昭，明也。他父母應是希望他一生向陽的吧，無奈世事無常，一切終未能順遂。也難怪，她第一次見秦簡，就覺得他帶著一股與生俱來的疏離感。他以前應該不是這樣的吧？也許，他也曾像周易一樣，無論何時，嘴角眉梢都帶著笑意。

這樣想著，沈玉書心底只剩了對面前男子的心疼和憐惜。她溫柔地看著他，輕輕道：「這不怪你。」

「不是的，若是兄長出府，他一定可以甩開那些人找來救援，他劍法那麼好，那些人不能拿他怎樣的。」秦簡執拗地搖頭。

沈玉書甚至不敢想像，之前八年裡，他曾多少次這麼執拗地責怪自己，以至於醉了酒，都不能安生入睡。

「這不怪你，這是那些人的錯，怎能怪你呢？」沈玉書重複道，話也比上一句多了幾分堅定。

「是嗎？可他們是鳳凰啊，我怪他們又能有何用？」秦簡呢喃道。

沈玉書心下一驚，道：「鳳凰？」

怎麼又是鳳凰！

未待秦簡說話，一個清亮的聲音打斷了他們的對話。

沈玉書一回頭，發現是李環和周易。她斂了斂心緒，意味深長地看著面前的兩人：「你們兩個一起來的？」

「是啊！」李環爽快地答了句，快步走到她身旁坐了下來。

「別聽她瞎說，是她硬纏著我，我才勉強答應帶她來的。」周易連忙撇清關係，也坐了下來。

「有區別嗎？」李環駁回了他的話，自己倒了杯茶喝了口，看著沈玉書道，「好茶，妳煮的嗎？」

「不是，是秦侍衛煮的。」沈玉書笑笑，偷偷看了眼秦簡的表情，試圖讓他從剛剛的情緒裡走出來。

「哦，那我又覺得不好喝了。」李環悻悻地放下茶杯。她對秦簡一直沒什麼好印象。

「是嗎？」沈玉書無奈地看了她一眼，自己捧起茶杯喝了口，「我覺得好喝啊，火候剛剛好。」

李環意味深長地覷了她一眼，又喝了一口茶。

周易坐在秦簡身邊，一手端著茶，一手搖著摺扇，半眯著眼睛甚是享受地看著秦簡道：「翠明湖好玩嗎？」

秦簡回了神，正要說話，被沈玉書搶了話頭，她搖了搖頭道：「除了山青些，水淨些，我是沒發現什麼特別的地方。」

「是嗎？我看秦兄日日來得勤，還當這裡有什麼寶貝呢。」周易打趣道。

秦簡朝他輕輕笑了笑，道：「茶不錯。」

「只是這樣？」周易挑眉。

沈玉書不想他纏著秦簡問東問西，瞪了他一眼，道：「不然呢？」

這時，李環戳了戳她的胳膊，指了指對面的茶桌，輕聲道：「玉書，妳看那邊，那倆人好奇怪啊！」

沈玉書應聲看去，就見她對面的茶桌上坐著兩個人，一個胖子，一個瘦子。瘦子面前堆放著十八只圓肚茶杯，杯子裡的茶已進了他的肚子，他卻仍在不停地喝，一口就是一杯，卻好像還是很渴的樣子。相反，胖子面前只有一只茶杯，茶杯裡的茶滿滿當當，他雖然也有在喝茶，但是他的喝法很奇怪，居然是用舌頭舔的，就像是隻落水的貓在舔身上濕漉漉的毛一樣，前後足足舔了十八下。

周易看後，道：「這兩個人真像是對活寶。」

「活寶？不見得。」沈玉書喝了口茶，嘆道，「你細看，他們應該是得了怪病。」

「怪病？」李環不解地道，「什麼病？」

秦簡現在已沒剛剛那般沉鬱了，跟著看了一眼：「你別看那個胖子看起來胖，卻並不是真的胖，而是因為渾身浮腫。我估計他是中了水毒，以至於口渴時也只能淺酌慢飲。至於那個瘦子，恐怕是害了消渴之症，口渴時才會不停喝水。」

沈玉書看著秦簡，見他面色如常，對他笑笑：「秦侍衛所言甚是。」

秦簡本想笑的，卻又突然臉色僵硬起來，看著對面的桌子皺緊了眉頭。

原來，他們談話間，對面桌上那兩個人不知何時已離開了茶苑。他們桌上的茶杯還擺在那裡，可現在又憑空多了一樣東西，不是茶錢，而是一隻脫了皮的斷手，血淋淋、白森森的，甚至還在滴滴答答往外滴血。斷手上繫著一條紅帶子，顏色比血還要紅幾分。

李環見著那血腥的東西，不由得尖叫出聲，一手緊緊地拽著沈玉書的衣袖。

一時間，一屋子茶客的好心情都被毀得乾乾淨淨。

這隻手當然不會是屋裡人的，也不會是那個胖子或瘦子的，但那隻手偏偏又出現在他們喝茶的桌子上，誰也不知道究竟是什麼人在什麼時候放上去的。

沈玉書的臉色立馬變得青灰。

屋子裡也不再安靜，茶客們更是無心喝茶，紛紛吵嚷著擁出茶苑，茶苑裡陡然變得冷清起來。

此時，在茶苑的屋頂上卻有兩個人在掩面竊笑，不是別人，正是剛剛喝茶的那兩個怪人。這兩人雖然都是有病的，但是他們的功夫又都很不錯，精力也比正常人好得多，眨眼的工夫就躍到了屋頂，連秦簡都沒能察覺。這樣的速度和輕功，已絕不是等閒之輩。

沈玉書驚愕過後很快鎮定下來，安撫地拍了拍李環的手，道：「沒事的。」

她走到那張桌子前，只見斷手血肉模糊，湊近看時才發現手掌下面竟還壓著一張字條。由於血液浸染，字跡已變得模糊，她辨認了許久才看清上面所寫的內容。

字條上寫著：旁人之物，切莫貪圖；斷手之訓，以作懲戒！

十六個字，言簡意賅。不難看出，斷手的主人生前一定做了不少偷雞摸狗的事情，這斷手只是個懲罰。只是，這東西，好端端的怎麼會出現在這裡？

茶苑的老闆見狀驚呼，嚷嚷道：「這……怎麼回事？我茶苑裡怎麼會出現這東西？」

沈玉書收了字條，疑惑道：「怎麼，你見過這樣的斷手？」

老闆的眼裡滿是晦氣，道：「見是見過，可這不是明顯在影響我的生意嘛！」

「你在哪裡見了斷手？」沈玉書又問。

「這……小娘子有所不知，離翠明湖不遠的陳家村近日出了一樁命案，屍首也是殘缺不全，我瞧著，和這斷手竟極其相似。」

「哦？」沈玉書眸子轉動，「這光天化日的，竟有人如此倡狂？他們可有報官？」

「這我就不知道了，陳家村向來閉塞，他們村的人都很少出來，我也只是聽人說了個大概罷了。具體的，得去了他們村才能知道。」老闆如實道。

「那你可知那陳家村怎麼走？」沈玉書問。

老闆點點頭道：「這倒是知道，出了我這茶苑往北走個一、二里路便是了。不過陳家村裡的村民都怪得很，也沒人願意去。」

沈玉書點點頭，回頭問秦簡他們：「你們想去看看嗎？」

除了李環，他們都點了點頭。

「別去了吧，一個怪村子有什麼好看的？」李環語氣裡帶了祈求地看向周易。

周易抿了抿嘴唇，認真地看著她，道：「妳自己待在這不害怕嗎？」

「你要留我一個人在這啊？」李環頓時更委屈了，只差再流兩行淚了。

周易嘆了一口氣，語重心長地道：「公主殿下，這事在別人看來，可能只是茶餘飯後的閒談，可對我們來說，這是一起案件。每多一起這樣的事，於我們大唐而言，都不是件好事，我們得想辦法解決了才行。不然，只會留下一個又一個的禍根，明白嗎？」

李環噘了噘小嘴，道：「我跟你們去吧。」

沈玉書卻聽得一愣。她從不知，一向紈褲慣了的林小郎，竟還有這樣正經的時候。和他相識太久，時間一長，她竟忘了，他早已長成了一個頂天立地的男兒郎。

◆

他們走出了茶苑，登上了一艘畫舫。路上，李環提起陳家村最近發生命案一事已經傳到了聖上的耳朵裡，沈玉書不由得又多上了份心。

清波漾漾，人影晃晃。

秦簡站在船頭，看著發皺的水面出神，沈玉書看著他，輕輕道：「本來今天是打算帶你好好逛逛翠明湖的，我還特意找人問了這裡最好玩的地方。」

「以後逛也是一樣的。」秦簡對她淺淺地笑笑。

沈玉書看著遠方長長地呼了口氣，感嘆道：「真希望有一天，大唐不會再有這樣的怪事發生。」

「一定會的。」秦簡也看向遠方，堅定地道。

沈玉書收回了目光，小心問：「那日，那個女子是幕府的人嗎？」

秦簡一愣，點了點頭。

「對不起。」沈玉書的目光緩緩地落到他的身上，口中說道，「之前，是我太任性。」

「玉書，對我，妳想說什麼就說，沒必要去隱藏。我不是別人，妳不需要在我面前活得那麼累，知道嗎？我們還有那麼長的路要走，難道妳要一直這樣小心翼翼一輩子？」秦簡溫柔地看著她，眼底的柔光讓沈玉書不由得為之沉醉。

「秦簡，我們這樣一直好好的，好不好？」沈玉書滿臉認真地看著他道。

秦簡點點頭，握起她的手，輕輕道：「好。」

◆

船很快靠了岸，他們一行人下了船，就見一片茂密的林子恣意地生長著。

林子在山中，村子在林中。

陳家村果然閉塞，道路狹窄，山石嶙峋，雖路程不遠，但步行下來也頗費腳力。

村子不大，人口卻不少。奇怪的是，村民們都商量好了似的統一穿著黑布短褂、藍底布鞋，女人統統紮著辮子，男人則戴著樸頭小帽。他們低著頭，臉上要麼焦黃，要麼青黑，彷彿三、四天沒睡覺一樣，眼睛裡更是透著一種哀怨和絕望。彼此之間的交流也不太多，好像每個人都有自己的心事一樣。

最奇怪的是，在他們每個人的左手手腕處都能隱約看到一條紅色帶子，走路時在袖口時隱時現。和他們死板的藍布衣服襯在一起，竟給他們添了幾分生氣。

這樣一來，沈玉書幾個人穿梭在他們中間就顯得格格不入。尤其是李環，今日穿的是波斯國進貢的稀有冰絲緞，遠遠看去都能看出其中的貴氣，自然吸引了村民們的目光。

按理說，李環早習慣了這種萬眾矚目的生活，可突然被一堆奇奇怪怪的人盯上，終歸還是有些不自在。

貳

李環躲到了周易身後，把頭低了下去，不知不覺地加快了步子，但偷看他們的眼睛卻一雙也不見少。

沈玉書看著她這樣子直想笑，逗趣道：「公主腳力何時這麼好了？」

李環紅著張臉，悶聲道：「快些走吧，他們這麼看著我，我不自在。」

「他們看妳，妳拽著我的袖子有什麼用？」周易嫌棄地撥了撥她拽著自己袖子的手。

「我害怕……」李環小聲道。

周易瞥了她一眼，跟上她的步子，道：「他們都是普通的百姓，又不敢把妳怎樣，妳害怕什麼？」

「書裡都說，鄉野刁民多，萬一他們……」李環嘀咕著。

「若妳整日看的都是這些東西，那妳還是少讀些書吧，都讀成傻子了！」周易無奈地嘆了一口氣，又道，「未曾真正接觸過一個人之前，又怎能輕易斷定他的好壞？他們不過是普通百姓罷了，妳這麼緊張才顯得奇怪。唉，妳能放開我的袖子了嗎？」

「哦。」李環小狗似的看了他一眼，一臉不情願地放開了他的袖子。

他們繼續這樣彆扭地往前走，像些無頭蒼蠅般亂撞，也不知道什麼時候該停下來。

沈玉書本想向村民打聽打聽，卻發現不論她問什麼，村民們都像啞巴。顯然，村民對他們幾個外來人並不友好。

山湖小苑那個茶老闆說的話的確不假，許是因為這裡太過閉塞，這裡的人，性格都有些古怪。

不知不覺，他們已經走到一處酒館門口，門前掛著的招牌旗幟正呼啦啦地在風中招展，陽光中閃耀著迷人的燦金色。濃烈的酒香飄出來，總是能勾起人最原始的欲望。

秦簡不由得停下來多看了兩眼，正要轉身走，卻見面前的門突然被撞得粉碎，鮮紅的血濺在黑色的門框上，甚至還濺了幾滴在沈玉書鵝黃色的裙子上。

沈玉書連忙低頭看了看自己的裙子，上面暈開了好幾處血團。她懊惱地嘆了一聲，就見三個大漢拎著一個男人的衣領子，直接把他扔了出來。那人嘴裡還吐著血，看來傷得不輕。

秦簡看到她裙子被弄髒了，關心地問了她一句，她擺了擺手，看向被扔出來的男人。

男人滿嘴的黑鬍子，面相看起來卻很文弱，和他那茂密的鬍子一點也不搭。更讓人發笑的是，他居然像個小雛雞般縮在角落裡，還哭得梨花帶雨的。

大男人當著這麼多人的面哭哭啼啼，已算得上是件很新鮮的事情了。

這時，有個高個子的大漢慢慢地走出酒館，左手裡提著一個鐵帽子，右手手指蘸著眼前碟子裡的香蔥汁，在帽子上隨意勾畫了幾筆，一隻油綠的王八赫然出現在眾人眼前，高個子甚至想都沒想就將鐵帽子扣在了那個黑鬍子頭上。

「我看你就配做個王八！」高個子大漢嘲諷道。

酒館裡頓時飄出一陣哄笑聲。

黑鬍子也不知是不是受了什麼刺激，被人畫了王八，竟然不哭了，像個剛剛吃到蜜糖的小孩兒般笑了起來。

高個子大漢見狀，又要過來揍他，黑鬍子嚇得忙往秦簡這邊躲，差點撞到了沈玉書。

秦簡不悅地皺了皺眉頭，把沈玉書往旁邊一拉，身子一側，已擋在了大漢面前。當然，擋在大漢前面的不只他自己，還有他的精鋼劍。

高個子大漢看了眼面前的劍，冷聲道：「讓開！別多管閒事！」

秦簡冷冷地看了他一眼，道：「你弄髒了我朋友的裙子，你說我是不是多管閒事？」

高個子大漢瞥了眼沈玉書的裙子，「哼」了一聲，不耐煩地道：「一條裙子罷了，你這麼不識趣，我沒要你們的命已是好的！」

「是嗎？」秦簡瞳孔一縮，劍尖一轉，直接劃破了他胸前的衣服。

高個子一愣，見秦簡果真有功夫，笑了笑：「別誤會，弄髒你朋友的衣服，我賠就是了。可你真不應該護這個人，他這個田舍漢，偷了我店裡三罐子酒，連一分錢也沒有付給我，我教訓他有什麼錯？」

秦簡看著高個子，冷聲道：「大唐律法可沒說對於盜竊者私人可隨便處置。」

「那你到底想怎麼樣？」他居然和秦簡商量起來。

秦簡指了指牆角那個黑鬍子，又看著高個子哆哆嗦嗦的臉：「他怎麼樣你就怎麼樣！」

高個子瞥了一眼地上的黑鬍子，不屑地嗤笑一聲，手中的鐵蒺藜已脫了手，徑直朝秦簡的咽喉部擊打而去。秦簡眼裡寒光一閃，側身閃過，鐵蒺藜順勢被高個子抽回，又追著秦簡後背打去。

秦簡縱身躍起如旱地拔蔥，速度之快讓高個子瞠目結舌，等到高個子回過神時，秦簡的劍已落在了高個子的脖子上，他的劍尖幾乎是貼著高個子的脖子的。高個子突然變得很乖，站在原地一動不動，宛如泥人般，連眼珠子也定在了那裡。

秦簡並不想殺他，對於這種恃強凌弱的人，給個教訓便已足夠。他將劍收回鞘裡，可高個子竟直直地倒在了地上，差點砸到旁邊經過的一個客人。李環尖叫了一聲，就見他的嘴裡吐著白沫，面色潮紅，渾身抽搐不停，一會兒就沒了鼻息。

店裡剛剛還嬉笑不停的客人們現在個個都變了臉，看著倒在地上的高個子都愣了，復又驚恐地看向秦簡，顯然，所有人都以為是秦簡失手殺了高個子。沒人會細想，秦簡剛剛是拿劍指著高個子的，可高個子身上連一滴血也不曾有，那模樣明顯是中毒而死。

他們個個見了鬼似的蜂擁而去，還有人大喊著：「殺人了！殺人了！」

沈玉書看著離去的人群皺了皺眉頭，蹲下身子探了探高個子的鼻息，確認他確實已經死了。她又叫周易檢查了一下他的屍體，果然，他是中毒而亡。

殺他的自然不是秦簡，而是投毒的人，秦簡的手上並沒有毒。

剛剛還慘兮兮的黑鬍子看著倒地的高個子，突然像個瘋子一樣笑了起來，彷彿完全沒有注意到他面前死了個人。

秦簡看了他一眼，皺緊了眉頭。只見他頭上的「綠王八」帽子如今戴得端端正正，他甚至還用手扶了扶，很在意自己形象的樣子。

沈玉書既驚又駭，低頭看著高個子，他的右手原本還算很白的，不知幾時竟變得黑如濃墨。

那隻右手是蘸過醬碟的手，醬碟還在桌上。周易把手裡的銀針插進去，銀針陡然間變成了黑色。顯然，毒是在醬碟裡的！

李環嚇得躲出去老遠，難以置信地道：「他、他死了？」

沒人回答。

「他剛剛還好好的，怎麼突然就死了呢？我們會不會也有危險啊？」李環說著，警惕地朝四周看了看。

沈玉書知道她害怕，伸手牽過她泛涼的手，安撫道：「沒事的，我們現在很安全。」躲在牆角裡的黑鬍子此時已站了起來，又換了個人似的，已沒有了剛才的瘋癲樣。

秦簡盯著他，道：「你笑什麼？」

黑鬍子看了眼地上高個子的屍體，揚了揚下巴，答道：「他死了，我自然是要笑的。」

秦簡目光又冷了幾分，道：「他是你殺的，對不對？」

「是不是我殺的很重要嗎？」黑鬍子自言自語，「他這樣的人，本就該死！每次我來店裡喝酒，他都要當眾在我的帽子上畫個王八，我做了得有二、三十回王八了，簡直丟盡了顏面，要他一條命算什麼？」

沈玉書皺眉道：「所以，確實是你殺的他？」

黑鬍子笑了笑，指了指高個子道：「妳看他現在這個樣子，多像一隻令人討厭的死王八啊！」

「死王八」現在正躺在地上，硬邦邦，涼冰冰。

秦簡的目光頓了頓。他注意到這個男人的脖子，那上面畫了一個青色的蠍子頭。這不是一個符號，而是一種身分的象徵，他已猜到了眼前人的身分。

他的眼神瞬間變得警惕起來，小心地將沈玉書他們護在身後，又細細地打量了一番黑鬍子，才道：「你是五毒公子呂天青？」

黑鬍子驚訝地看了眼秦簡，沒有說話，眼神卻已默認了。

李環好奇地扯了扯周易的袖子：「五毒公子是什麼？」

「不知道。」周易搖搖頭。

秦簡眼神一黯，五毒公子算得上是五毒門中最年輕的用毒高手，比起慘死的石秀蘭厲害了不止十倍。熟悉江湖的人都知道，五毒公子呂天青自幼體弱，總是一副病懨懨的老實樣子，好像誰都可以欺負他，而他也總是任人欺負。可他們不知道的是，被他下過毒的人，沒一個有好下場，高個子便是個活生生的例子。

令人詫異的是，為了看起來不那麼柔弱，呂天青居然留了滿嘴的鬍鬚，看起來倒是男人味十足。不知從什麼時候起，他愛惜鬍子甚至超過了愛他的命。每次出門前，他都用鐵梳子將鬍子從上到下細細打理一番，讓鬍子看起來又黑又濃，又密又亮。久而久之，呂天青的名字就被黑鬍子代替了，他好像也很喜歡這個名字，畢竟總好過被別人叫作病秧子。

秦簡暗暗道：『隱藏得倒是挺深啊！』

黑鬍子把鐵帽子上的王八圖案擦了個乾淨，隨後才拜會秦簡，笑道：「閣下路見不平、拔刀相助，是個英雄。」

秦簡眼神裡依舊帶著警惕，道：「英雄算不上。」

黑鬍子笑了：「看幾位的裝扮，應該不是村子裡的人，不知來這裡做什麼？」

秦簡突然反問道：「五毒公子本也不是這村裡的人，你能在這裡，我們為什麼不能？」

黑鬍子又大笑，慢悠悠地道：「我的身體向來不好，找個僻靜的村子養養病總不算過分吧？」

「這當然不過分。」沈玉書看著他道，「但你現在殺了人就過分了吧？」

「殺人怎麼了？我看他不順眼，自然是殺了才好。」黑鬍子說得理所當然。

「按照大唐律法，殺人是要償命的，你不知道嗎？」沈玉書見他這一副事不關己的樣子，心裡莫名地不舒服。

黑鬍子輕蔑地笑了一聲，面不改色地道：「我這輩子殺過的人，只怕數上三天三夜也數不清，我現在不也好好地站在你們面前嗎？要我說，有些人，殺了才更好。」

沈玉書皺了皺眉，剛要說話，卻被秦簡拉住了。

他看了眼黑鬍子道：「多行不義必自斃，望珍重！」

黑鬍子摸了摸他的鬍子道：「那可未必！」說罷，他就拍拍屁股走人了，連頭都沒有回，很快就消失不見了。

秦簡眼睜睜地看著他走了，才回頭看向沈玉書：「他這樣的陰毒之人，不能強拿。」

沈玉書點了點頭。她記得五毒門還曾經為解決長安城的鼠疫一事出過力，應該也不算十惡不赦，這呂天青怎就這般詭異？

這個看似平靜無波的小村子，卻似乎暗藏波濤，安寧的背後是看不見的詭異。

他們都知道，黑鬍子絕不會是來這裡養病的，他心裡的祕密便是一個難解的謎團了。

沈玉書突然發現今天真是個倒楣日子。先是在茶苑裡無端看到一隻斷臂，隨後又聽聞陳家村出現命案，中途又目睹了一樁命案，凶手居然還大搖大擺地走了。斷案無數的她，從沒見過像今天這麼荒唐的事。

為了保障李環的安全，周易主動提出帶她回宮，李環竟然還有些不樂意。雖然今日發生的種種確實讓她心生害怕，可也總好過回宮裡日日無聊地逛御花園。

周易一下黑了臉，道：「妳不是害怕嗎？」

「那我也不回去。」李環圓溜溜的眼睛看向他。

「別胡鬧。也不知道上次從燕子門回去後，是誰天天纏著我說害怕得夜夜做噩夢。」周易瞪她。

「那也不是我能控制的呀！」李環委屈巴巴地道。

「走了！」周易不等她再說話，直接把她的馬牽了過來。

無法，李環終究還是跟著周易回去了，這樣，沈玉書也放心了。

不過，在他們要走的時候，沈玉書叫住了周易：「你回去以後就別來了，告訴聖上我已經去調查此案了。」

周易點頭，正要走，又被秦簡給叫住了，他道：「我覺得此次既然能牽連這麼廣，必定不簡單。你去告知一下千牛衛的謝將軍，就說是我求助他，叫他們多留意陳家村這邊。倘若看到有人放煙花，請他務必前來援助，我在陳家村村頭的榕樹下等他。」

周易愣了一下，又點了點頭，走的時候三步兩回頭的，生怕他們又叫他似的。

◆

夜色悄然降臨，稀稀落落的燭火漸次亮起，可村裡仍然很晦暗，有種說不出的詭異感。

沈玉書和秦簡找了個野食鋪子，隨意吃點東西犒勞犒勞胃。吃完後，他們正準備抽身離去時，突然聽到村子裡傳出震耳欲聾的呼喊聲，抬頭遠眺，看到了一片沖天的火光。

據野食鋪子的老闆透露，這是村子裡在舉辦驅魔儀式。

沈玉書好奇道：「村子裡莫非有什麼不乾淨的東西？」

老闆「噓」了一聲，道：「死了個人，屍體殘缺不全，還是野狗銜回來的呢。」

沈玉書心裡一跳，頓時明白了，村人之所以表現得那般淡漠，或許正是覺得死人晦氣。

她和秦簡走過去一看，只見在一片空曠的場地上，人們用竹木搭起了一座高臺，高臺上擺放著碎屍。數百個村民舉著火把圍在高臺周圍，嘴裡念念有詞。他們的左手手腕上依舊繫著一條紅帶子，隨著他們一下一下舉起火把的動作，在黑夜中跳動著。

人群中央有個戴著黑白臉譜的男人，手裡拿著銅鑼，正敲得嗡嗡作響，看身形和姿態，應該是個「驅魔人」。旁邊還有幾個衙差，這些衙差本想從碎屍身上找點破案的線索，可村長執意要做完法事，他們也無可奈何，只好看著村民們耍把戲。

沈玉書見到衙差，心裡終於稍稍安定了些，向那邊走過去的時候，衙差們正朝她看。

「沈小娘子怎麼也來了？」一個瓜子臉衙差既驚異又興奮地道，「莫非是聖上差小娘子來查案的？」

沈玉書搖搖頭道：「我是聽聞了小道消息，所以過來看看。」

瓜子臉喜道：「那最好不過了，有小娘子坐鎮，真相很快就可以水落石出了，也好過我們哥兒幾個風吹日曬地在這白忙活。」

沈玉書頷首，看著跳動的火光，心裡有一種說不出的感覺。

「你可知道他們為什麼要弄這個驅魔儀式？」沈玉書問瓜子臉。

瓜子臉不緊不慢地道：「嘿，他們這個村的人都信奉鬼神，覺得這種死法的人靈魂都不太乾淨，倘若不做些法事，村子將會不得安寧。」

沈玉書看了眼火光籠罩下的屍體，道：「這人死得不好看？」

瓜子臉皺了皺眉頭，輕聲道：「小娘子怕是不曉得，這人的屍體本來七零八落地散在四處，若不是幾隻野狗貪食，這恐怕已是一樁無頭冤案了。」

沈玉書點點頭，嘀咕了一句：「無頭冤案？」

現在這情形，她也不好打斷他們，只得站在一旁靜靜觀看。

過了快半個時辰，整場儀式才算結束，幾個衙差見狀，匆忙走進驅魔的人群中，找到一個中年人，和他商量了半天，卻最終還是僵持不下。後來，衙差們往她這邊看了看，又和那人輕聲耳語了幾句，片刻後，中年人隨著衙差一道朝沈玉書和秦簡這邊走來。

中年人身高體健，步伐如飛，兩道濃重的眉毛似刀尖翹起，墨綠色的長袍加身，既威嚴又有幾分儒雅。沈玉書細細打量，心中已暗暗敲定了答案，此人應該就是陳家村的村長。

中年人走近時，沈玉書感到有一股無形的前所未有的肅穆和壓力襲來，她也不知道為什麼突然會有這種感覺。

出於禮數，她朝中年人微微作了一揖，表示敬意。中年人也立即還禮，臉上既不怒也不笑，隨後瞥了瞥旁邊的秦簡。

衙差看了看沈玉書，附到她耳邊低聲道：「這是陳家村的村長陳山，他不願讓我們查案子，執意要燒掉那具屍體。」

沈玉書挑了挑眉，看向陳山道：「原來是陳村長，有禮有禮。」

陳山不悅地看了她和秦簡一眼：「二位是來查案的？」

「不錯。」沈玉書道，「既然出了命案，自然要把凶手捉拿歸案，否則死去的人恐怕怨氣難平。」

陳山的眉毛聳了聳，他看著沈玉書道：「我們陳家村的事，就不勞二位費心了，我們自己可以處理，二位請回吧。」

「村子裡平白多出一具屍體，陳村長難道就不想知道凶手是誰？」沈玉書不認同地道。

陳山皺了皺眉，道：「陳家村發生的案子根本無須再查，因為凶手是誰已經昭然若揭，二位只怕要白跑一趟了。」

沈玉書大驚道：「莫非陳村長已抓到了凶手？」

陳山卻拚命搖頭道：「凶手根本就不是人，而是鬼，如何抓？」

沈玉書看到陳山堅定的眼神，越發覺得他不對勁：「陳村長就這麼肯定？」

這句話她本可以不問的，但陳山早就忍不住想要回答了。

「死去的這個人本是村裡的惡霸，平日裡橫行霸道、作威作福慣了，沒有人能收拾得了他，可他偏偏在中元鬼節這天死了，你說蹊蹺不蹊蹺？」

沈玉書道：「中元鬼節便一定會有鬼出沒？」

陳山見沈玉書不信，道：「有沒有鬼我不曉得，但只要看見一樣東西，就一定是鬼來索命了。」

沈玉書挑了挑眉，道：「什麼東西？」

陳山的聲音居然在發抖，道：「一條紅帶子，像血一樣的紅帶子。」

紅帶子還在屍體身上，村裡人似乎都很忌諱這條帶子，沒有一個人敢碰，好像碰了就真的會倒楣一樣。

「現在驅魔儀式也已結束，不知陳村長為何不願把屍體交給官府查驗？」沈玉書問。

陳山眉毛一跳，道：「即便是驅了魔，這東西也依然是魔物，且他是我們陳家村的人，怎能交給外人查驗？」

「想必陳村長應該知道，無論你們當地的習俗是什麼，只要是官府，就有權力要求介入案情，給不給我們看，可由不得陳村長！」沈玉書的眼神變得犀利。

「官府？我才是陳家村的主人，你們現在既然在陳家村，就都得聽我的！」陳山臉色一沉。

「是嗎？」沈玉書看了他一眼，朝身邊的衙差使了使眼色道，「去把屍體抬下來！」

「你們敢！」陳山眉頭一聳，衝著舉著火把的村民高聲道，「諸位，如今陳家村來了幾個外人，要強奪這些碎屍，破壞我們的儀式，你們可願答應？」

他話一出，百來個穿著一模一樣的村民搖動著手裡的火把，手腕上的紅帶子也跟著搖曳起來，齊齊喊道：「陳家村不歡迎外人！外人滾出陳家村！」

沈玉書氣憤地看了一眼陳山，回頭無助地看了一眼秦簡。

秦簡皺著眉頭掃了一眼陳家村村民，輕聲道：「他們會這麼聽陳山的話，無非是因為陳山是村長，且還是族中長老。妳拿出比陳山還大的氣派，他們也許會更怕妳。」

沈玉書眼睛一亮，道：「會嗎？」

「不試試怎麼知道？」秦簡輕聲道。

沈玉書會意地點點頭，看著一旁猶豫的衙差，提高了音量：「去把屍體抬下來！凡是反抗者，皆按蓄意阻礙查案算，京兆府的牢房如今還空缺不少，裝得下！」

果然，村民們一聽京兆府，一下子沒了剛才的氣焰，雖還有人心有不服，但也只能怯生生地看著衙差們把屍體從祭臺上抬下來。

沈玉書上前看了看，屍體已經殘缺不全。四肢百骸碎成了好多塊，看著實在很噁心。值得注意的是，屍體的右手不見了。巧的是，這隻斷手沈玉書他們都親眼見過，就在翠明湖的茶苑裡。

突然，她又想到了斷手下壓著的字條。

旁人之物，切莫貪圖；斷手之訓，以作懲戒！

難道是死者偷拿了凶手什麼重要的東西才惹來殺身之禍的？他的死會不會和茶苑那兩個喝茶的人有關呢？

暗暗嘀咕了一番後，她還沒有想明白。

陳山指著屍體的頸子，眼神裡透著恐懼：「你們要看便看快些看，這東西遲早要燒掉的。」

沈玉書望過去，屍體的脖頸上果真纏繞著一圈紅帶子，看起來好像是一道張開的傷口。她又看了看拿著火把的村民們左腕上的紅帶子，不禁好奇，同樣是紅帶子，陳山為何會有這樣的反應？

「這帶子怎麼了？」沈玉書問。

陳山把頭別向了一邊，哼道：「反正不是尋常之物就是了。你們快點看，若是惹來了殺身之禍，別說我沒勸你們。」

「一條帶子能引來殺身之禍？」沈玉書更是疑惑了，「這到底有什麼名堂？」

陳山冷著臉從黑白臉譜手上討來了根桃木削的劍，用桃木劍挑開紅帶子，沈玉書看見了另外一樣東西。

原來紅帶子不只是紅色，上面居然還沁著詭異的慘白色。

紅帶子上用白絲線繡了七座墳墓，看起來陰森恐怖。沈玉書見過不少刺繡，有繡牡丹花草的，有繡園林山水的，可繡墳墓的她倒是大姑娘上花轎，頭一回見到。

陳山看著她錯愕的神情，道：「你們現在還覺得這只是條普通的紅帶子嗎？」

「可……你們的村民不也都戴著紅帶子嗎？」沈玉書疑惑道。

陳山一愣，不悅道：「這怎麼能一樣？我們陳家村的紅帶子是用來辟邪的，上面什麼也沒繡，這條紅帶子卻繡著七星鎮的七座鬼墓，是索命的，怎麼能相提並論？」

沈玉書又看了眼那些村民腕部的紅帶子，道：「你對這東西似乎很是瞭解？」

陳山眼神飄忽了一下，嘆了一口氣：「這樣的紅帶子我已不是第一次見，只要見到它，就一定會死人，見一次、死一次，絕不含糊。」

「哦？這麼邪門？」沈玉書驚異地看著陳山，「說來聽聽。」

陳山不緊不慢地道：「六年前，我和幾個後生去附近的山上打麂子[8]，後來不知怎麼回事，那幾個後生稀裡糊塗地就迷了路，後來我讓村民們四處尋找，最後在陰山澗裡發現了他們。他們當時都死了，眼珠子全都暴了出來，面部猙獰，似乎看到了很恐怖的東西。隨後我們找到了像這樣的紅帶子，他們每個人身上都綁著一條。」他歇了歇，繼續道，「我聽老一輩的村民說，村子附近常有山精野怪出沒，而且還有個更神祕的小鎮，喚作七星鎮。據說鎮裡頭一個活人也沒有，只有孤零零的七座墳。那條紅帶子上不也正好繡著七座墳嗎？」

陳山說了一大通，也不知道是真是假，反正聽上去讓人覺得很是玄乎。

沈玉書道：「你的意思是，那幾個後生誤打誤撞闖進了傳說中的七星鎮？」

陳山點頭。

「聽你這麼說，你是覺得眼前這個死掉的惡霸，應該也是進入了七星鎮？」

陳山又點頭。

沈玉書繼續道：「六年前你發現的紅帶子現在可還在？」

陳山搖搖頭道：「早不在了，這種邪門的東西，看到了自然是要焚毀的，不然萬一給自己招致禍端就麻煩了。」

沈玉書無奈地笑了笑，這個陳山還真是奇怪，見了不好的東西要燒，死了人也要燒。

「可奇怪了，既然這東西不吉利，你們陳家村為什麼又人手一條？」沈玉書又問。

陳山笑了笑，道：「以毒攻毒。」

沈玉書挑了挑眉，沒再說話。秦簡卻連連搖頭，沈玉書問他怎麼了，他才壓低了聲音道：「這帶子，應該不簡單。」

由於屍體殘缺不全，周易又不在，他們只做了簡單的屍檢，根本沒辦法判斷死者的死因。沈玉書心裡隱隱覺得，這樣的死法好像真不是人做出來的。她嘆了一口氣，看來，也唯獨那條紅帶子還有點用了。她走上前，將紅帶子扯下來，細細看了幾眼後便收了起來。

陳山上前阻止道：「萬萬不可，這紅帶子是大凶之物，若是帶在身上恐怕又會被厲鬼盯上的，我想還是用火燒掉的好。」

沈玉書藉故開玩笑道：「有何不可？陳村長或許不曉得，我天生陽氣重，八字又硬，是不會害怕這些髒東西的。」

見沈玉書如此堅決，陳山只好無奈地嘆了一口氣，隨後吩咐村民投放火把，將惡霸屍體連同竹臺一起燒毀了。

火光沖天，煙霧瀰漫，遮住了月亮的光暈。

待火熄滅了之後，村子裡變得又靜又暗，陳山帶著沈玉書他們回去，還給他們安排了食宿。二人都累了一整天，身心俱疲，各自泡了個熱水澡，便躺在床上舒舒服服地睡了一覺。

◆

第二天清晨，村子裡起了大霧。

沈玉書暈暈乎乎地起床，只覺得腦袋和身子都很沉，整個人都搖搖欲墜的。她從來沒睡得這麼沉過。打開窗戶，她聞到了一股野山茶的味道，走出屋子，看到秦簡正在喝茶湯，對面坐著周易，沒想到他竟是連夜趕回來了。

「你怎麼來了？」沈玉書看著周易問。

周易半眯著一雙布滿血絲的眼睛看向沈玉書，打了個哈欠道：「半途而廢可不是我的作風。」

「我還正要問你，你何時和豐陽走那麼近了？」沈玉書隨便找了個座位坐下，問他。

「我說了，是她老纏著我！」周易眼神躲閃了一下，眼睛看向別處。

「我若沒猜錯的話，你又拿她當幌子出來找我們了，是嗎？」沈玉書看著他。

周易回看了她一眼，道：「沒有。」

「最好不是。」沈玉書瞪了他一眼，認真道，「豐陽對你是真心，你不能拿她當騙你父親的工具。哪怕你不喜歡她，你大可拒絕的，沒必要這樣。」

「知道了。」周易喝了口茶，悶聲道。

「我交代你的事，你做了嗎？」秦簡突然插話道。

「嗯，我帶來了一整隊的人呢，他們跟著我一起來的！」周易得意地眨了眨眼。

「那就好。」秦簡點了點頭。

「好了，我們也該走了！那個神奇的七星鎮，還真勾起了我的興趣。」沈玉書擺擺手，站起了身。

隨後，他們找到陳山，並委婉地說明了去意。在得知沈玉書他們要尋找神祕的七星鎮時，陳山沒有阻攔，但也沒有立刻同意。

「你們真的要去？可沒人知道七星鎮在什麼地方，就算找到也是九死一生。」陳山規勸道。

沈玉書道：「你放心吧，我有我的法子。」

陳山道：「我去找幾個熟悉山地的後生陪你們一起去，若是遇到麻煩也好有個照應。」

沈玉書搖搖頭道：「一個人也不要，我只要一條狗。」

「狗？」陳山瞇著眼，「村子裡倒是有幾條狗，不知小娘子要的是哪條狗，我也好去牽來。」

沈玉書道：「我要的正好是那條啃過人屍體的狗。」

陳山狐疑地看著沈玉書道：「小娘子要狗做什麼？」

沈玉書漫不經心地道：「哦，帶條狗辟辟邪。我聽老一輩人說過，狗都是很有靈性的，要是碰到什麼不乾淨的東西就會狂吠，到時我也好知難而退。」

陳山又狐疑地看了她一眼，默不作聲，轉身就去牽狗了。

淡青色的天空鑲嵌著幾顆殘星，大地朦朦朧朧的，如同籠罩著銀灰色的輕紗。陳家村的村民都起得很早，他們的臉上被淡淡的霧籠罩著，看起來格外神祕。沈玉書已不想留在這個神祕的地方了。

三個人，一條狗；狗由秦簡牽著，沈玉書躲得遠遠的。

周易忍不住笑道：「玉書，妳躲那麼遠幹嘛？」

沈玉書瞪了他一眼，遠遠地瞥著秦簡牽著的那條黑狗，彷彿見著什麼怪物一樣，躲得更遠了。

「妳竟還怕狗？」秦簡笑著回頭看她，眼底是寵溺。

「也不是怕吧，就是……不喜歡！」沈玉書不自在地狡辯道。

「是嗎？」周易挑了挑眉，從秦簡手中牽過狗，拽著狗朝著沈玉書走過去。

沈玉書被嚇得連忙跑到秦簡身後，生氣道：「周易！你給我走開！」

周易笑著，欠揍地道：「妳不是不害怕嗎？這狗多可愛啊，妳不過來摸一摸？」

「你走開啊！」沈玉書的聲音從秦簡背後悶悶地傳出來。

周易笑了笑，牽著狗轉身朝前走了。

沈玉書見他沒有要繼續捉弄自己的意思了，才從秦簡身後出來，嘀咕道：「煩死了。」

「我還當我們玉書天不怕、地不怕呢，沒想到除了怕蛇，竟然還怕狗啊。」秦簡也調笑道。

沈玉書眼睛一瞪，命令道：「不許笑！」

秦簡笑咪咪地看著她：「好，不笑。」

「你還笑！」沈玉書看著他這樣，氣得直跳腳。

秦簡笑得更大聲了，嘴上卻還是說著：「我不笑。」

「你……」沈玉書拿他無法，只好繼續往前走了。

周易見她走了過來，沒有再嚇唬她：「妳既然怕狗，為什麼還偏偏要帶狗啊？他這條狗可有點野，一點也不好控制。」

「我倒不想帶，可我們需要牠的鼻子。」沈玉書無奈地笑笑，「牠叼過屍塊，鼻子也比我們靈得多，用來帶路再好不過了。」

周易點點頭，又調侃道：「看來我們還得跟緊點。妳別躲那麼遠嘛，跟丟了怎麼辦？」

沈玉書又瞪了他一眼。

◆

狗跑得很快，他們三個也同樣走得飛快。一個時辰後，黑狗停了下來，因為前面好像已沒有路可走了，只有個半人高的山洞，洞裡有光。

黑狗用鼻子嗅了嗅，趁周易一不留神之際，掙掉了牽引繩，「嗖」一聲就鑽進了洞裡，很快消失在他們眼前。

沈玉書喊道：「狗跑了！」周易也是一驚，可再想去追，卻已來不及。隨後沈玉書又道：「莫非七星鎮就藏在山洞裡面？」

秦簡觀察了一下四周的環境，道：「進去看看便知道了。」

周易搖頭道：「可是這個洞已被狗鑽過了，我們還怎麼過去？」

沈玉書嘆了一口氣，道：「可惜我們也飛不過去啊！」

說罷，她和秦簡想也沒想就鑽了進去，周易猶豫了一會兒，最後也只能一邊抱怨一邊跟著鑽了進去。

進去後才發現，山洞裡很開闊，頭頂上被人工開鑿出密密麻麻的細孔，孔隙中有點點白光閃耀，洞頂彷彿一片璀璨的星空。

他們在不遠處的角落裡找到了黑狗，然後跟著狗繼續往前走，走了幾百步，隱隱聽到了水流聲，原來這裡面有條暗河穿過了山體。

「前面是茫茫水波，這下我們算是澈底歇菜了，看樣子只能打道回府了。」周易嘆了一口氣。

「不見得，既然有人進去，那麼必定有進去的法子。」沈玉書搖搖頭道。

就在這時，暗河中突然浮現一縷黃色的光霧。沈玉書舉目遠望，看到有只竹木筏子正在水波中慢慢行進。

「噓，這裡有人！」

秦簡和周易也都看到了，竹筏子正朝他們的方向靠近。竹筏上豎著桅杆，上面掛著兩只灰白燈籠，燈籠上繫著鮮紅的帶子，帶子在風中飄舞。

筏子上面趴著一個人，他的手上沒有拿木槳，卻握著兩只葫蘆水瓢，這兩只水瓢既可以用來划水，也可以用來喝水。他果然在喝水，一口氣喝了三大瓢，似乎還不過癮。

秦簡盯著他的腳看了許久，只因他的腳上套著一雙紫色的皂靴。

「紫靴子？」他莫名其妙地說出這三個字。

沈玉書側身看著秦簡有些詫異的臉龐，道：「什麼紫靴子？」

秦簡輕聲道：「紫靴子是個很奇怪的組織，想必這個人是紫靴子的成員。」

「哦？怪在哪裡？」沈玉書追問道。

秦簡道：「紫靴子裡面的成員統統武功高強，但他們身上都有病，且都是很難治好的病。」

周易聽完也覺得新鮮：「這倒是頭一回聽說。」

木筏子已近在咫尺，沈玉書他們躲在一塊石頭後面，看得真真切切。

「是他？」周易驚訝道。

他們昨天在山湖小苑裡見過這個人。他就是患了消渴之症的那個瘦子，在山湖小苑裡曾一口氣喝下了十八杯茶水，任何人只要見過他一次，就絕不會忘掉了。

秦簡道：「奇怪，他怎麼會出現在這裡？而且他還是紫靴子的成員。」

說話間那人已把筏子靠了岸，然後隔空喊了句：「有人嗎？要上路的就趕快上路啦。」

沈玉書不知道他在喊什麼，這似乎是一句讓人聽不懂的暗話。她側目望了那人幾眼，只覺得突然有陣冷風吹來，讓人耳根發涼。

那人把筏子上的燈籠取下來，搖晃了幾下，暗河河面波光粼粼，他又喊了句：「真的沒人嗎？」

四周寂靜無聲，沈玉書他們不敢隨意搭腔，可是那條大黑狗已耐不住性子，嗷嗷亂吼了幾嗓子，聲音在空曠的山洞裡傳開。

那人抬起頭，盯著眼前不遠處的方石看了許久。狗仍在亂吠，周易直接扯了半邊布條將狗嘴塞得嚴嚴實實，可那條狗竟突然之間倒在地上，不停地抽搐起來，幾下之後，就徹底沒了聲息。

沈玉書幾人看到這樣的情況，全都愣住了，好端端的，狗怎麼會突然死了？

可還沒等他們細想，那邊的人已經從筏子上跳下來，慢慢地靠近了石頭。

沈玉書的心怦怦亂跳著，就在她抬頭之際，恰好看到那人已站在了她面前，而秦簡的手已握住了劍柄，隨時準備出擊。

「你們是誰？蹲在這裡鬼鬼祟祟的，想幹什麼！」那人厲聲道。

沈玉書猶豫了一下，一手按住了秦簡的手，制止了他要出劍的動作，站起身，看著那人如實道：「我們想去七星鎮看看，不知走哪條路，望大哥指點一二。」

那人邪魅一笑，道：「你們真要去七星鎮？」

沈玉書點頭道：「是。我們問了好些人，才找到這來，就為了能去七星鎮。」

那人橫豎掃了他們幾眼，道：「我看你們身子矯健，皮膚光潤如玉，並不像是害了病症的人，跑來七星鎮做什麼？」

沈玉書一愣，不解道：「為何要有病症才能去七星鎮呢？」

那人突然哈哈大笑，連眼皮子都笑得抖動起來：「小娘子說的話真是我聽過最好笑的笑話。七星鎮裡住的人都是很快要變成鬼的，身子健朗的人若是進到了裡面，恐怕很難吃得消，所以我勸你們還是早點回吧。」

周易眨了眨眼睛，道：「居然還有這樣的規矩？」

那人搖搖頭，轉身跳到竹筏子上，燈籠被他重新掛在了桅杆上。

他正要划著筏子離去，沈玉書從背後喊道：「閣下請留步，我們其實也是害了重病的，只是剛剛覺得羞澀，不好意思說出來。我們這種病，若是患得久了，也絕對活不長，你不聽聽看？」

「哦？」那人扭頭看著沈玉書，饒有興趣地道，「你們得了什麼病？你倒是可以說來與我聽聽。」

沈玉書轉了轉眼珠子，想了一會兒，突然脫口而出道：「你哪裡曉得，我們害的，是那治不好的相思病，雖不痛不癢，可那腹中心肝早已傷透，只怕是命不久矣。」

一旁的秦簡和周易聽得五迷三道，只覺得沈玉書瞎編亂造的本事已練得爐火純青了，這種鬼話她居然說得臉不紅、心不跳的，讓他們忍不住想笑。

那人思索了一陣子，道：「相思愁斷腸，相思病也的確算得上一種病。那好吧，我可以帶你們進去看看。」

秦簡卻忍不住湊到她耳邊低聲道：「妳這是相思誰啊？竟還害了病？」

沈玉書偷偷捏了一下他的胳膊，見他吃痛，才鬆了手，一副喜出望外的樣子看著划船的人道：「多謝。我想問一下，咱們要從哪條路進去？」

「哪條路？」那人又開始大笑，「進去七星鎮總共也就一條路，根本沒有選擇。」

「哦？究竟是什麼路？」沈玉書不禁問道。

「黃泉路。」那人半陰著臉，聲音突然壓得很低，像是出水的老黃牛在低吼。

沈玉書用異樣的眼光看著他，覺得面前之人有種說不出來的詭異。

周易大大咧咧慣了，心裡的疑問完全藏不住，於是搖了搖手裡的扇子，死死盯住那人的眼睛道：「既然這裡只有黃泉路，那你莫非就是擺渡人？」

那人居然很認真地點了三下頭，道：「你說得沒錯。我的確是擺渡人，不過卻不是所有人都有機會坐上我這只竹筏子的，也不是所有人我都能渡的！」

沈玉書接了一句：「哦？什麼樣的人是你渡不了的？」

那人道：「只有兩種人我是絕對渡不了的：一是沒病的人，二是沒錢的人。」

沈玉書驚異道：「這又是為什麼？」

那人已顯得有些不耐煩：「有病的人來七星鎮都想碰碰運氣，因為天底下絕大多數人還是怕死的。既然來看病，那交些引路費和醫藥費豈不是天經地義？」

「那要是這些害了病的人救不活呢？」沈玉書繼續道。

「救不活？」那人仰頭嘆了一聲，道，「死馬當作活馬醫唄，就是救不活我們也絕對不會虧待了他，一定會給他建一座美麗的墳墓。人在這世上，要麼活，要麼死，生死這兩樣大事在七星鎮都能包辦妥帖。」

沈玉書默默嘆了一口氣，道：「陳家村前不久死了個惡霸，莫非他是誤打誤撞進了七星鎮，又強行坐上了你的筏子，所以才喪了命？」

那人居然絲毫不狡辯，道：「你說得不錯。誰讓他壞了這裡的規矩？不僅不付過路費，而且還想套取小鎮裡的錢，所以給他個痛痛快快的死法，已是格外的恩惠了。」

周易看了他一眼，感到匪夷所思：「殺了人居然還說是恩惠？」

那人咧著嘴大笑道：「你不明白，讓一個人去死本有千千萬萬的法子，比如剖腹挖心、推進油鍋、鐵鉤穿舌、車裂躉盆，他的死法的確已算是最仁慈的一種了。」

沈玉書、秦簡、周易都澈底愣住了。繁華的長安城附近，居然還有這種無法無天的地方？簡直刷新了他們的三觀。

誰能想到，很多江湖中的高手和市儈豪紳害了重病，紛紛抱著姑且試一試的態度來到七星鎮，甚至不惜傾家蕩產，到頭來卻換來的只是和閻王爺打了個賭而已：賭贏了多送你幾年的壽命，賭輸了就送你一座新墳。

沈玉書渾身像是被澆了冰水，冷得她顫顫發抖。他們現在，已算半隻腳踏入了死局，接下來會怎樣，她拿不准。

「不知過一趟黃泉路要多少的過路費？」她問。

那人豎起大拇指道：「不多不多，一人一百兩而已。」

沈玉書一愣，道：「只是坐個船，竟需要一百兩之多？」

那人瞥了她一眼，道：「一百兩換條命，已是少的了。出不出你們自己看著辦，反正過了這村就沒這店了！」

沈玉書蹙了蹙眉，就見秦簡把三張銀票遞給了那人，道：「走吧。」

「秦侍衛何時竟如此闊綽了？」沈玉書看著他，打趣道。

「別鬧。」秦簡笑了笑，握上了她的手。

那人接過銀票，笑嘻嘻地點了點數，道：「走吧，上路了。」

他們登上筏子，筏子穿梭在山洞裡，七彎八繞，讓人暈暈乎乎的，想睡覺。沈玉書打起十二分精神，儘量記住進去的路線，但很快她就被繞暈了，索性閉上眼睛什麼也不想。

又過了半刻鐘，木筏子停了下來。那人把桅杆放下，用水瓢拍了拍水，道：「到了到了，是福不是禍，是禍躲不過，就看你們的造化了。」

肆

沈玉書迷迷糊糊地睜開眼睛，見眼前黑濛濛一片，只有微弱的光亮閃爍。她適應了一下這裡的環境，才跳下筏子，正要找人詢問，卻發現划筏子的那個人已不見了蹤跡。她揉揉眼睛，看到正對面有一扇方形石門，一個圓形石磨，還有一個既不方也不圓的男人。這個男人他們居然也都認識，是山湖小苑裡中了水毒的那個胖子。他手裡正端著一個細頸的茶杯，喝水時仍是用舌頭在舔，一滴一滴地舔，好像多喝一口就立馬會翹辮子一樣。

他的腳上同樣穿著深紫色的皂靴，毫無疑問，他也是紫靴子的成員。

沈玉書和他四目相對，那人將茶杯放在石磨上，然後操著濃重的北方口音，慢悠悠地道：「幾位總算是渡過了黃泉路，恭喜恭喜。」

沈玉書裝作沒聽見，環顧了四周，發現這裡除了石壁還是石壁，好像又無路可走了。

「沒想到來一趟七星鎮居然會有這麼多的名堂，不知道這邊又藏著什麼離奇的關卡？」她邊說著邊邁步往前走，走到石磨的地方又停了下來。秦簡和周易一左一右地緊緊跟著她。

那人面無表情地道：「黃泉路後面當然就是鬼門關。」

沈玉書「啊」了一聲，道：「不知道這鬼門關要怎樣才能打開呢？」

那人陰森森地笑了聲，道：「全天下只有一種法子能打開，除了這種法子外，無論妳費多大的勁，鬼門關的大門也是絲毫不能被撼動的。」

沈玉書也跟著笑了起來，因為她已猜到那是什麼樣的法子了。

「過一次黃泉路每人尚要交一百兩銀子，不知走一趟鬼門關又要多少錢？」她一針見血地問道。

那人又將茶杯端起來舔了幾口，才緩緩地道：「你們倒也知趣，總算知道有錢能使鬼推磨的道理。」

秦簡看了他一眼，開門見山地道：「開價吧。」

那人難得見到如此爽快的人，於是也爽快地道：「不多不多，一人二百兩而已。」

周易的眼睛裡只有心疼，道：「這麼多？」

「拿二百兩救回條命，你說值不值？」那人道。

周易看向秦簡，等著秦簡繼續掏錢，可等了一會兒見秦簡根本不看他，沈玉書也只是在一邊輕笑，絲毫沒有要出錢的意思。周易無奈，只好生無可戀地將三張二百兩銀票遞給那人，臉上不知不覺地黑了一大片，簡直比天上的烏雲還要黑上幾分。

那人接過銀票，果然沒有食言，慢吞吞地走到石磨跟前，將石磨上的橫槓上的麻繩套在自己的脖子上，彷彿一隻剛吃完鮮草的胖驢。他居然真的在拉磨，像一頭驢子。

周易沉悶的臉上總算擠出一絲微笑，因為他只見過驢拉磨，從來也沒見過人拉磨的，這對他來說，已經算得上是一件新奇有趣的事情了，所以他覺得這銀子總算沒有白花。

周易彎了彎眼睛，笑著道：「你說怪不怪，那石磨上什麼東西也沒有，他居然也磨得這麼起勁。」

沈玉書笑了笑，道：「你別看他磨的是空氣，掉下來的可都是白花花的銀子。」

說到這裡，周易的心又開始滴血了。

石磨被推轉了三圈後，突然傳出「啰啰」兩聲悶響，前面那道方形的石門赫然打開了，明亮的光透射進來，讓人的心情一下子就好了起來。

「鬼門關已開，幾位請便吧。」那人的聲音還在回蕩，人卻已突然不見了。

沈玉書心有餘悸地站了一會兒，只覺得這裡的一切都是那麼神祕，總是有很多讓她猜不透的地方。

周易嘀咕道：「開一道門竟然每人要二百兩，真是十足的吸血鬼無疑了。」讓他們難以想像的事情當然還遠不止這些。

三人沒再說話，也沒有逗留，徑直朝著光源小心翼翼地走了進去。

小鎮建在山體中，這樣的布局她也是第一次見，所以不免多看了幾眼。

鎮裡纖塵不染，花草樹木掩映成趣，宛如仙境一般。這讓她不由得想起了東晉著名的詩人陶淵明，他筆下的桃花源簡直和這裡的情景一模一樣。

周易忍不住感嘆道：「這地方倒真是不錯，頗有陶公筆下的桃花源之風了。」

沈玉書卻嘆了一口氣，道：「美是美，但誰說得准這不會是熱鬧後的陪葬品？」

周易沉默了。

秦簡極目遠眺，道：「奇怪，這鎮裡為什麼連個活人也沒有？」

沈玉書和周易也納悶，可就在下一刻，秦簡的臉突然變得僵硬了許多，他甚至有些驚訝地喊道：「等等，你們看那是什麼？」

沈玉書驀然回頭，朝著秦簡所指的方向望去。

原來在他們身後不遠處有七座隆起的墳丘，其中一座墳的墳頭上居然坐著一個人，他正旁若無人地吹著笛子，笛聲空靈又哀怨，結著淡淡的愁。奇怪的是，他跟前還躺著五具渾身膿血的屍體，十隻血淋淋的斷手就掛在離他七、八步遠的榆木樹梢上，每隻斷手上都繫著條紅帶子，紅帶子在風裡飄來飄去，很惹人注目。

那是繡有七座墳墓的紅帶子。在陳家村，沈玉書已見過這樣的紅帶子。人是他殺的，手是他砍的，紅帶子當然也是他繫上去的。

冷風輕輕吹過，沈玉書忍不住打了個寒戰。墳頭上的男人似乎已看到了她，笛聲也隨即停了下來。

「那、那是什麼人？」周易心裡暗暗發怵，聲音也變得細弱了許多。

吹笛子的人從墳頭上跳下來，定定地看著眼前三人。他臉色微微泛白，眼睛裡更是沒有半點光芒，彷彿已變作一個死人，一個會動的死人而已。

秦簡和沈玉書朝他瞄了幾眼，頓時愣住了。秦簡詫異地道：「黑鬍子呂天青？」

那人把笛子慢慢收回到腰間，摸了摸嘴角邊的鬍子，輕輕咳了兩聲道：「真巧，我們又見面了。」

秦簡道：「黑鬍子不是在陳家村嗎，怎麼會突然出現在七星鎮的？」

黑鬍子的臉赫然變成了青灰色，道：「在陳家村我就和你們說過，我害了重病，所以想挑個安靜點的地方養養病，這裡就是個很不錯的選擇。」

沈玉書也不知道他說的話究竟有幾分是真的，不過看他的樣子的確是病得不輕。

黑鬍子又反問道：「你們幾個本也在陳家村的，如今也來到了這裡，莫非你們也染了不治之症？」

沈玉書接道：「是，不治之症。」

黑鬍子握拳道：「可喜可賀，現在我們都是病人了。」

沈玉書倒沒覺得有什麼值得慶賀的地方。

周易的目光漸漸移向那七座墳。墳墓很老舊，一看就有不少年頭，但墳墓周圍被整理得很乾淨，連根雜草也沒有，似乎每天都有人過來打理。

「這墳墓是依照天上的北斗七星來排位的，方位地勢極佳，看來鎮裡有個很懂風水的大師。」周易從小就喜歡研究《易經》、八卦，對這些風水易理也頗有幾分研究，當看到精巧的格局時，除了驚嘆外，總是會忍不住多說兩句。

黑鬍子有意無意地瞟了瞟周易，道：「閣下倒也是個行家，竟能看出這裡的門道來。」

周易笑道：「不知這七座墳墓裡頭都埋著什麼？」

黑鬍子頓了頓，比之前笑得更加歡實，道：「閣下真是有趣極了，既然是墳墓，裡頭埋著的自然都是死人。」

周易疑惑道：「既然埋著的都是死人，為何刻碑上乾乾淨淨，居然連一個字也看不到？莫非這裡有墓碑不刻字的風俗？」

沈玉書和秦簡也都看見了，那七座墳墓前的刻碑果然光潔如新。

黑鬍子遲疑了一會兒才道：「因為墳墓裡埋著的人皆是無名之人，生前無名，死後亦當無名。既然無名，刻碑上又何須再添筆墨？」

沈玉書嘆道：「你這麼一說，倒還真有些道理。人在生前無論有名還是無名，倘若有一天魂歸九泉，碑上有字無字也已不再重要了。」

黑鬍子又乾咳了兩聲，道：「正是此意。」

沈玉書瞟了瞟地上的屍體，屍體旁散落著丈二長的銀白色馬刀，馬刀磨得鋒利無比。沈玉書只覺得有些犯嘔，扭過頭道：「他們也是來這裡看病的？」

黑鬍子不停地搖頭，一臉淡漠地道：「不不不，他們沒病，如果非說他們有病，那也只有一種病——窮病。只可惜窮病無論用什麼藥都是絕對治不好的。」

沈玉書聽得耳根子發麻，道：「窮病固然很難治好，卻也不至於要殺死他們吧？」

黑鬍子嘆了一口氣，道：「本來我也不想殺他們的，只可惜他們不僅不認命，而且還想偷拿老主人手裡的金子，實在該死。」

秦簡看著那幾柄寬厚的馬刀，道：「這五個人看起來武功都不算弱，只可惜碰上了你，所以他們就算不想死也非死不可了。」

「這是他們自找的。」黑鬍子的話彷彿也能毒死人。

秦簡又道：「誰能想到，堂堂五毒公子居然會在鬼鎮裡做個小小的殺手？實在不符合你的身分。」

「一個人若是活不長了，還會在乎什麼身分，這些東西和命比起來哪個值錢？」黑鬍子似乎看透了一切，淡淡地道，「在這裡我既有錢拿，又能看病續命，做個小小的殺手也算是個美差了。更何況，我早已不是五毒門之人。」

沈玉書挑了挑眉，黑鬍子是被五毒門除名了，還是他不願承認自己是五毒門的人？她長舒了口氣，突然道：「我想知道，七星鎮裡究竟是誰有這麼大的本事，居然能治好那麼多的疑難雜症？」

黑鬍子道：「這自然歸功於鎮裡的老主人。」

「哦？那他能治好我們的病？」沈玉書道。

黑鬍子點點頭道：「老主人無所不能，治你們的病，不過信手拈來罷了。」

「可他在哪？」沈玉書問。

黑鬍子用手指指前方，道：「看到那邊金燦燦的亮光了嗎？老主人就在那裡。」

沈玉書看過去，朦朧間果然有金色光霧溢出，甚是晃眼。不知道是不是幻覺，她居然在光霧中看到了一隻巨大的鳳凰的影子。

「他在那裡做什麼？」沈玉書好奇道。

黑鬍子道：「他在那裡砌金山，三座金山。」

「砌金山？」沈玉書一度覺得自己的聽覺也出了問題，背過身想了許久，低聲道，「看來你這老主人靠治病也的確是掙了不少的金銀哪。」

她還有幾個問題想問清楚，可眼前的黑鬍子也突然不見了，只有七座墳頭還安靜地矗在那裡。她不由得笑了一聲，這七星鎮的怪人們輕功可都不賴呢。

沈玉書看了看遠處的金山，道：「走，我們過去看看。」

周易也陡然變得興奮起來：「我長這麼大從未見過金山是什麼樣子，正好開開眼界。」

◆

三座金山果然又高又亮，晃得人雙眼迷離。世上不知道有多少人會被這樣的金光晃瞎了眼、迷亂了心。

金山前面有個頭髮花白，身穿玉錦緞袍的男人，看起來高貴非凡，應該就是呂天青口中的老主人了。他的手上戴著雲蠶薄翼手套，正將一塊塊切好的金磚往金山上堆，每砌一塊金磚，口中都會很得意地笑兩聲，彷彿人世間再也找不到比這更加誘人的傑作了。

沈玉書站在他背後，輕聲道：「老丈，可否為我們瞧瞧病？」

玉錦緞袍沒有轉身。他一邊砌金山，一邊答道：「我只治快要死的人，所以價錢向來不菲。」

沈玉書順勢搭腔道：「不知你救一個快要死的人需要多少錢？」

玉錦緞袍道：「一人三百兩而已。」

沈玉書輕嗤了一聲，果然如她所料，又是要錢。她笑了笑，附和道：「不貴不貴，敢從閻王爺手裡搶人，光這道行就遠不止三百兩了，果然划算得很。」

周易的臉卻比霜打的茄子還要難看，急嚷嚷道：「三百兩一位還不貴？我們可是已花了快一千兩了！」他現在看到銀票就好像看到自己身上割下來的肉一樣，疼到心裡。

「沒事，我付。」秦簡看了他一眼。

玉錦緞袍沒看他們，拍拍手，沈玉書身後突然走來兩個很妖嬈的女僕人。

「帶幾位客人去百草堂，我隨後就過去。」

兩位女僕恭敬道：「是，老主人。」

沈玉書跟著她們穿過兩條街道，便看到一座老式牌坊樓，古舊的牌匾上寫著「百草堂」三個大字。

兩個女僕人分別端來茶湯和鮮果讓他們品嚐，儘管沈玉書三人口乾舌燥，腹中也早已空空，可在這種地方，人生地不熟，況且還有個善於下毒的黑鬍子在，他們都不敢吃任何東西。所以只有老老實實地看著，可越看越餓，這種折磨無異於用刀子在身上割肉。

等到茶水涼透，老主人才慢悠悠地走進來，令沈玉書吃驚的是，他居然是倒立著「走」進來的。

周易嘴角向上挑起，嘀咕道：「這又是哪門子功夫？」

直到進了屋子，老主人才轉過身，到了這一刻，沈玉書才算真正看清他的面目。他的臉彷彿一張老舊的白紙，沒有任何喜怒哀樂的表情，總讓人覺得他原本就是個很冷漠的人。

他清了清嗓子，冷冷地道：「看病之前是需要先交錢的。」

沈玉書道：「哪有看病先交錢的道理？萬一你看得不靈，豈不是讓我白花了銀子？」

老主人終於露出一抹微笑，道：「絕不會讓妳白花。因為普天之下還沒有我看不了的病，所以先交錢後看病已成了我和病人之間約定俗成的規矩，既然是規矩，就不能隨隨便便更改的。」

這條規矩簡直就是霸王的規矩，沈玉書連聽都沒有聽過。

無奈，她只好朝秦簡要來了幾張銀票，和自己身上的銀票湊了湊。老主人不再倒立著走，而是站了起來，看到沈玉書手裡的銀票後，嘴角很自然地上揚，蒼白的臉上居然也堆滿了笑容，前後簡直判若兩人。

「不知你們要看多少錢的病？」他說。

沈玉書沒有聽懂，問道：「我只聽過買多少錢的豬肉，打多少錢的酒，看多少錢的病卻是頭一回聽說。難道一百兩看的病和二百兩看的病千差萬別？」

老主人道：「不不不，任何病都是同樣的價錢，因為我治病只需要一粒神丸就好了，我不過是想問妳需要多少枚藥丸而已。」

「哦？」沈玉書眉毛動著，道，「所有的病都是同樣的藥丸？」

「不錯。」他如實回答。

沈玉書挑眉道：「一枚藥丸居然能醫治不同的疾病，實在神奇得很，我從來沒聽過。」

老主人笑了笑，沒有說話，眼神卻一直往沈玉書手裡的銀票上瞟。沈玉書無奈，只好將手裡的九百兩銀票遞給老主人。

老主人拿過女僕遞過來的藥盒子，轉交給沈玉書，道：「這裡一共是三顆藥，你們每人都只有一顆，吃完後我敢保證你們的病很快就會好的。」老主人說完，眼睛不自覺地眨了幾下。

「你都不知道我們得了什麼病，就敢保證能治好我們的病？」秦簡問。

老主人得意地笑了笑，道：「我的藥，包治百病。」

沈玉書意味深長地看了他一眼：「那你可真是個活神仙。」

他們拿了藥之後，老主人特意給他們安置了休息的房間，並囑咐他們別亂走。他們洗了個舒服的熱水澡，卻並不敢睡覺，生怕一個不慎，就出了什麼意外。

◆

午後，沈玉書、秦簡、周易三人像是約定好了一般從各自的房間裡走出來，每個人的肚子都是癟癟的。

周易最先開口道：「我都快被餓死了！」

沈玉書笑道：「我和你一樣。」

「出去找些東西吃吧，這樣餓著也不是辦法。」秦簡提議道。

他語罷，沈玉書和周易立馬齊刷刷地點了點頭。於是，他們很快就來到了鎮上，想尋些吃食。

這小鎮本就不大，只有兩條街道，眨眼工夫就走到了頭。奇怪的是，鎮上的酒樓茶肆都關了門，他們連個鬼影子也沒有看到，更別說吃食了，就連能冒熱氣的地方也沒見到。

他們隨意推開了幾座酒樓的大門，裡頭卻布滿了灰塵。酒桌上的杯碟胡亂放著，看起來已很久沒有人來過了。

風拍打著街道兩邊的窗櫺和門樓，發出嗚嗚咚咚的響聲，沈玉書環顧四周，整個小鎮給人的感覺就只有肅殺和冷寂，透著死亡的氣息。

「真是怪了，這裡莫非原本就是座空鎮？」

無奈，他們只好頂著饑餓往回走。

周易開始抱怨：「玉書，陳家村那起命案我們現在已知道是誰做的，無奈那黑鬍子是個老毒物，我們既然碰不得，何不就此打道回府？將事情始末告知朝廷，聖上得知真相後，必會派兵前來圍剿，何須我們在這裡白白消磨時光？」

沈玉書道：「你不覺得事情已沒有那麼簡單了嗎？」

周易似懂非懂。

伍

深夜。沒有星光，只有烏雲，七星鎮裡黑漆漆的。

沈玉書推開窗戶，聽到外面的樹葉在風中沙沙作響，她的心也跟著叮叮咚咚響起來。屋子裡很悶，她決定出去透透氣，剛走出門，竟發現秦簡和周易二人正從院外走回來。

周易的眼裡閃耀著快活的神色，興沖沖地跑過來，道：「玉書，這個小鎮真是怪了，大白天連個鬼也看不見，可到了深夜，便人山人海。茶樓酒肆裡好不熱鬧，也不知道那些人是從哪裡冒出來的。」

沈玉書眼裡閃過一絲詫異，道：「你說的都是真的？」

「是真的。」秦簡點點頭。

「當然是真的。」周易的興奮已很難用言語來表達，有些語無倫次地道，「妳自己看，那兩邊的街道上華燈璀璨，香氣蒸騰，不是人難道還是鬼嗎？」

沈玉書想了想，仍覺得怪異：「可這些人為什麼白天不出來，偏偏要到深夜才出來活動，莫非晚上比白天要熱鬧得多？」

周易已顧不上許多：「管他呢，咱們也去湊湊熱鬧？」

根本不用周易來提醒，這個熱鬧她必須去湊一湊。

小鎮裡雖然已亮堂了不少，但其實真正開門做生意的酒樓只有一家。這裡的人氣看起來很旺，人總是一撥撥地來，卻沒有一個提前走的。

沈玉書他們走進去，找了個空位置坐下來，不多時就有個麻子臉過來招呼。

「幾位要吃點什麼？」他問。

周易早已餓得前胸貼後背，摸了錠銀子放到桌子上，頗為豪氣地道：「有什麼好吃的儘管送上來。」

「那還得請各位稍等一會兒，一會兒我們的菜肴就會送上。」麻子臉道。

周易看了看周圍，見其他食客的桌子上也都還是空的，各個翹首以盼，時不時地咽咽口水，似乎在等待著一次大餐，便點了點頭。

只是，他突然皺起了眉，不知道為什麼，瞧著那些人的面色，總覺得有幾分不對勁。他們的臉色各個慘白如紙，眼下臥著一團青黑色，彷彿幾日未曾睡覺一樣。又或者，用一個更貼切一些的詞來形容，他們簡直就是一群活生生的餓死鬼。

周易的反應讓沈玉書覺得疑惑，便隨著他的目光朝四周看了看，不解道：「怎麼了？」

周易收回目光，搖了搖頭道：「這店生意可真好。」

「這裡一共就這一家店，生意能不好嗎？」沈玉書笑笑。

半個時辰後，酒樓裡的夥計才開始忙碌起來，各色各樣的菜式齊齊上桌，食客們迫不及待地開始品嚐，皆發出嘖嘖的驚嘆聲。

周易看著那些人一個個狼吞虎嚥的樣子，眼睛落到他們桌子上的酒菜上，臉上的表情立刻就變了，胃裡更是翻江倒海。他本是滿心期待，但現在既鬱悶又覺得恐怖。

杯盤碟盞都很精緻，菜品也很香，可他們決計吃不下，連一口也吃不下。只因為盤子裡裝著的竟是讓人作嘔的炸蠍子、烤蜈蚣、焗蛤蟆、燉盤蛇，還有生汁熗蚯蚓。杯子裡添的也不是酒，而是紅彤彤的羊血。

送菜的麻子臉見沈玉書幾個半天不動筷，奇怪地盯著他們問道：「怎麼，你們是第一次來這裡？」

沈玉書疑惑地看他道：「你怎麼知道？」

麻子臉朝她指了指周遭的幾桌客人，道：「凡是我店裡的常客，便不可能見著這些美食卻不下筷。」

沈玉書蹙眉，覺得奇怪，稍微鎮定些後，道：「你說得不錯，我們的確是第一次來。」

「不敢吃？」麻子臉搖搖頭，似乎還有幾分可惜，「這些東西不僅美味，而且還是滋補佳品，對你們這些有病的人來說，已是頂級的食材了，我勸你們趕緊吃。」

不只是周易，就連沈玉書也覺得這酒樓很奇怪。她又看了兩眼盤裡蠕動的活物，皺眉道：「你們店裡沒有其他菜肴了嗎？」

麻子臉一愣，隨即微微變了臉色，道：「想治病就別挑三揀四。」

「可是，你這叫人怎麼吃？」周易皺眉道。

「像我這樣吃。」麻子臉說完，居然很嫻熟地從盤子裡抓起一隻蠕動的蚯蚓，然後蘸上醬料，整個吸到了嘴裡，像是吸了一根滾燙的麵條一樣。他閉上眼睛咀嚼起來，似乎很美味也很享受。

「你們不妨也試試看。」麻子臉一對三角眼冷冷地看了他們一眼，嘴角抽搐了幾下，道，「吃吧，你們遲早也會習慣的。」

沈玉書僵硬地點了點頭，看了眼周遭吃得正歡的人，朝秦簡遞了個眼神，拿起筷子，隨意在盤子裡搗了幾下，藉故道：「這些都是你做的？」

麻子臉搖頭道：「不是，這些都是我們酒樓的庖人的作品。」

「庖人？你們庖人在哪裡？」她忍不住問。

麻子臉用手指指道：「就在妳身後。」

她身後有張空桌子，桌邊果然坐著一個人。他一身雪白的直襟長袍，只在上面鉤了幾片花瓣，看起來清新淡雅。只不過他背上綁著一根銅勺子，讓人覺得既不搭調也很奇怪。銅勺子被擦拭得乾乾淨淨，沈玉書甚至能在上面看到自己虛晃的影子。他手裡拿著一只細小的銼刀，正怡然自得地修著指甲。

沈玉書好奇地扭過頭道：「客人這麼多，他為何不在膳堂做菜？」

麻子臉道：「我們庖人可和普通酒樓的庖人不同，十八桌的菜品他半個時辰就可以全部完成。」

周易道：「既然菜都做完了，為何他還要把菜勺子背在身上？這豈不是多餘嗎？」

麻子臉道：「不，菜勺子對一個庖人來說比他的命更重要，這就好比木魚對和尚，寶劍對劍客，女人對男人一樣，這些道理原本就是相通的。」

沈玉書點點頭，頓了頓，接著問道：「不知你家庖人怎麼稱呼？」

「李香樓。」

麻子臉說完這三個字，便轉身去招呼其他桌上的食客了。

這個庖子做的菜雖難以下嚥，不過香氣的的確確飄滿了整座樓，所以「李香樓」這三個字也算是名副其實。

這時，秦簡手腕突然一翻，手中的酒杯直直地飛到了鄰桌，摔了個稀碎，嚇得那桌的人急忙跳起。裡面有個性子急的，一下子急了眼，擼起袖子就朝秦簡的方向氣衝衝地過來了，嘴裡吼著：「怎麼？要打架嗎？」

沈玉書一愣，沒明白秦簡的意圖，轉頭就見秦簡已經站起身，他看了眼衝過來的那人，雙手作了個揖，客氣道：「一時手滑，望諸位莫要見怪。」

「你以為道個歉就完了？」那人雖看起來瘦得乾癟，生起氣來卻很有氣勢，引得酒樓裡的客人都紛紛往這邊看。

秦簡輕輕頷首，從錢袋裡拿出一錠金子放到他們桌上，面帶歉意地道：「不知這些夠不夠請諸位吃一頓飯？」

那人看了看桌上的金子，眉頭一挑，臉色瞬間緩和了不少，道：「下次注意點！」他說罷，便火速把金子揣進了懷裡，彷彿下一秒就有人要和他搶一樣。

秦簡唇角微微一勾，看了看那男子裸露在外的胳膊，轉身坐回了椅子上。

「你這手滑得有點過分了吧？」周易看著他，挑了挑眉。

秦簡笑了笑，手裡的筷子扒拉著盤裡蠕動的蚯蚓，好像要給牠們分類一樣。

沈玉書還是不明白他此舉何意，疑惑道：「真是手滑？」

秦簡放下筷子，輕聲道：「你們看他的左臂。」

沈玉書挑了挑眉，側頭朝那男子瞟了兩眼，可他早已將衣袖放了下去，她什麼也沒能看到，不由得又問：「怎麼了？」

「他的左臂上都是瘀青，但不像是受傷所致，反倒像是血液被阻塞的原因。」秦簡不動聲色道。

「你是說他有病？」周易道。

秦簡點了點頭，看著他們輕聲道：「他的左腕上，戴著一條紅帶子。」

「什麼！」沈玉書不由得驚呼出聲，復又看了眼那人，小聲道，「那帶子不是這裡給死人戴的嗎？」

「別忘了，還有陳家村的村民。」秦簡看了眼前方，又道，「而且不止一個。」

沈玉書和周易齊刷刷地瞪大了眼睛。他們都知道，來七星鎮要花不少的銀子，可陳家村的村民一個個粗衣簡布，絕對沒錢來這裡，又怎會出現在這裡的酒樓？

這樣想著，沈玉書更加狐疑地掃視了一下周遭的食客，越看越發覺得他們那一張張慘白的臉不對勁。

坐在一旁的李香樓一直注意著他們這邊的動靜，見他們幾個竊竊私語著什麼，他平緩的眉頭慢慢皺了起來，起身朝他們的桌子走過來。

「你們看起來好像沒胃口，是我做的菜不好吃？」李香樓的語氣帶著幾分陰陽怪氣。

沈玉書搖了搖頭，客套道：「不不不，我想你大概是誤會了，我們只是還不算太餓。」

李香樓卻好似一眼就看穿了他們，臉色一黑，道：「既然不餓，又何故點了這麼多的菜，白白糟蹋了這麼好的材料？」

周易覺得他的話荒唐，笑了笑，道：「我們既然付了錢，吃不吃就是我們的權利，這些難道你也要干涉？」

李香樓的臉色霎時間烏雲密布，拍了拍手，幾個身著黑衣的小廝跑了出來，架住了他們，要把他們扔出去。

秦簡一時也不爽了，抽出了腰間的劍，劍尖朝那幾個小廝一掃，嚇得他們連連後退。

「我們付了錢，閣下又何故做此舉動？」秦簡冷著臉看向李香樓。

李香樓冷哼一聲，突然把背上的銅勺子取了下來，重重地敲在桌子上，桌子瞬間裂開了一條縫。他也冷聲道：「在這裡，我說了算！」

「是嗎？」秦簡眼裡冷如寒冬，握著劍柄的手微微一用力，卻被沈玉書帶著溫度的手覆上了。

她輕聲道：「那人走了，我們也走吧。」

秦簡回頭看了她一眼，點了點頭，又冷冷地看了一眼李香樓，走了出去，跟上了前方疑似是陳家村村民的那人。

沈玉書和周易跟在他身後走出酒樓，也有不少的食客跟了出來。這酒樓如此詭異，外面卻仍有許多人往酒樓裡面趕，實在怪得很。

周易看著匆匆趕來的人群，疑惑道：「這些人是從哪裡冒出來的？白天的時候我們也沒看見有其他人進來。」

沈玉書也看著他們，若有所思。突然，她眯了眯眼睛，輕聲道：「你說，他們會不會也是陳家村村民？」

周易擠擠眼，朝人群中探去：「還真說不准。」

沈玉書嘆了一口氣，道：「這次真是多虧了秦簡剛剛的發現。現在再想想，我們去陳家村時我就一直覺得很奇怪，那些村民看起來都病懨懨的，而且穿著打扮幾乎一模一樣。如今我們見的這些食客，雖然沒有穿得一模一樣，卻一個個面容憔悴，說他們不是陳家村人，我都不信。」

秦簡眼瞧著前面的人拐了個彎，於是也加快了步子，補充道：「那就只有一個原因，就是他們都是害了重病的人，而且都要來這裡醫治。」

「怪不得那黑鬍子會經常出現在陳家村，想來就是這個原因了。」

周易嘖嘖兩聲，道：「莫非這小鎮和陳家村有什麼勾當？」

「說不准。」沈玉書若有所思。

「可問題是，陳家村的人那麼窮，哪來的錢來七星鎮看病？」周易又問。

「那如果他們本來不窮呢？」秦簡淡淡地道。

周易突然瞪大了眼睛，道：「你是說……」

「不錯，我懷疑陳家村根本就不是個村子，那裡面都是有錢人。因為來這裡治病至少也要花幾千兩銀子，窮人在這裡是絕對看不起病的。」秦簡道。

「好像有道理。」周易聽完秦簡的分析後，也隱隱覺得事情的神祕遠超過了他的想像。

沈玉書嘆了一口氣，正要說話，突然朝四周看了看，道：「不對啊，他這走的不是回陳家村的路啊！」

「啊?他難道不是陳家村的人？」周易也四處看了看，見這周遭的風景確實有些陌生。

秦簡沉默了一會兒，道：「不對勁。」

沈玉書抬頭道：「怎麼了？」

「從進到李香樓的酒樓開始，我就一直覺得怪怪的。剛剛我們跟著陳家村的人出來，李香樓竟然不為難，你不覺得很奇怪嗎？」秦簡道。

「壞了！我們中計了！」沈玉書看著前方隱隱約約的人影，竟然發現他走路的速度變慢了不少，難道，他在等他們？

「不錯，說不定這人一直都知道我們在跟著他，他是在故意引我們往前走。」秦簡說著，皺起了眉。

「那怎麼辦，現在回去嗎？」周易問。

「不行！」秦簡和沈玉書異口同聲道。

「那……我們總不能明知道前面是陷阱還往裡跳吧？」周易著急地環顧著四周，總覺得周圍還有什麼其他人。

「走著看吧，總會有辦法的。」沈玉書嘆了一口氣。

◆

霧濛濛的夜，鷓鴣聲清脆卻又充滿詭異。

黑暗裡，他們不緊不慢地跟著前面的人，那人依然偶爾等等他們，詭異極了。沈玉書的心不由得跳得更快了，手又被秦簡握住了。她愣了一下，回握了他的手。他總喜歡在她無助的時候，用一隻溫暖的大手將心中所有的關懷都傳遞給她，她喜歡他這樣。

夜裡的路並不好走，出於安全考慮，他們不能跟得太近，所以本來不遠的路他們也走得異常艱難，甚至已分不清東南西北了。

半刻鐘後，那人停了下來。

沈玉書看到不遠處的空地上有很多橘黃色的燈火在閃動，那人竟然在慢慢地靠近那燈火，隨即卻又消失不見了。

「不好！他跑了！」沈玉書急道。

「我去看看！」

秦簡蹙了蹙眉，腳下一使力，已經施了輕功飛了出去。待他回來時，面色依舊沉著，不言不語不聲不響的，害周易急了，問：「你用輕功都追不上？」

秦簡搖了搖頭道：「不是，那邊的那些發亮的燈火，其實是墳墓，他進了墳墓裡。」

沈玉書難以置信地道：「你的意思是說……他自己跑進了墳墓？」

秦簡點了點頭。

周易遠遠地看了看，想了想，駭然道：「你說，會不會那些晚上突然出來的人其實都是從這裡面爬出來的？可問題是，他們到底是活人還是死人啊？」

沈玉書被他的話嚇得一個激靈，瞪了他一眼，道：「別瞎說！」

「你見哪個鬼還會說話的？」秦簡斜斜地覷了他一眼。

「那……哦！我明白了，難怪這裡白天都見不到人影，原來他們晚上出來活動後，便很快又鑽到墳裡去了。可問題是，他們為什麼要睡在墳裡？」周易又一臉疑惑。

秦簡搖了搖頭。這次他也不知道，但他知道事情沒那麼簡單，索性又湊近了墳頭，蹲身看了看，不禁感嘆這個墳修得確實精緻。

沈玉書見他過去了，便也壯著膽子走了過去，還沒站穩腳，突然聽到一陣劇烈的嗆咳聲。聲音是從墳裡發出來的，她緊了緊嗓子，猛然起身，可她的腳竟被一隻手牢牢拽住了，讓她無法動彈。

「喂、小娘子，下面冷，拉我一把。」那聲音就好像是喉嚨裡卡了一口老痰發出來的，在這樣漆黑的夜裡，顯得十分詭異。

沈玉書心下一驚，本能地抬起腿要往回縮，可那隻沾滿泥土的手卻握著她的腳死死不放。她終究是有些害怕了，右手緊緊地攥著秦簡的手。秦簡見狀，抽劍欲斬，黑土裡卻突然露出半個腦袋來：「哎呀，老了老了，不中用了。」

沈玉書朝下面瞥了幾眼，竟看到黑漆漆的泥土堆裡盤著半截枯老樹藤。藉著忽明忽暗的火光，她總算看清，這原來是一個老人。

「你是誰？」這是她蹦出來的第一句話。

老人佝僂著背軀，喑啞道：「我是鎮裡的挖墳匠，他們都習慣叫我貓頭鷹，因為我喜歡在夜裡挖墳。這裡大大小小共有三千座墳，都是我挖的，從壯年挖到暮年，你們看，我這墳挖得不錯吧？」

秦簡將劍慢慢收回鞘裡，才把老人從土堆裡拖拽上來。老人精瘦得很，拽著，手裡完全感覺不到重量，彷彿一張碎紙片般飄來飄去。

沈玉書警惕地看著他：「你為什麼要在這挖墳？」

「為什麼？」貓頭鷹敲了敲花白的腦袋，嘟囔道，「我想想啊，時間久了，我竟然都忘了為什麼要在這挖了。哦！我想起來了，這鎮裡來了太多病人，有醫好的，可醫不好的也大有人在。醫不好怎麼辦呢？自然是要埋了，這樣也乾淨。」

「那鎮上的老主人不是說他的藥什麼病都能治得好嗎？」周易問。

「呵，這話也能信？」貓頭鷹冷笑了一聲，又道，「也是，他們憑著這法子，可是坑窮了不少人呢！」說罷，他又笑，笑得身子都發顫了，才又拿起鐵鍬翻起了土。

沈玉書又看了看這漫山遍野的墳，道：「那你可知道，這些人明明都還活著，為什麼要住進墳裡頭？」

「這個嘛……幾位是新來的？」貓頭鷹有意無意地瞥了瞥沈玉書，接著道，「老主人的藥儘管吃死過人，可大多數情況也能吊著條命，可惜也只是勉強吊住了命，他們的身子弱得很，抵抗不住藥效，隨時都有可能死的。況且來這裡看病的人統統是孤家寡人一個，他們若是突然死了，睡在墳裡也無須別人幫忙料理後事了，這豈不是一件很便捷的事情？」

沈玉書「哦」了一聲。

貓頭鷹突然陰森森地看了他們幾眼，敲了敲泥鐵鍬上的土，重複問道：「你們三個真是新來的？」

沈玉書點了點頭。

「沒有騙我？」貓頭鷹的眼睛突然冷了三分。

沈玉書疑惑地看著他，沒再回話。

貓頭鷹點了點頭，笑道：「哦，那就沒錯了。」

秦簡覺得不對，問道：「你什麼意思？」

貓頭鷹看著黑黑的天笑了笑：「我的意思是，時辰不早了，你們也該進墳裡休息了。」

沈玉書眉頭皺得更緊了，道：「你說什麼？」

挖墳匠咧著嘴道：「瞧，眼前這三座都是我剛挖的新墳，絕對都是很好的風水穴位。你們進去躺躺看合不合身。」

沈玉書、秦簡、周易的臉瞬間變得煞白。

「你到底是誰？」沈玉書緊張地問。

「我嗎？你們也看到了呀，我是挖墳的，當然，這鎮裡的七座主墳也是我設計的，我厲不厲害？」貓頭鷹得意地道。

「我們又沒得重病，不需要這些。」沈玉書的身子不由得往後退了一步，直覺告訴她，他們現在正身處險境。

「是嗎？可是我剛剛怎麼聽人說，你們在李香樓的酒樓裡鬧了事？」貓頭鷹猛然抬頭，道，「忘了告訴你們，這三座墳是給死人睡的。」

沈玉書皺了皺眉，眼睛四下巡視了一圈，剛剛那人自進了墳裡以後就再沒出來，難道真的只是進墳裡睡覺了？她不相信，直覺告訴她，這些墳裡肯定還暗藏著什麼玄機。只是，會是什麼？

越這麼想，她就越害怕，握著秦簡的手也更用力了幾分。

挖墳匠的笑就像是一陣陰風，刮過沈玉書的臉頰。

突然，貓頭鷹整個人騰空躍起，朝著周易所在的方向撲了過去。周易被嚇得驚慌失措，不知如何是好，直接愣在了當場。

貓頭鷹突然繞到周易的身後，竟飛快伸出一腳朝著周易的後背踹過去。周易躲閃不及，後背正中一腳，整個身體直接搖搖晃晃地朝著墳裡跌了進去。

沈玉書和秦簡看到這一幕，都被嚇壞了，還以為周易這次定然凶多吉少。在周易掉到墳裡的瞬間，他們聽到了周易的大喊聲，但緊接著就又聽到他說：「嗯？這裡、這裡根本就不是墳啊，這裡面竟還藏著暗道呢！」

沈玉書和秦簡皆一愣，就見貓頭鷹臉色一黑，直直朝著他們二人撲來，哪裡還有剛才垂垂老矣的神情，單看身手就知道，他分明是個深藏不露的武林高手。

下一刻，一支青色煙花綻放在了七星鎮黑漆漆的夜空中，貓頭鷹一愣，秦簡的劍已經朝他直直地刺了過來。

◆

第二日，天朗氣清。

黑鬍子、老主人，還有李香樓三個人居然走到了一起，談笑風生，看起來心情大好。

黑鬍子略顯疑惑地問：「你們昨夜可有聽到放煙花的聲音？」

「快別開玩笑了，這裡的人個頂個的窮，哪來的閒錢去放煙花？」李香樓笑道。

「也是。」黑鬍子嘀咕了兩句，覺得他說得有道理，又道，「早知道那三個人不是進來看病的，我應該提前了斷他們的性命。」

李香樓也跟著道：「不錯，昨晚他們在酒樓裡的表現就已讓我有些懷疑，他們居然想趁機摸我們的底，我就故意讓陳山暴露了身分，好把他們引到我們的墳墓圈裡。」

黑鬍子用右手拇指摸了摸自己漆黑的鬍子，道：「那裡面可有一個武功不賴的，他們能對付得了嗎？」

李香樓不確定地看了看老主人。老主人道：「你們放心吧，有貓頭鷹在那兒守著，他們逃不了的。」

黑鬍子點了點頭道：「那就好。真沒想到那個女子居然就是大唐的神探子沈玉書，我差一點就被他們給騙了。」

老主人慢悠悠地道：「以貓頭鷹的身手，如果不出意外，他們幾個人現在應該已被埋進了墳裡，變成了真正的死人了。」

黑鬍子摸了摸臉，道：「就在昨天晚上？」

「不錯，就在李香樓和我傳了消息以後。」老主人的嘴角一斜，露出狡黠的微笑，道，「我們應該相信貓頭鷹，他不但墳挖得好，眼睛也很好，尤其是在烏雲蔽月的晚上。我保證，這個世界上絕沒有誰能在黑茫茫的夜裡鬥得過他的。」

李香樓道：「這一點我的確佩服，他的眼睛在夜裡比火燭還要亮，甚至連細小的芝麻粒也能找得到。」

三人仰頭大笑。可眨眼間他們的笑聲就止住了。現在，他們的臉簡直像是被人用腳踹了好幾百下，表情既驚訝又痛苦，甚至比哭還要難看。他們在那幾座挖好的新墳裡沒有看到想看的人，卻看到了不想看到的人——裡頭躺著的赫然就是貓頭鷹自己。

老主人的腳底開始發飄，不可置信地道：「怎麼會這樣？」

黑鬍子也是一驚，連忙上前從墳裡抬出貓頭鷹，發現他的咽喉已被割開了一道細小的口子。

「是一柄劍！」黑鬍子指著貓頭鷹的傷口道。他看起來雖然還很鎮定，可嘴唇和睫毛都在不停顫抖，顯然已經知道這劍痕出自誰手。

老主人看了眼身旁三座空空的墳墓，驚呼：「不好，快回去。」他說的回去，當然是回到那七座主墳裡去。

奇怪的是，那七座墳都已被打開。他們走進最大的一座墳裡，就見沈玉書、秦簡和周易端坐在椅子上，旁邊的地上還坐著三個人，他們的手腳已被捆得嚴嚴實實。這三人分別是紫靴子裡的胖子和瘦子，還有陳家村的村長陳山，三人的嘴巴全被布條塞了個嚴嚴實實。

沈玉書好像根本沒有看到老主人一樣，只悠悠地道：「真是好大的一場局啊。」

老主人渾身一顫，道：「你們怎麼在這裡？」

「好不容易見著一個陳設布置這麼好看的墳，我們當然得進來體驗體驗咯！」周易蹺著二郎腿，搖著手中的扇子。

「貓頭鷹是你們殺的？」老主人又問。

秦簡點了點頭道：「是我殺的。」

「你？」黑鬍子有些不信地道，「你究竟是什麼人，貓頭鷹的夜視功夫幾乎無人能破，你是怎麼殺死他的？」

「蒙上眼睛殺死他的。」秦簡站起身，看著他道，「貓頭鷹的眼睛的確很亮，不過在夜裡殺人需要眼睛，這本就是個很大的破綻了。」

「你在夜裡難道不需要眼睛？」黑鬍子的臉已變得扭曲。

秦簡冷冷地道：「只有在決鬥的時候不需要，有時候耳朵比眼睛好使得多。」

李香樓的額頭也開始冒出冷汗來，心裡隱隱有些發虛。任他無論如何也想不到，眼前之人竟厲害到如此地步，就連貓頭鷹也敗下陣來，慘遭殺害。他不由得懷疑，自己這方的幾人還能不能與沈玉書他們抗衡。

這時候，就連善於使毒的黑鬍子也變得老實了許多。

老主人佯裝鎮定地望著沈玉書，道：「妳是怎麼知道七座墳裡有問題的？」

「因為鎮裡陸續出現了七個怪人，又恰好有七座主墳，世上哪有這麼巧合的事情？所以我猜主墳裡一定也住了人，正好是這七個人。」沈玉書緩緩地道，末了，還特意瞥了陳山一眼，「當然，這些都是他告訴我的。我本來只以為你這七座墳裡真裝了七條冤魂呢。」

這七個人自然就是老主人、黑鬍子、紫靴子二人、李香樓，還有昨晚要殺他們的貓頭鷹，最後一個人就是陳家村的村長陳山。

老主人疑惑地道：「妳又是怎麼懷疑到陳山的？」

沈玉書笑道：「這還不簡單？陳山一開始那麼反對我們查看屍體，可我不過拿官府壓了他一壓，他竟然就把七星鎮的事全與我說了，也不曾阻攔，你說我該不該信他的話？」

「僅憑猜測，妳就斷定我們設了局？」黑鬍子道。

「當然不是。是因為你們七星鎮傳得神乎其神的不菲神藥，還有昨天晚上突然出現的一堆陳家村村民，以及貓頭鷹口誤說與我們知曉的關於你們的祕密，這才讓我覺得此事有蹊蹺。於是我有了一個大膽的想法，這些『村民』就是七星鎮斂財的工具，因此我才開始懷疑陳山。他既然是村長，對這件事不可能不知情，所以他一直都在隱瞞事實真相。如果我沒有猜錯，陳家村不過是七星鎮的一個聯絡站而已，陳山就是你們的聯絡人，黑鬍子則是穿插其中的傳信人。」

沈玉書的目光移向被綁的陳山，道：「在陳家村，你故意對我說起七星鎮紅帶子的祕密，目的只是想嚇退我。可你見我不曾產生退意，便想著直接引我入局，又一步一步牽引著我們，好讓我們栽在貓頭鷹的手裡。」沈玉書眼睛一動不動地看著陳山。

被塞了嘴巴的陳山激動地嗚嗚了兩聲。

「所以從一開始妳就發現了？」老主人問。

「不！我一直都只以為你們是個奇怪的組織。直到……」沈玉書頓了頓，接著道，「直到你們特意派陳家村的村民引誘我們去到墳地，我才真正懷疑你們。」

老主人淡然道：「看來我們的祕密妳已經發現了。」

「你們的祕密可不是我們發現的，是你的幾個心腹親口說的。」周易看了兩眼地上坐著的三人。

「你們！」老主人已有些動了怒。

「他們告訴我，你們在這座墳裡有個煉丹房，『神藥』就是在丹房裡煉出來的。」

沈玉書說著扔出一個細葫蘆，葫蘆頸上刻著「長生不老藥」五個小字。

周易笑道：「長生不老不過是癡人說夢而已，居然有人深信不疑？」

老主人、黑鬍子、李香樓，現在驚訝得連一句話也說不出來。

沈玉書嘆道：「這個世上怕死的人還算不少，七星鎮頂著『起死回生，長生不老』的幌子吸引了大批前來索藥的人。你們坐地起價，一粒藥丸三百兩，可謂是賺得盆滿缽滿，可真正活下來的人又有幾個？到頭來不過人財兩空，多了一座新墳而已。」

他們默不作聲，靜靜地聽著。

沈玉書又道：「說到底，陳家村的人才是真的慘，被他們信賴的村長騙到這個地方，以為可以發大財，結果卻被你們用來試藥。之後更是被毀屍，落得個不得好死的下場。以前那些來到這裡的陳家村村民，都是被你們當作了藥人，最後被毒死的吧？包括那個惡霸，想來他也是因為試藥。那藥本身就相當於慢性毒藥，惡霸死後，屍體被狗給分吃了，狗因為吃了屍塊，所以也中了慢性毒，因此才會在給我們帶路的時候，突然倒地身亡。」

沈玉書的目光冷峻，看著面前的幾人道：「不僅如此，你們竟然還在他們死後，將繡有七座墳墓的紅帶子繫在他們身上，利用他們的死來恐嚇他人，好將七星鎮蒙上一層恐怖又神祕的色彩。現在，你們又乾脆用一個一箭雙雕的辦法，故意放出消息，說這裡可以醫治百病，讓人長生不老，利用給別人治病的騙局賺了大把的金銀，同時又得到了很多免費的前來試藥的人。之所以一直需要人來試藥，是因為你們真的想煉出不老藥來，否則何必還要單獨收拾一間煉丹房？」

沈玉書接著道，「這也就是為什麼鎮裡挖了那麼多的墳墓，那些害病的人吃喝拉撒都在裡頭，而且不能輕易離開，因為你們要隨時觀察『不老藥』的藥效。你們還特意建造了一座酒樓，讓李香樓當庖子，每天隨意抓些蛇蟲鼠蟻當作『進補的藥膳』，那些人卻吃得很香，我一直懷疑是不是李香樓的廚藝真的那麼好。」

李香樓道：「妳發現了問題？」

「的確發現了問題。」周易慢慢道，「昨晚秦簡制伏貓頭鷹後，我們又回到了酒樓，我在盤子的湯水裡發現了浮動的藏紅花蕊。藏紅花是很容易讓人上癮的慢性毒藥，所以他們已把蛇蠍毒蟲當作了美食，甚至已離不開了。」

李香樓的整張臉上寫滿了吃驚。

沈玉書的目光緩緩落在黑鬍子身上，道：「我想藏紅花一定是出自五毒公子之手吧？」黑鬍子既沒有否認，也沒有立即承認。他這種既不表態也不反駁的表情已深深出賣了他的內心。

秦簡目不轉睛地盯著老主人蠟黃的臉，道：「有個人我若是說出來，我想你們也一定不會陌生。」

「誰？」

秦簡道：「鐵爪飛鷹江重天。」

老主人噎了一下，道：「你們也認識他？」

沈玉書道：「江重天不久前在長安犯了一件大案子，他也同樣是用可以救人的『神藥』為誘餌，讓人害死了天香居的主人月秋白。他手裡的藥和你們的『不老藥』一模一樣。」

老主人皺了皺眉，緊緊抿住唇沒有開口說一句話。

「江重天偽裝成大食國商人，用看似有用實則為毒藥的藥丸換來一盒絕品香料珍珠淚，憑藉珍珠淚，他就能順利坐上大食國駙馬的位置，最重要的是，他將掌握大食國一半兵權，這背後的陰謀可想而知。所幸他已被朝廷依法懲治。」

沈玉書站起身，走了幾步後站定，道，「既然他手裡的『神藥』和你們的『不老藥』是同一物，說明你們來往密切，你們和那件案子自然也脫離不了干係。我總覺得你們背後有一股更加可怕的力量在暗暗指使你們，至於你們祕密偷煉不老藥，是不是另有圖謀？」

「沈玉書不愧是沈玉書，以往只聞其名、不見其人，今日一見，果然不俗。」老主人嘆道。

沈玉書笑道：「因為，我身負責任，我要替聖上剷除你們這些為非作歹之人。」

「還真是抱負不小呢。」老主人拍了拍手，眼神黯了黯，又道，「我也是時候送你們上路了！」

「老頭，你的話是不是說反了？」周易把扇子一收，起了身。

「哼，果真是一群黃口小兒！」

老主人、黑鬍子、李香樓的眼珠子此刻漲得發疼，已快要凸出來。

他們正要動手，卻突然聽到一陣兵甲交錯的聲音，黑壓壓的人群頃刻間從墳墓裡擁出，將三人團團圍住。他們抬了六口棺材來。

「這是？」老主人有些犯暈。

沈玉書施施然退後幾步，道：「讓我來告訴你吧，這是朝廷的千牛衛隊，聖上身邊的精銳。怎麼樣？意外嗎？」

黑鬍子的鬍子突然變得軟趴趴的，直愣愣地道：「千牛衛怎麼會出現在七星鎮的？」

「這得益於你們的設計。若不是昨晚你們打算引我們上鉤，趁機殺了我們，也不會讓我發現陳家村的人竟然都是從墳裡的密道出入這裡的，那我們的人也就不會這麼順利地就埋伏在此了。所以說，我還得向你們說句感謝呢。」

老主人被氣得快要吐血了，聲音冷冷地道：「妳……」

黑鬍子仍想作困獸之鬥，手掌猛然向外翻開，細細的毒沙順勢飛出，毒沙打在兵士的身上，可那些士兵竟全無事。

「沒用的，他們的軍裝本就是防毒的，你的毒對他們沒有任何作用了。」

直到這一刻，他們終於沒有了傲氣。

沈玉書看著他們冷冷地道：「你們是想睡棺材還是想說實話？關於不老藥的祕密我們都很想知道。」

老主人卻忽然面色凜然，道：「我們既不想睡棺材也不想說實話。」說完，他和李香樓居然都抱住了旁邊的黑鬍子，緊緊地抱住。就在大家生疑的時候，他們突然七竅出血，只「啊」了一聲，就相繼倒在了地上。黑鬍子更是絲毫不含糊，就在沈玉書等人愣神之際，他迅速將手心裡殘餘的半把毒沙朝著地上被五花大綁的紫靴子及陳山身上一撒，又將牙齒間藏著的毒藥吞進喉嚨，片刻間，他們幾人也變作了死人。

周易一驚，嘆道：「他們本不都是惜命之人嗎，怎麼突然間竟都死了？」

秦簡看了看他們的屍體，皺了皺眉，沉聲道：「他們背後，一定還有什麼人在指使。而且那人背景強大，手段狠辣，所以他們寧可自裁也不願出賣對方。」

沈玉書深吸一口氣，看著他道：「我和你想的一樣。」他們或許並不是主謀，真正想出這個騙局的，其實另有其人。她突然想起了那隻展翅飛翔的鳳凰，難道又是他們嗎？

沈玉書一時竟覺得喘不上氣來，抬頭看了看這寂靜又可怕的夜，苦笑了一聲，有些生氣地道：「又是這樣！總是這樣！」

秦簡偏頭看著她，大手又覆在了她的手上。往後的路還長，她要承受的東西，還有很多。而他，卻無能為力，只有陪伴，是他唯一能給她的。

沈玉書抬頭看向秦簡，勉強扯了扯嘴角，露出一個略顯悲傷的微笑。

周易狀似無意地瞥了一眼沈玉書和秦簡交疊在一起的兩隻手，喉結上下滾動了幾下，嘆道：「看到他們，讓我想起了月二郎，白白因為幾粒毒藥而被好友害死。」

沈玉書的心情也瞬間變得更沉悶了些。想那易繁寧可付出害死友人的代價所換來的藥丸卻是毒藥，不知當他知道真相時，可會感到一絲後悔？也許不會吧。

8 麃子：即水鹿。

第十一章　紙人山莊

壹

清風徐徐，白雲悠悠，青山依舊。

一間收拾得既乾淨又明亮的屋子裡，鮮花滿盆，檀香陣陣，三、四隻畫眉鳥停靠在花木架上嘰嘰喳喳地叫著，聲音清脆空靈，甚是好聽。

屋子裡盤腿坐著三個人，兩個男人，一個女人。他們曾經都是江湖上赫赫有名的大人物，號稱「長安三傑」，誰能想到，如今卻落得這般風餐露宿的狼狽樣子？

三人中，披頭散髮的那個男人喚作閻錫范，打扮清秀的男人喚作梅長林，還有那個看起來既成熟又豐滿的女人叫作杜鵑。

閻錫範手裡的三顆斷魂釘，梅長林手上的一把乾坤扇，加上杜鵑腰上纏繞著的半截雲絲帶，這三樣東西也一度成為江湖的噩夢，尤其是那些手上不乾淨、心裡又骯髒的人，看到他們就彷彿看到了毒蛇一般，唯恐避之不及。但現在這三樣東西對他們三人來說，竟已成了燙手的山芋。他們互相凝望著，彼此之間什麼也沒說，但那股子愁苦意味已經寫在了臉上。

閻錫范豎起半黑半白的三角眼，憂心忡忡道：「這回咱們算是跳進黃河也洗不清了。」

梅長林比他好些，點了點乾坤扇，波瀾不驚，看起來仍然透著幾分儒雅的氣質，不慌不忙地道：「當務之急，我們該考慮的是如何甩掉他，總不能一直這樣被他追殺。」

「可那是刀百魄啊，哪是我們想逃就逃得了的？」閻錫範的神情比先前又愁苦了三分。提起刀百魄這個人，在場的人都忍不住倒吸了一口涼氣。儘管很少有人見過刀百魄本人，卻幾乎沒有人不認識他手裡的那把刀。據說他手裡的刀在鍛造之初就吸收了一百個人的魂魄，因此每次拔刀後那把刀都頗有靈性，必須要染上血才肯甘休，死在他刀下的冤魂也已遠遠不止一百個了。

旁邊的杜鵑微微聳了聳肩膀，胸前的兩顆雪白也跟著搖晃了幾下。她的身體雖然看起來已成熟得像只紅蜜桃，可說話的聲音卻像是個還未熟透的青杏子，既有幾分甜美又略帶幾分羞澀。

杜鵑心有餘悸地道：「是啊，從西域大漠一直到西都長安，刀百魄已經追了我們足足四百餘里，咱們現在已然累得筋疲力盡，可他好像還精神得很，也並沒有就此放過我們的意思。昨天我在興來客棧就無意間聽到有人說見到了他那匹烏騅寶馬，說不定他現在馬上就要追上我們了。」

閻錫范在三人中是最為年長的，可現在儼然成了三人中最為慌亂的一個。聽到杜鵑所說的話，他的心中更是焦急如焚，起來又坐下，坐下又起來，茶壺裡的水也被他喝了個一乾二淨。

「可我們根本就沒有殺他兒子啊，他怎麼就懷疑到我們頭上了呢？」他現在可以說是一個頭兩個大。

梅長林鳳眼微微瞥了他一眼，把扇子斜斜地插在腦後，施施然道：「可有什麼用呢？固然他的兒子不是我們殺的，但屍體的現場卻莫名出現了三顆斷魂釘、一把乾坤扇、半截雲絲帶，換作任何人看到這些東西，都一定會聯想到我們身上的。刀百魄也不過是個凡人，他兒子的死早已讓他心智迷亂了，他又怎麼肯放過我們？」

閻錫範嘆了一口氣，三角眼隨即耷拉了下去，無奈地道：「那你們說該怎麼辦嘛！」

一時間，在場三人都沉默了。他們這一路只顧著沒了命地逃，哪來的心思去想這個問題？再說，刀百魄的追殺帖都已送到了他們手中，他們再如何辯解，又有什麼用呢？

杜鵑長長地嘆了一口氣，拖著細細的尾音道：「可我們也總得弄清楚，究竟是誰想要陷害我們吧？」

梅長林語氣淡淡地道：「我們這些年，得罪的人可不在少數。」

「可他們也沒幾個是我的對手啊。」杜鵑幽怨地嘆了一口氣。

梅長林瞇了瞇眼睛道：「西北狼霍司馬、鬼棋宮步雲格、南海王林蕭雨、五毒門呂天青，這幾個人哪一個你打得過？」

「哎呀、那糟了，我還偷過呂天青新製的毒藥呢，莫非是他來找我們尋仇了？」杜鵑越說越沒了底氣。

在場三人再次沉默了。

呂天青算得上是大唐第一製毒高手了，也正因如此，才會遭到五毒門的排擠，以至於最後被逐出門派。可即便如此，他憑著自己的一身本事，依舊混得風生水起。

這時，坐在另一桌上的幾個人聊得正歡，正好就聊到了這個呂天青。

「你們聽說沒，前不久，五毒公子在七星鎮死了。」一個戴著斗笠看不清面容的粗布青衣道。

「你說的是病秧子呂天青？」一旁的黑衣人問。

「可不是嘛。」粗布青衣答。

「病死的？」黑衣又問。

「怎麼會？七星鎮那幾個人天天煉長生不老藥，他天天仙藥滋補著，怎麼會病死？」粗布青衣道。

「那他怎麼死的？」黑衣不解。

「你們知道沈玉書吧？」粗布青衣笑了笑，神祕道。

「這當然知道，她可是咱們大唐第一才女呢！破了無數案件，厲害著哩！」黑衣道。

「就是她，前些時日去陳家村查案子，查到了七星鎮，繼而又查到了呂天青頭上，呂天青見自己的行動暴露了，就服毒自殺了。」粗布青衣緩緩地道。

「不會吧？那病秧子不是一直惜命得很嗎？」黑衣人覺得不可思議。

「這我就不知道了，反正又死一個惡霸，咱們過得也能太平些。」粗布青衣道。

這下，不單黑衣人，就連杜鵑三人也聽得目瞪口呆。

杜鵑不由得心下一喜，清了清嗓子，嗓音甜美地問隔壁桌兩人：「你們說的是真的？」

粗布青衣扭頭朝她看了一眼，斗笠把他的臉遮了大半，卻還是能看到他的目光在杜鵑胸前白嫩嫩的兩團上看了許久，隨後又抬頭看了眼杜鵑好看的臉道：「千真萬確。」

「那就太好了。」杜鵑嘀咕道。

梅長林淡淡地掃了一眼隔壁桌的二人，道：「你們剛剛提到沈、沈什麼來著？」

「沈玉書。」黑衣人補充道。

「哦、對，就是沈玉書。她真有那麼大的能耐？」梅長林問。

「那是自然。這幾年，光是奇案她都破了數件，更別說一些偷雞摸狗的小案子，她到現場一看，基本就知道凶手是誰了。」黑衣人道。

「這樣啊。」梅長林點了點頭，眉頭蹙了起來。過了一會兒，他看著閻錫范和杜鵑道：「你們說，如果咱們去找沈玉書來幫咱們脫罪，這法子如何？」

閻錫範搖了搖頭，道：「刀百魄都追我們追到這了，我們還找什麼沈玉書啊，逃命才是正事不是嗎？」

梅長林搖了搖手裡的乾坤扇：「兔子無論怎麼躲藏也一定逃不過獵人的圈套，刀百魄只要想找到我們，就絕不會落空，所以這並不是最好的法子。為今之計，我們只能自救。」

「可……我們和那沈玉書素未謀面，她又是朝廷的人，如何會幫我們？」杜鵑一向聽梅長林的，此刻卻也覺得此法不妥。

「可我們不試試怎麼知道不行？」梅長林道。

「可她若是幫了我們，她自己也會受到牽連，若是我，我是萬萬不會同意的。」杜鵑皺著眉頭。

閻錫範眼睛裡頓時閃過一絲喜色，但很快那抹希望的亮光又湮滅了個乾淨。

「可她不是妳。」梅長林定定地看著杜鵑，好似已有了勝算般。

幾經爭論，他們終於還是同意了梅長林的提議，於是決定賭一把。既已被刀百魄給盯上了，他們也不敢再在此地多加停留，一行人急匆匆地打點了一下行裝，就往長安城趕去。

◆

長安城的夜總是燈紅酒綠，透著無盡繁華，讓每一個來這裡的人都充滿了美麗的幻想。可太繁華的地方又何嘗不充斥著淒迷和心酸？

有的人為了活下去而惆悵，有的人為了怎麼活而迷惘。閻錫范、梅長林還有杜鵑三人萬萬沒想到，自己原本應該是回來長安享受的，現在卻莫名其妙地成為這種惆悵而迷惘的人。人生的大起大落，有時候豈非比海上洶湧的浪潮還要急迫得多？

他們沒有騎馬，從長安郊外徒步行走至長安城，雖能伺機而變，卻實在太過乏累，加上之前從西域逃竄回來這一路上已走了四百多里，如今整個人都彷彿散了架一般。

他們找了一個比較偏僻的酒樓，這裡平時都沒有什麼人來往，正好方便躲避。

三人隨便吃了點熱食，洗了個澡後，就睡下了。

不知是不是他們的錯覺，總覺得這一路都被人盯著似的，可回頭看時，又什麼都沒有。

他們以為是自己太累了，可真的是這樣嗎？

人如果有了心事，身體裡就彷彿住了一隻鬼，時時刻刻都會覺得害怕和恐懼。每個人的心裡或多或少都有一兩樣恐懼的東西。此刻，閻錫範他們心裡的恐懼正在慢慢發芽。

時間過得很快，在他們眼裡卻慢得可憐，一分一秒也恍如隔世。

但黑暗總有消失的時候，天也總有亮的時候。

◆

清晨，青城。

天上仍掛著三、四顆寒星，熹微的光透過雲霧灑落在大地上，晃出點點璀璨。萬籟俱寂，只有呼呼的北風放肆地吹著。這裡沒有江南秀野般的旖旎風光，只有看不到邊際的荒涼和落寞。

青城山位於長安城西二十餘里處，地勢不高。與都江堰處的青城山不同，這裡其實只是一個光禿禿的小山，因從前山下有個青城山莊而得名青城山。山上並不青翠，甚至連一棵綠色的樹也看不到。

此刻這裡有個十足糙的漢子，正背靠在一處大磐石上瞇著眼睛假寐，臉上不驚也不喜，只是略顯憔悴。他還有把看起來戾氣十足的刀，刀就枕在他的腦後，彷彿只有這刀在，他才能真正安心——這個人，就是追殺閻錫範等人的刀百魄。

休息了一會兒，他猛然從磐石上跳起來，拍了拍烏騅馬的肚子道：「好了、老夥計，繼續走吧。」

烏騅馬長嘯一聲，朝糙漢子點了點頭，似乎已聽懂了大半。

刀百魄將刀橫跨在肩上，一個側身飛躍跳上馬背。烏騅馬四蹄翻動，似離弦的飛箭般衝將出去，裹攜著陣陣飛塵和泥沙，轉眼間便消失在青城山。

◆

另一頭，閻錫範一夜未睡，一直坐在酒樓的房間裡打坐，就連呼吸聲都帶著強烈的警覺。梅長林和杜鵑起得很早，雖然睡了一夜，但和閻錫範比起來也好不到哪裡去，甚至更加緊張了。

閻錫範睜開眼正要走出屋子，門卻被梅長林給撞開了。

「大哥，快走吧。這地方已不能再待下去了。」梅長林氣喘吁吁地道。

身後的杜鵑臉上紅撲撲的，也在大口喘著粗氣，斷斷續續地道：「梅二哥說得不錯，這裡的確是不安全了。」

閻錫範的臉驟然變作了綠油油的青麥色，聲音有些顫抖地道：「莫非刀百魄已經追上來了？」

杜鵑歇了一會兒，才道：「今早我和梅二哥去附近打探消息，已經發現了些許他的蹤跡。」

梅長林點了點頭，補充道：「城裡的百姓說昨晚看到了一匹高頭大馬駛來，聽他們描述，十之八九就是那烏騅馬，所以刀百魄現在已在城中無疑了。」

閻錫範的喉結上下滾動了一下：「事不宜遲，那趕快走吧。」

◆

沈府。

院子裡清涼若水，寂靜無聲。

婢女們都去做各自的活兒了，只有籠子裡的百靈鳥在跳來跳去，很是活躍。

沈玉書抓了一把碎米放進籠子裡，百靈鳥啄了幾口停下來，又抬頭望望沈玉書，模樣煞是可愛。她托著下巴靜靜地盯著，心情也變得異常舒暢。

就在這時，那隻百靈鳥突然劇烈地撲動翅膀，身上的羽毛也都戰慄了起來，顯得異常焦躁不安。

沈玉書眉毛微微皺起，自言自語道：「咦，真是怪了，竟連碎米都不吃了？」

「牠可能跟妳一樣，心情不好。」秦簡笑道。

沈玉書看了他一眼：「我有心情不好嗎？」

「這幾日妳這眉頭就沒有展開過，叫心情好？」秦簡伸手點了點她的眉心。

就見門外有個守門的小廝急匆匆地跑進來，一邊跑一邊說：「小娘子，外邊來了三個怪人，偏偏要見妳，攔也攔不住，妳快出去看看吧。」

沒等他說完，那三人已風風火火地闖了進來。

閻錫範他們雖然知道這不合禮數，但禮數和他們的命比起來早已不值一提。

沈玉書朝門外瞟了一眼，心裡暗暗吃驚。因為她認得眼前這幾個人，也知道他們的手上都染過不少人的血，只是不知道他們怎麼就跑到她的府上來了。

「長安三傑？」沈玉書詫異道。她看著這幾人，心裡至少已有七、八個疑問冒了出來。

閻錫範道：「早聞小娘子大名，今日我們三人特來拜會。」

「拜會我？」沈玉書心裡嘀咕了一陣子，疑惑道，「我想幾位只要不出長安城，還沒有人敢找你們的麻煩，你們找我能有什麼事？」

杜鵑上前一步，懇求道：「我們找小娘子，為生死大事。」

「哦？生死大事？」沈玉書這下更疑惑了。

「說來聽聽。」秦簡卻聽得來了興趣，挑了挑眉讓他們繼續說。

杜鵑臉紅得發燙，把頭埋進了她的兩團豐滿裡：「請小娘子救我們！」

沈玉書不由得「噗哧」一聲笑了，和秦簡對視一眼，指了指自己，笑道：「我？能救你們？」連她自己也不敢相信，她半點武功都不會，長安三傑怎麼會求她救命？

一直沉默的梅長林道：「妳沒聽錯，我們的的確確是來求妳救我們的。」

「她能救你們什麼？」秦簡看著他們問道。

「實不相瞞，我們現在正在被刀百魄追殺。」梅長林道。

「刀百魄？」秦簡挑了挑眉，見沈玉書似有疑惑，又解釋道，「這個人，武藝超群，可不是什麼善主兒。」

「不錯，我們三個聯手也不是他的對手。」閻錫範點點頭道。

「他為什麼要追殺你們，據我所知，你們也不曾做過惡事啊？」沈玉書問。

「我們是沒做過惡事，可刀百魄不這樣認為啊，他認為是我們殺了他的兒子，可我們再如何糊塗，也絕不會輕易得罪他啊！」杜鵑一臉苦悶。

沈玉書道：「那他為何要懷疑你們？」

梅長林道：「是有人故意在凶殺現場造了假象，把矛頭指向了我們，讓刀百魄誤會是我們做的，可我們真的是被陷害的。」

沈玉書道：「哦？那你們覺得是誰陷害的你們？」

「我們也不知道，所以才來找小娘子幫忙查探。」梅長林的語氣綿軟得發酥，又道，「不過據我們推測，有三個人最是可疑，分別是西北狼霍司馬、鬼棋宮步雲格和南海王林蕭雨。首先他們的武功都在我們之上，其次嘛……我們曾經斷過他們的貨，所以他們有足夠的理由陷害我們，只是不知道究竟是誰在搞鬼！」

「敢斷西北狼的貨，你們也不賴啊！」秦簡看熱鬧般笑笑。

沈玉書戳了他一下讓他別笑，繼而道：「江湖上的恩怨本就很難說得透澈，孰是孰非恍若鏡花水月，虛實之間更是易看破不易說破。不過，這是你們江湖中的事，我看，我可能也幫不上什麼忙。」

「小娘子謙虛了，我們老早就聽說妳斷案如神，所以才來找妳，就是希望你能幫我們洗清冤屈。我們三個人的命就掌握在妳手裡了啊！」

「你們提供的線索實在有限，我雖然可以幫你們走訪暗查，但在揪出陷害人之前，我並不能保證你們能安然無恙。何況，我與你們又素不相識，為什麼要幫你們？」

「這……想來小娘子也不會見死不救的。」閻錫範的嘴角斜了斜道，「小娘子放心，只要小娘子妳幫忙，對我們來說就已是莫大的榮幸，如果連妳也找不出破綻來，恐怕我們就真的必死無疑了。」

沈玉書回頭看了眼秦簡，向他徵詢意見，秦簡卻只淡淡地笑笑：「可能會有點危險，不過，不還有我嗎？隨妳心意。」

沈玉書想了想，道：「那好吧，我且盡力一試。」

杜鵑挑了挑眉毛，又道：「只是，我們已沒有那麼多時間，刀百魄隨時都可能找到我們，萬一我們不幸被他殺了……」

這的確是個很大的難題。

沈玉書食指摩挲著下巴，一時也犯了難：「也對。」

「這還不簡單？」秦簡輕笑了一聲。

「嗯？你有辦法？」沈玉書睜大眼睛看他。

秦簡唇角的笑意淺淺，伸手鉤住了沈玉書的肩頭，湊到她耳邊輕聲說了幾句，才放開了她：「怎樣？」

「這倒是個好辦法。」沈玉書眨了眨眼睛，眼裡帶了笑意。

貳

翌日，長安城發生了一樁案子。

十來間貨鋪一夜之間竟都被打劫一空，百姓們本以為這又是一場大案，可誰知兇手竟在一個時辰後投案自首了，大理寺的中央監獄也因此多了三位「客人」。關押的期限是七天，七天一過，他們就會被釋放出來。

至於這三位「客人」是誰嘛，正是那聞名長安多時的長安三傑。

一時間，長安三傑入了大理寺牢房的消息傳遍了整個長安，街頭巷尾都在討論他們的事。當然，多數是罵他們的。

這幾天，閻錫範幾人總算可以睡個安穩覺了。

而這一法子，正是秦簡給他們想出來的，只因這世間刀百魄不敢闖的地方，唯大內皇宮和大理寺牢房了。送他們去皇宮不可能，但進大理寺的門檻卻並不高。

只是，人居然只有在監獄裡才能過得安生，細細想來也實在諷刺得很。

可如此好的辦法，卻依然好景不長。

三日後，大理寺出現了一件怪事，一件所有人都匪夷所思的怪事——長安三傑竟然在牢房中憑空消失，而裡面卻突然出現三個紙人。

那紙人紮得活靈活現，若是不仔細看，還真的會讓人誤以為就是閻錫范、梅長林和杜鵑本人，尤其是那雙用墨水描畫的眼睛，彷彿就是從活人身上摳出來安上去的。那三個紙人除了不會說話外，表情和神態均和活人無異。

這個詭異的消息也很快傳到了沈玉書耳中，她先是不信，直到親眼看到這一幕，才著實大吃了一驚。

三個好端端的活人怎麼會突然間變成了紙人的？她想不明白，也沒人能想明白，只好詢問當天負責看管牢房的獄頭趙田。

據趙田透露，他們在例行檢查時，突然發現長安三傑坐在地上一動不動，無論怎麼呼喚，三人都沒有絲毫回應。他們這才起了疑心，於是匆忙打開牢門進去查看，發現原來牢房裡坐著的已不再是活人，而是三個紙人。

沈玉書驚詫之餘，細細思索了整起事件後，才道：「既然這些紙人都是照著閻錫範他們的相貌所畫，那麼至少能說明一個問題，製作紙人的凶手一定認識他們。」

趙田回應道：「小娘子所言極是，可我還是不明白，大理寺固若金湯，裡外都有重兵把守，若是有人進來，並強行帶走三人，後又用紙人替代，這其間的響動勢必會驚擾獄卒，所以……」

「所以這幾乎是不可能完成的任務。」沈玉書意有所指地看了看趙田，目光又在其他獄卒的身上停留了片刻。

獄頭支支吾吾地道：「沒錯。」

「可偏偏人就是這麼平白無故地消失了。」

「也許是他們三人和什麼人勾結，逃獄了。」趙田猜測道。

「不可能。」沈玉書一口否定。

趙田眼裡閃過一絲詫異，道：「那……會不會是妖邪作祟，趁人不備將三人捲走了？」

沈玉書似笑非笑地又看了看他，慢慢靠近獄門，蹲下來查看了門上的鎖頭，又用手掂了掂，道：「牢門的鑰匙在誰的手上？」

「在我身上。」趙田遲疑了一會兒，隨即驚訝道，「小娘子，妳該不會是懷疑我吧？我除了給他們送飯時打開過牢房的門外，其餘時間都和其他獄卒待在一起，這一點牢房的兄弟們都可以為我做證的。」

沈玉書挑了挑眉道：「是嗎？」

接著，她又看向旁邊的獄卒，他們皆點頭證實道：「沒錯，趙獄頭確實沒有說謊。昨晚我們送完牢飯後，一群兄弟還聚在一塊喝酒的，直到天明時分，趙獄頭都沒有離開過我們半步。就算是給犯人送飯，也是好幾個弟兄一起的。」

「我並沒有說這件事定然和趙獄頭有關，你們也不必過於激動。」沈玉書慢慢站起身，「剛剛我查看了，牢房的鎖頭打造得很好，而且也很沉重。我的意思是說，除了趙獄頭手裡的鑰匙之外，還有沒有其他的辦法能打開牢房的門？」

趙田趕忙搖頭，揮手道：「絕對不可能，這牢房的鎖頭都是特製的，就連鑰匙也是用了最複雜的『九連環』。『九連環』中又另有八十一種變式，只有親自設計的人才會知道究竟用的是哪一種，旁人若是沒有鑰匙，幾乎沒有可能打開牢門，除非用一種比鎖頭更硬的器物將其砸開。但現在看來鎖頭完好無缺，所以這個推論並不成立。」

沈玉書點點頭道：「如果別人的手裡恰巧也有一把和你一模一樣的鑰匙呢？」

趙田吃驚地望著沈玉書：「這更不可能了，大理寺各處牢房的鎖頭均由軍器監的前軍監諸葛雲亭所製。相信小娘子也知道，諸葛公在唐憲宗時期就去世了，只有他知道鎖頭如何打造，旁人又怎麼曉得其中之奧妙呢？」

這樣簡單的道理沈玉書不會不知道，但既然閻錫範他們無端被劫走，牢房的鎖頭又都沒有損壞，至少說明的確是有人用鑰匙打開了牢門。

「也就是說這把鑰匙不能仿製？」沈玉書道。

「沒錯，因為打造牢房的鑰匙不僅材料特殊，而且工藝極其複雜，大唐除了軍器監再無別的作坊能造出這樣精巧的鎖頭和鑰匙來。況且打造鎖頭的圖紙一直在諸葛公的手上，誰也不知道他藏在了哪裡，或者也許那圖紙根本早就不存在了。」趙田臉色泛白，鬼森森地湊到沈玉書跟前，「噓」了一聲，繼續道，「說出來小娘子可別怕，我們發現長安三傑不對勁的時候，他們那間牢房的鎖其實是鎖上的。」

「這就奇怪了，你的意思是說，他們在沒有打開牢門的情況下就突然消失不見了？難道他們是從牢房的地下鑽出去的？還是從銅牆鐵壁裡穿出去的？」沈玉書隨即陷入了沉思，想了許久也沒有想透這一切是怎麼做到的，無奈之下，只好吩咐趙田打開牢門一探究竟。

看押閻錫範等人的這間牢房裡還算乾淨。一張小木桌，三只木凳子，還有一張鋪著草席子的花木床。此時，那三個陰森森的紙人就坐在花木床上，身上穿著的衣物和閻錫範三人失蹤當日所穿一模一樣，紙人的嘴角露出邪門的微笑，讓人看著不禁渾身發涼。

趙田將紙人慢慢移開，沈玉書這才走近桌子旁。她看到上面擺著幾只茶杯，還有三碗飯菜，其中兩碗是滿的，還有一碗裡只剩下了一半，另外一半隨意地灑落在地上的草席上。

「奇怪，他們縱然不想吃飯也不必將飯菜灑在地上，難道是飯碗裡有古怪？」沈玉書嘟嘟囔囔了一陣子，將那半碗飯端在手上看了許久，碗是普通的碗，飯也只是普通的飯，實在沒有什麼特別之處。

趙田望著沈玉書困惑的神情，解釋道：「小娘子想必也知道，牢獄裡的飯食本就少油，他們初來乍到的，吃不慣吐在地上倒也不足為奇。」

沈玉書「嗯」了一聲，沒再多想，見一時半會兒也沒什麼發現，便帶著疑問離開了大理寺。趙田再次將牢房的門關了起來，為了保護現場，特意吩咐下去，此間牢房不允許再看押其他犯人。

◆

夕陽西下，天邊染了一層淡淡的殷紅色。

沈玉書無精打采地走在街上，思緒紛紛。越是她想不明白的事情，她偏偏越要去想，而且一定要查個水落石出。

她正想得出神，突然感覺後腦勺兒被什麼東西砸了一下，低頭一看原來是個核桃。

她捣著腦袋轉身，見周易正站在她身後一臉得意地笑著。她愣了愣，怒衝衝地看著周易道：「你砸我做什麼？」

周易搖頭晃腦地道：「我剛吃完酒，出了酒館就看到妳魂不守舍地在街上走著，所以用顆核桃給妳醒醒腦。怎麼，老秦又惹妳不開心了？」

沈玉書白了他一眼：「不是。」

周易搖搖頭道：「妳不說我也已知道了。」

「你知道？」

周易面上帶笑，慢慢地走到沈玉書前面：「我這耳聽八方的，什麼事能瞞得過我？方才我在酒館裡聽說三天前長安三傑犯了案子被關進了大理寺中央監獄，可今天他們竟莫名其妙地集體消失了，取而代之的是三個和他們容貌一模一樣的紙人，妳愁的是不是這事？」

沈玉書先是一愣，而後又嘆了一口氣道：「這消息竟這麼快就傳開了？我都吩咐他們不能說出去了。」

周易轉了轉眼珠子：「妳去過大理寺了？」

沈玉書道：「是，這事是真的不好辦了。」她把在監獄看到的情景從頭到尾與周易說了一遍，卻越想越覺得離奇可怕。

周易悻悻地道：「就只是這樣？」

沈玉書輕輕咬了咬嘴唇道：「我暫時還看不出端倪。」

周易搖了搖手中的扇子：「聽妳這麼一說，那牢房的鑰匙由趙獄頭掌管，他若是想打開牢門，豈不是輕而易舉？」

沈玉書搖搖頭：「這一點我本也很懷疑，不過他有不在場的證據。我從其他獄卒口中得知，當晚他們在一起喝酒直到深夜，中途也沒有離開過，就不好再懷疑他了。」

周易道：「那妳說，會不會是他們聚眾飲酒時，有人偷偷摸摸地進了監獄，打開牢門，將閻錫範三人祕密帶走了？」

「不太可能吧。」沈玉書邊走邊道，「他們喝酒時，大理寺中央大門已關閉，那石門重達九千九百九十九斤，只要關上任誰也打不開。況且打開牢門唯一的鑰匙在趙獄頭手上，旁人若是僥倖進來了，也是無濟於事。」

周易思忖了一會兒，道：「既然是這樣，那就只剩一種可能了，長安三傑為了逃脫，偷了獄頭的鑰匙，或者在地下挖了洞。總之，那紙人是出自他們自己之手。」

「他們就關七天，至於如此大費周章，落個更大的罪名嗎？」沈玉書笑著看了他一眼，又道，「更何況，進大理寺牢房可是他們求之不得的事，為此，他們還特意花重金找人配合他們犯案，如今又何必逃呢？」

「什麼？妳說他們是故意進牢房的？這……也說不通吧？」周易眉毛一高一低，一臉的難以置信。

「擱別人那兒可能是真的說不通，可擱他們這，就沒什麼好奇怪的了。」沈玉書看了眼周易，繼續道，「他們幾個人正在逃亡，可已是無處躲避，無奈之下才來找我幫忙的。」

周易眨了眨眼，覺得她這個法子確實不錯，大理寺銅牆鐵壁，看守森嚴，的確是個躲避仇家的好去處。他的眼珠子忍不住滴溜溜地轉了幾下，之後他才問道：「他們究竟是被誰追殺的？」

沈玉書道：「你應該聽過的，著名的刀客刀百魄。」

「刀百魄？」周易聽到這個名字，也不由得為之一震，不解道，「他們幾個惹誰不好，幹嘛偏偏要招惹那個刀老怪，我聽說他可是殺人不眨眼的，那一身的絕技，長安三傑怕是抵擋不來吧？」在心裡悄悄掂量了一陣子，突然嚷嚷道，「妳說會不會是刀百魄幹的？」

沈玉書搖了搖頭：「不可能，刀百魄的刀法固然精湛無比，可國法在前，他如何闖得了大理寺？就算想闖也絕對進不去。況且他若是想要殺閻錫範他們，大可來個守株待兔，何須以身犯險把他們從牢房裡帶出來，最後還要在牢房裡安放幾個容貌相似的紙人呢？我可沒見過這麼細緻的刀客。」

周易默不作聲地笑了笑，沈玉書這一說，又把他給說住了。

「所以刀百魄自然也不是凶手。」沈玉書卻好像還在想什麼，在原地默默地轉了幾個圈，眼睛裡忽閃忽閃地透著迷茫的樣子。

周易看她聚精會神的模樣，也沒再多問什麼了，只是站在一旁靜靜地等著，等著她心裡的奇思妙想化作精彩的解答。

沈玉書正想得癡迷，面前突然晃過一個月白色的人影，來人是秦簡。此時秦簡的面上滿是焦躁，他出現在這，顯然是特意來找她的。

「怎麼了？」沈玉書擔心地問。

周易沒看到秦簡的臉色，以為他是來找沈玉書玩兒的，便調侃道：「老秦，你才多久沒見著玉書，就急成這樣了？」

秦簡顧不得回他的話，左右看了看才道：「壞了，出怪事了。」

沈玉書和周易一聽，眉頭頓時緊皺起來。秦簡素來是個冷靜自持的人，很少見他為什麼事急過，如今看他這副神情，估計確實出了什麼不得了的事了。

沈玉書緊張道：「什麼怪事？」

秦簡又警惕地看了看四周：「這裡說話不方便，我們先找個地方。」

◆

琴雲社。

二樓的天字號房裡，秦簡朝外面探了探，見沒人才輕輕地掩上房門，右手卻仍緊緊地握著劍。

沈玉書注意到他有些異常，問道：「你剛剛說發生了怪事，究竟是什麼怪事？」

秦簡想了想，才開口道：「我剛剛收到一封匿名的江湖帖，看完後大吃一驚。這件事情我若是說出來，你們可千萬不要害怕。」他說這句話的時候，聲音已隱隱有些打戰。

周易的眼睛瞪得正圓，急忙道：「你這吞吞吐吐的究竟是為什麼事啊？你越這樣我反倒越害怕了！」

秦簡吞咽了幾下口水，才終於開口道：「帖子上說，西北狼霍司馬、鬼棋宮步雲格、南海王林蕭雨，還有少林、武當、崆峒、華山、峨眉……以及江湖上的諸多不知名姓的詭異門派，統統捲入了一場離奇的風波，而且這場風波越演越烈，已慢慢滲透到了長安城。」

「什麼紛爭？」沈玉書心裡沒底，一時竟忘了想秦簡為何會得到這封帖子。

秦簡眸色一沉，繼續道：「這些門派中的很多人竟在一夜之間突然變成了紙人，奇怪的是，那些紙人居然和他們長得一模一樣，就連描畫的頭髮絲也相差無幾。」

沈玉書的眼睛裡終於漾起一絲波瀾，她蹙眉道：「怎麼會這樣？西北狼霍司馬、鬼棋宮步雲格、南海王林蕭雨，竟也變作了紙人？」

秦簡一愣，道：「也？什麼意思？」

「看來你還不知道，長安三傑同樣也變成了紙人。」沈玉書道，「我本以為這件事情和霍司馬他們多少有些關係，現在看來他們竟也成了受害人。」

「長安三傑不是在大理寺的牢中嗎？怎麼也出事了？」秦簡一對劍眉皺到了一起，面色變得更凝重了。

她嘆了一口氣，又不厭其煩地將監獄裡發生的事情和秦簡說了一遍。

秦簡驚訝了一下，忽然又想起了什麼：「忘了跟妳說，我剛得到消息，其實收到刀百魄的追殺令的，不止長安三傑。據說我剛剛提到的那些人也被他追殺了，可他們同樣還沒有死在刀百魄的刀下，就莫名其妙地化作了紙人。我只是沒料到，長安三傑竟還是沒躲過這一劫。」

「哦？刀百魄竟一下發了這麼多追殺令嗎？」沈玉書的臉上閃過一絲詫異，有些狐疑地說道，「你們說，這追殺令真的出自刀百魄之手嗎？」

「妳懷疑有人假冒刀百魄之名擾亂江湖？」周易輕輕搖了搖扇子，問道。

沈玉書點了點頭。

「可刀百魄之名，江湖中人可謂聞之生畏，怎會有人敢如此冒犯他？這可是會引來殺身之禍的。」秦簡搖了搖頭，否決了沈玉書的猜想。

沈玉書眉頭皺得更緊了，道：「可你剛剛提到的那些人，幾乎都是在江湖上排得上名號的人士，刀百魄無論如何也不敢單槍匹馬挑戰這麼多人吧？我總覺得此事另有蹊蹺。」

秦簡搖了搖頭，表示自己也不知道。

沈玉書現在頭疼得更緊了，揉了揉太陽穴也依舊無濟於事。她實在猜不透，原本一樁普通的江湖追殺案，怎麼會在忽然之間變得這般神祕，而這起案件背後所隱藏的祕密究竟有多複雜，更是讓她連想都不敢想。

「現在我們還面臨著一個問題，就是究竟是誰打開了看押長安三傑那間牢房上的鎖，又是誰將他們悄悄帶離大理寺，還瞞過了那麼多的獄卒？」她一個人喃喃自語，又嘆了一口氣，「或許解開了這個謎團後，所有的疑問就都能迎刃而解了。我總覺得這一系列案子都是出自同一人之手。」

秦簡溫潤的臉上露出細細的波瀾，道：「說起開鎖，我倒是想起了一個人。」

「是誰？」沈玉書的目光已被秦簡深深地吸引過去。

秦簡道：「偷盜界的鼻祖，江湖上赫赫有名但也臭名昭著的上官攬月。據說他就連天上的月亮也能摘下來，所以才美其名曰上官攬月。因為他常常在夜裡作案，來無影去無蹤，人送外號黑蝙蝠。」

周易也是一臉認真地聽著，不禁問道：「這個黑蝙蝠有什麼奇特的本事嗎？」

「這是自然。」秦簡道，「說起偷，就不得不提起已經死去的跛子大盜蕭愁和偷王之王岳陽，他們二人和黑蝙蝠比起來，卻是小巫見大巫。想必你們都知道，憲宗朝時軍器監有個製作鎖鑰的高手喚作諸葛雲亭的，在長安城乃至皇宮大內，但凡是涉及重要機密的鎖頭，大半出自他手，大理寺中央監獄也不例外。諸葛老前輩製作的鎖精細無比，如果沒有特製的鑰匙就鮮有人能打開。」

沈玉書點點頭道：「你說的這些我都知道。」

「但妳仍有一件事情不知道。」秦簡深邃的眼眸看著沈玉書的眼睛，四目相對，片刻，他才繼續道，「世間萬物本就相生相剋，諸葛老前輩技藝精湛屬實不假，但黑蝙蝠與之相比卻也絲毫不遜色。他們一人善於造鎖，一人善於開鎖，兩人都達到了開宗立派的水準。只可惜他們都已經死了。」

「死了？」周易搖搖頭，「也就是說，我們的線索又斷了？」

沈玉書卻不以為然，問道：「黑蝙蝠是怎麼死的？」

秦簡道：「五年前他去為流鬼國王開啟一把名為『天河八十一式』的奇妙鎖盒，鎖頭本已打開，不料那鎖芯中卻淬了暗毒，由於毒性太大，他當場殞命。」

「竟有這樣的怪事。」她閉上眼睛沉默了許久，才道，「看來我們也只能從那些紙人身上下功夫了。」

「我們可能還忽略了一點。」秦簡搖了搖頭。

「嗯？你還想到了什麼？」沈玉書問。

「我看這紙人畫得如此維妙維肖，製作的人定然畫技超群，也許我們可以在這個畫師身上下點功夫，說不定可以抓到始作俑者。」秦簡道。

周易聽著，嘀咕了一句，突然把扇子一合：「說到畫師，我想起來了，妙筆軒你們知道吧？它那兒新來了兩個畫師，據說妙筆生花，好多人搶他們的畫呢，要不我們去看看？」

「妙筆軒？」沈玉書眸子一轉，「好，明日我們一起去看看。」

事不宜遲，她才說完，就急匆匆地去了一趟大理寺。看押閣錫範等人的那間牢房派了專門的士兵把守，裡面的陳設和案發時一模一樣。

她向獄頭趙田討來了鑰匙，打開牢門，將那三個紙人統統帶了出去。

◆

待沈玉書回府時，天色已晚，天邊的紅霞也早已染了紫色。她先是吩咐小廝接過那幾個紙人，要他們把這些東西放到閣樓裡，又找管家說了兩句話。

沈玉書正要進門，卻聽到牆角傳來幾聲細細碎碎的聲音，一回頭，就看到梅長林正探著個腦袋在小聲地叫她。

沈玉書眨了眨眼睛，以為自己看錯了，再朝牆角一看，發現梅長林真的在那兒。她蹙了蹙眉，看了看四周，快步走了過去。

「你怎麼在這？」沈玉書急著問。

的。」

「噓！」梅長林把食指往唇上一放，輕聲道，「我們被刀百魄給劫去了，我是偷跑出來

「你說刀百魄劫了你們？」沈玉書瞪大了眼睛，擔憂道，「那杜鵑他們呢？」

「他們……」梅長林說著，眼底閃過一絲悲傷，哽咽著道，「他們為了掩護我，被刀百魄給殺了……」

「什麼？」沈玉書一驚，「你是說，他們……死了？」

梅長林沉默地點了點頭。

「可我後來聽說，刀百魄給江湖百名榜上的人都下了追殺令，他怎麼會對你們動手呢？你確定沒有搞錯嗎？」沈玉書百思不得其解。

梅長林低垂著眼眸，眼珠子動了動，悲愴地說：「我現在只要一閉眼就能想到他那張可怕的臉，怎麼可能會搞錯？我也不知道他為什麼要殺我們，總之現在長安三傑，就剩我一人了。」

沈玉書一時也不知該如何安慰他，嘆了一口氣：「那你之後打算怎麼辦？」

梅長林搖了搖頭道：「不知道，也許會報仇，也許不會吧。我此次前來，就是想讓小娘子別為我們費心了。刀百魄並不是好惹的人，我們不想小娘子再為此連累到自己。」

「你的意思是說，把你們劫出大理寺，往牢房裡放紙人的都是刀百魄？」沈玉書不確定地道。

梅長林點頭，警惕地往沈玉書身後探了探頭，急匆匆地道：「有人來了，我就不牽連小

娘子了，我先走了。」梅長林說罷，一閃身已到了胡同拐角處。

沈玉書疑惑地轉頭看身後來人是誰，四處看了看卻沒發現人影，便打算回府去。可她剛邁出一步，就感覺身後有一陣輕風刮過，後頸被人重重一擊。她還沒來得及看清襲擊自己的人是誰，就徹底沒了意識。

參

清晨，微風。

朝陽下的長安，寂靜空曠。往日裡不乏嬉笑之聲的沈府，此刻卻顯得毫無生氣。因為周易突然有事，便只有秦簡一人來找沈玉書。他一進沈府，就感覺到了些許不對勁，下人們個個低著頭，一副大氣都不敢出的樣子。

恰巧竹月在庭院裡澆花，秦簡便走過去問她：「今兒這是怎麼了？」

竹月紅著眼睛抬起頭，見來人是秦簡，連忙抹了抹眼淚，哽咽著道：「我們小娘子丟了……」

秦簡一愣，像是聽到了什麼滑稽言論，皺著眉毛反應了好一會兒，才又道：「妳說什麼？」

「小娘子昨天下午回來後，出去了一下，之後就突然找不到了……」竹月說著，又哭了起來。

「她昨天回來以後又出去了？她去哪了？」秦簡的神色一下子緊繃了起來，緊張得聲音發顫。

竹月搖了搖頭。昨日她連沈玉書的面都沒見著，自然不知道沈玉書去了哪裡。

「妳把昨天發生的事一字不落地跟我說一下，記住，一個細節也不能漏過。」秦簡眼睛直勾勾地看著竹月，彷彿這樣看著，沈玉書就能出現一樣。

「我聽管家說，小娘子昨日回到府上時，還帶了三個模樣怪異的紙人，叫冬歌他們放到閣樓上，還交代管家要採買一些香料給大娘子房裡點著用，隨後他們都進了府，就不知道她又去哪了。只是……她直到現在都沒再回過府，也沒和人說她昨日不回來了。最奇怪的是，我們還在府外的院角發現了一個和小娘子長得一模一樣的……」竹月越說聲音越小。

秦簡聽著，心裡越來越毛，直覺告訴他，竹月要說的那東西是什麼了，可他還是打斷了自己的想法，顫抖地問：「發現了……什麼？」

他看著竹月緩慢開合的嘴角，心裡竟在無聲地祈禱著什麼。終於，竹月帶著沙啞的嗓音還是傳到了他的耳朵裡，他清楚地聽到竹月說：「我們發現了一個和小娘子長得一模一樣的紙人……」

那一瞬間，秦簡只覺得此話如晴天霹靂般，腦子一片空白，連著渾身的血液都透著徹骨的涼。哪怕他已經先一秒知道了這個結果，可當他真真切切地聽到竹月這麼說的時候，竟還是有些接受不了。

如果之前，他確切地告訴沈玉書，不要去管長安三傑的事，是不是就沒有後來的事了？

他不知道。可是他明確地知道，沈玉書之所以會失蹤，和長安三傑的案子脫不了干係，那麼也就和他脫不了干係。

竹月見秦簡雙眼發紅地看著自己，擔憂地道：「秦小郎，你還好嗎？」

秦簡回過神道：「這事，你們家大娘子知道嗎？」

「知道了。大娘子今天都沒去佛堂，一直在小娘子臥房裡等，哭得都成淚人兒了。」竹月一臉悲戚地道。

「好，妳去代我告訴她，玉書雖然沒回來，但她一定不會有事的。我一會兒就去和聖上請命，我保證，一定將她完好無損地帶回來。」秦簡盡可能淡定地說道。

竹月點了點頭道：「我這就去。」

秦簡朝她輕輕點了點頭，目光看向別處，忽地凌厲了許多。

◆

紫宸殿。

李忱剛午睡起來，就聽王宗實稟報說豐陽公主在殿外候了有一會兒了。他就著一旁小太監遞過來的水洗了洗手，道：「讓她進來吧。」

不消片刻，就見李環花蝴蝶似的進來了，一進門就嚷嚷著：「阿爺，你是不是不喜歡環兒了呀？」

「胡說，朕何時不喜歡妳了？」李忱見她笑得燦爛，心情也不由得明朗了許多。

「阿爺都許久沒去看環兒了呢！」李環噘著小嘴撒著嬌，轉身從身後宮女手中的盤子裡端過一只白玉盅放到桌上，拿勺子舀了兩勺到碗裡，捧到李忱面前道，「這是環兒親自下廚給阿爺煮的參湯，用的是上好的人參，阿爺嚐嚐？」

「喲，都會煮東西了？」李忱笑著看了眼那白玉碗裡的東西，道，「看色澤竟還不錯，妳先放著吧，朕一會兒喝。」

「阿爺是嫌環兒煮得不好才不喝的嗎？」李環一張櫻桃小嘴噘得更高了。

「公主殿下，大家這才剛午睡起，火氣正旺，您送這麼大補的東西，可是使不得呢。」一旁的王宗實見李忱為難，忙笑著解釋道。

「那好吧，那環兒下次等阿爺不午睡的時候再來送。」李環嘆了一口氣，把參湯遞給宮女，惋惜道，「這麼好的人參啊，阿爺吃不了多可惜。」

「行了，朕一會兒就吃。」李忱鬧不過她，無奈地朝她伸了伸手，「妳過來，朕有話問妳。」

李環頓時眼睛睜得老大，眼珠子警覺地轉了兩圈，回身走到李忱身邊，問道：「什麼事啊……」

「朕聽說，妳這兩日總不在宮裡，都幹什麼去了？」李忱緩緩地抬頭看著她，眼睛裡是父親才有的溫柔。

「啊？我、我沒幹什麼呀……」李環眼睛看著腳下，因為心裡虛，說話越來越沒底氣。

「是嗎？」李忱挑了挑眉，笑道，「朕怎麼聽說，妳最近往祭酒府跑得可勤呢，是有此事嗎？」

李忱這話雖是笑著說的，可李環聽著，卻只覺得如芒在背，讓她不知該如何答他，便只好把頭低得更低了。

「妳說妳，好歹也是一國公主，一點女兒家該有的矜持都沒有，成何體統？」李忱把語氣不由得加重了幾分，一國之君的威嚴都摻在了這句話裡，有責怪，更多的卻是疼愛。

李環被嚇得身子一抖，忙跪了下去，委屈道：「請父親恕罪！」

李忱見她這樣，不惱也不怒，把玩著手裡的沉香珠子，過了好一會兒才道：「起來吧。妳是真喜歡那小子？」

「是。」李環鄭重其事地點了點頭，才起身。

「朕聽說，林風眠家裡的那位小郎可是不學無術啊，多次科考都落了第，心思也完全不在功名上，倒是花天酒地和人有得一拚，完完全全的一個紈褲子弟，妳喜歡他什麼？」李忱淡淡地問。

「回父親，他不是你想的那樣的，他是一個很好的人！」李環倏地抬起頭，認真道，「雖然他平時貪玩兒了些，心思也不在讀書上，可他一心嚮往自由，也有自己的主見。他和我見過的那些迂腐的、勢利的人都不一樣，別人都在為了光耀門楣而活，可他不一樣，他是純粹地在做自己，甚至願意為此犧牲掉大好的前程。環兒自小就長在宮裡，經歷的事不多，認識的人也不多，卻大多在為利而活。唯有他，笑就是笑，哭就是哭，喜歡就是喜歡，討厭就是討厭，每一個反應都是那麼的真實而又簡單。我喜歡他帶給我的這份真實，我想跟他長長久久地相處。」

「妳呀，到底是小孩兒心性，一個胸無大志的人，豈能是良配？」李忱笑著揶揄了她幾句，又問王宗實，「你說說，朕說得可在理？」

王宗實笑咪咪地咧著嘴道：「大家說得在理。公主乃千金之軀，雖然林祭酒才學淵博，可他那兒子實在是不成器，公主委身討好實在不應該。依奴看，還是大家幫公主另擇佳婿更穩妥。」

王宗實一通馬屁拍得李忱心情大好，卻讓李環不舒爽了。

她瞪了王宗實一眼，不悅道：「你這老奴，哪來那麼多閒話？」

王宗實笑呵呵地向她欠了欠腰：「老奴這次怕是真的惹公主不開心咯！」

「別聽她胡說。」李忱放下了手裡的沉香珠串，起身在屋內來回活動活動筋骨，看著李環道，「朕看今年新登科的狀元、榜眼都不錯，也是儀表堂堂，不比林風眠家的那個小郎強？」

「父親！這怎麼能一樣呢？」李環急得直跺腳，「阿姊[9]嫁的鄭郎可是好，可阿姊不也整日哭鬧著過得不好？在環兒心裡，林小郎並不比那鄭郎差。」

一下子，李忱愣是被李環給噎得說不出話，無奈地笑了笑，指著李環對王宗實道：「妳瞅瞅，這伶牙俐齒的！罷罷罷，都由妳去吧！妳說這林家世代書香門第，怎麼林風眠這子就偏偏不愛讀書呢？」

李環吐了吐舌頭，得了便宜還賣乖，撒嬌道：「阿爺，這個道理多簡單啊，你看阿爺你這麼厲害，我卻只是笨得厲害，林之恆不愛讀書也不奇怪啊！」

「妳呀！」李忱無奈地伸手點了點她的腦袋，正要說些什麼，卻聽到門外有輕微的吵嚷聲，便問王宗實，「外面發什麼了？」

「奴去看看。」王宗實欠了欠腰，抱著拂塵小跑著出去了。

他一開門就開始指責：「不知道聖上在裡面啊，吵什麼吵？還要不要命了？沒規矩！」門外看守的常公公忙點頭哈腰地道：「哎喲，貴人恕罪。是秦侍衛硬要見聖上，我說現在不行，他不聽，這才和他辯了兩句。聖上要開罪，您可得替我說兩句好話啊！」

王宗實這才抬了抬眼，果然看到了一旁站著的秦簡，臉一轉，吊著眉毛陰陽怪氣地道：「秦侍衛在宮裡也待了這許多年了，竟是連規矩都不懂了？」

「煩請王貴人和聖上通報一聲，我有要事要稟。」秦簡心裡著急，也顧不了什麼規矩了，對著王宗實就是深深地一躬。

「要事？哎喲，那您今兒來得還真不是時候，聖上正和豐陽公主說話呢，您還是改天再來吧。」王宗實說罷，看了眼常公公，責備道，「這點事都辦不了，還指望聖上重用你？」

「王貴人，您務必要和聖上說一下，此事耽誤不得，我就在殿外候著了。」秦簡幾乎是懇求地說著。

王宗實瞥了他一眼，道：「成吧，若是聖上怪罪下來，你可別怪我沒提醒你！」

秦簡朝他作了個揖，道：「多謝王貴人。」

王宗實輕「哼」了一聲，把拂塵往左臂上一搭，目光冷冷地睨了他一眼，推門進去了。

他一進去，李忱就問：「怎麼回事？」

「回大家，是秦侍衛，他硬要見您，老奴攔也攔不住，只好向您稟明了。」王宗實低頭道。

「他可有說是何事？」李忱想了想，問。

「沒有，他只說要見您。」王宗實輕聲道。

李忱手上把玩著珠子，凝眉思索了一會兒，心下覺得不妙，擺了擺手道：「叫他快些進來，你出去後就在外面候著吧。」

王宗實疑惑地偷偷看了李忱一眼，眼珠子轉了轉道：「是。」

他轉身出門，臉色卻變得陰沉起來。

秦簡一進來，李忱見他臉色不對，朝李環揚了揚下巴道：「妳也出去吧。」

李環一愣，看了眼秦簡，想來李忱是有要事要談，便點了點頭乖乖地退下了。只是這個秦侍衛不是一直跟著玉書的嗎？找父親能有什麼要事？李環心中疑惑。

待李環退出去合上了門，李忱才急著問：「出什麼事了？」

秦簡眼皮一顫，跪了下來，沉聲道：「請聖上責罰！」

李忱心裡一咯噔，忙起身問：「究竟怎麼了？莫不是紅房子……」

「聖上，玉書、玉書失蹤了……」秦簡低垂著眼簾，一字一頓，都在撕扯著自己的心似的，連帶著聲音都有股撕裂的感覺。

「你說什麼？」李忱身形一晃，又重複道，「你說玉書……」

「玉書昨天失蹤了……兇手還留下了一個和她一模一樣的紙人，這些時日，江湖上許多高手都是這樣莫名其妙失蹤的……」秦簡儘量控制自己的情緒，聲音還是不由得有些顫抖。

「怎麼會這樣？」李忱面色鐵青，也後怕起來，想了想道，「上次與你交手，刺傷你的那個黑衣人，你可有查出是誰？」

「是顧安生。依臣猜測，他應該是鳳凰的人，而且很有可能就是黑斗篷之一。」秦簡低頭道。

「顧安生……」李忱嘴裡嘀咕著，背著手踱了兩步，腳步一頓道，「壞了！怕是玉書也是被鳳凰給劫去了！這個鳳凰！終究還是把矛頭指向她了……」

秦簡背脊一僵，瞳孔倏地放大，道：「聖上，臣請命徹查此事！」

「你打算如何徹查？」李忱嘆了一口氣，問。

秦簡頓了一下，道：「從紙人下手，最近發生的幾起怪事都與這紙人有關，臣以為，循著這條線索去查，一定能查到一些蛛絲馬跡！」

李忱半閉著眼睛沉思了一會兒，道：「好，朕允了你的請求。」

殿外，王宗實皺著八字眉，無奈地看著趴在門上的李環，急切地捏著嗓子小聲道：「公主啊，這可使不得啊，聖上說的都是機密要事，可聽不得啊！」

李環嫌他煩，瞪了他一眼，心情複雜地在原地轉了好幾個圈，叫來身邊的宮女：「妳快去祭酒府知會林小郎，就說玉書出事了，叫他速速來大明宮，速去速回！」

宮女領了命，急匆匆地走了，留李環在原地急得直跺腳。她瞪了眼王宗實，把耳朵貼在了紫宸殿的門上。

◆

崇仁坊，妙筆軒。

這裡是長安城最大的書畫行，更是聚集了天底下最出色的畫師和書法家，凡是出自妙筆軒的作品，常常是有市無價。無論是白天還是夜市，這裡的人流總不會太少。當然，這裡也是文人墨客最常光顧的地方之一。於是坊間就有人說，到了妙筆軒也就等於到了長安。

妙筆軒中裝飾得金碧輝煌，樓頂上掛著幾千盞明亮的夜燈，光華璀璨，恍若白晝，彷彿是幾千隻不甘寂寞又充滿渴望的眼睛在盯著眾人看。

此時此刻，妙筆軒裡已是人山人海，吵嚷聲不絕於耳。淡淡的墨香夾著絲絲的熏香，讓人神清氣爽，總忍不住想提筆揮毫以抒發胸臆。

七、八十張看桌上，展品琳琅滿目，盛放的各色的水墨油彩和娟秀文字，精妙絕倫，可謂是視覺上的饕餮盛宴。

畫師們爭先鬥技，百花齊放，各有所長，看得眾人目不暇接，連連稱讚。

然而，喧鬧的人群中總會有一、兩個出奇的人。他們與生俱來的高傲冷漠，總給人一種灑脫超凡、不食人間煙火的傲然和絕美感。

在妙筆軒西側那個不起眼的角落，正有兩位「不食人間煙火」的人坐在那裡，細細品嚐著眼前的美酒。

男人眉毛修長，鼻梁高挺，一襲黑白點綴的長裳著身，顯得既秀氣又精幹，他的腰間掛著一對樣式別致的翡綠色狐狸，舉手投足之間盡顯清新雅致，彷彿就是蒼茫遼闊的水墨畫裡走出來的絕塵美男子。至於他對面的女子，看上去就像是一座冰山，低眉轉眼間都透著股清冷，卻也別有一番韻致。

過了好一陣子，他們才慢慢走到看臺的正中央。那裡很早就擺放了一匹十餘丈長的金絲帛錦，金光奪目，閃耀非凡，底下的看客紛紛聚攏，不禁嘖嘖稱嘆。

台啟[10]上前一步，宣道：「諸位、諸位，今日樓郎和洛娘筆興大發，將為大家帶來〈大唐盛世牡丹圖〉，畫畢將直接進行現場拍賣，價高者得。真可謂機不可失、失不再來啊，諸位可看好咯。」

話畢，人群裡頓時發出爆裂般的談論聲。

有人小聲道：「樓雨歇和洛依雪可是妙筆軒中頂級的畫師啊，若是有幸能得到他們手裡的一、二幅畫作，這輩子怕是也不愁吃穿了。」

又有人道：「這種東西可遇不可求，他們兩個技藝超群，卻不常開筆，不知道今天晚上誰又是幸運兒。」

「誰說不是呢，樓雨歇和洛依雪已成了這裡的臺柱子，就連老館主也自愧不如，所以才不得不離開妙筆軒歸隱山林了。」

「那又怎樣，在妙筆軒向來是能者居之，這規矩，百年前就立下了，換作是誰也不能更改，老館主技不如人，理應退位讓賢的。」

「也是、也是，所謂青出於藍而勝於藍。舊貌換新顏，妙筆軒有了他們兩人當家做主，日後必會騰雲九霄，成為書畫界的中流砥柱啊。」

這時，周易急匆匆地從外頭進來，風風火火的樣子惹得圍觀的一眾人紛紛回頭看他。看桌上，有幾個公子哥認識他，便調侃道：「喲、巧了，今兒林小郎也來賞畫啊？」

周易當沒聽見，冷著一張臉找了個座坐下，皺眉看著臺上作畫的兩人。

隨後，秦簡帶著幾個千牛衛也進來了，嚇得觀畫的眾人以為是什麼人犯了案，看著他們的方向嘀咕了好一會兒。可其實，秦簡等人也只是盯著臺上的畫師，彷彿只是工作之餘順道來賞個畫。

有幾個好事的公子哥，戳了戳周易的胳膊，輕聲道：「這怎麼回事啊？好端端的怎麼來了幾個軍爺？」

「你又沒犯事，關心那麼多幹什麼？」周易斜斜地瞥了他一眼，語氣並不好。

「瞧你這話說的，我這不是好奇嘛！」那人落了個沒趣，悻悻地又看了秦簡兩眼。

「沒什麼好好奇的，跟你們沒關係。」周易淡淡地說了句，忽然想到了什麼，「這倆人是新來的？」

那人點點頭道：「可不是，剛一來就把老館主給擠走了，厲害吧？」

「看來他們還挺有能耐。」周易道。

那人看了眼看臺上半成的牡丹，嘖嘖了兩句道：「那是，你是沒見過，他們畫的畫跟活物似的，無論是三月雨，還是六月荷，又或者是九月菊、臘月梅，都跟真的一樣。」

周易眼睛看著看臺的方向，皺眉問道：「那他們畫人呢？也像嗎？」

「何止是像，他們筆下的美人個個生動有趣，還會對著人拋媚眼、挑眉毛呢，神得很！」

「是嗎？」周易神色淡淡的，彷彿沒被他的話說動，眼神卻不自覺地凌厲了幾分。

那人顯然沒注意到周易的神情。他和周易玩兒過幾次，知道周易放得開，一邊把玩著手裡的扇子，一邊向周易投來一個猥瑣的表情，道：「你要是感興趣，大可買幾幅他們畫的美人，掛在臥房，我保你日日似神仙，連門都不想出！」

周易沒聽到他的話似的，瞇了瞇眼睛，朝另一側的秦簡使了個眼色。

秦簡會意，點了點頭，眉宇間盡是疲憊，眼底的那抹涼意卻越來越深。

大約又過了一個時辰，十丈來長的金絲帛錦上，大勢逐步拉開。樓雨歇和洛依雪手執狼毫筆，聚精會神。兩個人均宛若蜻蜓點水般拂掠而過，雙腳輕盈旋轉，姿態旖旎萬千，筆尖輕點慢收，開闔自如。整整兩個時辰完成的鴻篇巨制，他們居然一氣呵成，身體一直懸在半空未見著地，整場下來，一直透著夢幻般的美感。

眾人看後皆驚嘆不已。秦簡看著二人嫻熟的技藝和上乘的輕功，有一瞬間的驚嘆，很快又皺緊了眉頭。只一秒，他就可以斷定他們的輕功是失傳已久那素以輕柔靈動著稱的「霧裡探花」。不久前，他也見一個人使過，技法比他們還要純熟，那個人叫顧安生，而他在那人手下險些喪了命。

隨著清脆的落筆聲，氣勢磅礴的〈大唐盛世牡丹圖〉完成，眾人的目光瞬間被吸引，皆爭先恐後地伸長脖子往裡探。

那紙上的牡丹原本還是青黃的花苞，只見樓雨歇擺了擺袖子，道了聲「風來」，屋內果真有風輕輕拂過畫軸。

接下來奇怪的事情發生了，那些含苞待放的花骨朵竟然迎風徐徐綻放，不到半盞茶的工夫，紙上所有的花全部盛開。彷彿是上演了一場戲法，當真是神奇無比。

眾人驚嘆間，秦簡也不由得感到匪夷所思。

周易卻一點都不覺得稀奇，把玩著手裡的扇子，瞇眸道：「你別看他這把戲耍得多好，說到底也不過投機取巧罷了，這種把戲，不久前清雲家的花魁也要過。」

「這畫有問題？」秦簡側頭問他。

周易搖了搖頭，道：「畫是沒問題，筆法也是世間一絕，可這花開卻是假。如果我沒有看錯的話，他們所用的顏料是珍貴的『花開十四夜』和『小雨潤如酥』，只因用這種顏料作畫可以形成很強烈的視覺錯差，所以能讓人看到『花開』。而且，這顏料是從西域傳來的，價格非常高昂，他們竟如此大手筆地用來作畫，還真是財大氣粗！」

秦簡聽著，眸色一沉。

這幅畫以二百兩起拍，不少富家子弟紛紛擁上臺去，你推我搡地想要據為己有，還沒喘口氣的工夫，價碼便已上漲至五千兩。最後場上也只剩下兩個主顧，一個是莽漢模樣的中年人，華帽錦衣，看起來就是個紈褲；另一個人穿著樸素，相貌平平，和普通老百姓沒什麼區別。

所有人都覺得奇怪。那個穿著樸素的男子看起來並沒有多少錢，卻異常豪氣，幾輪下來連連加價，莽漢也不甘落後。價碼很快漲到八千兩，這時候樸素男突然不再往上叫了，這幅圖最終被莽漢收入囊中。

周易看著，又輕笑了一聲：「那人十之八九是妙筆軒雇來的托兒，一幅畫居然賣出了八千兩的高價，就是請吳道子來畫，也斷不值這個價。」

就在眾人散場的時候，秦簡和周易齊齊地起了身走向看臺，幾個千牛衛也緊跟其後，嚇得店裡老闆以為他們要鬧事。

此時，樓雨歇和洛依雪又坐在了桌子上喝酒，模樣輕鬆愉悅，顯然是因為剛剛的畫賣了好價錢。

「你們可有給人畫過紙人一類的東西？」秦簡開門見山。

樓雨歇一轉頭，就見到他們來者不善的樣子，小心翼翼地道：「我不懂幾位官爺的意思。」

「是嗎？」秦簡眼皮一動，直勾勾地看著樓雨歇道，「那你們可認識顧安生？」

本來還鎮定品酒的洛依雪此時也不禁眉頭一跳，從椅子上站起來，冷冷地道：「我們二人不過是個普通賣畫的，幾位官爺又何故如此為難我們？」

「為難？」秦簡本就陰沉著的臉，此刻變得更是冷冽。他沉默了片刻，朝身後的千牛衛揮了揮手道：「帶走！」

一時間，不單是洛依雪和樓雨歇，連帶著周易都感到震驚，拽了拽秦簡的衣袖道：「你冷靜一點，我們現在還沒有任何證據，不能隨意抓人。」

「沒時間了。」秦簡眼神一動，心底的那片脆弱終還是不小心被觸碰到了。他深吸了一口氣，長袖一揮道：「帶走！」

「我們又沒犯什麼錯，你們怎能這樣隨意抓人？別碰我！」樓雨歇有些急了，掙扎道。

「是啊，我們妙筆軒做的都是正當生意，再怎麼樣，也犯不著抓人啊！」店裡人也急著過來求情。

妙筆軒似乎一時間變成了衙門，哪裡還有剛才的半點雅致？

秦簡沉默不語，甚至沒看他們一眼，任他們吵吵鬧鬧，自己已經踏出了妙筆軒的大門。算起來，沈玉書已經失蹤一整天了，這一整天的煎熬，讓他的心裡也越發沒底。他不敢想，如若真的落到了鳳凰閣的手裡，就是他也尚且是死裡逃生，更何況是她，手無寸鐵又半點功夫也沒有，該怎麼辦？這麼想著，他不由得又深深地吸了口氣，一滴晶瑩的淚悄然從眼眶滑落，落到染了秋意的冰涼地上，獨自悲傷著。

隨後，秦簡又帶著千牛衛去大理寺牢房抓了趙田，理由是趙田身為獄頭，因看管不力，讓人鑽了空子，偷走了罪犯。

周易在一旁看得連連嘆氣，卻也只能嘆氣。他雖不讚同秦簡這大殺四方的作風，可也知道他們沒有時間了，再耽擱下去，沈玉書隨時會出事。

◆

那廂，沈玉書只覺得天旋地轉，頭痛得緊，扶著頭硬撐開了眼皮，卻被白晃晃的太陽光刺得又不得不閉上了眼睛。

她不知道自己這是在哪，只感覺渾身疼，整個人都像是散架了一樣。

一個身穿黑斗篷的男子正站在窗前出神，聽到她這邊傳來的動靜，微微側頭看了她一眼道：「醒了？」

沈玉書硬撐著半坐起身子，看到那身黑斗篷的裝扮，心猛地一跳，瞇著眼睛打量了他一下，想要看出他究竟是誰，奈何他的臉上戴著黑色的面巾，她根本看不出他的容貌。

沈玉書皺眉道：「你是誰？」

黑斗篷輕笑一聲，目光依舊看著窗外：「我是誰不重要，重要的是，是我把妳抓來的。」

沈玉書眼皮一跳，也不顧強光刺眼，警惕地看著他道：「這是什麼地方？」

黑斗篷淡淡地道：「紙人山莊。」

沈玉書眉頭一皺：「紙人山莊？那些紙人都出自你們之手？」

黑斗篷回頭，對沈玉書點了點頭道：「不錯。」

「是你抓了長安三傑和那些江湖人士？」沈玉書環顧了一下四周，發現自己此刻正身處一個封閉的屋子裡，心裡更緊張了。

「是。」黑斗篷毫不避諱地又點了點頭，露在面巾外面的半張臉上的神色甚至還有些驕傲。他說罷，還補充道：「不過不是我，而是我們！」

我們？顯然，他還有同夥。所以，真的如她所猜測的那樣，黑斗篷不是一個人。

沈玉書自知自己是入了虎狼窩，右手緊張地掐著左手虎口處，強裝鎮定地道：「看來你們很厲害啊！不過，你們抓那些江湖人士我可以理解，你們抓我又是為了什麼？」

「不為什麼，我們只是想幫妳。」黑斗篷有些神祕地說道。

「幫我？我竟不知，我還有什麼需要別人幫忙的事。」沈玉書挑了挑眉，強裝輕鬆。

「當然有，可惜的是，妳竟然從不知道。」黑斗篷的兩隻眼睛裡充滿憐憫。

沈玉書大氣也不敢出，來回打量著他，心不在焉地道：「那我倒想聽聽了，我身上竟還藏著自己都不知道的祕密？」

黑斗篷笑了笑，沒有回答她，拍了拍手，立刻有兩個打扮得一模一樣的婢女走進來，朝他行了個禮。

他沒看她們，而是看著沈玉書道：「以這種方式帶妳來山莊，實在不好意思，妳先隨她們去洗漱一番吧。隨後我再帶妳去見莊主，到時候妳便什麼都知道了。」

沈玉書警惕地看了兩眼剛進來的婢女，多少有些不放心，笑道：「不用了，我急著想見你們莊主，就不需那麼些虛禮了。」

黑斗篷審視地看了她一眼：「也罷，那就跟我來吧。」他說罷，便轉身先行出了屋子。

沈玉書謹慎地又四處看了看，沒覺出什麼不對勁，才跟上他的腳步。

◆

黑斗篷沒騙她，這裡果真是個山莊，放眼望去，到處是聳立的高山，層層疊疊地將山莊重重包圍起來，山莊看起來就像是個密不透風的囚籠。

沈玉書一路都在觀察著這個怪異的山莊，心也越來越涼。直覺告訴她，憑她自己，根本別想從這個地方逃出去。於是，她便忍不住地嘆了一口氣。

那黑斗篷果然不是一般人，沈玉書不過輕輕一嘆，他便警惕地回頭看她：「怎麼了？」

「沒事，睏，打了個哈欠而已。」沈玉書迅速收回了四處張望的目光，不自然地扯了扯嘴角。

黑斗篷卻彷彿看穿了她，淡然地瞥了她一眼：「別想著逃了，我們這處處都有人守著，以妳的身手，只怕沒出山門就死在了路上，還是學乖點的好。」

沈玉書看著他的背，只覺得那裡像是長了一隻眼睛，讓她心裡直發毛。看來，她也只能先會會那個傳說中的莊主了。

他們路過一處涼亭的時候，看到有個人正背對著他們畫畫，令沈玉書驚訝的是，那人描畫的正是一個紙人。

沈玉書心生好奇，便多看了兩眼，那人卻猛然回頭盯著她露出妖魅的笑容，扯著沙啞撕裂的聲音對她說：「別來無恙啊！」

沈玉書嚇得「啊」了一聲，腳下一軟，險些摔倒，顯然是真的被嚇到了。

平日裡沈玉書的膽子是很大的，這會兒之所以被嚇到，只因那人的面容實在太過恐怖，整張臉都被毀了，甚至連五官都讓人分辨不清。

黑斗篷卻見怪不怪，停了步子道：「這就是我要帶妳見的人。」

沈玉書疑惑而惶恐地看了黑斗篷一眼，目光始終不敢往那畫畫之人身上放，謹慎地問道：「他就是你們莊主？」

黑斗篷點了點頭道：「是。」

說著，那莊主已經拿著筆站了起來，用他一張扭曲的臉正對著沈玉書道：「歡迎來到我的王國——紙人山莊，我等妳很久了。」

「等我？我與你們並不相識，你又何出此言？」沈玉書小心翼翼地問。

「是嗎？可我除了認識妳，還認識妳父親呢！」莊主扯了扯乾燥得開裂了的嘴唇，從喉嚨裡發出了兩聲悶笑。

沈玉書不由得把眉頭一皺，心隨著他手中毛筆上滴落的墨水一沉，強裝鎮定地道：「我父親已過世多年，莊主卻說認識他，想來莊主和我父親曾是故交？」

「何止是故交，我和妳父親的淵源深了去了！」莊主又笑了兩聲，轉頭問黑斗篷，「我吩咐你的事，可準備好了？」

「都已準備好了，只等莊主發話。」黑斗篷微彎著腰，恭恭敬敬地道。

「很好。」莊主朝黑斗篷點了點頭，轉頭看著沈玉書，「為了迎接妳的到來，我可是特意讓人辦了一場宴席，好為妳接風洗塵。走吧。」

「莊主客氣了。」沈玉書假意朝他笑了笑，心裡卻還是摸不透他們抓她來的目的到底是什麼。

◆

飯菜準備在一個裝修挺闊綽的堂屋，她一進去，就看見乾淨的屋子裡香霧繚繞，桌子上擺滿了山珍海味。當然，旁邊還站了不少身穿黑斗篷的人。

那莊主先是讓她坐下後，才到自己的主位上坐下，道：「歡迎來到我的紙人山莊。」這話他已和她說過一次，可這一次聽，沈玉書依然覺得毛骨悚然，卻也只好硬著頭皮還禮道：「多謝莊主關照。」

莊主先給自己倒了一杯酒，喝乾了，才道：「我先自我介紹一下，我叫嵇無顏，是紙人山莊的莊主。小娘子在莊上見到的其他人，都是我的幕僚，我們的目的只有一個，那就是毀掉大唐，建立新政。」

沈玉書聽得一激靈，餘光輕輕地往四周瞟了瞟，見他們各個都把目光放在自己身上，只覺如芒在背。

她猶豫了一瞬後，也端起酒杯，看著莊主道：「沈玉書。」她說罷，又把酒杯放下，並未飲一口。在這個人生地不熟的地方，見到的都是敵人，她不敢沾這裡的任何東西，只能這樣膽戰心驚地應對著。

「想來小娘子還不知道我們為何將妳帶到這裡來吧？」嵇無顏竟沒責怪她不喝酒，看著她開門見山地道，「我讓人帶妳來莊裡，不過是看不過那狗皇帝如此欺瞞小娘子，想將當年的實情告訴妳。不知小娘子有無興趣略聽一二？」

「既然玉書是被矇騙了，那便請莊主將實情告知玉書，玉書定感激不盡。」沈玉書皮笑肉不笑地盯著桌上的菜肴。

「真是個爽快人。」嵇無顏又喝了一杯酒，「妳父親的死，那狗皇帝可有告訴妳原因了？」

沈玉書眼珠子動了動，隨即鎮定自若地道：「沒有。母親與我說父親死於意外，我想，這應該就是天意吧。」

「呵，這狗皇帝，害了妳父親的性命，竟然還如此騙妳，好讓妳為他的江山賣命，簡直是厚顏無恥！」嵇無顏說著，情緒激動起來，恨不得當即便殺了李忱似的。

沈玉書緊張得發抖，只能食指扣緊虎口處，用疼痛麻痹自己的感官，裝出一副無助的樣子，難以置信地道：「莊主的意思是，我父親是被聖上殺的？這、這怎麼可能？我父親一輩子為國為民，甚至都沒想過自己，他怎麼會……」

「他怎麼不會？想當初，我為憲宗那麼賣命，結果呢，得來的卻是被他無情逐出了宮！甚至還想斷我的後路！如今這個狗皇帝，只會比他父親更殘暴！妳父親就和當初的我一樣，不過只是他穩定朝局的一顆棋子罷了，他為了討好白敏中，寧願殺了妳父親，而妳，竟然一直被他蒙在了鼓裡。呵，這個狗皇帝，真是卑鄙！」嵇無顏激動地握緊拳頭。

「聖上真的……殺了我父親？我沈家世世代代忠臣良將，他怎麼能這樣？」沈玉書一臉不敢相信的樣子，只差號啕大哭了，卻還不忘觀察嵇無顏的反應。

「醒醒吧，這狗皇帝根本不值得我們擁護，打倒他的統治，我們就是這個世界的王！」嵇無顏繞過桌子走到她身邊，鬼爪一樣的手放在她的肩膀上，彷彿要傳遞力量給她一樣。

可他的手一放上來，沈玉書整個身子都不由得一僵。寒氣透過那隻手瞬間傳遍了她的整個身體，而她還在努力裝出一副泣不成聲的樣子。形勢讓她只能一味示弱，這樣，他們才會卸掉防備之心。

「可我能怎麼做，我不過一介女子，能做什麼？」她抽噎著道。

嵇無顏果然很滿意她的反應，笑了笑：「我早就聽聞妳的聰明才智不輸男兒，如今，我們既都憎恨那狗皇帝，不如妳加入我們，與我們共謀大事？妳放心，等來日我們成了事，一定讓妳有享不盡的榮華。」

沈玉書擦了擦擠出來的眼淚，眼睛動了動：「可你們究竟是什麼組織，真的能推翻大唐的統治嗎？」

嵇無顏像是聽到了什麼笑話，大笑了兩聲：「鳳凰，聽過嗎？我們在穆宗時期就已經成了規模，如今更是有吐蕃世子相助，無論是錢財還是兵馬，我們都有，只要找準契機，大唐就完了！」

鳳凰！

沈玉書眼皮子不由得一動，心下一疼，強撐著理智，不讓自己將怒火表現出來，看著嵇無顏笑道：「鳳凰，是個好名字。」

「怎麼樣，有沒有興趣加入我們？」嵇無顏又道。一張醜陋扭曲的臉正對著她，眼睛裡盛著激情。

「讓我再想想吧。」沈玉書讓自己儘量鎮定地看向嵇無顏那張可怖的臉，可本能的反應到底還是讓她不能完美地演好這齣戲。尋找了這麼久的鳳凰組織，如今它的主人就這樣活生生地站在她面前，她心中的那股濃烈的恨意，讓她無法再鎮定自若地配合他們。她需要時間去消化，哪怕如今她的處境是多麼的生死攸關。

「好。明天，我等妳的答覆，希望妳不會讓我失望。」稽無顏的神情裡帶著威懾，說罷，他還特意看了兩眼周圍站著的黑斗篷，彷彿在告訴他們，要盯緊沈玉書。

肆

不知不覺，夜色已悄然降臨。

此時此刻的崇仁坊夜市，街上，人們摩肩接踵，車馬恍若流星。人們三三兩兩地走在街上，發出銀鈴般的笑聲，享受著夜色帶來的刺激和欲望。

街上有一個賣花的老太婆。她看起來已經上了年紀，可你若細細觀察，會發現她的頭髮雖然花白，牙齒卻還顆顆都在，身上甚至還散發著成熟女子般的誘人體香。

她手裡拿著一個竹籃子，籃子裡裝著各式各樣的香草和花卉。奇怪的是，當別人找她買花的時候，她居然連一個字也不願意多說，只是神色緊張地穿過街心，直到走到一處沒人的角落，才突然開口道：「賣花了，有人買花嗎？」

這舉動，無論是誰看了都定會覺得怪異。那繁華熱鬧的街上人流如潮，本是賣花最好的去處，可她偏偏不去，卻要找個人跡罕至的巷子，這花還怎麼賣得出去？

可沒想到的是，她的花居然很快就賣出去了，買花的人是個身穿黑斗篷的男子，除了一雙炯炯發亮的眼睛外，渾身上下都是黑的，比夜色更黑。

男子直截了當道：「賣花嗎？」

老太婆慢悠悠地道：「賣。」

男子又問道：「妳看我能買嗎？」

老太婆看了他兩眼，淺笑道：「我的花需有緣人來拿。」

男子搖搖頭道：「妳的花需要我這有緣人來度。」

老太婆聽完後，把花籃鄭重地交給他：「你呀你，還是這麼油腔滑調的，莊主安排的事你可完成了？」

「已完成了大半。」男子自信地笑道，「再說了，我顧安生出馬，豈有失手的道理。不過，幾日不見，月娘這易容術確實純熟了不少嘛！」

月娘笑得咯咯響：「我的易容術到底還是從夜寒星那裡學來的，比起她來還欠不少的火候呢。」

顧安生略帶一絲惋惜地道：「只可惜夜寒星已經死了，否則她一定會成為紙人山莊中很厲害的角色。」

「不過，今兒來的怎麼是你？上官攬月呢？」月娘問。

「他被抓了。」顧安生眼簾低垂，聲音裡帶著壓抑。

月娘一驚，道：「什麼？他被抓了？他藏得那麼隱蔽，怎麼會呢？是誰抓的他？」

「上次和我交手的那個耍劍小子。」顧安生低聲道。

「他是誰？」月娘問。

顧安生瞇了瞇眼睛道：「據我調查，他應該是那狗皇帝特意安插的暗線。而且，他和沈玉書關係可不一般！」

「又是沈玉書，怎麼哪都有她？要不是因為她，孫操也不會死得那麼慘。下次要是讓我逮到她，我定剝她一層皮！」月娘憤慨道。

顧安生斜斜地瞥了她一眼，道：「妳竟還不知道？」

「知道什麼？」月娘問。

「莊主想招攬沈玉書做謀士，她如今已經被困在了山莊上。妳可別打她的主意，她對我們來說至關重要。」顧安生道。

月娘不滿地囔囔了兩句：「這樣也好，省去了我們不少麻煩事。只是可惜了孫操，好好的一個人，竟被……」她又深深地嘆了一口氣。

「都是狗皇帝的錯。這點妳要記得。」顧安生的聲音冷冷的。

「總之，沈玉書妳不許動。對了，紅木房子的事，妳查得如何了？」顧安生低聲問。

月娘搖了搖頭，嘆道：「那紅木房子據點太多，又藏得太嚴實了，如今我唯一能確定的就是他們的領頭人是錢三竹，幸好他已被我們殺掉了。但是，他當時找燕子門托鏢時太過大張旗鼓了，我懷疑他耍了心眼。」

「事後我們不是將鏢物焚毀了嗎？妳怕什麼？」顧安生道。

「說你是莽夫你還不服，別把那狗皇帝想得太簡單了，你想想他當初是如何玩弄宦臣登臨大位的？他那麼早就建了紅木房子提防我們，又怎麼會讓我們那麼輕易就得手？」月娘憂心忡忡地道。

「這個狗皇帝，終有一日，我要親自斬了他的狗頭！」顧安生把拳頭握得咯咯響，言語間藏著深仇大恨。

◆

此時，大理寺的審訊室裡，除了案桌上搖曳的兩道燭光，竟是一點天光也不曾灑進來。

秦簡坐在審訊桌後，冷眼看著被鎖鏈綁著的趙田。微弱的燭光落在秦簡的臉上，竟讓他的一張刀削般的臉顯得更冷峻了幾分。

「還不說嗎？」秦簡冷聲道。

趙田此時已被折磨得不像人了，卻還是齜著牙笑道：「我一個普普通通的獄頭，這輩子都沒做過壞事，你要我說什麼？」

「是嗎？」秦簡一雙發紅的眼睛直直看著趙田，眼神冷冽似冰，「那就繼續打！」

他言罷，幾個衙差已舉起了手中齊眉的水火棍，狠狠地打在了趙田身上。趙田疼得面部扭曲了起來，卻還是悶不吭聲。

「還是不說是嗎？」秦簡的忍耐已經到了極點，額頭的青筋若隱若現。

趙田忍著劇痛緩緩地抬起頭：「我沒什麼要說的，難不成你打算屈打成招嗎？」

「屈打成招？」秦簡冷笑了一聲，拿起桌案上的那塊刻著龍紋的玉牌，倏地起了身，走到趙田身邊，叫停了衙差，隱忍著怒火道，「那你告訴我，這是什麼？這玉牌怎麼會在你身上？你身上為什麼會有鳳凰的標誌？」

趙田的眼睛看著他手中的玉牌，眼睛一動，卻不言語。

「你們的據點在哪？」秦簡儘量平息自己的怒火，聲音冷冷地道。

「不知道。」趙田瞪著一雙三角眼，咧著嘴笑了笑。

秦簡一直握著的左拳發出咯吱咯吱的響聲，他卻還是儘量平和地看著趙田：「你們的人都有誰？」

「不知道。」

「很好！」秦簡還是強壓著怒火，「你們把沈玉書弄到哪了？為什麼要抓她？」

「不知道！」趙田依舊是這三個字，甚至比回答前兩個問題還要快一些。

「啪」的一聲，秦簡踹倒了角落裡的一個凳子。他閉了閉眼，想讓自己平靜下來，卻還是沒能抑住心間的翻江倒海，終是發了狠地揪起趙田的衣襟，幾乎是咬牙切齒地道：「上官攬月，我告訴你，沈玉書若是因為你們出了半點事，我就廢了你！」

「我沒什麼好說的，你殺了我吧。」趙田也絲毫不退讓地看著他，眼神如死灰般寂靜。

「啪」的一聲，秦簡又踹散架了一個凳子，看得兩旁的衙差瑟瑟發抖，唯獨趙田依舊不為所動。

「繼續打！」秦簡的聲音幾乎是從胸腔中發出來的，猶如一隻暴怒的獅子。他自己也不知道該如何平息心中的怒火，現在的他心急如焚。

一時間，審訊室裡陷入了僵局，只能聽到一聲又一聲的水火棍落到皮肉上綻開的聲音。

秦簡聽著，眼眶卻逐漸紅了起來，這一下一下的刑罰，哪裡是用在趙田身上，分明一下不落地落在了他的心上，痛得他只覺得自己的五臟六腑都皮開肉綻了。

直到一個衙差進來，湊到他耳邊輕聲道：「秦侍衛，林小郎那邊審出來了，叫你過去問話呢。」秦簡的眼裡才逐漸燃起了希望。

周易就在隔壁審訊室，秦簡過去的時候，他正吩咐衙差給樓雨歇和洛依雪餵水呢。如若忽略掉他們此刻狼狽的模樣，秦簡甚至以為周易這是在款待朋友。

「來了？」秦簡剛推門進來，周易就招呼他。周易的聲音一樣帶著點嘶啞，兩隻眼睛同樣布滿紅血絲，並不比秦簡好多少。

「嗯。」秦簡輕輕地點了點頭，看了看剛被鬆綁的樓雨歇和洛依雪，沒再說話。

「隨便問吧。他們被打怕了，就都招了。」周易對他們抬了抬下巴道。

「辛苦了。」秦簡拖著疲憊的嗓音和周易道了聲謝，轉身走到樓雨歇和洛依雪身邊，和他們面對面坐著道，「那紙人是你們畫的？」

許是秦簡的氣場太有威懾力，樓雨歇和洛依雪齊刷刷地搖了搖頭，生怕他誤會一樣。

「好，那你們知道那紙人出自誰手嗎？」秦簡看著他們問道。

樓雨歇快速地點了點頭，還不忘拽一下洛依雪，叫她也表個態。

坐在不遠處的周易看著他們這般模樣，忍不住調侃道：「早這樣多好，能省去好多皮肉之苦呢！」

「說說看。」秦簡道。

樓雨歇看了洛依雪一眼，一臉小心地道：「我們看了那紙人，七筆點擎蒼，白鶴入雲翔，天地海奇闊，心中任筆遊。這紙人看似普通無奇卻最是難畫，無論用筆還是塗白都相當考究，雖只添了寥寥數筆，卻將三個人物的情態彰顯得淋漓盡致，堪屬精品中的精品。」他說著，頓了頓，又道，「這天底下能有如此技藝的人只有四個：一位是唐朝早期的畫聖吳道子，一位是號稱長安絕筆的柳映卿，一位是稱作丹青妙手的關山飛，還有一位就是憲宗年間著名的宮廷畫師嵇無顏，也就是……」

樓雨歇正說著，見洛依雪偷偷地瞪了他一眼，他便突然住了口，為難地擠了擠眉毛，像是說了什麼不該說的。

「就是什麼？」秦簡顯然注意到了他們的異樣，眼神淡淡地看著他們，語氣也很淡，但就是帶著一股壓迫感，讓人大氣也不敢喘。

「沒、沒什麼。」樓雨歇心虛地往別處瞟了瞟，不說話了。

秦簡沒說話，只微微眯起眼睛，冷冷地看著他們。

樓雨歇卻被他看得心下一驚，偷偷地看了眼洛依雪的神情，待收回目光時，似是下定了決心，看著秦簡道：「他是我師父。」

「你怎麼什麼都說了？沒骨氣的東西！」洛依雪一下急了，本就看著寡淡的鳳眼狠狠地瞪了他一眼，儘管她此時的模樣狼狽了些，卻依然甚有風情。

「嵇無顏不是早死了嗎？」周易疑惑地搭了句腔。

這下，樓雨歇也不說話了。

周易輕佻地扯了扯嘴角，站起身走了過來，看著樓雨歇淡淡地道：「喲，看來還有所隱瞞啊。」

樓雨歇低著頭，心虛都寫在臉上了，又被洛依雪恨鐵不成鋼地拽了一下。

「不說也成。」周易眼睛瞟了瞟站在兩旁的衙差，輕描淡寫地道，「他們也閒了好一陣了，手應該也癢了，你們商量一下先打誰，這次我聽從你們的意見。」

樓雨歇瞬間猶豫了，嘴皮動了動，就聽洛依雪道：「師父對我們恩重如山，我們就是為他死了，也是值的。」

樓雨歇再次低下了頭。

秦簡不由得皺起了眉。若是他們也像趙田一樣死活不承認，他也毫無辦法。

這時，周易一手搭在他的肩膀上，看著樓雨歇和洛依雪道：「不急，治他們，有的是辦法。」

「你們還有什麼好玩的刑罰，說出來聽聽？咱們每樣都試試。」周易問身旁的衙差。

衙差想了想，笑道：「烹煮不錯，把人往甕裡一塞，燒上柴火，暖和著呢。」

「我看成，你去拿些柴火來吧，我倒想看看，煮多久能熟。」周易笑了笑，目光看向洛依雪，「看妳皮嫩，要不就從妳先開始吧！」

他說罷，幾個衙差當真出去拿柴火了，洛依雪終於被嚇到了，神情一滯，樓雨歇的喉結滾動了幾下，起身時還帶倒了身後的椅子，慌張地道：「我說！我說！他沒死，他沒死！他死裡逃生活下來了！」

秦簡倏地睜大了眼睛，道：「所以這紙人是他畫的，對不對？」

樓雨歇點了點頭。

「那他現在在哪？」秦簡眼睛一亮，滿是期待地看著他。

樓雨歇搖了搖頭。

「真不知道？」秦簡有些急了。

樓雨歇還是搖頭。

秦簡眼裡的光一下又暗了下來，周易卻顯然不信他的說辭，朝門外喊道：「拿個柴火這麼費勁？」

樓雨歇卻還是嘆氣道：「我是真不知道，我們跟他學完畫以後，他就走了，說要去什麼山莊找什麼人去復仇，旁的我就不知道了。」

秦簡點了點頭，對周易道：「這裡你先看著吧，我進宮一趟。」

◆

深夜，寒星，涼霧。

夜的尾聲是寂靜，寂靜是熱鬧後悄無聲息的旁白。

這個時候的長安城裡，不管是寂寞的人還是不寂寞的人，都已伴著夜色睡下了。

皇宮裡的夜晚更是清冷。

李忱還沒有睡，只是披著披風在紫宸殿的偏殿徘徊了許久，眼睛時不時地朝殿外看去，儼然一副憂心忡忡的模樣。

半盞茶的工夫後，殿外有個千牛衛匆匆忙忙趕來李忱身邊，拱手道：「聖上，秦侍衛求見。」

李忱背過手，轉身道：「趕快讓他進來，就說我在主殿等他。」

「是。」千牛衛又急匆匆地往殿外跑去。

秦簡進來時，李忱早已走到主殿的殿門旁等著了，清了大殿裡的閒雜人，叫王宗實把門關上了，他才道：「這麼晚來見朕是發生什麼事了？」

秦簡神色疲憊，眼睛裡血絲密布，拿出一個龍紋玉牌遞給李忱，道：「聖上請看。」

李忱的眼神剛落到那玉牌上，面上的神色就變了。他拿過玉牌細細看了兩眼，皺眉道：「這是哪來的？」

「從大理寺中央監獄獄頭趙田身上搜出來的，準確來說，他叫上官攬月。」秦簡如實道。

李忱蹙著眉在地上走了好幾圈才道：「上官攬月？他不是早死了嗎？怎麼還活著？」

秦簡搖了搖頭道：「若不是這次的案子，他可能就這樣一直藏匿起來了。臣也不知這玉牌是真是假，上官攬月一直咬緊話頭，不肯透露任何線索，臣只知這玉牌應是由聖上保管的，便想著這裡頭有蹊蹺。」

李忱面色凝重地看著腳下：「玉牌是真的，是九龍玉牌裡的一個子牌。這玉牌是憲宗找工匠特意做的，據記載，除了諸葛雲亭等人外，還有一個就是上官攬月。只是朕也不知這東西怎麼到了他手中。」

秦簡猛地抬頭看向李忱，先前還只是覺得這玉牌有問題，不想這竟是九龍玉牌的子牌。九龍玉牌，由九個不同紋理的玉牌組成，將它們合在一起，就可以打開國庫大門。這上官攬月究竟想幹什麼？

他又觀察了一下李忱的神情，小心翼翼地道：「聖上，臣在上官攬月身上發現了鳳凰閣的標誌，他應該是在為鳳凰做事……」

李忱腳下一軟，扶著身旁的案几，面色沉重地道：「這鳳凰閣怕是又要捲土重來了！」

「聖上，鳳凰閣會不會打九龍玉牌的主意？」秦簡擔憂地道。

李忱卻輕笑了一聲，搖了搖頭道：「他們只怕早就打上主意了。這次還是多虧了你，讓朕也好有個防備。」說著，抬頭看了看牆上的太宗像，沉聲道，「想打我大唐的主意，也得問問朕答不答應！」

「臣冒昧問一句，聖上打算……」秦簡小心翼翼地道。

「打算？他們不是想拿九龍玉牌嗎？那朕就讓他們拿！凌煙閣近期也閒得久了，也該讓他們動動了。」李忱若有所思地道。

「聖上的意思是……」秦簡不解。

李忱半瞇著眼睛道：「朕打算，把九龍玉牌交給凌煙閣保管。」

「這……會不會不太妥？」秦簡更是不解了，若是把九龍玉牌放到一處，萬一被盜，那豈不是一切都完了？

突然，一聲細微的響動讓秦簡警惕起來。

由於聲音很小，李忱並未聽到，可秦簡到底是習武之人，對聲音比一般人敏感，直覺告訴他，門外有人。只是，這紫宸殿守衛森嚴，會是誰呢？

「此事，朕自有打算。」李忱移開目光，又道，「玉書的事，有線索了嗎？」

秦簡無力地搖了搖頭，彷彿一下子連說話的力氣也沒有了。

「是朕害了她。」李忱嘆了一口氣，面色沉痛。

秦簡搖了搖頭，道：「和聖上無關，是我害了她，如若我沒讓她管這個案子，她興許就……」他說著，竟是沒了S繼續說下去的勇氣。

這個想法，已經纏著他整整兩天了。這兩日，他只要閉上眼，腦子裡就開始浮現出各種沈玉書會遇險的慘狀。自從家族被滅門之後，這八年時間以來，還從沒有一刻讓他如此害怕過。

李忱的眼裡露出淡淡的憂色，隨後他從腰間摘下一枚金牌，遞給秦簡道：「這枚金牌是朕的信物，見金牌如見朕，只要金牌在手便可出入長安任何地方，必要時可代朕行便宜之權。朕今日就把這金牌贈予你，你且放手去查吧。」

秦簡接過金牌，道：「多謝聖上。」

「找回玉書後，朕便允了你們的事，你們兩個都是苦慣了的孩子。」李忱鄭重許諾道。

秦簡眼皮動了動，眼眶不由得又紅了，低頭道：「謝聖上隆恩。」

這要是擱在往常，秦簡定是高興壞了的，可此刻，他沒辦法讓自己笑著接受李忱的承諾。沈玉書還生死未卜，他不敢去想以後，他甚至希望時間就此停止了也好，至少現在，還沒有聽到任何不好的消息，沒消息就是最好的消息。

「行了，你先下去吧，好好歇息，真正的硬仗還沒來呢。」李忱朝他擺了擺手。

秦簡朝他行了個禮退下了，出門時多個心留意了一下周圍，可放眼所見，除了王宗實以外，再沒旁人了。他不由得多看了王宗實一眼，王宗實也抬頭看向了他。

「秦侍衛走好。」王宗實道。

「王貴人也早些安歇了吧。」秦簡淡淡地回了他一句，抬步走下臺階。

伍

第二天，清晨。

天剛濛濛亮，秦簡就起來了，眼睛裡還是布滿了血絲，並不比昨日好多少。

他簡單喝了兩口粥，便打算往大理寺趕。今日無論如何也得把上官攬月的嘴給撬開，如今這是唯一的突破口了。

正要出門，信冬急匆匆地跑過來，邊跑邊道：「小郎等等，我有東西要給你！剛剛有隻燕子飛進院子裡，我當是家燕飛錯了窩，誰知道燕子腳上還綁著張字條，不知是不是給小郎你的。」

「字條？」秦簡疑惑地看了眼信冬，眼眸一動，急道，「拿過來我看看。」

信冬應了，忙把字條遞過去，秦簡打開一看，就看到熟悉的簪花小楷，唇角動了動，眼裡的星星再次被點亮了。他低聲道：「這是玉書的字，她還活著！」

他心下一喜，忙看了看字條上的內容，只見上面寫著短短二十個字。

紙落雲煙，人生如夢，山河遠闊，莊生夢蝶。秦郎勿念。

她叫他不要為她著急。

秦簡不由得笑了。這個傻瓜，也不想想，她就這麼不明不白地失蹤了，他怎能不急？她可知，他這幾日連睡覺都成了奢望？

只是，這之前的十六個字為何意？是在提醒他什麼嗎？

這麼想著，他不由得又憂慮了起來，和信冬道：「這幾日你多留意一些燕子、鴿子，如若在牠們身上發現了什麼立刻告訴我，若是我不在，你就去祭酒府找林小郎，知道嗎？」

信冬點了點頭，一抬頭，就見秦簡已經一陣風一樣地走了。

◆

那廂，沈玉書正在紙人山莊四處蹓躂。天還沒有透亮，山莊上的其他人要麼出去做任務了，要麼可能還沒起，她走了一路也沒見到幾個人。可即便這樣，她依然是心驚膽戰的。

也多虧了之前她和辰儒風要了兩隻燕子，如今才得以偷偷給秦簡傳信。但是，為了以防萬一，她把信寫得很隱祕，也不知道秦簡能否明白她的意思。

本來，她是想過要自己逃下山去的。可這兩日她摸了一下路，發現每一個關口都有把守的人，且一看都是身手了得的高手，她就是有十條命也跑不了。於是，她便只能假意答應稽無顏的要求，加入鳳凰閣。

聽稽無顏說，凡是鳳凰閣的人身上都要有鳳凰的標誌，她今日也要被刺上這樣的標誌。就這樣心事重重地往回走，突然聽到身後有人叫她，硬是把她嚇得一哆嗦。

「小娘子怎麼在這？」

沈玉書回頭一看，發現是梅長林，便沒好臉色地繼續往前走，道：「隨便逛逛。」

「小娘子是還在怪我嗎？」梅長林快步追上了她的腳步。

「沒有。」沈玉書冷聲道。

「我知道我不該騙妳，也知道妳是真心想幫我們的，可我們也有自己的苦衷。那刀百魄那麼厲害，如果不借助鳳凰的勢力，我們可能真就成了他的刀下鬼了。」梅長林一臉歉意地跟在沈玉書身後，嘮叨道，「再說了，我們現在和小娘子已是一條繩上的螞蚱了，還是希望妳能想開些，咱們大家一起為鳳凰閣效力也挺好的啊！」

沈玉書不自覺地皺了皺眉，心裡很抵觸別人說她是鳳凰閣的人。鳳凰閣與她有殺父之仇，她卻待在這個狼窩裡，不得不低頭。

突然，沈玉書看到遠處亮起忽明忽暗的火光，眼皮一跳，忙拉過梅長林往回走：「我不怪你。」說著，她不放心地回頭看了兩眼，那火光越來越近了。是秦簡嗎？她不知道，可她心裡還是不由得期待起來。

「欸？妳往回走幹嘛啊？」梅長林好奇道。

沈玉書拽著他的胳膊不讓他往回看，笑道：「我也想通了，我不該怪你。想和你聊聊，畢竟以後也要一起共事的。」

「這倒也是，妳想通了就好。」梅長林沒心沒肺地笑笑，真就和沈玉書聊起來了。

沈玉書卻越來越心不在焉。此刻，她甚至已經隱約聽到了廝殺的聲音，也不知是不是她的幻覺。

梅長林似乎也發現了不對：「妳有沒有聽到什麼聲音？」

「嗯？聲音？這大早上的能有什麼聲音？你聽錯了吧。」沈玉書心虛地笑道。

「是嗎？可我真聽到了，難道是我幻聽了？」梅長林自顧自地嘀咕道。

「是你聽錯了。」沈玉書低頭走著，心裡開始盤算著該如何甩掉他，好去找秦簡會合。可她剛走出兩步，就聽到後面有人氣喘吁吁地跑過來，嘴裡喊著：「不好了！官府的人殺過來了！也不知道是誰透露了咱們的據點，來了好多人。咱們快扛不住了，快跟我從密道撤走！」

沈玉書心裡咯噔一聲，梅長林卻比她反應還大：「啊？官府的人？那快跑吧！」

沈玉書額頭上冒著細密的汗珠，緊張道：「我還有東西要收拾，要不你們先走吧，我一會兒跟上你們？」

來人動了動嘴皮子，還沒說話，沈玉書身後卻突然傳來一道乾啞的聲音：「那怎麼行？妳還不得趁亂跟他們跑了？」

沈玉書背脊一僵，回頭一看，見稽無顏不知何時已站在了她的身後。

她腦子空白了一下，正要說什麼，後頸又被人重重擊了一下，瞬間腿腳一軟，倒進了稽無顏的懷裡，只是意識還在。

稽無顏扯了扯扭曲的臉，冷聲道：「還敢往外面傳消息？那就別怪我不客氣了！」

沈玉書心急如焚，還想說什麼，卻像被人點了穴般說不出話來，兩隻眼睛此時徹底被無助填滿了。她拚盡了最後一絲力氣，抬起酸軟無力的手臂，伸手摸向頭上的白玉簪子，發了狠地看著稽無顏那張醜陋的臉。

◆

秦簡拿到字條後剛出門就想到了話中的蹊蹺，原來沈玉書寫的是藏頭句，四句話的第一個字連在一起就是「紙人山莊」。

他急匆匆地去大理寺牢裡提出了樓雨歇和洛依雪，叫他們帶他上紙人山莊，還帶了不少兵馬。為了防止被人察覺，他是摸黑上的山，可誰知他一路謹慎，敵人卻好像早有防備一樣，在等著他了。

好在他帶的人多，又都身手不錯，這才成功抓了一些人。可他找遍了山莊，連沈玉書住的房間都找到了，也沒看到沈玉書的身影，問了那些被抓的人，得到的答案卻都是「莊主早帶著人走了」之類的話。

他一急，揪著一個人就問：「他把人帶哪去了？」

那人卻一句話也不說，再如何逼問也沒有下文了。

無助感再一次席捲秦簡的身心，他帶著人搜遍了山莊，除了滿眼逼真的紙人外，其餘什麼都沒有。

沈玉書就這樣再一次從他的面前消失了。

那天，秦簡幾乎要崩潰了。他當著一眾千牛衛的面，毀掉了山莊上所有的紙人。那氣勢，就差一把火燒掉整個山莊了。

那天，他還在一處撿到了沈玉書一直喜愛並經常簪在發上的那支白玉簪子。簪子上裂開一道縫隙，顯然是被人摔過的。

被誰摔的？他不敢想。

9 阿姊：此處指唐宣宗長女萬壽公主。萬壽公主是晁皇后之女，深受李忱寵愛，後嫁與鄭顥。

10 台啟：相當於現在的主持人。

第十二章 九龍玉牌

壹

秦簡帶著一眾千牛衛夜襲紙人山莊，本是打算殺對方個措手不及，可誰承想，對方就像是早就知道他會來一樣，竟讓他什麼有用的線索也沒找到。他們以為能從捉到的那些人口中問出一些有用的線索，可經過審問才知道，這些人都只是山莊的用人，別說能知道什麼祕密了，就連莊主是誰都不清楚，更是見也沒見過莊主。

幾日來接連不斷的打擊，讓秦簡筋疲力盡，整個人都憔悴了許多。待親自把抓到的人關進了大理寺監獄，他才放心地回了府，本是要回臥房歇一會兒的，可才踏進偏院，信冬就小跑著過來道：「小郎，有人找您。」

秦簡疲憊地理了理袖子，突然想到了什麼，眼睛一亮，道：「是玉書又送信來了，還是她回來了？」

「不是。」信冬搖了搖頭道，「是一個打扮很英氣的小娘子，她今兒一早就來了府上，說要找您，我說您不在，她就說她能等。一直等到現在。」

秦簡眼底的星光瞬間都滅了，道：「讓她回去吧，就說我累了。」

「是。」信冬領命小跑著走了。

「等等。」秦簡輕聲叫住他，道，「以後不要什麼人都讓進府。」

信冬疑惑地看了他一眼，覺得他似乎和往日不同，但又說不上是哪不同，邊心裡想著，邊點了點頭走了。

若說前些時日秦簡只是有些扛不住了，那麼現在的他，則是真的身心俱疲。偏院離他的臥房也就幾步的距離，他卻生生走了好久好久，每一步都邁得搖搖欲墜。

到了臥房，他也沒能真的好好睡一覺，而是隨便找了個榻便往上一臥，像是被抽了魂，定定地盯著一直握在手裡的那支白玉簪子出神，甚至門外有人敲門，他也毫無察覺。

門外的人敲敲停停好一會兒，終於沒了耐心，用力一推門，發現門竟是開的，還不小心趔趄了一下，差點摔倒。可她折騰出這麼大動靜，秦簡竟還是頭也不抬，臥在那裡，活像個假人。

進來的這人眉宇間透著股英氣，皮膚卻很細膩，綰一個單髻，著一身紫色袍子，看著樸素，實際那衣服上藏著不少心機——袖口處還繡著一朵若隱若現的木槿花。她一進來，就見秦簡這番模樣，實打實地被嚇了一跳。

「還好嗎？」她回身將門關上了，小心地問。

秦簡睫毛抖了一下，卻還是沒什麼反應，只垂著兩扇長長的睫毛，給眼下打上了一片陰影。他就像掉進這片陰影裡了一樣，深色的眼眸黑得像是一個無邊的深淵。

「什麼時候，我竟也成外人了？」女子無奈地笑了笑。秦簡卻好像沒看到她進來一樣，她只得又道：「這兩天我們一直在跟顧安生，發現他最近好像在忙一件特別急的事，每天都會定時去一個叫祥龍客棧的地方，卻不見他見什麼人。上頭覺得他肯定是為了什麼事，再加上組織裡也就我和你的輕功還能和他勉強一比，上頭便讓我和你去查一下他。」

秦簡眨了下眼睛，偏頭看了眼窗外，又垂下了眼簾。

就在女子以為他不打算說話的時候，他突然淡淡地道：「青時，我不想再繼續了。」

被喚作青時的女子一愣，不解道：「我們為了此事都追查這麼久了，你甚至差點被他廢了左臂，現在終於要水落石出了，怎麼好好的又不查了呢？」

秦簡輕輕地搖了搖頭，長長地嘆了一口氣：「沒意義了。」

「怎麼會沒意義呢？知道顧安生在做什麼，我們就知道鳳凰閣一直以來的目的了啊！摧毀鳳凰閣，不是一直都是你我的願望嗎？」青時激動地說道。

「摧毀鳳凰閣？憑我們嗎？」秦簡突然紅著一雙眼睛看向青時，語氣裡帶著自嘲。

青時難以理解地看著秦簡，一時急了：「你這是怎麼了？如果不是鳳凰閣，我們幕府會頃刻之間被滅門嗎？你別忘了姑母那晚對你說的話，她用命換你逃出來，為的就是讓你救幕府，而你呢，居然就這麼輕易地放棄了？」

「當年做不到的事，難道現在就可以了嗎？憑我？」秦簡自嘲地笑了笑，右手緊緊地攥著那支白玉簪子，像是只要這樣攥著，就會讓他安心一樣。

青時的眼眶一下子紅了，看著秦簡道：「阿昭，你到底怎麼了？」

秦簡沉默了一會兒，輕聲道：「玉書可能、可能已經……」

他再說不下去了，眼睛紅得厲害，卻依然遮不住眼底的無助，還有恐懼。

青時又是一愣，反應了一會兒才又看向秦簡，道：「不會的，她那樣厲害的人，不會有事的。」

「不會嗎？」秦簡像是吃到了糖的小孩兒，突然抬頭看她，甚至還帶著幾分期待。

這樣的秦簡，讓青時有些陌生。她艱難地笑笑：「不會的。我去和上頭說一下吧，這次任務你就別去了，好好休息。」

秦簡深吸了一口氣，沉默了一下，突然笑了：「我怎麼能不去？我也不相信她會出事，我和妳去吧。」

青時淺淺地笑了笑，點點頭道：「那就明天再去吧，顧安生對我們已經起了戒心，太心急反倒不好。」

秦簡點頭，低頭看了眼手裡的簪子，又握緊了。

◆

立秋將至。

長安的天空澄透如洗，彷彿是一塊打磨得珠圓玉潤的藍色琉璃。金風送爽，白雲悠悠，淡淡的陽光穿過雲隙，灑落一地斑駁的倩影。

每到這個時候，寒氣將襲，對於經歷了漫漫酷暑的老百姓來說，用一頓精緻的美食來犒勞自己，是最好不過的禮物了。

這一天民間素有貼秋膘一說，普通百姓家吃燉肉，講究一點的人家吃白切肉、紅燜肉，以及肉餡餃子、燉雞、燉鴨、紅燒魚等。

在繁華的長安城，對於吃就更是講究，真正是集天下之大成，甚至已達到了極致瘋狂的地步。為了避免落入俗套，每至立秋的前兩日，朝廷就會廣集天下名庖，在東市瑞福樓門前擺下浩大的擂臺，屆時坊間酒樓和來自全國各地的庖人們將會濟濟一堂，八仙過海各顯神通，每人各做一道拿手菜，拼成一桌，名曰秋膘宴，最後一決高下。

皇帝會親自試吃庖人們的菜式，並選中其中八道最為精美的菜品收入御膳房的食譜。最後皇帝還會從所有參加比賽的庖人中挑出一名送入宮中，作為新晉御廚，並贈送印有「至尊名庖」的披風一件，以及刻有「龍騰四海」的金刀一把，作為大賽的獎賞。

最重要的是，這次比賽不分高低貴賤，但凡認為自己有能力的，都可以前來參加，可以說是大唐內最為公平的比試之一，這也是很多普通人鯉魚躍龍門的絕佳機會。

秋膘宴自從貞觀年間之後就變得越發熱鬧，被歷代皇帝發揚光大，既是一次選拔，也是一次與民同樂的盛宴。很多人為了能在這一天嶄露頭角，潛心苦練，只為能得到皇帝的賞識，希望從此平步青雲，扶搖直上。

瑞福樓門前的擂臺早已經準備多時了。因為這一天人很多，為了防止有人冒充百姓搗亂現場，京兆府便派撥了大量衙差輪流值守。朝廷為了確保皇帝安全，更是差使了近一半的金吾衛和千牛衛隊巡邏。

◆

宣政殿。

李忱剛放下手裡的摺子，忍不住伸了個懶腰，這才背手往外走去。他舉目看向殿外，只見天清氣爽，雲卷雲舒，再遠眺長安城外，又見茫茫群山連綿不絕，當真是雄渾不已，心中不禁生出空曠豁達之感，然而眼中卻突然又浮現一絲難解的落寞。

「大唐的江山如詩如畫，當存後世無窮盡乎？」他自言自語，目不轉睛地看著遠方。站了足足半刻鐘，他才微微側目。簌簌的秋風輕輕掠過他的龍袍衣角，讓他忍不住打了個冷戰。

這時，不遠處有個黑影正往這邊靠近，來人正是左神策都尉王宗實。他左手裡拿著一個七彩虹釉玉暖壺，右手搭著一件鵝白細貂絨的披風，正昂首邁著闊步。

待走近了，李忱才問道：「內侍省的事情都忙完了？」

「回大家，忙完了，老奴剛剛才歇著。」

李忱挑了挑眉毛，笑道：「內侍省人手眾多，何須愛卿事事親為？你呀，也該歇一歇，給年輕人一些磨練的機會！」

王宗實的臉上不知為什麼竟突然變得半青半紅，他轉著一雙烏溜溜的眼睛，應道：「多謝大家體恤，可明兒個就是立秋了，聖上朝事繁忙怕是忘了，那秋膘宴在朝中可是件大事，老奴怎敢有絲毫懈怠。」

「哦！」李忱想了想，輕拍了幾下額頭，「是了、是了，近來事太多，朕最近的記性也是越來越差，竟把這件大事也給忘記了。」

王宗實哈著腰，笑得滿臉起了褶子，上前一步道：「大家您就安心吧，老奴已將明日之事悉數辦妥了，您只需前去觀摩賞玩便可，至於其他的就都交由老奴打理吧。近來國事繁忙，大家也莫忘了注意身體才是。」

李忱滿意地點點頭，道：「整個皇宮大內只你一人能做到事無巨細，時時替朕想著，這一大把年紀也實在有些難為你了。」

王宗實眼皮向上一翻，立即道：「大家言重了。大家您待老奴這般，老奴定當鞠躬盡瘁。」隨後他將手裡的暖壺遞給李忱，又將披風給他披上，「大家，立秋前後天已有些涼了，切莫染了風寒才好。」

李忱點頭接過暖壺，走了幾步，又回頭看看王宗實道：「今日天氣甚好，朕想出宮野遊一番。對了，你去替朕備上一根魚竿來，這時候秋魚肥美鮮醇，正是垂釣的最好時節，朕又怎能錯過這番光景。」

王宗實耷拉著眉梢，著實有些不解地道：「大家若想吃魚，何須這麼麻煩？容老奴回去和內侍省知會一聲，自有鮮肥秋魚供您品味的。」

「不不不。」李忱連連搖頭，「這釣魚本不在『釣』，在『愉』而不在『魚』也，你只管去辦就好。」

王宗實似懂非懂地「喏」了一聲，道：「老奴這就去辦。」說完轉身走了。

「等等。」李忱又把他叫住，「你去把白敏中給朕叫來，還有三品以上的中樞要臣都叫上。」

「是，老奴知道了。」王宗實眼珠子轉了轉，背過身快步離開，臉上卻似籠罩了一層黑色的霧氣般，顯得毫無光彩。

◆

燕林，皇家重地。這裡素來環境清幽，假山樓閣、亭臺小築皆精美絕倫，是皇室平日裡狩獵賞玩的好去處。在燕林的正中央有一汪清澈的潭水，因地而置，常年碧波蕩漾，清冽如飴，名曰飛來翠，裡面更是養了很多珍貴的魚。

李忱閒來雅趣，親自穿了魚餌料，將細長的魚竿拋了出去，沒過多久就有魚上鉤了。旁邊站著數十位大臣，看後皆面露喜色，稱讚之聲不絕於耳。

王宗實更是機靈，諂笑道：「聖上親臨如真龍駕淵，真龍一到，這些魚蝦也只好火速上鉤了。」

李忱面無表情，取下魚看了幾眼後，居然放回潭水中，緊接著繼續穿餌、拋竿、拉鉤，似乎什麼也沒發生一樣。隨後不久，他又釣上了兩條魚，但無一例外全都放生了。

大臣們面面相覷，不知李忱所為究竟有何深意，都低下頭喃喃竊語起來。

王宗實更是摸了摸腦門道：「聖上為何要將釣上來的魚又扔進潭裡？這豈不是白忙活了一場？」

李忱沒有立刻回答他的話，只是閉氣凝神，手腕一抖，又是一條活魚上了鉤，這是第四條魚。這一次他沒有放生，而是將魚裝在了旁邊的簍子裡。王宗實看後，臉色突然變得烏漆漆的，煞是難看。

李忱側目盯著魚簍裡的魚，又反觀大臣們錯愕的臉色，道：「諸位愛卿，你們覺得朕的垂釣本事如何？」

他們異口同聲道：「舉世無雙。」

白敏中站在一旁，沒有附和他們，只看著微微泛起漣漪的水面出神，似已知道了李忱的深意。

「還有呢？」李忱繼續問。

「還有？」大臣們皆面面相覷。還有人乾脆一臉迷茫地撓了撓脖子，道：「這……」

李忱緩緩地收了魚竿，看向王宗實，道：「王愛卿，你說給他們聽聽。」

王宗實的腦門愣是憋出豆大的冷汗來，悵然道：「老奴怎敢擅自揣度聖意，還望聖上不吝明示。」

「諸位大臣公卿平日裡一個個機靈聰慧，今天怎麼突然判若兩人了？」李忱站起身看向他們，語氣淡淡的。

剛剛還交頭接耳的幾個大臣突然鴉雀無聲，全部垂著頭，連呼吸都小心翼翼的。

「怎麼都不說話了？」李忱又問。

白敏中上前一步，道：「臣以為，聖上剛剛三釣三放，是想告訴臣等一個道理——事不過三，臣等所作所為聖上看得一清二楚。聖上作為一國之君，可以大氣度地姑息縱容，但是為臣者，還是適可而止為好。」

李忱沒看他，而是看著其餘王公大臣，道：「你們覺得呢？」

他這一問，嚇得在場的大臣全都直冒冷汗，忙跪下齊呼：「臣等愚鈍，聽了白相公的話才知悉一二，但臣等就是有天大的膽子也不敢做忤逆聖上之事啊，還望聖上明鑒！」

李忱掃了一眼跪倒一地的大臣，意味不明地看了眼身後的湖面。

這些大臣平日一個個比猴都精，怎會不知道他的意思？但耐不住總有人心中有鬼，所以才會含糊其詞，裝聾作啞。

經歷了長安城發生的種種大案，如今沈玉書也不知所終，鳳凰閣又蠢蠢欲動，對這些心懷鬼胎的大臣，李忱幾乎已沒了忍耐力。他本想給某些大臣一個洗心革面的機會，但明顯是高看了他們。

「罷了、罷了，都起來吧，一個個靠滿腹才華進了朝堂，竟都是這般氣節的？都回去吧！」

大臣們暗暗嘀咕了好一陣子，又望望李忱那令人捉摸不透的神色，只好各自躬身，道了一句「謝聖上」，悉數散盡。

微風拂過，飛來翠的湖面上起了一層細細的漣漪。此時此地，李忱的心也好似被激起了淡淡的波瀾。

待大臣們走遠了，李忱才突然看向身後的白敏中，道：「這些人，朕養來有何用？」

白敏中輕輕笑了笑，道：「聖上這一出，足夠他們安分好幾天了。臣已經暗中盯上了他們的家眷，他們不敢輕舉妄動的。」

「歷朝歷代皆有圖謀不軌之人，只可惜這些老狐狸手段精明，平日裡阿諛奉承，殊不知是口蜜腹劍，含而不露。我大唐若是靠這批庸臣就想恢復開元之盛世，豈非妄談？」他望著平靜的潭水，眼睛裡像是揉進了一顆沙子，忍不住眨了眨，自言自語道，「難道大唐真的已到了道盡途窮的時候了嗎？」

白敏中看著水面搖了搖頭，輕輕道：「聖上，只要魚竿還在手上，魚總是會上鉤的，大唐就還是原來的大唐！」

「但願如此啊。」李忱憂心忡忡地道，「只不過現在已到了最後關頭，昨日賀蘭山驛站有五百里加急文書送至宮中，文書上說吐蕃的達瑪主部和黨項拓跋丹山部都正在暗中調兵，西域三十六國的兵馬也在暗中集結，回鶻的呼延灼殘部五萬兵馬更是已經過了關內道並連夜南下。他們究竟想要做什麼？」

白敏中眉頭深鎖，道：「大唐周邊各國都蠢蠢欲動，想必這次要有一場惡戰了。」

李忱嘆道：「自安史之亂後，大唐國力日漸衰敗，然如今舉國齊力，國力慢慢恢復，再加之多年屯兵，也不是那蠻夷之族所能撼動的。依朕想，也是時候掃清餘逆了，卿以為如何？」

「聖上三思啊，先不說這次聯軍究竟有多少人，就說那呼延灼的五萬餘人也不容小覷。據臣所知，呼延灼部雖名義上為回鶻人，但百年前，他的家族曾是突厥部最善戰的一支，後因他們家族不滿當時的統治者，於是投奔了回鶻的骨力裴羅門下，協助大唐和回鶻滅了突厥。當時的呼延灼部可謂真正的虎狼之師，以行動迅捷著稱。哪怕是如今的呼延灼部的將士，依然迅猛，而且呼延灼手下那三支神祕的蒼狼騎兵更是驍勇善戰、詭計多端。在與黠戛斯的戰鬥中，黠戛斯連連敗北，若不是回鶻王實在昏庸無能，恐怕黠戛斯還真不一定能夠滅了回鶻。

後來，呼延灼因不滿黠戛斯所為，便帶著家族南遷至我大唐邊境。若是我唐軍真的與呼延灼部硬碰硬，實非明智之舉。」白敏中搖了搖頭，清了清嗓子，「況大動兵戈終還是會擾亂民心，臣以為，還需再探探敵方虛實才可。」

「也好，只是如今形勢未定，朕這心不定啊。」李忱慢慢走出燕林，神情微怏，邊走邊道，「明日就是立秋了，但現在事態嚴重，這秋膘宴到底還要不要辦呢？」

「自然要辦，還要大辦特辦。」白敏中道，「一來安撫民心，二來也藉此挫挫逆黨的銳氣。至於敵軍來犯一事，目前形勢尚不明朗，待臣回去和林將軍商量商量，咱們盯緊點，他們應該不敢妄動的。

聖上也可給河西都護府的張節度使下令，讓他在暗中協助。這些年他一直在和吐蕃大軍鬥來鬥去，在對付吐蕃大軍上面，應該會有更多經驗。況且多國聯軍未必同心，若是能找到瓦解他們同盟的辦法，便能兵不血刃。」

李忱點頭，聽了白敏中的話，一直懸著的心總算回落一些，說道：「愛卿行事也應萬事小心些，別被他們察覺了。」

白敏中應了，正要退下，卻被李忱叫住了。

李忱望了望陰沉沉的天，道：「你叫林覺加快皇陵那批精兵的練習進度，時刻做好應戰的準備，此事非同小可。」

白敏中蹙了蹙眉，點了點頭道：「是。」

自安史之亂以後，大唐始終也未能安定下來，可依照目前的形勢來看，這一仗怕是非打不可了，只希望能夠找到一個以犧牲最小的利益而獲勝的方法。至於皇陵那批兵士，雖然一直在祕密訓練，但誰也無法確定這次是否能成為一個撒手鐧。

◆

長安城外。

沈玉書在屋子裡踱著步。屋外有人嚴密監守，她雖並無性命之憂，心裡卻焦躁得很。前些時日在紙人山莊，她一情急，就拔下了髻上的簪子抵著自己的頸部威脅稽無顏，沒想到稽無顏還真吃這套，明知她偷偷向外面傳消息，卻還是好吃好喝地款待著。除了門外多了幾個守衛，和在紙人山莊時別無兩樣。

可稽無顏真這麼好心嗎？沈玉書知道，這根本不可能。看當日的架勢，秦簡的突然到來顯然並不讓他覺得意外，很可能這不過也是他布的一個局罷了。可是，故意讓她將消息傳出去，又是為了什麼呢？她思來想去也想不透。

突然，門被打開了，進來了一個打扮妖豔的女子，手裡還端著個餐盤。

一進門，她就笑著對沈玉書說道：「今天的飯可是我特意叫膳堂按宮裡御膳房的規格做的，妳可不能再不吃了。」

沈玉書回頭看了她一眼，沒說話。

這個女子，是自她被帶到這以後，她唯一見過的人。沈玉書不知道她叫什麼，但知道門口的守衛都叫她月娘。月娘每天都會準時準點地來給她送飯，有時候，還會和她聊兩句，一點也不像個壞人。可其實，沈玉書聽說她殺人的手段狠極了，死在她手下的人就連她自己都數不過來。

月娘見她還是這一副愛答不理的樣子，扭動著水蛇一樣的腰肢走到桌旁坐下：「在想妳那情郎？」

沈玉書不悅地看了她一眼，還是沒說話。自打秦簡帶兵到紙人山莊的那一刻開始，她就已經暴露了，再裝也沒什麼意義，於是便不願意再給他們好臉看。

「紙人山莊那麼隱蔽的地方，妳都能想辦法給他送信，還不是情郎啊？」月娘眨了眨她那勾人的桃花眼，調侃道。

「你們既然都知道了，又何必待我這麼好，我騙了你們，就是你們的叛徒，你們不該直接殺了我嗎？」沈玉書坐到了她的對面，看著她那雙勾人攝魄的眼睛，直截了當地問。

月娘挑了挑眉，把菜一一擺上桌：「殺妳？妳把我們鳳凰閣當什麼了？妳以為我們和那狗皇帝一樣毫無人性嗎？不過犯了個小錯誤，竟然就狠心地將人凌遲三千六百刀？呵。」

月娘的眸子裡閃著寒光，繼而又看向沈玉書道，「無妨，誰還沒在年輕時犯點錯？沒人怪妳的，只要妳以後聽話不就成了？」

沈玉書的眼皮顫動了一下，看著月娘頗有異域風情的眉眼，彷彿想從她那一雙好看的眼睛裡看出什麼。果然，她於他們而言，還有別的利用價值嗎？

「可是，怎麼才算聽話呢？」沈玉書毫不避諱地問。

「這個嘛……」月娘笑了笑，「妳只要不出這屋子，就算是聽話。好好聽話，我們不會虧待妳的。」

沈玉書淡淡地看了她一眼，夾了一片牛肉，卻沒吃，又用筷子扒拉了兩下碗裡的米飯，突然笑道：「其實，你們大可讓我幫你們去聖上身邊做事啊，聖上那麼信我，我做起手腳來豈不是更容易？」

月娘一愣，像是沒想到她會這樣說，想了想，道：「那萬一妳跟妳的情郎跑了，那怎麼辦？」

沈玉書笑了笑，嘴角的弧度卻是僵硬的。

難道他們的目的就只是把她困住嗎？可是，困住她又能怎樣？拿她威脅朝廷嗎？可連她自己都覺得如果有必要時李忱會把她棄掉，鳳凰閣的人會這麼傻嗎？

第一次，她覺得自己如此無能，聰明如她，竟是被別人給吃得死死的。也不知秦簡現在如何，會不會因為找不到她而急壞了？

第二日。天還是一樣的藍，風還是一樣的清。

一大早，瑞福樓門前便人聲鼎沸，四周已被黑壓壓的人群圍了個水泄不通。周邊大大小小的店鋪也提前關了門，為的就是一睹這秋膘宴的盛況。

擂臺的正中央豎著高高的長竹竿，上面懸掛著一件紫紅色披風和一把金燦燦的廚刀，擂臺兩旁整齊地擺放著三十六張高桌，桌子上金銀器具一應俱全。來自大唐各地的庖人也早已技癢難耐，一個個翹首以盼，摩拳擦掌，只待左側的鐘聲一響，大賽便立刻拉開帷幕。

此次比賽的主審自然是當今聖上，另配有兩名副審，分別是宮廷御廚何子進和瑞福樓的主庖柴老七。兩人廚藝皆達到了登峰造極的程度，他們手上的御賜金刀就是最好的佐證。

時間很快過去，案上的香也即將燒盡。

何子進抬頭看看天，道：「聖上，時辰已到。」

李忱看了眼人頭攢動的現場，乾脆道：「那就開始吧。」

柴老七應聲拿起木槌將銅鐘敲了三下，庖人們便齊齊擁上臺去，走到各自的桌上開始準備食材。等所有人都上臺站定後，柴老七才開始清點人數，最後發現只有三十五人，有一張桌子上是空的，並沒有人來。

他看著覺得不美觀，便要差人將桌子撤走。這邊剛要搬動，不遠處卻忽然有個其貌不揚的年輕人闖了進來，氣喘吁吁地道：「且等等。」

那人披著破舊的長褂子，頭上戴著半乾半濕的青黃色斗笠，腳上套著一雙破舊的布鞋，半截褲管被他擼到了膝蓋，看起來破不溜丟的，整個一副窮酸模樣。奇怪的是，他右手上還拎著一只用黑布遮蓋的籠子，看那籠子的做工倒是不一般，顯得與他這一身打扮有些格格不入。眾人只見他想也沒想地就衝進了人群，硬生生地擠上了擂臺。

柴老七瞪了他一眼，喝道：「哪裡來的窮小子，竟敢擾亂擂臺，豈不是連聖上也不放在眼裡？轟下去！」

年輕人不慌不忙地拿出一張官府的批文，道：「我不是來搗亂的，而是從北方連夜趕來京城參加廚藝大賽的，不信您大可以親自查驗。」

柴老七轉了轉眼珠子，上前拿過他手上的批文，前後仔細看了看，才交給何子進過目。何子進看後，發現那批文上的確加蓋了官府的官印，才道：「既是來參加比賽的，為何會無端延誤了時辰？」

年輕人哭喪著半邊臉，委屈道：「唉，實在不瞞官家，我本是能按時到場的，怎知在來的途中無意間發現了一天靈地寶，只見那寶貝渾身閃耀七彩，我便想若是能將其採來做出一道菜肴供聖上品鑒，定能讓聖上益壽延年，永保青春，這才……」

何子進眼睛裡突然冒出光來，卻有些懷疑地看著他，道：「怎麼，你會憋寶？」

年輕人點點頭。

這下不光何子進，連柴老七看他的眼神都變了。

在大唐時期，方術橫行，更是養活了大批的方士。他們或煉丹走穴，或觀風水雲氣，一直是個很神祕的存在。憋寶就是一門很古老的方術，不在三百六十行之內，卻在外八行之中。相傳擅長憋寶的人通常額頭比旁人多了一道火焰，這使得他們的眼睛更亮，所以能看到很多別人看不見的寶貝。

寶貝有活寶和死寶兩種，死寶就是埋在地底下的金銀銅箔，而活寶則是吸收了天地瑞氣而生的靈物，可遇而不可求。

憋寶對於一個庖人來說簡直就是一項絕技，精通此術的人也少之又少，會憋寶的人往往能找到價值連城的食材。

何子進突然很感興趣地道：「早就聽聞北方有個很厲害的憋寶人，喚作慕雲嵐的，不知你和他是什麼關係？」

年輕人淡然笑道：「正是家父。」

「難怪如此。」何子進陡然變得客氣起來，連口氣也酥軟了幾分，「敢問小兄弟怎麼稱呼？」

「慕雲染。」他道。

何子進滿意地捋了捋鬍子：「也罷，念你也是苦心一片，就准你參加比賽。」

慕雲染含蓄地笑笑：「如此那便多謝了。」

臺上的其餘三十五位庖人早已將食材備妥，此刻正忙得如火如荼，現場只能聽到快刀切在砧板上錯亂的嘈雜聲。慕雲染獨樹一幟，既不動刀，也不準備食材，只是靜靜地坐在椅子上，輕輕地閉上眼睛，居然連動也沒有動一下。

貳

一個時辰過去，兩個時辰過去，最後只剩下半個時辰了，可慕雲染仍像根木頭般坐在那裡，甚至似乎連呼吸也沒有了。

李忱瞧著，只覺得他煞了風景，便喚來何子進，問道：「這個慕雲染究竟在搞什麼名堂，其他庖人的菜品已接近尾聲，他面前卻連一道菜也沒有，莫非他是故意來戲耍朕的？」

何子進忙道：「聖上息怒，此人在臺上波瀾不驚，又自稱精通憋寶之術，想來他定有大招在後。我猜他那籠子裡也一定裝了奇珍，他遲遲不打開又不作為，恐怕是在等什麼吧。」

果不其然，何子進這邊才剛說完，慕雲染就突然睜開眼睛看了看天，道：「時辰到了，該向老天爺借些甘霖來使使了。」

說來也奇怪，他一說罷，天忽然間竟真的陰暗了下來，只聽細密的雷點響徹雲霄，沒過一會兒就下起了雨。更奇怪的是，那擂臺兩旁居然一邊在下雨，一邊還是豔陽天。這雨，像是只給慕雲染一個人下的。

擂臺上的庖人皆錯愕不已，拿著勺子舉目望天，也不知道這等怪異天象究竟是如何產生的，便各自私語起來。

李忱看著稀奇，不禁問何子進：「這是怎麼回事？」

何子進正要開口，站在一旁的李環卻突然推了推走神的周易，道：「父親，林之恆平日最喜歡鑽研這些風水雲氣了，《周易》和《算經》他幾乎都能背下來，這問題你應該問他。」

周易被李環這麼一推，終於回過了神，卻沒聽到她剛剛的話，正要問她做什麼，就見李忱回頭看他道：「是嗎？那就說來聽聽？」

周易一臉茫然地看了眼李環，見她一副鬼機靈的樣子，就知道她沒幹什麼好事，輕聲道：「妳剛剛和聖上說什麼了？」

李環搗著嘴笑了兩聲，指了指天，狡黠道：「讓你說這天為何變得這麼快。」

「回去再跟妳算帳！」周易沒好氣地瞪了她一眼，看了看天，又看了看那慕雲染，沉思了一會兒，道，「其實這個現象也算不上稀奇，一般精通憋寶的人大多會觀看雲氣的，尤其是一些反常的氣象就更是精準。我想這個慕雲染也不是真的能呼風喚雨，只不過是算准了下雨的時辰而已。」

李忱多看了周易兩眼：「看來這個慕雲染還真不是一般人哪！」

「沒錯，可以說，他已經到了出神入化的境界了，竟能將風雲的瞬息變化掐捏在半個時辰以內，實屬罕見。」周易囔囔了一陣子，又好奇道，「可是我不明白，一個庖人居然會精通方術，實在少見得很。」

「少見？」李忱說著，看著下面的慕雲染若有所思起來。

這邊大家還在議論紛紛，那邊慕雲染已將籠子上的黑布扯下，右手迅速向內一探，便從裡面順出一樣所有人都沒有見過的東西，是兩朵花。一朵赤紅如火，一朵又潔白若雪，兩朵花並蒂長在一起，根莖連錯，正是百年難得一見的雙生花。

這花一亮出來，在場眾人無不驚嘆。

眼看時間到了，慕雲染卻不慌不忙地將紅花置於陽光下，白花淋在雨水中，在場眾人很快便聞到一股醉人的芬芳，更讓眾人詫異的是，兩朵花周圍竟籠罩著一團七彩雲霧。

「果真是百年難得一見的天靈地寶，加上百年難得一遇的風水氣象，已算得上是萬年祥瑞。」何子進驚嘆道，「聖上，大唐出現了雙生花，又見七彩祥霧，真是好兆頭，好兆頭啊！」

周易因心裡裝著事，便沒對慕雲染這小把戲評價什麼，由著李環在他耳邊嘰嘰喳喳地說個不停，竟是一句話也沒入耳。沈玉書不見的這兩天，秦簡竟也跟著不見了。

李忱雖聽慣了這些奉承的話，但何子進說的正是他心中所期待的。大唐的興衰在他眼裡已超出一切。

「嗯，這個慕雲染的確有些本事，也確實花了不少的心思。朕倒想看看他能做出什麼不一樣的菜來。」

王宗實凸著他的兩隻蛤蟆眼笑道：「老奴見識淺，頭一次見做菜還能做出這麼些花樣的，這個慕雲染很不尋常啊！若是帶回宮，御膳房也能添點兒新鮮血液。」

「你倒是很喜歡慕雲染？」李忱淡淡地道。

「談不上喜歡，奴只是為聖上考慮，宮裡的御膳房還從未有過這樣身懷絕技之人。」王宗實還是一副寵辱不驚的樣子。

李忱沒再說話，像是看下面的比賽看得入迷了。

比賽接近尾聲，其他的庖人都率先完成了自己的作品，可他們的臉上皆愁雲密布，簡直比頭上戴了十七、八頂綠帽子還要難過一千倍。因為他們知道，儘管慕雲染所剩時間已不多，但他手上的頂級食材就澈底打敗了他們。

還剩最後半刻鐘，慕雲染不慌不忙，也算是後來者居上。他這次所用的食材除了珍貴的雙生花之外，還有一隻千年老龜，這兩樣東西皆是這世上少有的奇珍異寶，是很多人活了一輩子也未必能見到的。

隨著鐘聲響起，何子進和柴老七宣布比賽結束，庖人們陸陸續續將自己的作品呈送到李忱面前。為了避免有人趁機在菜中下毒，必須由做每道菜品的庖人親自嚐第一口，再由李忱逐一品嚐，最後才能輪到何子進和柴老七品鑒。

慕雲染的菜品是最後一個端上去的。他做的是一道湯，也是所有庖人裡唯一做湯的。

李忱在嚐過了前面三十五道菜式後，正口乾舌燥，味覺也已開始變得麻痹。慕雲染似是提前猜透了李忱的心思，特意最後一個呈上自己的菜品。

當李忱看到桌子上擺著一道馨香四溢的奶白的湯時，不禁眼前一亮。他用銀勺舀了半勺湯喝進嘴裡，只覺齒間生香，渾身舒泰，彷彿人生中的五味雜陳盡收其口，忍不住連續喝了好幾口。

「嗯，不錯、不錯，這湯入喉細膩濕滑，果真是湯中上品。」李忱瞇著眼睛微笑道，「這菜是否有名兒啊？」

慕雲染忙跪拜道：「啟稟聖上，此湯名為『花開富貴，靈龜獻壽』，預祝聖上龍體康健，青春永駐，天下風調雨順，國泰民安！」

「好一個『花開富貴，靈龜獻壽』，妙哉妙哉！」李忱連連稱讚，又吩咐何子進與柴老七也逐一嚐過，兩人同樣露出了滿意的微笑。

「你們覺得如何？」李忱問他們。

何子進言道：「聖上，依微臣看來，這次秋膘宴的勝主非慕雲染不可了。」

儘管柴老七一開始並不看好慕雲染，但事實勝於雄辯，他也只好附和道：「真是青出於藍而勝於藍啊，我輩實在欣慰之至。聖上，草民與何御廚的意見別無二致。」

「嗯，你們倒是和朕想到一塊去了。」李忱點點頭，站起身立即宣布道，「此次廚藝切磋，諸位各顯神通，廚藝實在非凡，令朕大開眼界，實屬難得。慕雲染表現卓越，深得朕心，現特賜金刀一把、披風一件，隨朕入宮去吧。」

慕雲染偷偷地瞄了一眼王宗實，喜不自禁地再拜了一下，道：「多謝聖上恩賜。」

說完，王宗實親自將那御賜披風和金刀一併送上，凸著蛤蟆眼，笑道：「小小年紀便技冠群雄，日後到了宮裡定能大展拳腳，飛黃騰達亦是指日可待啊。」

慕雲染饒有趣味地望著王宗實，朝他微笑致意，似乎有話要說卻又隱在了心裡。

◆

兩天後，大明宮，深夜。

烏雲蔽月，星辰隱沒。沒有光亮，只有黑暗。

皇宮大內冷寂沉沉，高大的紅漆圍牆和雄渾壯闊的宮殿肅穆凜然。太監和宮女們都已睡下，只有幾個巡邏的士兵還在執勤。

不知什麼時候，太液池旁的涼亭後突然冒出一團紅色的火焰來，閃爍不定，在漆黑冷寂的宮廷裡有一種難以言喻的陰森。

火焰在移動，原來是一盞風燈。昏黃的光映出一個清瘦的人影，只見他穿著深紫色的褲褶，外面罩一件醒骨紗的鶴氅，腳上是雲霞鮫皮做的軟靴，看起來頗有幾分風雅趣味。只是他的臉上罩著一塊黑色面巾，讓人看不清他究竟生的是何模樣。

黑面巾的身上還在滴滴答答地滴水，他只是輕輕地拍了幾下肩膀，隨後兩隻眼睛便四處瞟動起來，好像在尋找什麼東西，顯得頗有些急躁。直到他看到另外一盞風燈朝他這邊飄過來時，才淡定地咧了咧嘴，發出幾聲秋蟬的叫聲。

朝他走來的是一個豎著紫色衣領的中年人。中年人把手上的風燈吹滅，才轉眼看著黑面巾，道：「怎樣，對這宮裡的布局熟了嗎？沒被巡邏兵發現吧？」

黑面巾淡然一笑，很是不屑地道：「照著你給我的布局圖，我早將這裡爛熟於心了。再說了，就憑他們那些半吊子的功夫如何能發現我的行蹤？誰也不會知道我會藏在太液池中，倒是勞煩了你特意跑這一趟了。」

紫色衣領微微聳了聳肩膀，道：「只要事成，便不算白跑。」

黑面巾莞爾一笑，謹慎道：「你真確定那東西在凌煙閣？不會有錯？把九塊玉牌都放在一個地方，未免也太輕率了點吧？」

紫色衣領道：「這個你大可放心，九龍玉牌在凌煙閣是我在紫宸殿門口親耳聽到的，不會有錯。你可別高估了那位，他再想恢復什麼開元盛世，也就是嘴上說說罷了。畢竟，他的皇位還是我們力保上來的，這大唐，早該完了！」

黑面巾不由得感嘆道：「是啊，早該完了！」

紫色衣領將他拉到一旁，俯下首，貼耳道：「你們那邊準備得如何了？」

「放心吧，閣主已做好萬全準備。」黑面巾動了動鼻子，道，「吐蕃達瑪的部隊，呼延灼的五萬殘部，黨項拓跋丹山的十萬兵馬，加上日本、流鬼、西域三十六國其餘諸部，共計三十五萬大軍已全部集合完畢，正在按計劃行進中，用不了多久就可以兵臨城下了。另外呼延灼部下三支蒼狼騎兵不久前也已找到皇陵位置，隨時可以毀掉大唐龍脈，拆了大唐皇陵。至於國庫，就等鑰匙到手，便會立馬被搬空。」

紫色衣領的眼裡放出金光，激動道：「快哉，忍辱負重這麼多年，終於可以看到曙光了，我們這位皇帝在龍椅上也坐得太久了，該下來了。」

黑面巾看了一眼紫色衣領近乎扭曲的面龐，又朝著東北方向的凌煙閣看了一眼，道：「我看那凌煙閣日日重兵把守，戒備森嚴，我們怎麼進去？」

紫色衣領道：「想進凌煙閣確實是難了點，不過我想，對於蒼狼騎兵來說這並不算什麼難事。據我所知凌煙閣值守的士兵每到午夜就會換崗，我給你一枚御令，到時蒼狼騎兵可拿著御令提前扮成千牛衛，從皇城北面的玄武門混入凌煙閣，至於後面該怎麼做，就不用我多說了吧？」

黑面巾點點頭，嘴角溢出一抹邪笑，道：「選擇和你合作，簡直是閣主最明智之舉。」

紫色衣領漠然一笑，又從懷裡摸出一個褐色錦袋，道：「這個你且收好，切莫讓其他人知道。」

「知道了。」黑面巾小心收好錦袋，又輕聲細語道，「老閣主還特意吩咐了一件事情，就是讓我們盡快找到小閣主，想你人脈多，就求你幫幫忙吧。」

紫色衣領眼珠子一轉，突然捣住嘴巴道：「怎麼，你們小閣主沒有死？」

「小點聲。」黑面巾「噓」了一聲，「這件事情不宜聲張，不過根據老閣主透露，十八年前小閣主被一戶農主收留，後來他也曾找尋過多次，但終無所獲。現如今大事將成，也是時候迎回小閣主了。」

紫色衣領來回走了幾步：「小閣主雖尚在人世，可天下之大，茫茫人海該如何找尋？」

黑面巾一隻手捣在嘴角，半遮半掩地道：「你哪裡知道，鳳凰閣中但凡和閣主有血緣關係的人，身上都有一個特殊的印記，那是一隻刻在後頸上的金色鳳凰。」

「金色鳳凰？也就是說找到這個印記也就等於找到了小閣主？」

「沒錯。」黑面巾看了看天色，「這件事煩請你多留意，時候不早，我便先撤了。」

說完只覺清風一捲，黑面巾片刻之間就消失在了茫茫黑夜裡。

紫色衣領看著他消失的身影，笑得嘴角越咧越大，隨即又輕哼一聲，低聲道：「一群鄉野莽夫，還想著找回子嗣千秋萬代了？」

參

宣政殿。

李忱這邊剛下了朝，千牛衛統領謝奇峻就氣喘吁吁地過來了，面上帶著喜色道：「聖上，果然如您所料，今天子時換崗之際，凌煙閣來人報，說那八十名值守的千牛衛在巡邏時突然遭到了一群黑衣人的襲擊。事先就守在皇城外的金吾衛斥候提前做了準備，所以沒有被他們的迷煙毒倒。我千牛衛隊也沒有什麼傷亡，至於凌煙閣內的九塊龍紋玉牌，已經全都被盜了。」

「看清他們是誰了嗎？」李忱面色平靜地喝了口茶，彷彿是在和謝奇峻嘮家常。

謝奇峻點頭道：「聽金吾衛的斥候說，他們跟蹤過去之後發現那些人離開玄武門後，便到一處密林，換了裝之後，一個個都騎著高頭大馬，穿著整齊的黑衣，肩袖上一致別著蒼狼圖騰，推測應該是呼延灼的側翼部隊蒼狼騎兵。斥候們還在跟著，至於先從宮中偷跑出去給蒼狼騎兵通風報信的人，也一直有人在守著。用不了多久，就能知道他們的據點在哪了。到時候再給他們個措手不及，看他們還如何囂張！」謝奇峻說著，甚至有些興奮。

李忱瞇了瞇眼睛道：「做得很好，你先下去吧，有什麼情況立刻告訴朕，賭不賭得贏就在此一舉了。」

謝奇峻領命退下，沒過一會兒，王宗實就小跑著進來，面有急色地道：「大家，那個新進宮來的慕庖人不見了，整個御膳房找遍了也沒有。」

「不見了？怎麼就不見了？」李忱挑了挑眉，面色不惱也不怒，淡淡地看著一臉褶子的王宗實。

王宗實心虛地笑了笑，一旁的左右道：「我們去時他早已不在多時了，聽其他御廚說，他一早上就離開了御膳房，旁人問起時，他手上拿著一枚御令，口口聲聲說，得了聖上的允諾，回家接娘親去了。」

李忱點了點頭道：「哦！竟是這樣啊。可朕怎麼不知還賞賜過他御令呢？」

「這慕雲染果真不是等閒之輩！唉，奴早該想到他有問題的，他是北派憋寶人慕雲嵐的兒子，憑藉著一身憋寶本事，在江湖上早已是威名赫赫，怎會在乎一個小小的御廚？看來他進入皇宮大內，實有隱情。」

李忱喝了口茶，淡淡地道：「朕怎麼記得，王愛卿當日可不是這麼說的？」

王宗實不好意思地笑笑道：「是老奴看走眼了，可這知人知面不知心，奴也未曾想到這慕雲染竟會是這樣的人！」

「你說他剛入宮，人生地不熟的，從哪弄來的權杖？」李忱又問。

「這……奴也覺得好奇。」王宗實嘿嘿一笑，「不過，大家，奴剛打聽到，那鳳凰閣的閣主正在找自己丟失在外的小兒子，甚至還癡心妄想要讓那小兒子繼承他的大位。還沒搞出什麼名堂呢，就想找繼承人了，不是癡心妄想是什麼？」

李忱眉頭一皺，道：「此話當真？」

「老奴聽小德子說的，他前兩日回家一趟，聽他們村的人說有幾個黑衣人在打聽一個男子的下落，說是十八年前寄養在了他們村的一個農戶家，還說那孩子後頸上有個鳳凰的印記，老奴覺得應該是鳳凰閣的人在找。是真是假，就不確定了。」王宗實低頭道。

「你個老東西，朕剛剛若問罪於你，此事你是不是就不打算說了？」李忱睨了他一眼。

王宗實忙諂媚道：「聖上這次可是冤枉老奴了，老奴就是有十個膽子，也不敢欺瞞聖上啊！」

「老東西。」李忱冷哼一聲，道，「你去把秦簡給朕叫來。」

◆

秦簡來時，李忱正在練字，揮毫之間的帝王之氣，竟是一點沒有為現在的局勢所煩擾的樣子。

「臣參見聖上。」秦簡行了個禮。

李忱寫完了一個字後才道：「朕聽說，你帶人把呼延灼的糧草給劫下了？」

秦簡低頭道：「是臣運氣好，在跟蹤顧安生的時候，恰巧聽到他和人商議糧草之事，便讓紅木房子的人去半道埋伏了。可惜顧安生到底不是省油的燈，糧草我們並未劫走，最後只得一把火將其燒毀了。」

「你做得很好。」李忱這才放下了手裡的筆，擦了擦手道，「玉書還是沒消息嗎？」

秦簡把頭低得更低了，眼睫毛一顫一顫的，像一個受傷的小孩兒。

「你也別急，玉書多次擋了他們的道，他們對她應該早有留意，如今許久沒她的消息，也未必就是件壞事。若朕是鳳凰閣的人，這樣的人才，朕是捨不得殺的，想來他們也會有這方面的考量。」李忱緩緩地分析道。

秦簡勉強地笑了笑：「但願如此吧。」

「近些時日，朕假借九龍玉牌放虎歸山，讓千牛衛追蹤到了他們現在的據點，打算趁他們不備一舉滅了他們的老巢。朕猜玉書也被他們關在那兒了。」李忱深思熟慮道。

「原來聖上之前將九龍玉牌放到凌煙閣是故意引他們上鉤的？聖上英明。」秦簡道。

「只是，朕還有一事求你。」李忱又道。

秦簡不解地看著他，道：「何事？」

李忱意味深長地笑笑，叫秦簡伸出手來，在他掌心寫了幾個字，道：「明白了嗎？」

秦簡倏地瞪大了眼睛，道：「聖上英明！」

◆

這廂，沈玉書正在屋裡閒坐著，就聽到外面有人大喊：「不好了！走水了！走水了！」

她的心裡咯噔一下。她緊蹙著眉頭，想了想，對著門外的兩個穿著黑斗篷的守衛道：「外面是出什麼事了嗎？」

「跟妳沒關係。」外面的守衛冷冷地道。

「跟我是沒關係，可跟你們有關係啊，你們不需要去幫忙救火嗎？」沈玉書問。

外面的守衛不說話了，突然，又有人喊：「不好了！朝廷的人來了！快去救閣主！閣主還在屋裡修練呢！」

這次，不待沈玉書說話，就見門「啪」地被推開，進來的是月娘。她早已沒了平日的優雅，怒氣衝衝的一個箭步衝上來，眨眼間就扣住了沈玉書的喉嚨。沈玉書始料未及，強裝鎮定地看著她，艱難地道：「月娘這是何意？」

「沒想到，我們把這周圍封得這麼嚴，妳竟還能把消息傳出去，真不愧是沈玉書啊！什麼時候都有辦法讓我們措手不及，我當初真該勸閣主直接殺了妳！」月娘一張好看的臉此刻猙獰極了，扣在沈玉書脖子上的手又用了一分力。

沈玉書難受得一張臉皺了起來，卻還是儘量保持著清醒：「消息不是我傳的。」

「不是妳？那會是誰？」

月娘並不信她的話，正要說話，卻聽見門外響起了打鬥的聲音。月娘正要去看發生了什麼情況，就見門「啪」地被人踹開了，血隨之淌了進來。

門前，站著一個著月白衣袍的挺拔男子，手裡的劍還在滴答滴答地往地上滴血。他每走一步，地上就多一個血團。鮮血濺在他素白的衣服上，像一朵朵妖冶的花一樣綻開，和他那一張鐵青的臉形成了鮮明的對比。

不單月娘，就連沈玉書也是一愣，只因門前站的那人，竟然是秦簡。

他終於還是找到了她，一身鮮血，為她而來。瞬間，她原本一張皺緊了的小臉就扯出了一抹笑。

月娘冷著一張臉，把沈玉書往身前一扯，冷笑著道：「情郎來了，高興成這樣？」她手上一用力，沈玉書就更痛苦了。

秦簡看著，右手握緊了手裡的劍柄：「鳳凰閣的人大多逃了，妳還在堅持什麼？」

月娘冷著臉道：「大難臨頭各自飛，有什麼好奇怪的。倒是你，看著我掐著你最在乎的人，該心疼了吧？要知道，我只要稍稍一用力，她就隨時可能喪命！」

秦簡看著沈玉書慘白的小臉，心裡一疼，道：「真不愧是大唐最年輕的女刺客，聶隱娘的門生妖月姬，手段和當年一樣的狠毒。」

月娘冷「哼」了一聲，吹了聲口哨，就見幾十個人已經將屋子圍了起來，像是商量好似的，幾十道劍光齊齊朝秦簡襲了過去。

秦簡卻只是挑了挑眉頭，絲毫沒有慌亂，在劍光掠過他胸口的時候，他將衣袖向上輕輕一折，整個人縱身躍起，劍花飛舞。

眾人提劍欲刺，只見電光石火之間，秦簡突然向後一躍，一道淩厲的寒氣向身後人劈過，那些人都還筆直地站著，手裡的劍卻斷成了七、八節。

「好一個『驚鴻一瞥』！」月娘的眼皮子像是被針刺了一般，微微抖動了幾下。

沈玉書卻看得心驚膽戰，忍不住喊道：「小心！」

秦簡悄悄地朝她看了一眼，用口型告訴她沒事，她卻還是不放心。這些人一個個都不是省油的燈，秦簡如何能應付過來？

餘下人詫異之餘，齊齊向四周散開，擺開陣勢準備繼續圍攻，秦簡那邊劍光又起，劍在他的手上永遠只有兩招，拔劍和揮劍。

剩下的劍從四面八方襲來，秦簡已感受到了凜冽的劍氣，但他並沒有躲，只待劍尖劃過臉龐的時候，才使出絕學「拈花彈」，讓那些人統統落了空。

秦簡突然急速將劍舞動起來，劍尖上的血瞬間化作千滴紅光閃閃的寒芒朝眾人飛去。他們在還沒有反應過來的時候，便已被寒芒擊中。

每一寸寒芒都似一把鋒利的飛刀，這一次他們手裡的劍的確沒有斷，他們的人卻已和斷了差不多。

月娘驚訝道：「好，果然很好，『驚鴻一瞥』、『拈花彈』，還有你剛剛使出的『星芒降』，都是失傳已久的江湖絕學，沒想到竟然讓你這個黃毛小子練得出神入化。」

秦簡冷眼看了她一眼，卻突然聽到沈玉書大喊：「秦簡，小心！」

秦簡還沒反應過來，就見月娘一手虜著沈玉書，一手已靈活地揚了起來，手裡不知何時竟出現了一條紅色的綢帶。綢帶像是條靈動的水蛇般盤上了秦簡的領口，緊緊地鎖住了他的脖子。

秦簡左手用力擒住，右手輕輕將劍向上一撥，眼看著綢帶要被斬斷，月娘忙把沈玉書推給其他人，順勢一抽帶子，那帶子便向他的雙手掠去。

秦簡嗆咳了幾聲：「好厲害的刺客，我現在終於明白，為什麼四年前那些被妳殺死的人統統被掛在樹上，像是熟透的柿子一般在風中晃來晃去，原來都是被妳的綢帶子鎖住了脖子！」

他的話才說完，突然感覺渾身無力，整個人都癱軟了下來，眼前迷迷糊糊，彷彿下一刻便會摔下去，但他此刻還是強撐著站得筆直。

沈玉書「啊」了一聲：「綢帶上有毒！」

秦簡已沒有多少力氣。他現在渾身發軟，卻還是朝她搖搖頭，告訴她沒事，然後才勉強道：「是十香軟筋散？」

「不錯。」月娘很佩服地望著秦簡，「之前就聽顧安生說你的劍舉世無雙，只不過，和我比還差得遠。」用修長的手指鉤起秦簡的下巴，「都這樣了，還想著救你的小娘子嗎？」

秦簡冷笑了一聲，道：「妳想怎麼樣？」

月娘笑了，已將綢帶套在了秦簡的脖子上，要將他活活勒死似的。旁邊幾人見時機到了，紛紛舉劍朝他的背襲去。

沈玉書看著那一道道劍光，整個人都懵了，全然不顧自己還被人束縛著，撕心裂肺地喊：「不要！」

與此同時，月娘勒在秦簡脖子上的綢帶卻突然鬆了。

她怔了一下，忙急著大喊：「都住手！都給我住手！」

其他幾人只覺得她莫名其妙，手上的動作並沒有停下來，劍尖齊齊地刺在了秦簡背上。秦簡的背上立刻開出了一大片血花，整個人也支撐不住地倒了下去。

「秦簡！」沈玉書想跑過去看看他的傷勢如何，卻被人掐得呼吸不順，連動一下都不行。眼淚幾乎是從眼角湧出來的，那種悲愴和心碎是她從未有過的。此刻，她只覺得自己的心被人捏碎了一樣。

不光是沈玉書，月娘一時也被嚇壞了，把手裡的綢帶一甩，直接就把那些人擊飛了，氣急敗壞地吼道：「放肆！竟然敢擊殺小閣主，你們是不想活了嗎！」

其他人一下子愣了，有人不明所以地道：「小、小閣主？妳什麼意思？」

月娘伸手把秦簡衣服的領子往後一拉，道：「你們自己看吧！」

只見秦簡的脖子上赫然印著一個金黃色的印記，那圖形，正是鳳凰展翅。眾人一下子都噤了聲。

「他莫非就是……小閣主？」

月娘冷著臉掃視了他們一圈，吼道：「還不快去請嚐百草前來給小閣主醫治！」

幾人一下子慌了神，意識到自己闖了大禍，慌忙跑了出去。

秦簡渾身是傷，流淌出來的血液早已將他一身白衣染得血紅，但他還是強撐著半跪的身子，眼神迷離地看著沈玉書。

看著這樣的秦簡，沈玉書心裡一揪，連忙道：「秦簡，你不能有事，你千萬不能有事啊！」

秦簡努力地掀了掀眼皮，朝她搖了搖頭，虛弱地道：「我沒事。」

一句「我沒事」，沈玉書的淚又止不住地往下流。他都這樣了，卻還是為了讓她放心，一遍一遍地告訴她，自己沒事。可是，她如何看不出，此刻的他已經撐不住了？

她多害怕，他真的就這樣撐不住倒下去了。她開始掙扎得更厲害了，險些趁她身後的人不注意逃了出去。可她到底是沒有功夫的人，無論怎麼掙扎，還是被那人束縛得死死的。

月娘慌張地上前要扶秦簡，擔憂道：「小閣主，我先扶你起來，郎中馬上就來，我不會讓你有事的。」

秦簡卻不知哪來那麼大的力氣，一下子推開了她，冷聲道：「先放開她！」

月娘為難地看了他一眼，道：「小閣主，她是狗皇帝的人，我們不能放啊。據我們推測，她就是紅木房子現在的核心，放了她，我們就威脅不到狗皇帝了。」

秦簡神色更冷，命令道：「我叫妳放了她！」

月娘無奈，只好叫人放開沈玉書。

沈玉書一脫離箝制，便連滾帶爬地跑到秦簡身邊，看了眼他背部的傷口，難過得半天說不出話來。

秦簡的一張臉，蒼白。他叫剛剛抓她的人滾出去，隨後握著她冒著冷汗的手，對她笑了笑，又把頭湊到她耳邊，低聲說了句什麼，沈玉書的臉瞬間白了。

她剛想搖頭，卻被秦簡一下推開，等她反應過來的時候，秦簡的劍已經插進了月娘的胸膛。因為用力過猛，他的虎口處裂開了一條血口，而他更是整個人都虛脫地倒在了地上。

「快走！」秦簡幾乎是嘴裡含著血地朝她吼。

沈玉書鼻子一酸，道：「不行！我不能留你一個人，我不能！」她說罷，走過去握住了秦簡冰涼的手，慢慢把他扶了起來，帶著哭腔道，「我不走，你在哪我就在哪。」

猝不及防地被刺中了心房，月娘一下子跪坐到了地上，瞪大了眼睛，鮮血從嘴邊流了出來。她蹙了蹙好看的柳葉眉，難以置信地道：「小閣主……」

秦簡藉著沈玉書的勁勉強坐了起來，輕「哼」了一聲，道：「小閣主？秦天佐那個禽獸也配有兒子？」

「你、你什麼意思？」月娘說著，又吐出一口鮮血。

「什麼意思？」秦簡又輕笑了一聲，「你們的小閣主早在十多年前就死了！」

「你說什麼？那你是誰？你脖子上的金鳳凰是怎麼回事？這是老閣主親自在小閣主脖子上刻的，你怎麼會有？」月娘難以置信地道。

秦簡握緊了沈玉書的手，道：「我是誰？妳還記得那個被你們滅了滿門的南潯幕府嗎？我是幕府的少主秦昭！」

「你！」月娘驚得瞪大了眼睛，隨即瘋瘋癲癲地笑了起來，「你別忘了，我們的人一會兒就回來了，到時候你就完了！」

沈玉書的心裡也著急，扶著秦簡，輕聲道：「我們快走吧，一會兒他們的人回來了就逃不了了。」

秦簡卻朝她輕輕搖了搖頭，道：「不怕，秦天佐和他的部下早被謝將軍帶人包圍了，如果我沒算錯，他們已經完了，我們沒事了。」

「你說什麼？」月娘不信，可那些出去的人果真久久也沒進來，由不得她不信。失落讓她澈底癱在了地上，喃喃自語道：「怎麼會這樣……到底還是失敗了？可是，怎麼會……」

突然，她像是想起了什麼，又癲狂地笑了起來：「我怎麼就忘了，我們還有吐蕃、黨項、日本、流鬼等國的支援。待我們攻破了你們的龍脈之地——皇陵，毀了皇權的象徵，拿了狗皇帝藏著的赦旨，搬空你們的國庫，我們就可以改朝換代了！哈哈哈……這麼重要的事，我怎麼就忘了？」她笑著笑著，聲音越來越弱，慢慢地竟咽了氣，看那嘴角的血色，她應是服了毒。

沈玉書疑惑地看了她一眼，皇陵？他們還有什麼計畫？可眼下她已顧不得想太多，想撕了外袍給秦簡的背上包紮一下。可笑的是，她連衣服都撕不開，急得淚往下掉。

秦簡虛弱地笑了笑，抬手擦了擦她的淚，道：「傻瓜，怎麼就哭了呢？」

「你怎麼這麼傻？明明帶了千牛衛來，為什麼要單槍匹馬地闖進來？」沈玉書手上還在和衣服較勁，嘴上卻忍不住一邊抽噎著一邊責怪他。

秦簡卻只是摸了摸她脖子上被掐紅了的地方，心疼地說道：「很疼吧？」

沈玉書紅著眼睛搖了搖頭，直接上嘴咬衣服，終於「嘶啦」一聲，衣服被撕開了。她連忙扯下他的衣服心疼地給他簡單包紮，血卻很快又滲了出來，秦簡的背再次血紅一片。

沈玉書急了，還想再撕些布條，卻被秦簡按住了手。

他看著她，淺淺地笑了笑：「我沒事，秦天佐太過狡猾，剛剛放火就是為了聲東擊西引出他們，謝將軍帶著千牛衛在一旁埋伏著才勉強制伏了他們。我怕他們一急把氣撒在妳身上，就先過來了。還好我來得及時，不然，那妖月姬一急，指不定能做出什麼事。」

「你真的沒事？不許騙我！」沈玉書有些無措地道。

「真沒事。」秦簡說著，許是傷口又疼了，微微皺起了眉，卻還是強忍著道，「我答應過妳的，無論什麼時候，都會在妳身邊陪著妳，我不能食言。」

沈玉書的淚又控制不住地流了下來，小雞啄米似的點著頭：「我知道，我都知道。」她怎麼會不知道呢？就因為信他，她才能這麼安心地每天在鳳凰閣的監視下等他。她一直都知道，有一天，秦簡一定會找到她，他也果真做到了。

可看著他一身的血，此刻她卻後悔極了。她怎麼能讓他這般冒險？

「玉書，一直都讓我陪著妳，好嗎？」秦簡說著，眼神卻一點一點渙散了。

「好，我答應你，我答應你！別再說話了，休息一下好嗎？你太累了。」沈玉書抱著他的肩，淚差點掉在了他的臉上。

不等她說完，秦簡就閉上了眼睛。等謝將軍帶人來接應他們的時候，沈玉書已經哭成了淚人，那架勢，嚇得謝將軍還以為秦簡被人殺了。可其實，秦簡不過是太累睡著了。背著一身那麼重的傷都能累得睡著，這些天，他該是多累啊！沈玉書不敢想。

肆

大明宮。

沈玉書一路上金牌高舉，就連步入紫宸殿的時候也來不及讓人通稟。

此時李忱獨自盤腿坐在地上，兩隻眼睛炯炯有神，正盯著面前一局黑白棋子，正是前些時日和沈玉書未下完的殘局——他居然在自己和自己下棋。

「聖上，玉書有事求見！」

李忱剛落下一顆白子，就聽見了沈玉書的聲音，開始還以為是自己的錯覺，在抬頭看去見果真是她後，竟一時有些激動，忙起身走過去親自扶她起來：「回來了？」

沈玉書鄭重地點了點頭，帶著哭腔道：「回來了。」

「回來了就好，回來了就好啊！妳消失的這段時間，朕快急壞了。」李忱說著，眼眶也紅了。

「鳳凰閣的人把我抓去以後，一直沒有動我，一開始我還搞不清他們為何這樣，後來我才明白，他們是想利用我威脅大唐。好在聖上聖明，才沒讓他們得逞。」沈玉書道。

「利用妳來威脅朕？怎麼說？」李忱說著坐了下去。

「他們一開始是利用我給秦簡帶信，好讓聖上以為鳳凰閣的據點在紙人山莊，實際上他們不過是想聲東擊西，藉此機會偷偷將呼延灼的兵將帶到長安附近。而後，他們錯以為我是紅木房子的人，想以此牽制紅木房子，可到頭來，我都不知道紅木房子是什麼。那難道不是錢三竹的地盤嗎？」沈玉書如實道。

「是朕一直都瞞著妳，紅木房子是朕設的專門用來查探鳳凰閣的情報處，錢三竹只是表面上的老闆，實際真正的指揮人是朕。這個地方，是妳父親當年提議建立的，本來是由妳父親指揮的，後來妳父親走了，就一直是朕在親自操控。他們會以為妳是紅木房子的主人，大概也是因為妳父親。」

提到沈宗清，沈玉書一時有些動容：「原來是這樣啊。」

沈玉書平復了一下心情，才又道，「那錢三竹當時找燕子門托鏢，其實也只是個幌子？

為的只是讓人以為他就是紅木房子的領導人？」

「是。」李忱嘆了一口氣，「當時鳳凰閣已經對紅木房子起了疑心，朕也是不得已才犧牲了錢三竹，他本是個大好人。」

「那錢三竹臨死前托我轉交給聖上的那壺水和那張紙……也都只是障眼法，為了欺騙鳳凰的嗎？」

李忱點點頭：「只是朕也沒想到，這件事會把妳牽扯進來。」

沈玉書懂了。既然是做戲，就要做全套，為了讓凶手相信他就是紅木房子首領的身分，錢三竹特意在臨死前將沈玉書拉入局中。

對於凶手來說，若被他們搶走的東西是真的鏢，那自然再好不過，因為他們不僅殺了錢三竹，同時還搶走了重要的東西。若當時凶手殺了錢三竹後並沒有離開，那麼他們就一定看到了錢三竹將東西交給了沈玉書，那麼至少也成功地讓凶手相信，錢三竹這個紅木房子的首領已死。所以對於錢三竹來說，無論凶手在與否，他都成功以自己的生命，讓對方相信了他就是紅木房子最高首領一事。

「那聖上是不是也早就知道，長安城謎案不斷，其實都是和這個鳳凰組織有關，您其實也早就知道，秦天佐就是鳳凰閣的閣主？您叫我接替韋府尹查案，不過是為了避人耳目，是嗎？」

李忱笑了笑：「妳和妳父親真是像，什麼事都想得透。」

「可玉書還有一事不明。」沈玉書又道。

李忱寵溺地拍了拍她的肩頭道：「問吧。」

「聖上是如何找到鳳凰閣的據點的，秦簡……又到底是不是秦天佐的兒子？」沈玉書小心翼翼地問。

李忱輕笑了一聲，道：「妳被擄走後，朕就派秦簡徹查此事。他誤打誤撞地抓到了鳳凰閣的上官攬月，還在上官的身上搜到了一塊龍紋玉牌，朕就猜到他們可能會在這玉牌上下功夫。於是，朕便在凌煙閣放了假的九龍玉牌，特意叫人把消息放出去，大辦了一場秋膘宴，故意放那心懷鬼胎的慕雲染進宮，叫他們把玉牌拿走，再趁機跟蹤他們的去向。果不其然，慕雲染確實是鳳凰閣的人，他拿到玉牌便掉以輕心了，直奔鳳凰閣的老巢去，朕就知道他們在哪了。」

他說著，頓了一下，道，「至於秦簡，朕也該好好與妳說說了。當年，鳳凰閣想擴大勢力，便想招攬南潯幕府加入他們，不料幕府只想做好自己的家業，無心加入爭鬥，便拒絕了他們。為了防止幕府將他們的事說出去，他們便一朝之間滅了幕府滿門，秦簡是拚了命才逃出來的。朕當時見他可憐，就收留了他。這孩子話少，卻是個能藏事的人，所以朕就將他放到紅木房子去培養。他天資好，練得一手好劍，朕就將他留在身邊。」

沈玉書沒有想到，原來秦簡竟是紅木房子的人，而且聽聖上的意思，秦簡加入紅木房子應該已經有很多年了。那麼，秦簡定然也是認識錢三竹的。所以，當時他說他不認識錢三竹，實際上是騙了她嗎？

李忱注意到沈玉書有些心不在焉，停了一下，才又說道：「朕當時將他安插到妳身邊，也是怕鳳凰閣的人拿妳下手，想讓他護著妳，沒想到妳倒以為他是朕安插在妳身邊的眼線。妳這樣，可把那孩子委屈了。他雖然話少，卻沒心眼，是個好孩子。」

聽李忱這麼說，沈玉書臉都紅了，原來，她從一開始就誤會了秦簡。就連上一次她在宣政殿前請聖上重審她父親一案時，秦簡被罰，也是因為她——明明是她觸怒了聖上，卻讓他代她挨了刑罰。

李忱看著她這樣，笑了笑：「秦天佐的兒子早在十多年前就因為天災餓死了。朕聽人說鳳凰閣的人在找他兒子，想來秦簡和他兒子年紀相仿，便讓他去試了一下險。沒想到他們竟真的信了。」

沈玉書聽著，恍然大悟道：「我說當時在七星鎮怎麼看到他們那麼大力度地煉丹，原是這個秦天佐老了，想靠丹藥長生不老。他們現在要小閣主，也是因為這個？」

「可是，玉書不明白，聖上如此仁厚，大唐也越來越強盛了，秦天佐他們又為何要聯合外邦來謀反呢？而且竟然能謀劃這麼多年？」沈玉書不解地道。

「這個……得從以前講起了。」李忱嘆了一口氣，看著牆上的太宗像，娓娓道來，「安史之亂以後，大唐國力逐漸衰微，到了憲宗皇帝的時候，雖然出現了元和中興，奈何連年災害，國庫出現了虧空的現象。可憲宗還是執意要找能工巧匠打造國庫的鑰匙，也就是那九塊龍紋玉牌。其中，就包括秦天佐還有顧安生。

他們兩個是諸葛雲亭的得意門生，諸葛雲亭帶他們來做這個活，也是想讓他們就此出人頭地。誰知，他們做完了鑰匙，憲宗怕洩露了機密，先是毀了玉牌的製作圖紙，又想將他們困死在地牢裡。最後，諸葛雲亭死了，不知道這秦天佐和顧安生怎麼就跑了出去，他們大概是想給師父報仇，又或者是對憲宗有怨，便……」李忱說著，又重重地嘆了一口氣。

沈玉書聽著，心情不由得沉重了起來，她只以為秦天佐他們不過是群亂臣賊子，誰想竟還有這樣的故事。

「聖上之仁德，是大唐百姓都廣為傳頌的，我大唐也定會因此復開元之榮華。這些人，不過是被仇恨蒙蔽了雙眼，聖上不必再為此事煩擾。」沈玉書道。

李忱的面色卻又愁苦了幾分，搖了搖頭，無奈道：「逆黨未澈底剿除，那讓慕雲染插翅而逃的御令也沒查清楚到底是誰給的，叫朕如何安心？」

沈玉書眉頭一皺，臉色也沉重了起來。前些時日她都被鳳凰閣困在山上，對宮裡發生的事情幾乎一無所知，竟沒想到還有這茬子事。

她想了想，道：「聖上的意思是，這宮裡還藏了鳳凰閣的內應？」

李忱深吸了一口氣，沉默地點了點頭。

沈玉書思來想去也想不到這皇宮看守如此森嚴，如何能跑進敵人的內應？況且能搞到聖上的御令，定然不是什麼一般的人物，這人會是誰呢？

沈玉書想了想道：「聖上，既然此人能弄到御令，必然身分不簡單，皇宮中人雖多，但真的能拿到御令之人卻不多。玉書想，您或許可以下令徹查一下宮中之人，看誰手上的御令不在了。哪怕不能確認那人就是內應，也可以順藤摸瓜。」

「不錯。」李忱立刻叫來王宗實，並命他親自督辦此事。

王宗實領命離開。

沈玉書突然又想起一事，道：「聖上，玉書想起一事，一定要和聖上稟明。」

「何事？」李忱問。

「在鳳凰閣的老巢，玉書聽那妖月姬臨死前說起他們早預謀了要占皇陵，還說起什麼赦旨，也不知是真是假。想著可能有什麼蹊蹺，可玉書不懂，他們占皇陵做什麼？」沈玉書如實道。

李忱身體一震，難以置信地道：「什麼？他們何時竟打起了皇陵的主意？」

沈玉書不解李忱為何如此激動，還想說什麼，就見李忱喊來門口候著的常公公，讓他火速傳喚林覺將軍。之後，他朝她擺了擺手，含糊道：「妳先回去吧，這些天朕累了，妳也累了，早些回去休息吧。」

沈玉書不明所以地點了點頭，低頭往外走，走到門口時，忽然回頭，小心翼翼地道：「聖上，鳳凰閣既已被徹查，不知我父親……」

李忱心事重重地看了她一眼，對她點了點頭，道：「朕絕不會食言。」

沈玉書感激地看了他一眼，心中的千千結終於解開了，眼含熱淚地朝他重重一拜：「玉書謝聖上隆恩！」

◆

三天後，唐皇陵。

不久便有文書傳來，乾縣以東，菏澤以南，三百多名蒼狼騎兵踏馬飛奔，欲占據大唐皇陵正中龍脈。另關外由吐蕃、日本、流鬼及西域三十六國組成的二十五萬大軍，由達瑪和秦天佐統率，執鳳凰大旗，經岷州入原州，同黨項的十萬兵馬會合，經京畿道入蒲州；回鶻的呼延灼部五萬殘部及部分蒼狼騎兵，由關內道、山南道入梁州腹地，一眾兵馬會聚於長安以南五十餘里的筆架山，並進一步逼近，已是兵臨城下，百姓們聞之皆人心惶惶。

誰知剛過了三天，便有捷報傳來：那三百蒼狼騎兵竟全部葬送在大唐皇陵內，無一生還。原因是李忱在此前早派了五千精兵埋伏於此，活生生地上演了一出甕中捉鱉，打得呼延灼的蒼狼騎兵措手不及。

大唐的國庫安然無恙，敵軍所偷的鑰匙是假的，那三十五萬兵馬在行進至距離長安城不遠的龍脊坡時，突然遭遇由南衙衛大將軍何康成、河西節度使張議潮等人所率領的三十餘萬精兵圍劫，而黨項拓跋丹山所率十萬黨項軍，更是在最後一刻倒戈。因此，大唐以四十餘萬精兵對陣敵軍的二十五萬兵馬，以絕對優勢一舉將敵軍剿滅。鳳凰組織的頭目秦天佐被當場活捉，吐蕃的達瑪和呼延灼均被當場誅殺。

這一天長安城空前熱鬧，宮裡的麟德殿也是張燈結綵。李忱更是熱情高漲，因為這是自他登基以來取得的最大勝利。

而先前丟失了的波斯國王信物藍伽大玉扳也被找了回來，不知何時，這物件竟到了達瑪手上。至於皇城裡暗中與鳳凰組織勾結，拿出御令之人也被查了出來，正是黃公公。雖然他矢口否認，連呼自己是冤枉的，但王宗實還是下令將他關押了起來。沒想到當天夜裡，黃公公竟然咬舌自盡了，只在地上留下了一個大大的「冤」字，他竟是以死來證清白。然而，事實真相如何，卻隨著他的死去而暫時被畫上了一個大大的句號。

沈玉書聽說這件事後，思緒萬千，但她決定暫時先放下，因為她還有更重要的事情要去關心。因為她的父親——蒙冤多年的前大理寺少卿沈宗清，沉冤得雪，聖上下令追贈其太尉官職，謚號忠。

沈宗清捨生追查逆黨的事蹟一時傳遍朝野，街頭巷尾無一不是稱讚，甚至還有說書人專為他的生平寫了一篇稿子，名曰〈沈太尉勇鬥逆黨除奸惡〉，長安城的各個茶館都在講。

沈玉書一邊感慨著近幾日所發生的事情，一邊進了一家藥堂，買了一堆藥，拿著去了秦簡的府邸。

她一進去，就見信冬慌慌張張地跑出來迎她，眼神還有些躲閃。她見他這樣，就知道房子裡一定藏了什麼貓膩，裝出一副生氣的樣子，道：「你慌什麼？」

信冬心虛地搖了搖頭，大聲道：「小郎，沈小娘子來了！」

沈玉書無奈地瞪了他一眼，道：「他又沒聾，你喊這麼大聲幹什麼？還是說，是不歡迎我？」

信冬眼珠子一轉，機靈道：「我還有活兒要幹，就先走了。小郎在偏院，小娘子請便吧。」說罷，他就一溜煙地跑了。

沈玉書憋著笑又瞪了他一眼，轉身往偏院走，一進去就看到秦簡正著一身白衣坐在石凳上看書，陽光灑在他身上，在他俊美的側顏上投下一片金色光暈。有風襲來，揚起他鬢邊的碎髮，讓他整個人都變得柔和了起來。

沈玉書在心中感嘆，眼前的一切不失為一道好看的風景。

可是，知秦簡者莫過於沈玉書，以他的性子，她如何也不相信他會這樣安靜地看書。

於是，她便故意道：「喲，看書呢？來說說，看到什麼了，竟看得這麼入神？」

秦簡抬頭，唇角一勾，一把把她攬進了懷裡，笑道：「來了。」

沈玉書瞪他一眼，想從他懷裡鑽出來，他卻死活不依，她無奈只好道：「你身上還有傷呢，別鬧，萬一被我碰到了怎麼辦？」

「昨天還讓抱，今天就不許了？」秦簡狡黠地笑了笑，把她箍得更緊了。

「那你好歹也讓我把東西放下吧。」沈玉書無法，只好舉了舉手裡的藥，「這些藥你記得按時喝，我可是會檢查的。」

「嗯。」秦簡點了點頭，還是不放開她。

沈玉書見掙扎不過，便不掙扎了，轉頭直勾勾地盯著他好看的臉，直把秦簡原本就微紅透著薄汗的臉看得又紅了三分，才問道：「說吧，你今天練劍沒？」

秦簡面上有些不自然，朝別處看了看：「怕妳擔心，沒練。」

「真的啊？」沈玉書挑眉。

「真的。」秦簡說著，把頭埋進了她的肩窩。

「那我進來時，信冬喊那麼大聲是要通知誰啊？我竟不知，你受傷了以後，耳朵也不好使了？哦，還有啊，秦小郎君今日的面色這麼紅潤，我看病情是大有好轉了吧？」沈玉書伸手推他的腦袋，揶揄道。

秦簡在心中嘆口氣，轉回頭，看著她笑嘻嘻地道：「我保證以後不練了。」

「這話你跟我說了不下十遍了吧？」沈玉書瞪他，眼裡卻是嬌俏。

秦簡笑著抬起頭，狡黠地道：「那我聽話不練劍，妳能讓我一直這樣抱著妳嗎？」

沈玉書無奈地瞪了他一眼，拿閒著的一隻手在他精瘦的胸膛上捶了好幾下才解了氣。她以為自己是拿了十成的力氣打他，可不知怎麼的，秦簡卻笑得更開心了。

沈玉書氣不過，沒好氣地道：「你笑什麼？」

秦簡唇角的弧度彎得過分，在她耳邊輕聲道：「笑妳好看。」

隨即，還沒等沈玉書反應過來，他就湊過去吻上了她的唇。見她睜大了眼睛，他還報復似的拿牙齒在她的唇瓣上輕輕地咬了一下。

沈玉書沒被咬疼，心卻像是被貓爪撓了一下，便發了狠地在秦簡嘴上咬了一下，咬得秦簡疼得「嘶」了一聲，她才得意地鬆了口。

可誰知，她剛想往後退，秦簡的大手竟忽然摁住她的腦袋，雙唇便狠狠地朝她吻了下去，猝不及防就被他撬開了牙關。沈玉書哼了兩聲，抗議他的粗魯，可他完全不由她，蠻橫地和她纏鬥了起來，直吻得兩人都氣喘吁吁了，他還是不鬆開她。

沈玉書被他惹得有些惱了，在他腰上掐了兩下。本以為他會就此放開，卻不料秦簡何時變得這般無賴，竟是貼著她的唇瓣挑逗道：「真要治治妳這蠻橫的性子了。」

沈玉書要說話，可只說了一個字，就被秦簡輕易地打斷了。她心裡惱，奈何鬥不過他，也只能作罷。漸漸地，她便淪陷在了他的熱情裡，甚至有些貪戀他唇齒間甜甜的味道，一時情濃，兩人便有些不管不顧了。

突然聽到一聲咳嗽聲，直嚇得沈玉書一哆嗦，猛地推開秦簡的頭，一回頭就見周易和李環站在院門口呆呆地看著他們，她的臉瞬間紅成了番茄。

她迅速從秦簡懷裡鑽出來，羞赧地瞪了他一眼，低聲抱怨道：「都怪你！」

「怎麼又怪上我了？」秦簡一臉無辜地看著她，好像是受了多大的冤屈。

說不過他，沈玉書只好把矛頭轉向別人，嘀咕道：「這個信冬，該報信的時候倒成啞巴了。」

秦簡卻笑得一點不害臊，把她拽進了懷裡，才和周易打了聲招呼。

「我們來得是不是不太是時候？」周易曖昧地看了他倆一眼。在沈玉書聽來，他的言下之意完全就是在說：「你們這對沒羞沒臊的狗男女。」

沈玉書紅著臉，也不管秦簡的傷好沒好，推開了他站起來，強裝鎮定地看著周易和李環道：「你們怎麼來了？」

李環看著她紅撲撲的臉笑得咯咯的：「許妳來，就不許我們來啊？再說，我這一趟來得也不虧啊！」

「豐陽！」沈玉書鼓著腮幫子瞪她。

「好了，你們別逗她了，我們玉書臉皮薄，可經不住你們這麼逗。」秦簡笑著，眼睛卻一直定在沈玉書身上，滿眼都寫著寵溺。

「你們倆還是趕緊成婚吧，我可見不得你倆再這樣膩膩歪歪了。剛剛真是，嘖嘖嘖，我還小啊，你們好意思當著我的面這麼纏綿嗎？」周易揶揄道。

沈玉書又瞪了他一眼，道：「那你和豐陽呢？非得天天走一起？」

周易不自然地把頭別向了一邊：「我和她有什麼關係？妳別把我們扯一起！」

他這樣，李環也生氣了，跺了跺腳：「也別把我跟他扯一起！本公主千金之軀，配誰配不上？就他這種市井之徒，也想和我扯上關係？」

沈玉書笑著看著他倆孩子一樣地置氣，嘀咕道：「真是一對冤家。」

「身體養得如何了？」周易搖著扇子走到秦簡身邊。

「早好了。」秦簡笑道。

「喲，是嗎？看你足不出戶的，我還以為怎麼也得再養個十年、八年呢。」周易坐了下來，調侃道。

秦簡又笑了，意味深長地看了一眼沈玉書：「這我也不知道啊，許久不出門，感覺自己都快與世隔絕了。」

沈玉書氣憤地戳了他一下，和周易道：「別聽他瞎說，他傷是好了，可身體還虛著，得細細養養才行。」

周易嫌棄地看了一眼秦簡：「身子虛？我看不像吧！」

秦簡還是一副笑嘻嘻的樣子，沈玉書卻氣得差點想趕人了。

周易笑了好一會兒才停下來，咳了兩聲，道：「行了，不和你們鬧了，我這次來是說正事的。長安城外不遠處的一個村子最近在鬧鬼，還突然間死了不少人，我想去看看是怎麼回事，你們去嗎？」

「鬧鬼？這世上哪來的鬼？」沈玉書正色道，「看來又是一起奇案了。」

「是啊。只是這鳳凰閣都給抄了，怎麼還會有這樣的怪事發生？真是奇了怪了。」周易忍不住感慨道。

「不知道。」沈玉書搖了搖頭，「不如明日我們就啟程吧，這種事，不好再拖下去，時間長了，就不好查了。」

「成，那我就先走了啊。」周易點了點頭，攬過李環的肩膀就要走，走到門口了，卻還不忘玩笑道，「你倆繼續！」

沈玉書皺著一對秀眉，故意道：「等等，你父親不是不讓你再跟著我胡鬧了嗎？你再這樣，我可告訴林祭酒了！」

李環卻揚了揚下巴，笑道：「挑撥無效，有我在，林祭酒敢不放人嗎？」

沈玉書不由得又笑了，這倆人真是一對冤家，她以前怎麼就沒發現呢？

她只好道：「那……明天見！」

「明天見！」李環笑著和她招了招手，又和周易拌起了嘴。

眼見著周易和李環走遠了，沈玉書想著將剛剛買的藥交給信冬，吩咐他按時煮給秦簡喝，就聽見秦簡輕輕地咳了兩聲。

沈玉書回頭，見他面色如常，不像是嗓子不舒服，疑惑問道：「怎麼咳嗽了？不是著了風寒吧？」

「妳去查案，我呢？」秦簡直直地看著她，眼神裡有著怨氣，竟像個小孩兒。

「你？」沈玉書疑惑地看了他一眼，覺得莫名其妙，「當然是在家養傷啊！」

她剛說完，秦簡臉色卻突然一變，認真地道：「沈玉書！妳忘了妳說過的話了？」

「我說什麼了？」沈玉書憋著笑看他。

「不記得就算了！」秦簡倏地站起了身，轉身要走。

「我逗你呢！怎麼還當真了？」沈玉書忙上前拽住他的衣袖，笑著瞪他一眼，也認真地道，「我既然答應過你會一直讓你護著我，又怎麼會食言？」而且，她不想再發生上次的事了，也捨不得他為自己擔心。

「記得就好。」秦簡認真地看了她一眼，輕輕一笑，又把她拽進了懷裡。

彼此沉默了許久，秦簡湊到沈玉書耳邊，輕聲道：「以後，不要一直衝在前面，記得妳的身後還有我，知道嗎？」

沈玉書聽話地點了點頭。

秦簡看著身後盛開的桂花，滿意地笑了笑。

他答應過她，會牽著她的手，和她一起去完成她的信仰，所以，他這一輩子都賴定她了。這麼想著，他不自覺地收緊了抱著她的手。

沈玉書感覺到抱在自己腰間的雙手加了力，忍不住仰頭看了看他，問：「怎麼了？」

秦簡一雙好看的鳳眼看著她，像是在沉思什麼，過了一會兒，才湊近了她的耳朵輕輕道：「沈小娘子，不知妳何時嫁與我為妻？我可是等了好久了。」

他的呼吸噴灑在她的耳郭上，酥酥麻麻的，讓她直想哆嗦。

沈玉書心裡樂開了花，卻還是憋著笑，在他懷裡調整了一個舒服的姿勢，也學他的樣子沉默了一會兒，才挑了挑眉道：「當初孫侍郎想與周易家結親，要了四萬絹的聘禮，我這麼好，你打算拿什麼價娶我啊？」

秦簡看著懷裡嬌俏的小臉，不由得看得入了神，低頭在沈玉書的臉上淺淺地吻了一下，深情道：「傾家蕩產，傾盡所有。」

「原來我這麼重要啊？」沈玉書眉眼彎彎地問。

「是，很重要。」秦簡看著她，眼底是她彎彎的眉眼。

要知道，她是他的心間寶啊，四萬絹哪裡夠？

——長安驚雲　完

高寶書版集團
gobooks.com.tw

DN 261
長安驚雲（下）

作　　者　風　吟
責任編輯　高如玫
封面設計　鏖千煙
內頁排版　賴姵均
企　　劃　方慧娟

發 行 人　朱凱蕾
出　　版　英屬維京群島商高寶國際有限公司台灣分公司
　　　　　Global Group Holdings, Ltd.
地　　址　台北市內湖區洲子街88號3樓
網　　址　gobooks.com.tw
電　　話　(02) 27992788
電　　郵　readers@gobooks.com.tw（讀者服務部）
傳　　真　出版部　(02) 27990909　行銷部 (02) 27993088
郵政劃撥　19394552
戶　　名　英屬維京群島商高寶國際有限公司台灣分公司
發　　行　英屬維京群島商高寶國際有限公司台灣分公司
初版日期　2021年 6 月

原書名：長安驚雲
本書為悅讀紀正式授權英屬維京群島商高寶國際有限公司台灣分公司獨家出版發行。
本作品中文繁體版通過文化部核准，核准字號文化部部版臺陸字第109079號。

國家圖書館出版品預行編目(CIP)資料

長安驚雲（下）/ 風吟著. -- 初版. -- 臺北市：
高寶國際出版；高寶國際發行, 2021.06
　面；　公分. --（戲非戲；DN261）

ISBN 978-986-506-097-8（下冊：平裝）
ISBN 978-986-506-098-5（全套：平裝）

857.7　　110004467

GOBOOKS & SITAK GROUP ©